Nouvelle-France

Chrystine Brouillet

Marie LaFlamme

Nouvelle-France

Pierre Magnan

Pour le soutien apporté à la réalisation de ce projet, l'auteur tient à remercier le Conseil des arts du Canada et, pour leur aide tant amicale qu'indispensable : ses parents, Jacques Folch-Ribas, Jules Gaulin, Claire Gourdeau, Bruno Grenier, Jean-Pierre Leroux et Jean Rochette.

Chapitre premier.

— Enfin! s'exclama Marie LaFlamme en entendant que les passagers allaient changer d'embarcation.

— Oui! C'est que nous arrivons!

— Je n'en serai pas marrie! Adieu l'*Alouette!*

Marie regardait le vaisseau sur lequel elle avait embarqué à Dieppe et qu'elle quittait maintenant car le capitaine Dufour ne voulait pas poursuivre sa route avec le grand hunier déchiré et la voie d'eau qu'on avait décelée la veille dans la coque. Un calfatin avait montré du courage en se jetant à l'eau pour tenter de colmater la brèche, mais le capitaine avait maintenu sa décision d'ancrer l'*Alouette* à l'île. Les passagers avaient à peine eu le temps de se dégourdir les jambes. Certains s'en étaient plaints; la nourrice Emeline Blanchard, qui se préparait à allaiter Noémie, ronchonnait:

— Je n'aurai pas le temps de nourrir Noémie! Et ce n'est pas à bord que j'aurai la place. C'est net; ils vont nous serrer encore plus que la morue qui vient des Terres-Neuves! Je n'aurai même plus besoin de les presser pour que mon lait coule! dit-elle en désignant ses seins.

— Baille ton tétin de suite, Emeline, dit Marie LaFlamme, tu as en masse le temps avant qu'on reparte. Ma fille a faim! Elle crie si fort!

— Par chance que j'aie assez pour deux, car ton ogresse n'en laisserait pas une goutte à mon gars! Regarde-la! On croirait qu'elle n'a rien eu depuis deux jours alors qu'il ne faisait même pas clair quand tu me l'as amenée ce matin.

— Je sais, soupira Marie, et le jour vient seulement de se lever !

— On nous a pourtant bien dit qu'il gelait à pierre fendre en Nouvelle-France ! a murmuré René Blanchard en s'épongeant le front à l'aide de sa manche.

Il se tenait derrière son épouse et Marie songea qu'ils formaient un couple étonnant : René était long, sec, maigre, avec des sourcils aussi noirs que du bois brûlé, alors qu'Emeline n'était que rondeurs et pâleurs, ses cheveux, ses yeux étaient clairs, son teint laiteux, ses joues, son menton arrondis. L'homme et la femme partageaient cependant le même courage ; comme la plupart des immigrants, ils n'avaient pas hésité à quitter la France. Pourquoi y rester et crever de faim quand on leur affirmait qu'ils mangeraient de la viande plus d'une fois par semaine à Québec ? Il faudrait travailler dur, ils le savaient, mais ils se tuaient déjà à la tâche à Dieppe. Il y avait le froid ? Ils s'y habitueraient. Il y avait les Sauvages ? Ils avaient connu la soldatesque dans leur village natal.

— Je me suis jeté à l'eau tantôt, dit René Blanchard, et ma chemise est déjà sèche.

Il regarda le soleil comme une menace. L'astre lui paraissait plus brillant qu'en Normandie. Il lui semblait qu'il jetait ses feux avec plus d'autorité, plus d'ampleur, plus de majesté. Il se détachait si précisément dans l'azur que René Blanchard craignit un instant qu'il ne s'éloigne définitivement de la voûte céleste et ne lui tombe sur la tête. Il plissa les yeux, balaya l'air du revers de la main ; voilà qu'il avait maintenant des hallucinations. C'était à cause de la chaleur. Et du voyage. Et de la faim aussi. Avait-il bien fait de quitter le Perche pour ce pays du bout du monde ? S'il revoyait ses cousins qui étaient allés aux Indes, il pourrait leur dire qu'il s'était rendu bien plus loin. A condition de finir par accoster ! Le capitaine répétait depuis des jours qu'on allait bientôt arriver ; le forgeron n'y croyait plus. Et sa femme Emeline non plus.

— Après les chaloupes, je me demande bien sur quelle barque on va nous faire grimper ! On va finir sur un radeau !

— Mais non, intervint Victor Le Morhier. C'est la dernière étape. On sera à l'Habitation ce soir.

Victor Le Morhier tentait de calmer les esprits, comme toujours. René Blanchard regarda ce jeune homme blond et regretta qu'il ne s'installe pas en Nouvelle-France. Durant le trajet de mer, il avait eu le temps d'apprécier la sagesse de Victor le Nantais, qui était pourtant bien jeune pour être si pondéré. Il soupira :

— Quand je pense que dans quelques semaines tu vas refaire tout ce trajet de mer dans l'autre sens, je te plains, mon gars ! Je te plains ! Il faudrait me payer plus que mon voyage d'avance pour que je me rembarque.

— Tu es un trente-six mois, dit Victor, t'as pas à t'en faire, tu vas rester ici un bout de temps.

— A moins que les Sauvages mangent les engagés ! gloussa l'aide-cuisinier du bord.

Malgré la charge qui l'accablait, il parvenait à sourire : il ne descendrait pas à terre, lui, il resterait sur l'*Alouette*, même quand le vaisseau atteindrait Québec après les réparations. Il redoutait trop d'être scalpé ou dévoré tout cru !

Michel Dupuis, le maçon, protesta vivement.

— On ne sera pas mangés ! On gagnera des fortunes avec les castors !

— On n'en a pas vu un seul, fit l'aide-cuisinier. Même pas le bout d'une queue !

— Ils ont peur que tu les fasses frire à ta manière et que tu nous empoisonnes !

Un éclat de rire secoua le petit groupe : chacun avait des plaintes à formuler sur la nourriture qu'on lui avait servie lors de la traversée. Un peu plus et ils auraient tous chiqué du tabac, comme les marins les plus âgés, afin de s'engourdir le palais et ne plus goûter la soupe au lard rance ou les biscuits à la moisissure.

— On ne te pleurera pas ! dit René Blanchard. Aussitôt à terre, je vais engloutir tout... Tout ce dont j'ai rêvé ! Un vrai ragoût ! Avec de vraies racines et un vrai bout de gras !

— Du pain !

— Du vin !

— De l'eau... De l'eau fraîche ! dit simplement Victor Le Morhier.

— Tu es certain que tu vas te rembarquer ? demanda René Blanchard.

— Il le faut, dit Victor en tournant la tête, incapable de soutenir le regard d'Emeline ; celle-ci lui avait encore parlé la veille, tentant de le convaincre de rester à Québec et d'épouser Marie.

— La pauvre fille est veuve avec un enfant. Elle t'aime bien, puisqu'elle t'a choisi comme parrain. Alors? Pourquoi est-ce que tu branles pour te déclarer? Quand elle va toucher le sol, il y en aura des dizaines qui demanderont sa main! Pourquoi retourner en France? Me dis pas qu'une femme t'attend là-bas, je ne te croirai pas; j'ai bien vu comme tu regardes Marie.

— Tu ne peux pas comprendre, Emeline.

— C'est ça! Dis que je suis aussi bête que ces oies dont on a tant rêvé à bord!

Victor Le Morhier avait doucement secoué la tête, sans s'expliquer davantage. Qu'aurait-il pu raconter à Emeline Blanchard? Que Marie n'était pas la veuve de Simon Perrot comme elle l'avait laissé entendre? Qu'au contraire elle était toujours amoureuse du soldat? Qu'il savait qu'elle lui en reparlerait quand il repartirait pour la France? Cruellement aveugle, elle lui demanderait de lui envoyer des nouvelles de son Simon, sans voir à quel point il était épris d'elle, sans deviner qu'à chaque fois qu'elle prononçait le nom de Simon, elle le torturait aussi sûrement que si elle lui enfonçait une aiguille dans le cœur. Quelle malheureuse comparaison! Qu'aurait dit Marie s'il lui avait rappelé si maladroitement les tortures endurées par sa mère condamnée pour sorcellerie? On n'avait pas planté qu'une aiguille dans la chair d'Anne LaFlamme. On en avait enfoncé des dizaines. Et des stylets. Et des piquettes.

«Ma douleur n'est pas comparable, songeait Victor, et pourtant j'aimerais mieux souffrir dans mon corps plutôt que d'entendre Marie m'exposer encore une fois que Simon Perrot est innocent, qu'il a tué l'apothicaire en service commandé et qu'il devait avoir de bonnes raisons d'arrêter l'orfèvre Guy Chahinian.»

— Victor? Tu ne m'écoutes pas! avait dit Emeline. Reste parmi nous!

— Non, je dois rentrer à Dieppe. Et d'abord, c'est mon métier: je ne suis pas paysan mais marin!

— Et mon René? Il était forgeron dans le Perche, mais j'ai appris durant le trajet qu'il n'y a pas plus de douze chevaux dans tout le pays! Il fera autre chose. Il sera maçon ou charpentier. Il apprendra. Toi aussi.

— Mais Marie ne veut pas de moi. Je le sais.

Emeline avait fait une moue.

— Si ce n'est pas elle, ça sera une autre...

— Oh, non! s'était écrié Victor.

— Tu vois! avait triomphé Emeline. J'ai raison; elle t'a enchanté!

Incapable de nier plus longtemps, Victor avait dit qu'il comptait bien revenir en Nouvelle-France.

— Il sera peut-être trop tard!

Victor avait haussé les épaules, mais au matin, quand René Blanchard l'avait interrogé sur sa destinée, il avait eu une formidable envie de prendre son maigre bagage, de le jeter dans une chaloupe et d'aller se proposer comme engagé. Son nouveau maître pourrait peut-être rembourser le capitaine de la perte d'un homme?

Il attendait seulement que Marie lui dise de rester. D'un mot, d'un signe de tête ou d'un sourire.

Mais non, c'est à Noémie qu'elle réservait les regards tendres et les mots doux, et Victor avait raffermi sa voix pour balayer tout doute :

— Non, je retournerai bientôt à Dieppe ou à La Rochelle. Mais j'aurai le temps de voir le pays avec vous! Voilà les chaloupes! Allons-y! Il faut profiter de la marée basse!

Il y eut des cris, des rires, plaisir et appréhension mélangés : tous voulaient monter, mais aucun ne pouvait s'empêcher d'évaluer la solidité des embarcations; chacun mesurait l'étendue du fleuve, le comparait à la Loire, à la Seine, à la Garonne ou à la Saône et s'inquiétait des remous et des passages.

Marie, elle, pensait moins au chenail qu'au monstre extraordinaire qu'elle avait aperçu quelques nuits plus tôt, avant qu'ils ne quittent l'anse de Tadoussac. Marie arpentait le pont, évitant les corps endormis, berçant Noémie pour lui faire oublier sa soif, quand elle avait croisé le capitaine Dufour. Il regardait une île immense, sans végétation, qui se rapprochait rapidement du vaisseau. Marie allait crier lorsque cette terre étrangement lisse et plate s'était soudainement enfoncée sous ses yeux! Le capitaine avait juste eu le temps de bâillonner Marie, qui aurait hurlé.

Elle s'était calmée très vite toutefois et le capitaine, qui lui connaissait une grande maîtrise, lui avait expliqué que le monstre marin qui refaisait surface à quatre ou cinq toises du navire n'attaquerait pas. Il n'y avait aucun péril, mais elle devait se garder d'en parler sous peine de déclencher un grand tumulte.

— Tous nos gens sont déjà affamés et épuisés... pas la peine qu'ils soient aussi terrorisés. J'ai déjà vu cette bête, elle rôde autour de l'*Alouette* depuis trois jours. Il paraît qu'elle a déjà escorté le *Taureau* jusqu'à la grande île. Elle fait pareil cette nuit. Tu ne diras rien.

Marie avait secoué la tête en signe d'assentiment, à la fois apeurée et ravie : elle était fière de la confiance du capitaine Dufour, mais encore bien davantage d'avoir vu le monstre. Elle serait discrète sur sa présence, non parce qu'on le lui avait ordonné, mais parce qu'elle ne pouvait se retenir d'envier la bête. Elle aurait voulu partager avec elle les secrets de la mer. Marie pensait à Pierre LaFlamme ; son père n'avait jamais vu une telle créature, sinon il la lui aurait contée. Il avait entendu parler des pieuvres géantes et des sirènes, mais il n'avait pas mentionné ce long galet sombre. Qu'elle aurait aimé lui dire tout ce qu'elle découvrait depuis qu'elle avait quitté Dieppe ! Et comme elle le comprenait d'avoir toujours aimé naviguer. L'océan l'enchantait ; le fracas des vagues contre la coque, leur chuchotement après le grain comme si elles échangeaient des confidences avant de se fondre à l'horizon en emportant des milliers de prismes étincelants dans l'empire des tritons, les bouderies des embruns, les crachats de la houle balayés par ces grands vents qui gorgeaient les voiles de leur puissance, toutes les voiles, de la civadière au perroquet de fougue. Et cette excitation joyeuse qui lui faisait battre le cœur quand le vaisseau filait plus vite, encore plus vite, dévorant la mer, l'immensité, l'éternité.

Ce ne seraient pas les massives chaloupes qui lui procureraient de semblables sensations ! Elles traîneraient, très certainement, étireraient interminablement la dernière partie du périple. Pourtant, malgré son agacement à l'idée d'emprunter ces barques ventrues, Marie fut la première à y grimper. Tenant Noémie bien serrée contre elle, elle dédaigna la main qu'un marin lui tendait pour sauter en souplesse sur un des bancs de la chaloupe, qui tangua longuement.

— Il faut toujours que tu fasses à ta convenance ! grommela Victor. Et si tu avais laissé tomber ma filleule ?

— Il faut toujours que tu me chicanes, fit Marie en imitant Victor. Et si tu avais plus confiance en moi ? N'oublie pas que j'aime Noémie, moi aussi. C'est ma fille !

« Elle le clame vingt fois par jour », songea Victor ; Marie voulait-elle se persuader qu'elle aimait cette enfant qu'elle avait mise au monde ? N'avait-elle pas présumé de ses sentiments ? A la mort de Julie Laflandres, sur l'*Alouette*, Marie, bouleversée, avait déclaré qu'elle soignerait Noémie comme si c'était sa propre fille, mais elle n'avait pas beaucoup réfléchi aux conséquences de cette adoption. Heureusement que la marraine, sœur Sainte-Blandine, s'installait au pays en même temps qu'elles car Victor se serait senti encore plus coupable de repartir pour la France sans être sûr que Marie saurait s'occuper de sa filleule. Mais lui-même ? Protégeait-il l'enfant parce qu'il avait succombé à son charme ou parce que Noémie était le nouveau lien qui l'unissait à Marie ? S'il s'informait maintes fois de la santé de la petite, c'était par sollicitude, certes, mais aussi pour plaire à la mère et s'en rapprocher sans avoir de prétextes à inventer.

— Prends-la, si tu crains que je ne la casse, pouffa de rire Marie, qui lui mit le poupon dans les bras.

Victor rougit et rendit aussitôt l'enfant.

— Mais je ne sais pas ! Je ne voulais pas dire que...

— Tassez-vous, l'interrompit Michel Dupuis, laissez-nous passer ! Nous devons tenir à douze par barque !

— On n'y arrivera jamais ! gémit Emeline Blanchard. Où est passé René ? Ah ! Te voilà ! Tiens, prends Jean-Jean et Paul, que je m'assoie au fond.

Il fallut plus d'une heure pour que tous les voyageurs et les membres de l'équipage qui se rendaient à Québec soient prêts à partir, mais les hommes empoignèrent enfin les rames et les chaloupes s'avancèrent l'une derrière l'autre, à égale distance, sur le Saint-Laurent heureusement étale.

Malgré la fatigue, on souquait ferme, animé par une hâte grandissante : les hommes ne sentaient pas le bois grossier accrocher leurs paumes, les coups de coude des plus maladroits et les lourdeurs au creux des reins. Ils n'entendaient pas les femmes qui chantaient pour leur donner du courage, et qu'elles faussaient épouvantablement, trop énervées pour songer à l'unisson. Ils ne goûtaient plus, alors qu'ils en avaient été si réjouis la veille, l'insipidité de l'eau qui éclaboussait leur visage, humectait leurs lèvres gercées. Ils étaient oublieux de leur puanteur, indifférents à la pureté de l'air alors qu'ils avaient tant redouté la prolifération des miasmes. Et quand l'aumônier déclara qu'on réciterait des Ave Maria jusqu'à l'arrivée, ils les ânonnèrent sans une pensée pour la Vierge qui les avait protégés durant le trajet de mer : ils ne voyaient même plus le fleuve devant eux.

Ils ne voyaient que la ville.

Québec. Enfin.

Tous les hommes et les femmes qui s'étaient engagés à vivre au moins trente-six mois en Nouvelle-France soupirèrent de soulagement. Certains se frottèrent les yeux, se pincèrent le gras de l'avant-bras pour s'assurer qu'ils n'avaient pas la berlue ; ils avaient vu, après être restés plus d'une semaine sans avancer d'un nœud, des îles luxuriantes aux rives invitantes, des cités antiques à l'aspect richissime, apparaître devant eux pour s'évanouir aussitôt. Mais ce 15 juillet 1663, après plus de deux mois de navigation, une ultime déception aurait été trop atroce et la ville qui se dessinait plus nettement à chaque coup de rame n'était pas un mirage.

— J'aperçois le fort Saint-Louis ! cria Antoine Souci, le cordonnier.

— Où ?

— Là ! Droit devant toi !

— Ça ? Un fort ? s'esclaffa René Blanchard. A Angers, il était vingt fois plus gros.

— Et tous ces gens qui se pressent sur la rive, fit Emeline avec une note d'appréhension dans la voix, ils nous attendent ?

Antoine Souci, qui avait déjà vécu à Québec, était fier de montrer ses connaissances. Il expliqua que l'arrivée d'un bateau était une véritable fête pour les habitants de la ville.

— Il n'y a pas tant de distractions à Québec. Ils seront bien contents de nous voir ! Vous pariez ?

— Oh, toi, Antoine, tu ne penses qu'à jouer ! dit Michel Dupuis qui avait perdu une livre la veille à une partie de dés.

— Dis-nous plutôt ce qu'est cette palissade ? demanda aussitôt Victor qui craignait que les deux hommes ne se chicanent encore au sujet du jeu.

— C'est le fort des Hurons.

Il y eut un grand silence. On entendit un tintement, puis son écho. L'aumônier se signa, imité de suite par tous les voyageurs.

— C'est la cloche du monastère de nos bons Jésuites. Récitons maintenant le Pater noster.

Alors que tous baissaient la tête malgré une furieuse envie de contempler la ville, Marie crut entendre sœur Sainte-Blandine, qui était assise à ses côtés, marmonner que ce n'était pas le caril-lon des Jésuites qu'on avait ouï mais celui des Ursulines. Marie eut peine à retenir un fou rire : sœur Sainte-Blandine pouvait bien lui faire reproche de son orgueil, elle n'en manquait pas non plus ! Et cela plaisait assez à Marie : au début de la traver-sée, elle avait haï de toutes ses forces cette religieuse qui pré-tendait obtenir sa soumission, mais elle avait dû reconnaître rapi-dement que la nonne possédait certaines qualités : elle était cou-rageuse, endurante, prompte à se décider et curieuse. Et bien qu'elle ne l'eût avoué pour rien au monde, Marie comprenait pourquoi sœur Sainte-Blandine avait dû faire preuve d'autorité envers elle : il fallait qu'elle montre son pouvoir aux sœurs qui étaient sous sa responsabilité. Que Marie choisisse sœur Sainte-Blandine pour être la marraine de Noémie avait amorcé leur réconciliation. L'intérêt manifesté par la religieuse pour les con-naissances médicales de la jeune femme l'avait consolidée et leurs rapports, sous des apparences réservées, étaient presque chaleureux.

Quand Marie avait deviné que sœur Sainte-Blandine combat-tait sa morgue parce que c'était ce travers qui l'inquiétait le plus à son propre sujet, elle avait eu envie de la taquiner. Puis de la plaindre : la pauvre nonne, qui avait fait vœu d'humilité, devrait s'efforcer d'étouffer son orgueil. Marie, elle, n'était pas obligée à la modestie, bien que ce fût ce qu'on attendait d'elle, comme de toutes les femmes de son époque.

*
* *

L'homme hésita, mais finit par se résoudre à brûler la mèche de cheveux de Madeleine Faucher. C'était trop dangereux de la conserver. Pourtant, depuis deux mois, personne ne l'avait soupçonné.

L'homme ferma les yeux, se souvint. Cela n'avait pas été aussi aisé qu'il ne l'avait imaginé. Il s'était approché de Madeleine Fau-cher alors qu'elle étendait du linge à sécher. Il l'avait prise par-derrière, la serrant au cou avec une lanière de cuir, et l'avait for-cée à s'agenouiller. Il croyait qu'elle allait se débattre mais tout ce qu'elle répétait, c'était « Ne me tuez pas ». Il avait relevé ses jupes ; les cuisses étaient un peu maigres. Il avait été surpris, il la voyait plus ronde. Elle avait eu un sursaut de révolte quand elle avait senti sa jambe entre les siennes. Elle avait tenté de se dégager en lui donnant des coups de pied. En voulant éviter ses coups, il avait relâché la lanière ; la femme s'était retournée. Elle n'avait pas eu le temps de crier qu'il l'avait assommée. Il l'avait pénétrée aussitôt, avait joui trop vite, puis s'était écarté d'elle. Il devait la tuer.

Il avait sorti son vieux couteau. Elle était revenue de son évanouissement quand elle avait vu briller la lame. Il l'avait poignardée à plusieurs reprises, puis il avait entrepris de la scalper. Il avait entortillé sa chevelure autour de son poignet, tendu la tête de la femme et lui avait entaillé le front. Il s'y était mal pris au début, en s'efforçant d'enfoncer la lame dans le crâne. Il fallait plutôt la glisser sous la chevelure et décoller lentement celle-ci.

Il avait très chaud quand il avait terminé son ouvrage. Chaud et un peu mal au cœur ; mais avait-il le choix ? Il avait eu raison de tuer la femme.

Il pensait maintenant à la blonde Suzanne Dion.

Chapitre 2.

Marie fut la première à relever la tête pour contempler l'« Habitation », comme on nommait encore Québec, même si mère Marie de l'Incarnation parlait maintenant d'une « ville » dans ses plus récentes missives. Parce qu'on venait d'en discuter, elle vit d'abord les clochers, les compta machinalement, un, deux, trois, quatre, puis s'étonna de l'escarpement qui coupait la cité en une partie haute et une partie basse reliées toutefois par un chemin qui lui sembla très raide : il se trouverait sûrement quelques personnes pour le dévaler et se casser une jambe qu'elle saurait si bien rabouter qu'on vanterait rapidement ses mérites. Marie regarda sœur Sainte-Blandine à la dérobée comme si elle craignait que sa compagne n'ait deviné cette mesquinerie, mais l'autre était tout à sa dévotion. Marie LaFlamme soupira : elle ne souhaitait pas vraiment que ses futurs compatriotes se rompent les membres. Elle voulait simplement être assurée d'un emploi qui lui permettrait de subsister ainsi que Noémie. Elle avait tu ses appréhensions devant Victor, mais ce qu'elle avait entendu au cours du trajet de mer la laissait perplexe : on prétendait que les femmes se mariaient dès qu'elles mettaient le pied en Nouvelle-France, qu'elles venaient exprès pour ça, sauf les religieuses et quelques séculières. Les autres fondaient une famille et il n'était pas rare de compter dix, douze et même quinze enfants par foyer. Si c'était la vérité, Marie se félicitait du travail qu'elle aurait en tant que sage-femme, mais se jurait bien de n'épouser personne. Elle ne le pouvait pas. Et le voulait encore moins. Emeline, à qui elle s'en était ouverte, lui avait opposé qu'une femme ne devait pas rester longtemps seule dans ce pays.

— Qu'est-ce que tu feras?

— Je soignerai! Comme je l'ai fait sur l'*Alouette*.

— Il faudra d'abord qu'on t'agrée comme matrone. Tu n'as pas été engagée! A qui vas-tu proposer tes services? Tu ne penses pas t'asseoir sur la place publique et attendre qu'on vienne te quérir quand un homme se blesse ou qu'il faut délivrer une femme?

— Je n'ai pas été engagée, tu le dis toi-même! Alors je n'ai pas de recruteur à rembourser! J'ai donné assez pour ce voyage!

— Qu'est-ce que tu veux dire?

Marie rougit mais réussit à prendre un ton excédé pour se plaindre du coût élevé du transport.

— J'ai déboursé comme vous tous, enfin, comme Michel Dupuis ou Antoine Souci ou même Horace Bontemps, pardon, Le Duc.

Emeline sourit en même temps que Marie; après quinze jours de mer, les futurs colons avaient surnommé le maître tailleur Le Duc et se moquaient gentiment de ses manières affectées.

— Qu'il singe les barons ou les princes ne change rien au fait qu'il trouvera à s'occuper dès qu'on sera arrivés. Même si une des sœurs m'a dit qu'un tailleur ne touche pas plus de soixante-dix livres à ses débuts. J'espère que mon homme va gagner à côté... Car notre maître ne nous donnera pas davantage pour nos trois années. Et la paie de la première année rembourse tout juste le coût du trajet de mer.

— Moi, je n'ai personne à rembourser! Et j'escompte amasser du bien avec mes dons et mes potions! Il doit y avoir beaucoup d'ouvrage avec les guerres contre les Indiens; je sais recoudre les plaies mieux que quiconque!

— Si tu t'installes à l'Hôtel-Dieu, oui.

— Mais je ne suis pas une nonne pour rester enfermée entre quatre murs, se récria Marie.

— Mais tu es une femme! Une femme ne peut pas vivre seule. Sans famille. Sans homme. Tu verras...

— C'est tout vu! crâna Marie.

Mais maintenant qu'elle pouvait compter les maisons qui s'avançaient sur la grève, les comparer à celles, nettement moins nombreuses mais plus cossues, qui dominaient la falaise, maintenant qu'elle cherchait vainement à apercevoir le château Saint-Louis où résidait, paraît-il, ce Gouverneur qu'elle se promettait d'aller voir, maintenant que la foule des habitants venus accueillir les voyageurs grossissait devant elle, Marie serrait plus fortement sa fille contre son cœur afin de se donner du courage.

— Enfin! dit simplement sœur Sainte-Blandine. Dieu soit loué!

— Où est l'Hôtel-Dieu?

— On ne peut pas le voir; il est sis à la haute-ville, à votre droite, derrière la palissade du collège des Jésuites et la chapelle Champlain.

— Et le château Saint-Louis?

— Parlez plutôt d'un fort. C'est ce qu'Antoine Souci a montré tantôt.

— Mais ce n'est pas un château! Tout juste un... A Paris, j'ai vu le palais du Louvre. Et le Palais-Royal. Et sur la route d'Orléans, j'ai...

— Je croyais que vous étiez venue de Nantes à Dieppe par la mer, dit lentement la religieuse.

Marie secoua la tête avec aplomb.

— Oui, mais je suis allée à Paris quand j'étais plus jeune.

— Vous avez donc vu aussi le palais Cardinal?

— Certes...

— Cessez donc de mentir, dit sœur Sainte-Blandine d'un ton mi-amusé, mi-fâché; puis elle se mordit les lèvres : elle devrait confesser cette joie bien puérile et peu chrétienne d'avoir piégé Marie.

— Mais je ne mens pas! nia la jeune Nantaise.

— Le palais Cardinal est l'ancien Palais-Royal.

Marie rougit, furieuse d'avoir été prise en défaut, se souvenant à l'instant que Guy Chahinian lui avait naguère expliqué qu'on parlait du palais Cardinal du vivant de Richelieu et du Palais-Royal ensuite. Elle pointa le doigt, désignant une sorte de palissade qui formait un triangle entre les deux parties de la ville.

— Et cette palissade?

— Ne changez pas de propos, Marie. Souci en a parlé, je l'ai entendu aussi bien que vous. Ecoutez-moi! Vous vous enferrerez un jour dans vos affirmations et ce sera peut-être grave. Vous feriez mieux de me dire toute la vérité ou de parler à notre confesseur. Je ne suis pas sotte au point de croire que vous vous êtes embarquée sur l'*Alouette* par amour de la mer, même si vous pourriez en montrer à bien des matelots. Que fuyez-vous ?

Marie soupira, puis finit par dire qu'elle avait promis de garder le silence et ne pouvait rompre ce pacte. Elle ne dit pas que c'était avec elle qu'elle avait fait ce pacte. Son air buté impatienta sœur Sainte-Blandine qui répéta qu'elle avait prévenu Marie.

— Si vous...

— Cessons cela, voulez-vous ! Ce jour n'est pas à la discorde ! Dites-moi plutôt où je trouverai le Gouverneur !

— Le Gouverneur ? Le gouverneur Davaugour ?

Ignorant le nom de celui qui présidait aux destinées de la Nouvelle-France et se méfiant d'une nouvelle ruse de la religieuse, Marie répondit qu'elle voulait simplement exposer son cas au responsable de la colonie.

— Vous savez tout aussi bien que moi que je ne suis pas engagée, ni pupille du Roi. Mais que je peux faire des merveilles avec ça, dit Marie en agitant ses doigts. Je n'ai pas envie de servir des bourgeois ou de repasser des linges fins, même pour l'autel de votre chapelle, alors qu'il y a des malades à sauver. Et des épidémies à éviter. Nous avons échappé au pire lors de notre trajet de mer, mais j'ai su que Pierre Boucher avait eu moins de chance l'an dernier.

Parti de France avec cent hommes, Boucher, qui s'était fait exceptionnellement recruteur, avait perdu trente-cinq de ses hommes en mer et avait eu la charge des survivants longtemps après leur arrivée, car personne ne voulait engager ceux qui avaient côtoyé les défunts pestiférés.

Sœur Sainte-Blandine lui fit signe de se taire :

— Prenez garde à ce que vous dites ! D'ici à ce qu'on croie que nous apportons la mort noire ! Nous n'avons perdu personne en mer !

— C'est faux. Et vous le savez aussi bien que moi. Vous ne dormiez pas la nuit où on a confié à la mer le corps d'un des timoniers. Vous avez dit la prière des morts avec l'aumônier.

— Comment avez-vous...

— Le chirurgien m'avait demandé mon idée sur le pauvre gars. Flux de sang, puis fièvre. Je l'aurais sauvé avec de l'herbe de Saint-Guillaume, mais j'avais déjà distribué toutes mes réserves depuis longtemps. C'est un prodige qu'il n'y ait pas eu davantage de décès.

— Oui, c'était la volonté divine, murmura l'Ursuline. C'est la première fois que je fais un trajet de mer où le scorbut fait si peu de victimes. Il y aura toutefois plusieurs malades à accueillir à l'Hôtel-Dieu tantôt ; ce sera pour vous le moment de faire montre de vos talents. Marie ? Qu'avez-vous ?

La jeune femme avait blêmi si soudainement que la religieuse était persuadée qu'elle allait perdre connaissance. Elle s'empressa de la soutenir et Marie battit des paupières, inspira profondément afin de rassurer son interlocutrice.

— Ça ira. La fatigue, sans doute...

Sœur Sainte-Blandine ne pouvait deviner que le père de Marie LaFlamme avait péri en mer, du scorbut. Sur un vaisseau de sept cents tonneaux appartenant à Geoffroy de Saint-Arnaud. L'armateur qu'elle avait été forcée d'épouser. Qu'elle exécrait de toute son âme. Et qu'elle tuerait. Ce n'était cependant ni le lieu ni le moment d'y penser, et Marie redouta que la haine qui avait dû déformer brièvement ses traits n'intrigue sœur Sainte-Blandine qu'elle jugeait dangereusement perspicace.

— Vous êtes encolérée, Marie. Qu'est-ce que j'ai dit qui vous ait heurtée ?

— Ce ne sont pas vos propos, c'est la maladie, c'est le scorbut qui m'insultent ! Il y en a parmi nous qui sont si faibles qu'on devra les porter à votre hôpital !

— Vous confondez l'Hôtel-Dieu et le couvent des Ursulines, Marie. Ce sont les Hospitalières qui soignent... Croyez-vous que vous saurez les aider ?

Marie secoua la tête même si elle se demandait comment elle supporterait le fait de partager la vie des religieuses. Elle n'avait aucun penchant pour les innombrables dévotions et elle était dégoûtée pour un temps des lectures saintes après qu'on lui eut lu à chaque heure de la traversée des pages et des pages de textes édifiants, mais elle ignorait si elle trouverait dans les heures à venir un maître qui accepterait de l'employer quelques jours seulement, ou une famille qui l'accueillerait en attendant qu'elle voie le Gouverneur et lui expose ses projets. Elle entendait lui proposer de soigner les malades de manière indépendante, sans être attachée à une institution, mais en étant rémunérée par l'administration de la cité.

Comme le faisait Anne LaFlamme au lazaret, à Nantes.

— Mère Marie pourrait exposer votre cas à mère Catherine, la maîtresse des Hospitalières, dit sœur Sainte-Blandine. Vous n'êtes pas séculière. Mais vous pourriez peut-être agir comme servante. Nourrir les malades, les laver, balayer la salle, tirer les couvertures ou les courtines...

— Mais je sais soigner !

— Il faudrait d'abord vous entendre avec les chirurgiens établis. Que dira le chirurgien du Roi ? Je connais vos talents, mais les femmes ne peuvent pas...

— Qui paie ce médecin ? Je demande la moitié de ses gages pour le même travail.

— Il y a surtout des chirurgiens en Nouvelle-France. Qui sont en principe sous l'autorité du lieutenant et commis du premier barbier du Roi, Jean Madry. C'est un homme important.

— Est-ce qu'il accepte des postulants ?

— En théorie. Mais les barbiers-chirurgiens qui visitent parfois les malades à l'Hôtel-Dieu ne sont guère ennuyés par Jean Madry, trop occupé à ses chicanes. Il est très coléreux...

— Qui paie ces barbiers ?

— La Communauté des Cent Habitants.

— Qui dirige cette communauté ?

— Maintes gens, comme vous pouvez le supposer.

— Le Gouverneur en fait partie ? C'est à lui que je parlerai. Dès qu'on aura touché terre.

— Vous rêvez, Marie, on n'approche pas M. Davaugour si aisément.

— Moi, si !

Sœur Sainte-Blandine grimaça.

— Vous devrez faire preuve de plus d'humilité au couvent ! Sinon, mère Marie n'aura guère envie de plaider votre cause auprès de mère Catherine. Celle-ci est trop aimable, trop douce pour qu'on l'ennuie. Chacun la respecte et vous en ferez autant si elle vous offre le vivre et le couvert.

— Aucun gage ? Comment pourrais-je payer Emeline ?

— Nous trouverons une solution. Mais rappelez-vous que ce n'est pas l'appât du gain qui a poussé les Hospitalières, ni les Ursulines d'ailleurs, à vivre en Nouvelle-France.

Sœur Sainte-Blandine marqua une pause puis demanda :

— Et vous, Marie ?

— Moi ? Oh, moi...

— On prétend que vous êtes veuve d'un soldat du Roi?

Marie balança un instant avant de répondre :

— Je vous dirai à vous la vérité : nous étions seulement fiancés. Mais nous devions nous marier au printemps quand...

La religieuse lui dit plus doucement :

— Vous vous êtes alors embarquée sur l'*Alouette*.

— C'est ça.

— Et vous n'avez jamais eu d'enfant? Jamais porté, même si vous avez raconté que vous aviez perdu un enfant au berceau?

— Jamais, reconnut Marie. Mais si j'avais dit à Julie que je n'avais jamais enfanté, elle n'aurait pas cru que je puisse la délivrer. Elle était suffisamment terrorisée! Comme Horace Bontemps.

Marie désigna Le Duc.

— Regardez comme il est pâle depuis qu'il est monté dans cette chaloupe.

— Il ne sait pas nager.

— Il n'est pas le seul. Mais qu'est-ce qu'il fait? Il se lève! Il va...

Tomber! Marie n'eut pas le temps de crier; Le Duc hurla, sentant qu'il perdait l'équilibre, il battit frénétiquement l'air de ses gros bras, mais personne ne réussit à le retenir. On entendit un plouf! puis un grand remous, des cris de femmes, des exclamations apeurées et les appels désespérés de Bontemps, entre deux hoquets. On vit son chapeau emporté par une vague, ses lunettes, puis Marie qui se dressait en appelant Victor. Il était déjà à l'autre bout de la barque et enjamba si aisément les passagers qu'il sauta à l'eau en même temps que Marie. Comme elle, il avait été surpris par le plongeon de Le Duc et eut ces secondes de stupeur où on regarde au lieu d'intervenir, mais il nageait maintenant vers Horace Bontemps, l'attrapait par l'épaule, tandis que Marie essayait de le soutenir par le bras en lui répétant de se calmer. Victor saisit la corde que lui lançait Michel Dupuis et disparut sous l'eau pour l'attacher à la ceinture de Le Duc. Il remonta et fit signe à Dupuis et à Souci de tirer Bontemps vers eux, pendant que Marie et lui maintenaient la tête hors de l'eau. Des passagers se tassèrent prudemment de l'autre côté de la chaloupe pour équilibrer le poids pendant qu'on remontait Le Duc, plus mort que vif, et qu'on aidait les sauveteurs à le rejoindre à bord. Marie examina rapidement Horace Bontemps, avant de se laisser tomber à côté de la femme qui tenait Noémie. Elle essora ses vêtements avec naturel, même si tous la regardaient, puis sourit à sa fille.

— Je t'apprendrai à nager ! Tu vois que c'est utile quand des imprudents s'agitent dans une barque.

Elle cligna de l'œil puis se désola de constater qu'elle n'avait pas perdu sa vilaine coiffe en plongeant. Sœur Sainte-Blandine lui offrit de se couvrir avec sa cape, mais Marie refusa.

— Il fait bien trop chaud ! Le soleil me séchera.

— C'est votre mère qui vous a montré à nager ? demanda l'Ursuline.

— Non, mon père, répondit Marie gravement. Ma mère, elle, m'a appris à délivrer les femmes.

— Elle était donc fort pieuse puisque les autorités religieuses de Nantes lui permettaient d'exercer.

Marie dodelina de la tête : oui, sa mère était pieuse, oui, les autorités l'avaient acceptée. Elle n'ajouta pas qu'elles l'avaient ensuite trahie en la condamnant au bûcher pour sorcellerie.

— Ma mère a toujours été soutenue par le père Germain, notre confesseur, qui la conseillait avec beaucoup de sagesse, dit-elle plutôt. Un homme dépareillé ! D'une grande bonté. Et d'une solide constitution.

— Une solide constitution ? Est-ce bien nécessaire pour écouter les pécheurs ?

— Oui, sourit Marie, le père Germain a été longtemps aumônier sur des chalutiers. Papa disait que ce Jésuite avait à bord d'un navire autant d'autorité que le capitaine.

Sœur Sainte-Blandine toussa.

— C'est un Jésuite ?

— Vous ne les aimez guère. Ce n'est pas très chrétien, la taquina Marie, qui regretta sa remarque dès qu'elle vit des plaques rouges marbrer le visage de la religieuse, signe indéniable d'une forte émotion.

— Ce ne sont pas les Jésuites que je... mais...

Marie s'étonnait d'entendre l'Ursuline bredouiller. Celle-ci se reprit rapidement pour affirmer qu'elle ne nourrissait aucune haine envers les Jésuites.

— Je vous saurais gré de garder pour vous d'aussi sottes réflexions. Notre supérieure serait navrée d'entendre de telles inepties ! Mère Marie met toute sa confiance en son confesseur, le père Lalemant, et elle voit souvent Mgr de Montmorency-Laval.

— Je vous prie de me pardonner, fit Marie aussitôt, stupéfiant la religieuse par cette inhabituelle soumission. Je ne connais ni votre évêque ni votre supérieure, mais je ne doute aucunement de leur bonne entente et j'observerai dorénavant plus de mesure dans mes propos.

— Mère Marie de l'Incarnation appréciera, dit sœur Sainte-Blandine, rassérénée quoique intriguée par la contrition de Marie. Vous vous languirez un peu de Noémie mais...

— Noémie? Je la verrai chaque soir, après avoir soigné les malades.

— Vous ne m'avez pas bien entendue : si les Hospitalières acceptent de vous recevoir alors que personne ne vous attend, il n'est pas d'usage qu'elles accueillent des familles entières. Vous ne croyez tout de même pas vous installer à l'Hôtel-Dieu avec Noémie, sa nourrice et toute la famille Blanchard?

— Je pourrais loger avec eux...

— Vous savez bien que non!

— Je ne veux pas quitter Noémie!

— Vous le devrez pourtant; vous ne pouvez pas séparer votre fille d'Emeline Blanchard. Votre fille... Si nous avions su que vous n'étiez pas veuve, vous n'auriez jamais pu adopter l'orpheline! Tout s'est fait trop vite, dans la hâte que nous avions de baptiser cette innocente. Mais vos menteries vous causeront des ennuis, je vous le répète. Savez-vous d'abord qui a engagé René Blanchard?

— Un nommé Picot.

— Germain Picot? Il habite en ville, mais il a construit une maison près de la rivière, à quelques lieues de Québec.

— Est-il riche? Il pourrait m'engager aussi?

— N'y comptez pas trop. Songez plutôt que Noémie est une bouche de plus à nourrir! Vous devrez dédommager Emeline Blanchard de son dérangement.

— Elle adore ma fille!

— Vous l'employez comme nourrice.

— Alors, on devra me verser quelque argent à l'Hôtel-Dieu si on souhaite que j'en fasse autant avec Emeline.

— Mère Catherine ne vous a pas encore vue! Aucune décision n'a été prise en votre faveur, que je sache! dit la religieuse d'un ton sec.

Marie avait une fâcheuse tendance à prendre ses désirs pour

des faits accomplis. Encore un péché d'orgueil que cette façon de croire que rien ni personne ne saurait lui résister.

Sentant la désapprobation de sœur Sainte-Blandine, Marie se retourna vers Victor qui expliquait à ses compagnons qu'il avait appris à nager avec Pierre LaFlamme. Elle lui sourit d'un air complice.

— Allez! Rame! Et mets-y tout ton cœur! J'aurai tellement de bonheur à fouler la grève!

Chapitre 3.

« Mets-y tout ton cœur... » Comment aurait-il pu en être autrement ? se demandait Victor en empoignant les rames avec violence, trop heureux de passer ainsi sa rage. « Ton cœur », avait dit Marie en riant, comme s'il s'était agi d'une chose sans importance. Elle ne comprendrait donc jamais qu'il lui avait offert sa vie, et cela depuis toujours, pour badiner ainsi avec ses sentiments ?

Il avait fait le bon choix en décidant de rester sur l'*Alouette*. D'abord, il se serait senti piteux d'abandonner le capitaine Dufour à qui il avait promis l'aller et le retour. Les Le Morhier n'avaient qu'une parole, et puis Marie ne remarquerait même pas son absence. Elle l'oublierait.

Et lui aussi ! Elle le chercherait toute seule, son trésor ; il avait fini de la servir comme un laquais prompt à exécuter son moindre désir. Il en avait assez de ses coquetteries, de ses caprices et de ses folies. Elle l'avait traîné jusqu'ici, c'était largement suffisant ! Il ne la suivrait pas plus loin. Il en avait déjà trop fait en cautionnant ses mensonges : son état de veuve de Simon Perrot alors qu'elle était toujours mariée à Geoffroy de Saint-Arnaud, et n'avait jamais été ni fiancée ni même promise à ce maudit Perrot ; sa vie à Paris qu'elle ne se lassait pas de raconter, l'embellissant à chaque fois de nouveaux détails quand elle y avait à peine séjourné ; sa longue expérience de mère-sage qui se résumait réellement à une seule naissance, celle de Noémie.

Noémie ? Il verrait un notaire en rentrant à Nantes ; il demanderait que tous ses biens soient légués à Noémie après sa mort.

Il ferait les choses justement mais simplement. A l'inverse de Marie, qui compliquait et interprétait tout à sa guise. Elle s'était embarquée en mai à Dieppe car elle fuyait une scène d'horreur, celle où Simon tuait l'apothicaire Pernelle sans lui avoir laissé loisir de se défendre. Elle avait ensuite vu Simon arrêter Guy Chahinian, cet homme qui l'avait, au péril de sa vie, arrachée à Geoffroy de Saint-Arnaud. Elle était épouvantée quand elle avait fait ce récit à Victor, et il s'était alors réjoui à l'idée qu'elle voyait enfin quelle brute était Perrot. Mais, au cours de la traversée, elle avait exonéré Simon de tout blâme, soutenant qu'il n'avait fait que son devoir en tuant Pernelle et en arrêtant Chahinian. Qu'allait-elle maintenant raconter aux habitants de la Nouvelle-France ? Il en frémissait à l'avance !

Heureusement, il ne serait plus là pour entendre toutes ses sottises ! Par Morgane ! Il ne resterait pas longtemps à Québec. Le temps de visiter la ville, de récupérer des pelleteries et il repartirait. Souci lui avait promis deux peaux de castor gras et quatre de demi-castor en règlement de ses dettes de jeu. Même si le capitaine Dufour ne voyait pas les paris d'un très bon œil, Souci avait pris des gageures avec plusieurs compagnons de voyage sur le temps que l'*Alouette* mettrait à gagner Tadoussac, et Victor, qui avait misé en souvenir de son ami Emile Cléron, joueur professionnel à Paris, avait eu une veine insolente et avait raflé toutes les mises. Souci avait préféré proposer des peaux de bêtes plutôt que les maigres pièces qui tintaient faiblement au fond de son gousset. Seulement voilà, ces peaux, il les aurait d'un Huron, à Québec.

— Il les a rapportées de la foire

— Ne l'écoute pas, Victor ! avait gloussé Michel Dupuis. Les Indiens vont vendre des peaux à la foire. Pas en acheter.

— De quelle foire parlez-vous ?

— Celle de juin, à Pointe-à-Callières, à Ville-Marie. Toutes les tribus de Sauvages viennent vendre leurs peaux. Du castor, mais aussi de la martre, de la loutre, du loup... Il paraît qu'il y a des montagnes de ballots ! Je voudrais bien voir ça !

— Je me demande, alors, pourquoi ton Huron n'a pas vendu toutes ses peaux s'il est allé à la foire dans ce but ?

— Il aura tout échangé, s'était entêté Souci, mais en aura racheté à son retour. Il connaît bien des places où s'arrêter en remontant le fleuve.

Victor ne s'était pas fait vraiment prier pour suivre Antoine Souci à Québec ; sans se l'avouer, il cherchait un prétexte pour voir cette ville où allait habiter Marie. Il avait bien espéré qu'elle le supplierait de l'accompagner, mais comme elle n'en avait rien fait...

— Je vais troquer une petite couverte, avait confié Antoine Souci à Victor et à Michel Dupuis. Je vous fais confiance : pas un mot ! Si on respectait les édits, il faudrait toujours tout vendre au magasin.

— Et tu vas la trouver où, ta couverte ? avait demandé Dupuis avec un regard malicieux.

— Je n'aurai aucune misère à la prendre à Agathe.

— On pourrait parier là-dessus aussi, avait fait aussitôt Dupuis en donnant un coup de coude à Victor qui sourit, puis éclata de rire.

La femme d'Antoine Souci n'était pas commode et on se moquait en cachette du pauvre cordonnier, disant qu'il n'aurait jamais dû aller rechercher cette redoutable épouse à Périgny, la vie étant déjà assez dure en Nouvelle-France.

— Je demande à voir, avait dit Victor.

— Je te donnerai les peaux aussitôt à terre !

C'est ainsi que Victor se désâmait dans une chaloupe qui menait à Québec et qu'il atteignait le port.

Et voilà qu'il oubliait sa colère, son dépit, son amertume pour s'étonner de voir des dizaines d'hommes s'élancer dans le Saint-Laurent avec une extraordinaire gaieté afin d'aider les voyageurs à s'extirper des chaloupes et à faire leurs premiers pas chancelants sur le sol de la Nouvelle-France.

Il y avait tant de gens pour accueillir les passagers de l'*Alouette* qu'on ne voyait que les toits des maisons derrière eux, lesquelles étaient moins élevées, sembla-t-il à Victor, que les constructions nantaises ou parisiennes. Et plus larges, peut-être, étalant plus généreusement leurs flancs pour s'accorder avec l'impression d'espace que donnait Québec à tout étranger. Certes, les maisons de la basse-ville étaient mitoyennes, mais elles ne semblaient pas s'étouffer les unes les autres comme les demeures des villes de France qui se pressaient tellement contre leurs voisines qu'elles jaillissaient en avancées, en encorbellements, en balcons de toutes sortes sur les rues étroites. Rien de cela ici ; de la place en masse devant chaque porte et derrière, probablement, et au-dessus, avec cette falaise qui séparait la haute-ville de la basse-ville et où un habitant audacieux avait trouvé moyen de bâtir.

— Quel curieux homme a planté là son logis ?

— Ruette d'Auteuil, mais il loue sa maison à Jérémie. Qu'on appelle le plus souvent Lamontagne ! On pourrait aussi le surnommer l'Ermite, avec les morts d'un cimetière pour seul voisinage, s'il n'y avait pas de va-et-vient au four à briques juste à côté. Mais astheure, c'est ici qu'il y a de la bousculade ! Morbleu ! Tout le monde s'est rendu au quai de Champlain !

Tout le monde ? Des hommes surtout, nota Victor avec déplaisir : on ne lui avait pas menti en affirmant qu'il y avait sept hommes pour une femme. Il tourna la tête, cherchant Marie des yeux. Elle se tenait à l'avant de la chaloupe et s'apprêtait à en enjamber le flanc quand vingt fortes mains palpitèrent vers elle, avides, désireuses de la toucher. Elle les écarta sans cesser de sourire, dénombrant avec contentement ces multiples soupirants. On aidait toutes les femmes à descendre des embarcations mais on ne se ruait pas ainsi sur chacune, elle le voyait bien ! Pourtant, son voile d'infirmière, même froissé, aurait dû calmer les ardeurs, on aurait dû lui manifester la même réserve qu'aux deux séculières qui avaient fait le voyage sur l'*Alouette* ; les colons ne pouvaient pas savoir qu'elle avait porté cette coiffe par ordre du capitaine qui avait choisi de travestir en infirmière cette passagère clandestine. Et Marie lui avait obéi. Parce qu'elle n'avait pas le choix mais aussi parce que sœur Sainte-Blandine l'avait enlaidie en lui coupant les cheveux pour lui apprendre l'humilité : pas question de montrer ses épis à qui que ce soit ! Elle avait décidé d'attendre que sa chevelure boucle de nouveau en souplesse. Etait-ce l'air marin ? Ou Dieu l'avait-il exaucée ? Ses cheveux avaient repoussé en mer plus vite qu'à terre : elle allait se débarrasser maintenant de cette terne coiffure qui lui faisait un teint de clerc.

« Par Morgane ! Elle enlève sa coiffe ! » songea Victor, qui n'eut pas le temps d'intervenir mais tout le loisir, paradoxalement, de lire l'impatience dans les yeux de sœur Sainte-Blandine et la surprise admirative dans ceux des colons. Il vit Marie faire tournoyer à bout de bras le tissu grisâtre et le lancer au loin de toutes ses forces.

Le fait de contempler de nouveau la crinière rousse de Marie bouleversa Victor ; on lui rendait un peu de la jeune fille qui

avait grandi avec lui à Nantes. Des images du passé s'imposaient
à lui, émouvantes ou drôles, sans qu'il puisse les repousser :
Marie enfant, lui montrant que ses cheveux étaient au moins
aussi brillants que le fil de laiton qu'elle avait pris à l'atelier
du taillandier, Marie attachant un bout de fer à sa longue tresse
pour prouver aux garçonnets qu'elle voulait vraiment pêcher
dans la rivière avec eux — ou seulement Simon ? — , Marie
qui s'était battue avec la fille de la boulangère qui répétait que
les rousses sentaient le soufre — et c'était bien avant la
condamnation d'Anne pour sorcellerie —, Marie dont il n'avait
pas vraiment tenté de se guérir en couchant avec des femmes
aux cheveux brique ; Marie qu'il avait perdue au marché de
Dieppe et qu'il avait retrouvée aussitôt grâce à cette parure de
feu qui fondait sur ses épaules et qui l'aurait trop bien dési-
gnée aux officiers de justice qui avaient reçu l'ordre de l'arrêter pour meurtre.

Marie LaFlamme, son amour.

Qui tendait maintenant les bras vers Noémie, qu'Emeline avait
tenue le temps que la jeune femme descende de la chaloupe.

— Alors ? vous voulez toujours me porter ? claironna-t-elle avec
ironie au Parisien qui avait écarté les autres hommes pour lui proposer de la saisir de ses bras afin de lui éviter de se mouiller les pieds.

L'homme rougit mais ne se décontenança qu'une seconde.

— Votre époux ne doit pas être très loin, à moins qu'il soit
un sot pour vous laisser si longtemps seule.

— Tais-toi donc, Saint-Germain, dit Antoine Souci. Madame
est veuve.

Marcel Toussaint dit Saint-Germain s'approcha davantage de
Marie.

— Excusez-moi. Mais mon offre tient toujours.

Marie le remercia en se retenant de sourire car le culot de cet
homme l'amusait. Pressant Noémie contre son épaule, elle
déclara qu'elle voulait plus que tout sentir le sol de la Nouvelle-
France sous ses pieds.

Elle s'avança d'une allure si décidée vers la rue Saint-Pierre
que la foule s'écarta sur son passage. Elle ferma les yeux, se souvenant d'avoir vécu semblable moment, se souvenant des Nantais qui s'étaient d'abord jetés loin d'elle comme si elle était pes-
tiférée, pour la bousculer l'instant d'après. Elle rouvrit les yeux :
il n'y avait personne pour l'emprisonner.

Elle se signa en prenant Dieu à témoin : jamais on ne la traiterait de sorcière en ce pays neuf. Jamais !

Sœur Sainte-Blandine écarquilla les yeux, stupéfaite : voici que Marie était la première à rendre grâce au Très-Haut, et les passagers qui étaient descendus à sa suite l'imitèrent aussitôt, gênés d'avoir couru vers la ville sans avoir d'abord remercié le Seigneur. Qu'allaient donc penser d'eux les habitants de Québec ? Ils les tiendraient peut-être pour de mauvais chrétiens ?

Denis Malescot, qui se disait pelletier, s'agenouilla, se figurant que tous les regards convergeaient vers lui. Quand oublierait-on qu'il avait été huguenot ? Il s'était converti au départ de Dieppe, comme on le lui avait ordonné, sans protester aucunement, mais il avait bien vu qu'on ne le croyait qu'à demi quand il professait sa nouvelle foi. Et sur l'*Alouette*, les premiers jours, on avait évité d'être à ses côtés au moment des oraisons. Il n'y avait eu que Luc LaFlandres pour lui sourire quand il avait offert son biscuit à sa femme Julie, soutenant qu'elle devait manger davantage puisqu'elle était grosse. Marie LaFlamme lui avait parlé les jours suivants. Elle lui avait même dit qu'elle se moquait qu'il soit huguenot. Il avait répondu qu'il s'en moquait aussi. Depuis, il se reprochait ces paroles gratuites. Il était assuré que son Dieu comprendrait ses motifs puisqu'il était décidé à continuer à l'honorer secrètement ; mais comment avait-il pu plaisanter ainsi sur sa foi avec la jeune infirmière ? Elle ne l'avait pas menacé, elle ne lui avait pas demandé de dénigrer les croyances de ses aïeux. Au contraire, elle avait tenu des propos qui indiquaient qu'elle lui reconnaissait le droit d'être libre de ses choix religieux. Alors, pourquoi ? Pourquoi imiter Judas ? Afin d'éviter pareille lâcheté, Denis Malescot avait fui Marie jusqu'à la fin du trajet de mer.

Il sursauta quand il sentit qu'on lui tapotait l'épaule.

— Vous vous mettez ici en péril et si vous ne vous relevez pas bien vite, vous serez pressé comme du muscat ! dit Marie en faisant un large geste de la main pour montrer la masse des passagers qui les rejoignait. Ne craignez pas pour vos dévotions ; je vois là-bas un prêtre qui nous demandera tantôt de nous agenouiller pour une bénédiction.

— C'est le père Jérôme Lalemant, notre confesseur, dit sœur Sainte-Suzanne de Saint-Bernard d'une voix vibrante d'admiration. Mère Marie Guyart, notre supérieure, lui accorde toute sa confiance.

Sœur Sainte-Blandine la reprit en souriant :

— Allons, ma sœur, vous savez bien que notre mère Marie a renoncé à sa charge depuis un an.

— Mais elle guide et guidera toujours le sort des Ursulines ! Elle est l'âme du couvent !

Sœur Sainte-Blandine acquiesça, partageant l'idée de la jeune religieuse ; mère Marie de l'Incarnation serait l'éternelle dépositaire de la congrégation. Et tant qu'elle vivrait, il n'y aurait aucun changement à la règle. Sœur Sainte-Blandine implorait à chaque heure du jour le Seigneur de veiller sur la fondatrice des Ursulines de Québec car elle redoutait plus que tout sa disparition : qui aurait assez de courage pour répondre à Mgr de Montmorency-Laval ?

Mais au fait, où était-il ? Sœur Sainte-Blandine, qui s'était répété mille fois qu'elle devrait être gracieuse quand elle le croiserait au quai de Champlain, n'était pas la seule à s'étonner de l'absence de François de Laval ; derrière elle, elle entendait l'aumônier de l'*Alouette* interroger Guillemette Couillard, née Hébert.

— Mgr de Laval est parti à la fin de l'été dernier pour le continent.

— Il n'est toujours pas revenu ? s'exclama sœur Sainte-Blandine. Je me suis embarquée trois jours après lui, vous vous souvenez ? Sur le vaisseau du capitaine Remond, avec M. de Mazé, qui allait faire valoir l'idée de notre Gouverneur.

Guillemette Couillard affichait un sourire mi-figue, mi-raisin.

— Ah ! Louis Péronne de Mazé est bien revenu. Il y a quelques jours.

— Et alors ?

— M. Davaugour veut rentrer en France.

— Ah ! fit seulement sœur Sainte-Blandine.

Elle était pourtant la proie d'émotions contradictoires ; si elle se réjouissait que le Gouverneur n'ait pas eu gain de cause auprès de Louis XIV en ce qui concernait la vente d'alcool aux Indiens, elle était furieuse en songeant que Mgr de Laval avait eu raison, une fois de plus. Et elle se sentait coupable d'éprouver tant de haine à l'égard de cet homme d'Eglise qu'elle aurait dû vénérer, d'autant plus qu'elle approuvait entièrement sa volonté de faire cesser le trafic d'eau-de-vie. Sœur Sainte-Blandine priait Dieu chaque jour de l'aider à pardonner à Mgr de Laval de causer parfois du tracas à mère Marie, mais elle n'y parvenait guère.

— Si vous nous expliquiez? demanda Marie. Qui est ce M. de Mazé?

— M. de Mazé est secrétaire du gouverneur Davaugour. Il est allé voir notre Roi pour tenter d'obtenir le droit de vendre de l'eau-de-vie aux Sauvages. Il semble qu'il ait échoué dans son ambassade et que Mgr de Laval continuera d'excommunier quiconque échange du vin contre des fourrures.

— Pourquoi refuse-t-on aux Indiens le droit de boire? questionna Marie.

Guillemette Couillard fixa longuement la jeune femme avant de dire que les Indiens devenaient fous quand ils buvaient.

— Ils se battent et tuent même parfois sans éprouver aucun remords quand on leur reproche les crimes dont ils n'ont pas souvenance. Ils pensent qu'ils n'ont pas à être jugés pour des actes qu'ils ont commis alors qu'ils ne se connaissaient plus! Mais ils tuent aussi sans avoir bu d'eau-de-vie. Et pas plus tard que...

Guillemette Couillard s'interrompit, visiblement ennuyée.

— Je ne devrais pas vous effrayer le jour de votre arrivée. Mais il y a une femme qui a été égorgée à l'île d'Orléans, au printemps.

Sœur Sainte-Blandine se signa en souriant tristement à Guillemette Hébert; cette dernière avait perdu, en 1661 et 1662, ses fils Nicolas et Guillaume.

— Vous n'aimez pas les Indiens? avança Marie.

— Marie! fit sœur Sainte-Blandine. Taisez-vous donc au lieu de multiplier les bévues. Mme Couillard fut la première à élever des Sauvagesses. Mais si vous la voyez aujourd'hui toute vêtue de noir, c'est qu'elle porte le deuil de ses deux garçons, tués par les Iroquois.

— Et celui de mon mari, murmura Guillemette Couillard.

— Votre mari?

— Il est mort chez nous, voilà près de cinq mois.

Sœur Sainte-Blandine toucha la main de la veuve et lui promit qu'elle et ses sœurs ursulines prieraient avec ferveur pour l'âme du défunt Guillaume Couillard, tout en se demandant si elle apprendrait encore maints décès. Il lui tardait de savoir ce qui s'était passé durant ses onze mois d'absence. Et surtout comment se portait mère Marie de l'Incarnation. Le révérend père Lalemant pourrait la rassurer; elle abandonna presque cavalièrement Marie LaFlamme et la veuve Couillard pour aller interroger le Jésuite qui souriait avec bonté aux nouveaux arrivants qui s'agenouillaient devant lui avant de se présenter.

Guillemette Couillard la regarda s'élancer vers le prêtre en souriant.

— Notre sœur n'a guère changé dans l'année!

Marie sourit, en guise d'approbation.

— Sœur Sainte-Blandine est toujours aussi vive! Et elle n'aimera jamais François de Laval.

— Pourquoi donc?

Guillemette Couillard fronça les sourcils.

— Mais qui es-tu? Tu n'es ni Ursuline, ni Hospitalière. Serais-tu séculière, comme Jeanne Mance?

— Je ne connais aucune Jeanne et je n'appartiens à aucun ordre. Je me nomme Marie LaFlamme et je suis sage-femme.

— Ah! J'ignorais qu'Hélène Desportes et sa fille seraient secondées.

— Hélène Desportes?

— C'est la mère-sage, mon petit! Comment l'ignores-tu? Elle a aidé toutes les femmes; de l'Habitation à Notre-Dame-des-Anges, de Sillery à Beaupré! Elle sait y faire! Elle a eu elle-même quinze enfants. Et toi?

Marie LaFlamme se mordit la lèvre, contrariée; elle n'aimait guère la curiosité de Guillemette Couillard à son égard, et encore moins ce qu'elle apprenait : quelle femme la préférerait à une matrone qui ne se contente pas d'accoucher ses voisines, mais connaît l'événement chaque année dans sa chair?

— C'est ma seule enfant, finit-elle par répondre en tournant Noémie vers son interlocutrice. J'ai perdu Simon si promptement...

— Ma pauvre fille, tu es bien jeune pour être veuve! Est-ce que ton époux a péri durant le trajet de mer?

Marie secoua la tête négativement puis héla Emeline Blanchard qui passait près d'elle, afin d'échapper à l'interrogatoire de Guillemette Couillard.

— Emeline, Noémie a faim!

— Mais elle a tété. Avant de débarquer!

— Je sais ce que je dis!

Marie empoigna Emeline par le bras et, après avoir salué la veuve Couillard, elle s'avança vers le révérend père Lalemant. Guillemette Couillard se demanda si Marie en savait assez sur les enfants pour se dire matrone : sa petiote dormait trop calmement contre son sein pour être affamée. La veuve se rappela comment ses fils hurlaient pour manger et sourit ; les souvenirs heureux commençaient enfin à resurgir après des mois de cauchemars où elle n'avait pu que s'imaginer le massacre de ses garçons par les Iroquois.

Une voix forte l'extirpa de ses pensées.

— Guillemette Couillard ! tonna le capitaine Dufour. Toujours sur le quai !

— Bah, je n'ai plus d'aussi bons yeux mais je te reconnais encore ! Pourquoi as-tu accepté des gens ? Ils me semblent avoir bien souffert de tes soins durant le trajet de mer, se moqua affectueusement la veuve Couillard.

Le capitaine fit mine de s'arracher les cheveux avant d'expliquer qu'il n'embarquerait plus jamais de passagers pour la Nouvelle-France :

— On a même eu une clandestine !

— Une clandestine ? murmura Guillemette Couillard.

Le capitaine se pencha vers elle.

— C'est la rouquine à qui tu causais tantôt. Ne le répète pas ; je ne voudrais pas qu'elle connaisse trop de traverses par ici. C'est une gamine butée mais elle a plus de courage que bien des marins ! Et un don pour recoudre les blessés ! Elle a fait des prodiges à bord !

— C'est chose étrange, quand même, qu'elle ait choisi de s'embarquer avec une enfant.

— Ce n'est pas la sienne. Elle l'a adoptée sur l'*Alouette*.

A mesure que le capitaine Dufour racontait dans quelles circonstances Marie s'était trouvée mère, le visage de Guillemette Couillard s'enorgueillissait de satisfaction : elle avait vu juste en songeant que Marie ne connaissait guère les enfants. Elle se demandait si elle avait encore raison en affirmant au capitaine qu'à son idée Marie n'avait jamais été mariée à un dénommé Simon.

— Si, elle m'en a parlé, déclara Georges Dufour, qui regrettait d'avoir révélé la clandestinité de Marie LaFlamme. Même qu'elle m'a donné la bague de sa dot pour payer son passage. Regarde.

Il sortit de son pourpoint un petit sac de peau dont il tira une bague en or sertie d'un énorme diamant.

— Qu'en dis-tu?

— J'en dis que tu n'es pas très futé, mon pauvre Georges. Si c'est une dot, comme le prétend cette fille, c'est qu'elle est fort bien née. En ce cas, pourquoi s'embarquer pour Québec plutôt que de vivre chez des parents qui l'auraient sûrement recueillie après la mort de son Simon? Elle doit avoir volé cette bague!

— Tu imagines toujours le pire! Cette fille devrait pourtant te plaire, à toi qui prises les gens téméraires!

Guillemette Couillard hocha la tête.

— Elle me plaît, capitaine, et je verrai si je peux l'aider. Elle semble courageuse; elle n'a même pas frémi quand j'ai parlé du meurtre de Madeleine Faucher, à l'île.

— C'est un Sauvage qui l'a tuée?

— On ne sait pas. Mais elle a été égorgée comme la Germaine, il y a deux ans. En tout cas, ta clandestine finira bien par me dire la vérité sur son Simon!

La vérité? Marie elle-même l'ignorait. Ce qu'elle supposait, c'était le mariage de Simon avec la servante de la baronne de Jocary, la naissance de son fils, son installation à Saint-Germain, son poste de mousquetaire, son oubli d'elle.

Rien ne s'était passé comme elle l'avait cru.

Ni comme Simon Perrot l'avait espéré; les deux derniers mois avaient été fertiles en surprises.

De mauvaises, surtout.

Chapitre 4.

Durant les plus jolis jours du printemps, alors que les Parisiens se souriaient au jardin des Tuileries, trop heureux d'oublier, le temps d'une promenade, leur intérieur sombre et empuanti par les pestilences qui montaient des eaux croupies des rues, Simon Perrot songeait qu'il aurait dû essayer de se trouver un poste de concierge aux Tuileries plutôt que de gaspiller ses talents au Grand Châtelet. Empêcher la canaille de pénétrer dans les jardins n'était guère épuisant, ni dangereux, et il aurait eu tout loisir de lutiner les dames puisqu'elles y venaient sans leur mari, jugeant ridicule de se promener en famille.

Il y aurait peut-être rencontré une marquise ou une duchesse ayant meilleure nature qu'Armande de Jocary ! Plutôt que de le réconforter quand Chalumeau, son supérieur au Châtelet, s'était attribué tout le mérite de la capture de Guy Chahinian, la baronne de Jocary s'était moquée de son amant, lui disant qu'il n'avait qu'à s'adresser directement à Jacques Tardieu au lieu d'en aviser d'abord son supérieur hiérarchique.

— Mais le lieutenant Chalumeau l'aurait su !

— Ton lieutenant n'est pas plus lieutenant que moi ! Alors que Jacques Tardieu, lui, l'est véritablement. Si tu l'avais été trouver, Chalumeau n'aurait pas pu t'enlever le bénéfice de l'arrestation. Et tu aurais eu une autre charge.

— Celle de mousquetaire ! avait grogné Simon.

La baronne avait hoché la tête en signe d'assentiment, puis elle avait soupiré ostensiblement avant de dire qu'elle ne pouvait hélas pas intercéder pour son jeune amant auprès du lieutenant criminel.

— Mais pourquoi?

— Tu sais bien que le jeu est défendu.

— Le lieutenant criminel ignore qu'on joue ici. Et un marquis fréquente votre salon!

La baronne avait haussé les épaules.

— Oui. Un marquis. Un seul. Qui ne se vantera jamais de faire rouler les dés chez moi...

— Mais vous m'avez dit que vous aviez bien gagné l'autre soir au lansquenet et à la brusquebille. Vous savez l'avarice du lieutenant criminel? En l'invitant à un bon souper, vous arriveriez à le persuader que c'est bien grâce à moi, et non à Chalumeau, qu'un dangereux criminel a été arrêté! Et nous partagerions la récompense!

— Qu'est-il devenu, le prisonnier? avait demandé la baronne pour éviter de prendre une décision au sujet de Simon.

— Il a été torturé.

— Il est mort? Il a avoué?

— Quelques brûlures avec un tisonnier ne tuent pas nos patients. Et celui-là n'a pas voulu reconnaître son crime. Il nie tout! Il nie même que c'est moi qui l'ai arrêté! Je l'aurais étranglé de mes propres mains si M. Tardieu ne nous avait empêchés de poursuivre l'interrogatoire. Depuis il a visité le prisonnier deux fois. Et il veut que nous le nourrissions assez; il ne doit pas mourir.

— Personne n'avait payé pour son entretien depuis sa capture?

Simon avait ricané.

— Si, mais Chalumeau trouve que le Puits est trop humide pour y descendre. Il garde l'argent. Et m'en donne la moitié. Le prisonnier nous a déjà rapporté plusieurs livres: on paie davantage pour le grand maître d'une secte d'hérétiques.

— Une secte d'hérétiques?

— Chahinian est le grand maître d'une société secrète.

La baronne avait battu des paupières, inspiré profondément.

— Mais tu m'as dit que tu avais arrêté un meurtrier!

— Oui, Chahinian a tué l'apothicaire Jules Pernelle qui l'avait dénoncé.

— Mais M. le Lieutenant criminel ne s'est pas déplacé deux fois pour un vulgaire sicaire!

— Je le sais ! C'est pourquoi je veux que justice me soit rendue : la récompense pour cette arrestation me revient ! Chalumeau dit que j'ai procédé sous ses ordres, mais il ment !

Armande de Jocary s'était emportée ; son amant était un crétin pour avoir laissé pareille occasion lui passer sous le nez !

— C'est ta parole contre la sienne, mais crois-moi, Chalumeau n'aura pas plus que toi de récompense ; le lieutenant criminel ne déboursera pas une pistole pour vous remercier de cette capture. Ce serait pis pour lui que de s'arracher le cœur. Tout Paris s'amuse de l'avarice de Tardieu et de sa femme. Oublie cette histoire ; tu n'avais qu'à marchander sa liberté avec le prisonnier quand tu le tenais. Tu aurais pu assurément t'acheter une charge plus importante. Mais tu es décidément trop sot.

Simon Perrot avait blêmi, serré les poings et quitté la chambre de sa maîtresse si précipitamment qu'il avait heurté sa sœur qui gagnait les appartements de la baronne. Il n'avait même pas pris la peine de la saluer, ni de ramasser la petite glace italienne qu'il avait fait tomber d'une table en bois de violette. Michelle Perrot s'était penchée, avait saisi le miroir d'une main tremblante. Avant de le remettre en place, elle avait aperçu son visage et songé qu'elle avait bien vieilli depuis son arrivée à Paris au début de l'année et que sa pâleur pourrait trahir le tumulte qui l'agitait ; elle s'était aussitôt frotté les joues pour aviver son teint. La baronne ne devait pas deviner qu'elle avait entendu sa conversation avec Simon.

Quand Michelle avait salué sa tutrice, celle-ci, allongée sur le lit gauche de l'alcôve, avait à peine tourné la tête pour lui signifier qu'elle pouvait commencer à jouer de la flûte. La musicienne avait énoncé les pièces qu'elle avait choisies pour la soirée et attaqué un menuet de Lulli. Au cours de la pièce, elle avait commis deux erreurs, et la baronne s'était étonnée de ces maladresses inhabituelles.

— Avez-vous un souci, ma fille ?

— Je m'inquiète pour Josette, qui n'a guère mangé aujourd'hui.

— Elle est grosse ; c'est coutumier dans son état.

— Elle dit que son fiancé ne l'a pas vue plus d'une heure depuis des jours.

— Votre frère songe à s'établir ; il n'a pas de temps à lui consacrer. Qu'elle bénisse déjà le Ciel qu'il accepte de l'épouser.

— Simon aurait-il été accusé de séduction s'il l'avait abandonnée avec l'enfant?

La baronne s'était de nouveau tournée vers Michelle, surprise de ses questions.

— Pourquoi vous en inquiéter?

La jeune flûtiste avait rougi, honteuse d'avoir presque souhaité que son aîné soit condamné. Si l'idée que Simon puisse être incarcéré avec des criminels de toutes sortes la faisait frémir d'horreur, le sentiment chaque jour confirmé de la cruauté de son frère l'emplissait d'une terreur grandissante et elle en venait à prier qu'on empêche Simon de poursuivre ses méfaits. En séduisant la pauvre Josette, il avait blessé si méchamment Marie qu'elle était partie en Nouvelle-France, mais il ne témoignait d'aucun remords et ne cachait guère ses relations coupables avec la baronne alors que sa future dormait sous le même toit.

Grâce à une ruse, Michelle avait amené la baronne à persuader son frère d'épouser Josette et elle avait espéré ne plus jamais avoir à intervenir de cette manière dans la vie de son aîné, même si elle savait pertinemment que le triste mariage qu'il contractait ne le rendrait pas meilleur. Ses vœux n'avaient pas été exaucés. Ce qu'elle avait ouï derrière la porte de la chambre de la baronne était pis que tout; Simon était responsable de l'arrestation de Guy Chahinian, cet homme que M. Le Morhier tenait en la plus haute estime et dont il pleurait la disparition depuis des jours!

— Alors, mademoiselle, me direz-vous ce qui vous ronge? Votre frère épousera cette gourde dont vous vous souciez tant dans une semaine. Que voulez-vous de plus?

— Rien, madame la Baronne.

Armande de Jocary s'était levée d'un bond et avait empoigné Michelle par les épaules, la serrant à la faire crier.

— Vous n'avez pas commis semblable sottise?

— Quelle sottise? avait bredouillé la musicienne.

La baronne avait relâché Michelle aussi brusquement qu'elle l'avait attrapée et avait plissé les yeux : et si sa protégée avait été séduite par le marquis?

— Est-ce le marquis?

— Mais quel marquis?

— Si M. de Saint-Onge vous a séduite sous mon toit, je demanderai réparation!

Michelle Perrot, malgré la peine que lui avait causée à l'instant son frère, n'avait pu retenir un éclat de rire.

— Personne ne m'a connue, madame. Et personne ne le fera jamais non plus.

La déception se lisait sur le visage de la baronne qui avait imaginé promptement à quel chantage elle aurait soumis le marquis, mais elle s'était informée cependant des intentions de la flûtiste.

— Qu'entendez-vous par là?

Michelle s'était approchée de l'unique fenêtre de la chambre, faisant mine de se pencher afin de mieux percevoir les bruits de la rue.

— Ecoutez, c'est la cloche de Saint-Louis; l'office est terminé. Je dois aller retrouver le maître de chapelle. Il souhaite que je joue une aria de Charpentier à la grand-messe de l'Assomption.

— Nous verrons cela. Partez maintenant.

Michelle s'était retirée aussitôt, embarrassée par tous les mensonges qu'elle avait proférés en si peu de temps et qu'elle ne pourrait même pas confesser dans la journée puisqu'elle n'irait pas à l'église Saint-Louis, comme elle l'avait prétendu, mais chez les Beaumont, rue des Vieilles-Etuves-Saint-Honoré. Elle n'avait pas balancé plus d'une minute avant de décider d'informer les Le Morhier; le capitaine saurait où trouver Guy Chahinian. Mais elle lui apprendrait avant qu'il était le chef d'une société secrète.

En quittant la rue du Bourubourg, Michelle avait été éblouie par la lumière qui inondait la rue de la Verrerie; forcée dès l'après-dîner d'allumer une chandelle car la demeure de sa tutrice, construite en longueur, n'était percée que d'une ouverture sur la façade, la musicienne se disait souvent qu'il aurait été plus aisé de déchiffrer ses partitions sur la place publique. Il lui arrivait même parfois d'envier les saltimbanques qui jouaient de la musette et de la vielle à roue à la foire Saint-Germain.

Bien qu'elle n'ait eu guère d'hésitation à révéler aux Le Morhier le crime dont Simon s'enorgueillissait, Michelle avait mis du temps pour rejoindre le capitaine et sa femme car l'idée de trahir son frère lui répugnait. L'apparition d'un mousquetaire du Roi, au carrefour du Tiroyen, avait fouetté opinément sa volonté : elle s'était rappelé que Simon avait menti à tous quand il avait prétendu qu'il faisait partie de la garde royale. Qu'y avait-il de vrai dans ce qu'il avait conté à la baronne au sujet de Guy Chahinian?

Le capitaine Le Morhier avait écouté Michelle Perrot sans l'interrompre, et quand elle s'était tue après avoir versé quelques pleurs dans les bras de Myriam Le Morhier, il n'avait rien trouvé à dire, trop saisi par ce qu'il avait appris. Il savait depuis longtemps que Guy Chahinian avait une double vie : à Nantes, l'orfèvre avait admis que certains dangers le menaçaient et qu'il refusait de se confier à quiconque afin de préserver ses amis des mêmes périls. Le capitaine avait cru aussitôt que le Parisien était huguenot ou juif et il avait respecté sa réserve même s'il lui avait avoué que la mère de Myriam avait échappé de peu aux persécutions catholiques. Il n'avait jamais songé que Chahinian était le maître d'une secte d'hérétiques !

— Michelle, qu'as-tu entendu d'autre chez la baronne ?

— Je vous ai tout dit, monsieur. Votre ami n'a pas disparu dans la Seine comme vous le redoutiez. Il a tué l'apothicaire qui l'avait dénoncé et mon frère est arrivé au moment où il commettait son forfait. Et il n'y avait pas de témoins car mon frère les aurait assurément mandés pour confirmer qu'il était bien l'auteur de l'arrestation ; Simon tenait à la récompense. Croyez-vous que l'hérésie rende mauvais ? M. Chahinian me paraissait sage ; j'ai peine à croire qu'il se soit conduit comme une brute. Il était si bon avec Marie...

Roulant soudainement des yeux effarés, Michelle avait balbutié : « Marie ! oh, non ! » avant de s'évanouir. Myriam Le Morhier avait profité de ces minutes d'inconscience pour consulter son époux.

— Nous devons lui avouer astheure la vérité. Elle devait la pressentir puisqu'elle a si bien accepté que Marie ait quitté Paris sans l'embrasser. Elle ne nous a pas interrogés une seule fois sur son départ précipité. Elle préférait croire que Marie se retirait pour pleurer Simon...

— Alors qu'elle fuyait Paris pour ne pas le dénoncer ! Je me demande encore pourquoi je ne l'ai pas retenue ici et forcée à dire ce qu'elle avait vu dans la boutique de Jules Pernelle !

— C'est que vous aimez bien notre fils Victor...

— N'aurait-il pas pu s'enticher de Michelle plutôt que de Marie ? Elle est si douce. Est-ce possible qu'elle soit née du même sein que ce serpent de Perrot ?

— La faire souffrir en lui apprenant que son frère est un meurtrier me rebute, avait chuchoté Myriam Le Morhier en passant un flacon de vinaigre sous le nez de la musicienne.

— Nous lui avons caché les faits aussi longtemps qu'il était possible...

— Mais vous aviez tout deviné, hélas, et notre ami croupit au fond d'un cachot, blessé, malade...

Le capitaine avait juré.

— Morbleu! Ce maudit Chalumeau a empoché l'argent que j'ai remis au prêtre pour Chahinian en jurant que notre ami se portait bien!

Myriam Le Morhier avait secoué la tête vivement, refusant l'image qui s'imposait à elle, celle du bourreau appliquant le tisonnier sur le torse du prisonnier. Une fois, deux fois, dix fois. Odeur de chair grillée. Il lui semblait entendre les hurlements de Chahinian.

Les gémissements de Michelle Perrot qui revenait à elle l'avaient arrachée à ses pensées morbides, et c'est avec bien des ménagements qu'elle lui avait parlé du témoignage de Marie : cette dernière avait vu Simon poignarder Jules Pernelle avant d'arrêter Guy Chahinian.

— Vous saviez donc que mon frère est un assassin? avait dit la musicienne d'une voix étrangement calme. Cela devait arriver un jour. Simon a toujours été malfaisant. Et Marie... éprise de lui au point de préférer fuir la ville plutôt que de témoigner contre lui! Que deviendra M. Chahinian?

— Je crains que ce ne soit bien malaisé : Marie est en route vers la Nouvelle-France, avec notre fils, et ne reviendra pas de sitôt. Je me reproche depuis son départ de ne pas l'avoir gardée ici afin qu'elle lave M. Chahinian des accusations de meurtre, mais je sais maintenant que c'est moins le crime dont on accuse l'orfèvre qui le tient au fond d'un cachot que son hérésie. Sinon, il aurait déjà été exécuté.

Myriam Le Morhier se tordait les mains avec anxiété; elle voulait aider Guy Chahinian, mais son époux serait soupçonné d'être membre de la confrérie que dirigeait Chahinian s'il demandait à le voir au Grand Châtelet. Par la faute de Marie LaFlamme, leur fils Victor était parti vers un autre continent; elle ne voulait pas perdre également son mari.

Quand le capitaine s'était levé pour raccompagner Michelle Perrot chez la baronne, elle lui avait fait jurer de ne pas s'arrêter devant la sinistre prison. Martin Le Morhier avait acquiescé, mesurant lui aussi le péril auquel il s'exposerait en révélant son amitié pour Chahinian. Il avait simplement répété que Marie avait causé la perte de l'orfèvre.

— C'est une gueuse, une vermine, un poison, une plaie, une sorcière et...

— Taisez-vous! Ne prononcez jamais ce mot! avait fait sa femme en se signant. Vous savez pourquoi Anne LaFlamme a été condamnée au bûcher!

— Sa fille le méritait mille fois plus qu'elle!

— Vous êtes injuste!

— Soutiendrez-vous que vous ne vous rongez pas les sangs pour notre fils qui a été assez fou pour la suivre?

Myriam LeMorhier avait souri tristement.

— Raccompagnez Michelle, mon ami, et revenez-moi plus vite que notre Victor...

Obéissant, Martin Le Morhier avait quitté Michelle Perrot en face de l'église Saint-Gervais. Il éprouvait le besoin de se recueillir et aurait aimé parler à l'abbé Germain, son compagnon de toujours. Il lui aurait demandé quels dangers représentait l'hérésie, s'il mettait sa foi en péril en conservant son amitié à Guy Chahinian ou s'il serait encore un homme digne d'estime en l'abandonnant. Il songeait à Jules Pernelle et se demandait comment l'orfèvre supporterait d'être trahi une seconde fois.

Il était ressorti de l'église sans avoir eu de réponse. Il avait traversé ensuite la place de la Maison-de-Ville, gagné la Seine, dénombré les embarcations qui remontaient son cours, remarqué avec dégoût qu'une écume rosâtre flottait à la surface de l'eau. Il s'était alors souvenu des explications de Guy Chahinian : cette mousse écœurante provenait du faubourg Saint-Marcel où les bouchers jetaient, du haut du Pont-aux-Tripes, leurs ordures sanglantes dans la Bièvre, alors que les tanneurs et les mégissiers y lavaient leurs peaux chaulées.

Comment demeurer dans une cité où les habitants ne sont pas épouvantés par de telles saletés? Qu'il tardait au capitaine de revoir la Loire! Il devait maintenant rentrer à Nantes; il avait déjà trop traîné à Paris sans avoir rien pu faire pour ce pauvre Chahinian.

Bien qu'il sût que son épouse se ferait du souci s'il tardait trop, Martin Le Morhier avait longé la Seine jusqu'au pont des Tuileries et s'était promené dans le jardin sans voir les sourires de certaines dames qui auraient aimé attirer l'attention de cet homme de belle prestance dont le pourpoint gris en ratine de Beauvais, orné de galants en soie souris, avouait une bonne aisance. Le capitaine avait croisé ces nobles et ces bourgeoises sans cesser de penser à sa femme. Il redoutait d'affronter son regard. Il savait qu'elle lèverait sur lui ses yeux vairons où il lirait toute la compréhension du monde sans même qu'il lui dise ce qu'il envisageait de faire pour Guy Chahinian.

Après le souper où même le potage de chapon de pailler au riz et les pistaches lissées ne l'avaient distrait de sa morosité, le capitaine avait ainsi expliqué à son épouse qu'ils allaient rentrer à Nantes.

— J'ai dépensé bien de l'argent pour l'entretien de notre ami. Et je veux continuer. En payant cette fois Tardieu. Mais je ne peux faire mieux. Qu'adviendrait-il de vous si j'étais incarcéré à mon tour? Et mes navires? mes marchés?

— Et notre fils? ajouta Myriam Le Morhier.

— Notre fils est un ingrat et un insensé!

— Il aime Marie LaFlamme.

Le capitaine avait gémi sans retenue.

— Il y a des milliers de jeunes filles dont il aurait pu s'enticher et il aura fallu que cette... cette bourrique lui tourne la tête.

— Cette bourrique?

— Personne au monde n'est plus têtu qu'elle, vous le savez. Comment n'a-t-il pas vu les charmes de Michelle Perrot? Elle est douce, aimable, douée, et ne se bute pas stupidement!

*
* *

En ce soir de la mi-juillet, la baronne de Jocary se retenait de battre sa pupille; la chaleur qui renforçait la puanteur de l'air, l'absence, samedi, de Mme de Bruant pourtant fidèle depuis plusieurs semaines à son salon — et au reversi —, le mariage de Simon avec cette idiote de Josette, tout concourait à la pousser à bout, mais Michelle dépassait les limites! Comment pouvait-elle lui manquer ainsi de respect?

Il y avait maintenant une semaine que la jeune fille lui avait annoncé qu'elle voulait se retirer au couvent des Visitandines de la rue Saint-Antoine, et aucune menace, aucune supplique, aucun argument ne l'avait fait changer d'idée. Elle soutenait qu'elle renonçait aux frivolités du monde afin de prier pour le salut de son frère.

— J'ai entendu ce qu'il vous disait, il y a quelques semaines, à propos d'un prisonnier qu'il a arrêté et torturé au Grand Châtelet. Mon aîné est un bourreau qui doit plaire à Satan, mais je ne peux le lui abandonner si aisément et j'espère que mon sacrifice lui sera compté à l'heure du Jugement dernier.

La baronne avait affirmé que Simon Perrot faisait son devoir ; le prisonnier était un criminel qui méritait son sort.

— De plus, cet homme est un hérétique : en jugeant si mal votre frère, vous embrassez la cause de l'athée. Est-ce digne d'une femme qui prétend prendre le voile ? Je ne crois pas que Jeanne de Chantal ait fondé son couvent dans le but d'y accueillir des esprits forts !

— Ce n'est ni à vous, ni à moi, ni à Simon de juger de l'âme du prisonnier. C'est avant tout un homme, et je ne peux accepter que mon frère soit l'instrument de sa mort.

— Vous êtes sensible, Michelle-Angèle, et c'est un atout pour une musicienne. Insufflez donc vos émois à votre jeu et ne vous souciez plus de votre aîné : comment nourrirait-il sa famille s'il ne travaillait plus au Grand Châtelet ? Y avez-vous songé ? L'existence n'est pas aussi douce pour lui que pour vous...

— Je le sais, et je ne nourris pas de haine envers lui, que de la pitié. C'est pourquoi j'entrerai au couvent.

— Et si je refuse ? Je suis votre tutrice, ne l'oubliez pas ! Je vous ai tout offert, le vivre, le couvert, des robes, des cours de musique !

Michelle avait soutenu le regard furieux de la baronne sans sourciller.

— Vous y avez trouvé votre compte ; votre salon est maintenant bien fréquenté. J'ai attiré le monde ici, il ne repartira pas quand je n'y serai plus. Chacun a pris l'habitude de jouer chez vous et plus personne ne m'écoute.

« Plus personne sauf le marquis de Saint-Onge », avait songé la baronne. Si cette petite sotte quittait sa maison, on n'y reverrait plus le marquis. Et si on ne l'y trouvait plus, Armande de Jocary pouvait parier que ses amis l'imiteraient ; tous ses efforts pour s'implanter à Paris depuis le début de l'année seraient réduits à néant. Pourquoi fallait-il donc que ce marquis se soit révélé un sincère mélomane ? Elle avait cru au début qu'il faisait semblant de venir applaudir les prodiges musicaux de

Michelle pour mieux battre les cartes après son récital, mais elle avait dû déchanter : le marquis misait peu, se contentant d'une partie ou deux de triomphe ou de papillon, et priait ensuite Michelle de jouer de nouveau, tandis que ses amis, heureusement, étaient plus acharnés et disputaient de longues parties même après son départ.

Sa fureur contre Michelle augmenta quand celle-ci lui dit qu'elle préférait, après mûre réflexion, rejoindre les Filles de la Charité plutôt que les Visitandines.

Les Filles de la Charité ! Pourquoi pas sandrière à l'Hôtel-Dieu ? L'espace d'une seconde, la baronne songea que c'était tout ce que sa pupille méritait ; courir la ville afin de recueillir les cendres pour la lessive des draps gâtés. Michelle regretterait alors son choix ! S'imaginait-elle qu'il était aisé de s'occuper des orphelins crasseux que Vincent de Paul s'était mis en tête de recueillir ? Cette pauvre fille était une sotte ! Une sotte qui lui gâchait l'existence ! Car si elle persistait à rejoindre les Filles de la Charité, la baronne n'aurait plus aucun pouvoir sur elle. Durant la semaine, elle avait rencontré le confesseur de Michelle, qui lui avait promis de décourager la jeune femme de prendre le voile, et la baronne était rentrée chez elle rassérénée. Voilà qu'on lui parlait maintenant de Vincent de Paul ! Cet homme qui avait refusé que ses servantes soient religieuses afin qu'elles échappent à l'autorité de l'archevêque ! Qui pourrait-elle soudoyer pour convaincre Michelle de renoncer à la vêture ? Tout en contenant son envie d'étrangler sa pupille, Armande de Jocary constatait qu'il ne lui restait qu'une solution : Simon devait abandonner son poste de geôlier au Grand Châtelet et expliquer à sa sœur qu'il était honteux d'avoir fait souffrir tant de pauvres gens. Il devrait la convaincre qu'il s'en repentait sincèrement.

La chose ne serait pas aisée.

Simon Perrot se fâcha, jura, insulta la baronne, et refusa de quitter la prison tant que sa maîtresse ne lui obtiendrait pas la charge de mousquetaire du Roi.

— Pauvre sot ! fulmina Armande de Jocary, à bout d'arguments. C'est le marquis de Saint-Onge qui aurait pu t'aider ! Par affection pour ta sœur ! Je l'avais quasiment persuadé ! Mais par ta faute, Michelle renoncera à la vie et ne jouera désormais que pour des enfants dépenaillés et pouilleux !

— Ma sœur est folle! Je l'en empêcherai!

— Comment? Tu l'enfermeras? persifla la baronne. Elle refusera alors de jouer et le marquis oubliera mon salon. Et toi, tu ne porteras jamais la casaque bleue des serviteurs du Roi! Tu dois assurer ta sœur de tes regrets et lui promettre d'adoucir le sort de Guy Chahinian avant de quitter le Châtelet.

— Mais que vais-je devenir?

La baronne s'emporta de nouveau.

— Tu ne penses qu'à toi! N'es-tu pas bien traité chez moi? Je te loge, je te nourris, ainsi que ta femme. Que te faut-il de plus? Qui t'a donné ce gousset de chevreau, cette chevalière d'argent, cette rhingrave en flanelle anglaise? Tu t'inquiètes de ton sort? N'oublie jamais qu'il est lié au mien! Ce sont les amis du marquis qui paient ces tentures de brocatelle, ces glaces, ce guéridon! Et les viandes que tu dévores, les poulets que tu déchires, la piquette que tu bois jusqu'à plus soif! Si ta sœur ne joue plus pour le marquis, tu te retrouveras à la rue aussi pauvre que ces gueux dont tu as la garde au Châtelet. Et ne mise pas sur le trésor de Marie LaFlamme, elle n'est...

— Le trésor? Quel trésor?

La baronne blêmit; encolérée, elle s'était trahie et avait trop parlé. Mais Simon lui faisait tourner les sangs et elle devrait se faire appliquer tantôt des ventouses pour retrouver une certaine maîtrise. En moins d'un mois, M. Barantin, docteur régent, l'avait visitée trois fois pour lui administrer sa médecine et la patiente commençait à comprendre que le plaisir que lui donnait Simon ne compensait pas tous les tracas qu'il lui occasionnait. Admettre qu'elle s'était fourvoyée à ce point sur son compte, même si elle avait su dès le premier jour qu'elle avait affaire à une brute, ne l'aidait pas à conserver son calme, et elle se reprochait de succomber encore à l'emprise sensuelle du jeune homme.

Simon lui secoua le bras.

— Parlez-moi de ce trésor!

— Il n'y a rien à en dire, sinon que ta sœur m'a conté qu'une Nantaise que vous connaissez, Marie LaFlamme, lui a affirmé qu'elle sera bientôt en possession d'une somme élevée.

— Marie? Elle serait riche? dit Simon éberlué.

— C'est une fable, assurément!

— Où est-elle?

— Marie?

— Non, tonna Simon, ma sœur! Elle parlera, sinon...

La baronne s'efforça de rouler d'un index nonchalant un ser-
penteau qui flattait sa joue gauche, et mit quelques secondes pour
dire à son amant qu'il lui obéirait et suivrait son plan à la lettre.
Il ne terrifierait pas sa cadette, mais l'entretiendrait de ses
remords concernant Guy Chahinian.

Simon s'exécuta. Non par respect pour la baronne, mais afin
de disposer Michelle à lui parler du trésor.

Si la musicienne avait été naïve autrefois, elle ne se faisait plus
aucune illusion et savait, en écoutant son frère lui dire qu'elle
ne devait pas se sacrifier pour le salut de son âme, qu'il obéissait à sa maîtresse ou à son propre intérêt. Elle avait donc plus
de pouvoir qu'elle ne se le figurait? Elle pousserait son avantage : à force de voir les invités de sa tutrice ruser pour gagner,
elle avait appris l'art de la dissimulation. Elle se fit plus crédule
encore que Simon ne l'avait osé espérer et réussit à verser des
pleurs de bonheur sur la conversion de son frère.

— C'est le plus beau jour de ma vie et ma joie sera complète
quand tu auras donné à M. Chahinian le billet que j'écrirai tantôt. Il doit savoir que je prierai pour son salut. Je lui ferai même
parvenir une petite somme pour son entretien.

— Tu es bien charitable, et tes bontés te seront comptées au
Ciel. Je veillerai à ce que les derniers jours de ce prisonnier soient
plus doux.

— Les derniers jours? s'affola Michelle.

— C'est un criminel; il sera bientôt exécuté.

— Mais tu as dit que le lieutenant criminel l'avait visité par
deux fois : M. Chahinian ne peut être un vulgaire sicaire si M. Tardieu n'a pas encore prononcé la sentence de mort.

— Le lieutenant criminel croit que Guy Chahinian sait faire
de l'or et il espère découvrir son secret. Mais comme il me semblait étrange qu'un meurtrier n'ait pas été condamné, j'ai fourré
un mouchard avec l'orfèvre. Chahinian s'est vanté d'avoir abusé
M. Tardieu; celui-ci découvrira tôt ou tard la supercherie. Et il
se prononcera pour la roue... A moins qu'on n'intercède pour
le prisonnier.

— Mais comment?

— En payant le lieutenant pour qu'il « oublie » Chahinian. Mais
il faudrait une somme fabuleuse... Des milliers de livres. Un véritable trésor.

Michelle baissa les yeux ; elle venait de comprendre quel but animait son frère. Et comment elle pouvait réussir à retarder la condamnation de Guy Chahinian.

Elle soupira en feignant le désespoir.

— Si on savait où trouver Marie !

— Marie ?

— Marie LaFlamme ! Il paraît qu'elle a hérité d'un trésor à la mort de sa mère.

— Un trésor ? s'écria Simon.

— C'est ce qu'elle m'a dit.

— Quand l'as-tu vue ?

— Avant son départ de chez Mme Beaumont, au début du printemps, répondit Michelle. Elle était venue au Palais de Justice ! Elle a voyagé avec les Le Morhier.

Simon frappa sa paume ouverte de son poing droit.

— Pourquoi ne m'en as-tu rien dit ?

— Marie m'a fait promettre de tenir cette nouvelle secrète tant que tout l'argent ne lui aurait pas été versé. J'ai vu de mes yeux qu'elle avait un diamant gros comme une prune à son doigt !

Simon se rapprocha de la fenêtre : il suffoquait de rage. Comment pouvait-il être affublé d'une sœur aussi sotte ? Il respira lentement avant de demander avec un sourire grimaçant pour quelle raison Marie dilapiderait sa fortune pour un criminel ?

— Parce que c'est Guy Chahinian qui a informé Marie de l'existence de son trésor. Sans lui, elle n'aurait rien. Dépenser quelques milliers de livres pour le tirer de son cachot ne l'embarrassera guère. Elle sera aussi riche que bien des princes.

— Comment Chahinian est-il mêlé à cette histoire ?

— Guy Chahinian a assisté Anne LaFlamme dans ses derniers instants et c'est à lui qu'elle a révélé l'existence du trésor.

— Pourquoi n'a-t-il pas gardé ces renseignements pour lui ? Il aurait pu s'emparer du trésor...

— Il ignorait à ce moment qu'il s'agissait d'un trésor : Marie m'a dit que sa mère lui avait fait transmettre un message en forme de charade. Marie a ensuite révélé l'astuce à Guy Chahinian, car elle avait une dette envers lui. Mais ils ont tout de même dû fuir Nantes.

Simon acquiesça, mais se promit de faire parler Chahinian en attendant de retrouver Marie.

— Je ne parlerai pas du mouchard au lieutenant criminel et il s'imaginera que Chahinian pourra lui livrer ses secrets d'alchimiste tant que nous n'aurons pas retrouvé Marie. Elle seule peut sauver le prisonnier. Je ferai en sorte qu'il soit mieux traité.

Le visage de Michelle s'illumina ; elle avait réussi à obtenir un délai. Elle s'efforcerait de convaincre le marquis de Saint-Onge d'aider Guy Chahinian. Les arguments qu'elle emploierait à ces fins lui étaient encore inconnus mais le Très-Haut l'éclairerait. Elle prendrait ensuite l'habit.

Chapitre 5.

Mère Marie de l'Incarnation regardait s'éloigner la jeune femme que lui avait présentée sœur Sainte-Blandine et à laquelle elle venait d'annoncer qu'elle irait à l'Hôtel-Dieu soigner les malades.

— En l'absence de Mgr de Laval, j'ai obtenu pour vous, du révérend père Lalemant, l'autorisation de pénétrer dans l'enceinte du monastère où vous verrez mère Catherine.

Si Marie s'était alors inclinée respectueusement, elle questionna sœur Sainte-Blandine dès qu'elles furent hors de la vue de la Mère supérieure.

— Et ma fille Noémie ?

— Elle restera avec Emeline Blanchard, comme convenu. Vous ne voudriez tout de même pas la garder à l'hôpital où tous les malades l'approcheraient ? Vous pourrez l'aller voir quand vous voudrez ; à votre âge, marcher deux lieues se fait aisément.

— Deux lieues ? Emeline m'a pourtant dit qu'elle vivrait à côté de la rivière.

— Elle verra assurément la Saint-Charles, mais la famille Blanchard habitera plus près de Sillery que du cap aux Diamants. Remerciez le Ciel que leur recruteur n'habite pas Château-Richer ou, pis encore, Ville-Marie ! Vous ne reverriez alors votre fille qu'une fois l'an.

Sentant l'agacement qui haussait d'un ton la voix de sœur Sainte-Blandine, Marie changea habilement de propos en disant que mère Marie de l'Incarnation lui avait paru d'une grande sagesse, mais qu'elle n'aimait guère son teint.

— Je ne sais ce dont elle souffre, le flux hépatique, la colique ? Elle devrait boire des tisanes de perce-muraille ou de fenouil.

— Je la trouve bien fatiguée, reconnut sœur Sainte-Blandine. Et le fait d'avoir été réélue supérieure augmentera sa tâche et ses soucis, mais sœur Saint-Sébastien m'a dit que le frère Bonnemère lui a donné des décoctions d'épine-vinette.

— D'épine-vinette ? Il y en a ici ?

— Oui, ma fille.

— Croyez-vous que ce frère Bonnemère pourrait m'enseigner sa science ? On m'a dit que les Sauvages ont révélé bien des secrets.

— Le frère Bonnemère ne tient pas boutique ! Il prépare ses remèdes à l'apothicairerie des Jésuites. Bien des colons le sollicitent car il est adroit à purger ou à appliquer les ventouses. Il a l'habitude, il est arrivé ici il y a quinze ans. Mais il sera trop occupé pour vous recevoir.

— Si j'étais son apprentie ?

— Oubliez-vous votre condition ? Même si frère Florent le voulait, il ne pourrait vous accepter : vous êtes une femme !

— Une veuve ! corrigea Marie.

Sœur Sainte-Blandine posa la main sur l'épaule droite de Marie ; ses doigts, en serrant la clavicule, rappelaient les serres d'un aigle.

— Je ne vous conseille pas d'user de cet argument pour vous faire accepter ; tôt ou tard, on apprendra la vérité en ce qui vous concerne.

Marie protesta.

— Mais c'est la seule façon de me faire agréer ! Je dois profiter des connaissances de cet homme ! Je sais déjà rabouter et gratter des plaies comme tous les chirurgiens qui sont ici, je sais aussi préparer nombre de médicaments. Mais pour mieux secourir les colons, je dois apprendre l'usage des plantes qui croissent dans ce lieu. Il n'y a pas tant de chirurgiens qui imitent davantage les médecins que les barbiers et sachent prescrire les remèdes appropriés pour qu'on refuse mes services. Je puis remettre un membre en place comme préparer de l'algarot. Même si je n'ai pas prêté serment, ni fait mon chef-d'œuvre, j'en ai tant appris chez M. Pernelle, à Paris, que j'aurais assurément pu tenir boutique rue de l'Arbalète ou au jardin du Roi. Avant de devenir chirurgien, puis médecin...

— Taisez-vous! Les femmes n'ont pas le droit d'étudier la médecine. Encore moins d'être...

— En France non, mais ici? Qui me reprocherait de sauver des vies? Le Roi ne viendra pas me tirer les oreilles et les colons seront mieux soignés si nous sommes plus nombreux à les secourir.

— Le Roi n'est pas si loin, Marie... Il a même fait savoir qu'il reprenait le contrôle de la colonie. La Compagnie des Cent-Associés est dissoute : le Roi la remplace par la Compagnie des Indes occidentales.

Marie sourit.

— Que me chaut que ce soient des associés ou des Occidentaux qui gèrent des compagnies... ils n'auront guère le temps de me chercher querelle parce que je seconde le chirurgien à l'Hôtel-Dieu. Et avec ou sans l'aide du frère Bonnemère, je saurai avant l'automne quelles plantes cueillir, quels sirops obtenir des baies, quelles tisanes préparer. Votre supérieure demandera à goûter mes potions.

Comme toujours, sœur Sainte-Blandine était partagée entre l'envie d'applaudir à la détermination de Marie et celle de la morigéner, mais l'inquiétude que lui causait la santé de sa supérieure fut plus forte.

— Vous la trouvez si mal en point?

— Sa figure est bien jaune... Etait-elle ainsi quand vous **êtes** partie?

Sœur Sainte-Blandine hésita, puis répondit que leur chère Mère était bien lasse à la fin de l'été dernier.

— J'ai prié pour qu'elle puisse se reposer durant l'hiver, mais sa charge est telle qu'elle ne prend aucun instant de répit. Et les soucis que...

Sœur Sainte-Blandine serra les lèvres, retenant de justesse les reproches qu'elle aurait formulés à l'encontre de Mgr de Laval. D'après sœur Saint-Sébastien, mère Marguerite de Saint-Anastase, qui occupait le poste de supérieure avant mère Marie, n'avait pas davantage réussi que cette dernière à convaincre François de Montmorency-Laval que le fait de changer leur règle remettrait en cause le fragile équilibre mis au point par Marie de l'Incarnation et le père Jérôme Lalemant, après maintes négociations entre les Ursulines de Tours, celles de Paris et les Jésuites.

Mgr de Laval était en France pour débattre auprès du monarque la question de la vente d'alcool aux Indiens, mais n'en profiterait-il pas pour demander à celui-ci d'intervenir auprès des supérieurs ecclésiastiques afin qu'ils ordonnent aux Ursulines d'accepter de modifier leur constitution ?

Sœur Sainte-Blandine avait l'air si tourmenté que Marie allait la rassurer quand des bruits de pas attirèrent son attention : le père Lalemant s'avançait dans le corridor. La religieuse s'agenouilla immédiatement et força Marie à l'imiter en la tirant par la ceinture. Le père Lalemant les bénit puis leur fit signe de se relever. Il souriait mais son regard ne parvenait pas à dissimuler une grande inquiétude. Avait-il eu de mauvaises nouvelles de France ? Venait-il parler de la dissolution de la Société Notre-Dame ? Etait-il préoccupé par la santé de mère Marie Guyart ? Ou lui apportait-il des précisions sur le meurtre de l'île d'Orléans ? Sœur Sainte-Blandine en avait entendu parler dix fois depuis son arrivée. Elle n'aimait pas qu'on répète que c'était un Indien qui avait commis le crime ; la plupart des colons croyaient que c'était un Iroquois, mais certains prétendaient qu'on ne pouvait pas faire confiance à ceux qui habitaient le fort huron. Si ces derniers apprenaient ce qu'on disait d'eux, les relations seraient encore plus difficiles. Il fallait pourtant que les Sauvagesses viennent au couvent apprendre le catéchisme ! Elles l'enseigneraient ensuite à leurs enfants. Elles les feraient baptiser.

Marie voulut dérider sœur Sainte-Blandine.

— Votre Mère supérieure n'est pas si mal ! Ses yeux sont bien brillants et elle doit être robuste pour avoir survécu à tant de saisons en ce pays. Elle me rappelle ma mère.

— Votre mère ? fit la religieuse, intriguée par cette confidence.

— Ma mère travaillait sans relâche, courant du lazaret au port, du port à la forêt, de la forêt à l'hôpital, avec un tel entrain que j'avais peine à la suivre dans ses visites ! Et pourtant, elle semblait si calme. Rien ne pouvait l'affoler. Votre chère mère Marie a le même regard que maman : celui des femmes qui affrontent toutes les tempêtes en faisant taire leur tumulte intérieur. Est-il vrai qu'elle sait parler la langue des Indiens ?

Sœur Sainte-Blandine sourit : les compliments qu'on adressait à mère Marie la touchaient plus que tout et elle était intarissable quand on l'interrogeait à son propos. Elle expliqua gracieusement à Marie que la maîtresse des Ursulines maîtrisait en effet les dialectes.

— Elle a rédigé des catéchismes hurons et algonquins et entend l'iroquois. Elle a tous les dons! Elle peint et elle brode et...

— Maman aussi brodait.

— Et elle a apaisé tout un chacun quand la terre a tremblé, surenchérit sœur Sainte-Blandine.

— Quand la terre a tremblé?

— Oui, durant mon séjour à Tours. Il semble que le ciel grondait et le sol tressautait et que ce fracas était pis qu'une armée de cavaliers aux montures déchaînées. Pis qu'un ouragan lors d'un trajet de mer!

Marie fit une moue sceptique pour masquer sa crainte : est-ce que la terre frémissait souvent en ce pays?

— Les animaux hurlaient à la mort, poursuivait la religieuse, des granges se sont effondrées, des murs fissurés, des arbres et même des montagnes ont été engloutis dans les entrailles du sol déchiré!

— Quand cela s'est-il fait?

— Entre le Nouvel An et le Carême. J'ai peine à croire que je me recueillais alors dans le calme d'une cellule du couvent de Tours après avoir célébré la naissance de Notre-Seigneur.

Marie serra les dents; en janvier 1663, elle se faisait violer par un mari qu'elle exécrait après avoir appris l'exécution de sa mère. Elle n'oublierait jamais; son âme avait été plus ravagée que la terre de la Nouvelle-France lors du grand tremblement. Elle s'imagina un instant que Geoffroy de Saint-Arnaud tombait dans une de ces crevasses que lui décrivait sœur Sainte-Blandine; enfoncé jusqu'au torse, il tendait les bras vers Marie afin qu'elle le secoure, mais elle le regardait disparaître lentement avec une indicible satisfaction.

— Mes propos vous font sourire? s'étonna son interlocutrice.

Marie secoua la tête.

— Non, je me réjouis simplement d'aller à l'Hôtel-Dieu par un temps plus clément. Quel doux climat! Et que ce ciel est clair! Il me semble plus bleu qu'en France.

— Nous avons débarqué avec du retard, mais il y a une compensation; il fait beau et les moustiques ont disparu. Ces bêtes peuvent rendre fou! Elles nous empoisonnent les premières semaines de l'été.

— Comment? Quelles bêtes?

— Oh! vous en verrez encore quelques-unes qui vous pique-
ront sans que vous vous en aperceviez, mais après quelques
minutes, vous aurez envie de vous gratter comme si vous vous
étiez roulée dans des orties.

— Et comment traite-t-on ces blessures?

— Une Huronne nous a montré au couvent à frotter les plaies
avec du poireau. C'est mieux que rien.

Les yeux de Marie luirent : si elle trouvait une pommade adou-
cissante pour traiter ces brûlures, elle mériterait la gratitude de
tous les habitants de la Nouvelle-France. Elle se demanda si le
plantain mêlé au persil ne pourrait pas constituer la base de son
cataplasme. Elle avait hâte d'être piquée par un moustique pour
expérimenter son remède. Elle pressa le pas inconsciemment
et sœur Sainte-Blandine attrapa la manche de sa robe pour la
ralentir.

— On ne court pas devant la chapelle! Vous devriez vous
recueillir et prier que mère Catherine de Saint-Augustin vous
accepte.

Marie soupira mais ne répliqua pas, de peur que la religieuse
ne l'abandonne à son sort. Elle calqua son allure sur la sienne
en espérant que sœur Sainte-Blandine n'aurait pas l'envie de prier
une fois de plus à la chapelle. Elle devait s'y être agenouillée
dix fois depuis son arrivée au couvent, vingt-quatre heures
plus tôt.

Longeant la clôture de pieux qui entourait le monastère des
Ursulines, Marie se demandait si la palissade avait résisté au tremblement de terre ou si on l'avait construite ensuite, mais elle
n'osa pas interroger sœur Sainte-Blandine qui récitait des Ave
Maria. Quand celle-ci eut fini ses dévotions, elles étaient arrivées à la grille du couvent où les attendaient les deux élèves qui
devaient conduire Marie à l'Hôtel-Dieu. Hormis un événement
extraordinaire, sœur Sainte-Blandine ne quitterait plus le couvent. Marie pourrait cependant la visiter au parloir. Elles se dévisagèrent, hésitant à s'étreindre; Marie mit la main de la religieuse
sur son front et lui demanda de la bénir. Sœur Sainte-Blandine
s'exécuta en lui rappelant qu'elle ne devait jamais oublier qu'on
soignait autant les âmes que les corps à l'Hôtel-Dieu.

— Les Hospitalières vous le diront : leur maison est un lieu
de rédemption, et les séjours que font à l'hôpital les malades

comme les aides-soignants sont des temps de grâce. Je prierai pour que vous trouviez la paix.

Sur ces mots, la religieuse s'éloigna sans se retourner. Marie regarda la lourde porte se refermer ; la seule personne qui pouvait l'aider dans ce pays avait disparu. Refusant de s'apitoyer, elle se rapprocha des deux adolescentes qui s'étaient discrètement écartées et leur signala qu'elle était prête à les suivre. Elles se dirigèrent d'un bon pas vers la rue tendante des Jésuites aux Ursulines, mais Marie ralentit lorsqu'elle aperçut la palissade protégeant le collège des Jésuites. Elle proposa à ses jeunes guides de bifurquer vers la droite et d'aller jusqu'au fort Saint-Louis avant de se rendre à l'hôpital.

— Etes-vous si pressées de retourner au couvent ? N'avez-vous aucun plaisir à prolonger cette promenade ? On m'a dit que de la ville haute, par temps clair, on peut voir nettement toute la côte et l'île d'Orléans.

Marie souriait en espérant que son ton enjoué dissimulait son anxiété : elle n'avait aucune envie de contempler le fleuve et ses environs, elle voulait voir de près le château Saint-Louis. Et le fort des Hurons ! La veille, elle n'avait aperçu que de très loin les Indiens qui étaient descendus au port pour saluer l'arrivée de l'*Alouette*. Elle avait noté comme leurs chevelures noires luisaient et avait comparé leur teint au cuivre qu'elle avait vu fondre chez Guy Chahinian. Instinctivement, elle avait tâté les coupelles d'or et d'argent qu'elle cachait toujours sur elle, mais l'instant d'après elle s'était efforcée de chasser les souvenirs qui s'imposaient si subitement et si méchamment à son esprit. C'étaient de vains tracas, puisqu'elle, Marie, ne pouvait modifier en rien le sort de l'orfèvre. Il valait mieux songer au présent plutôt qu'au passé et sourire aux colons et aux Sauvages qui l'examinaient au quai de Champlain. Elle avait cru lire de la surprise dans le regard des Hurons et aurait aimé vérifier l'effet qu'elle produisait sur eux en les revoyant à leur campement sis près du château.

Sa curiosité ne devait pas être si aisément assouvie ; les jeunes filles secouèrent la tête vivement : oh, non ! elles n'oseraient pas désobéir à mère Marie et elles mèneraient Marie à l'Hôtel-Dieu par l'itinéraire qu'on leur avait indiqué. Marie insista inutilement, car on l'entraîna vers le chemin de l'hôpital.

Marie oublia vite son échec, surprise par la quiétude de leur promenade : s'il y avait quelque activité aux alentours des rues

Sainte-Anne, Saint-Louis et du chemin menant de l'église à l'hôpital, le contraste était cependant notable entre cette partie haute de la ville et celle du port car le peuplement y était beaucoup moins important. Marie allait en faire la remarque à ses guides quand des cris aigus la firent tressaillir.

— Ça vient de la Fabrique, dit une des élèves en regardant Marie.

La curiosité fut plus forte que l'obéissance : elles coururent jusqu'à la chapelle Champlain. Juste à côté de l'édifice, une vingtaine de personnes s'agitaient en gémissant, mais Marie ne comprit leur détresse qu'en s'approchant davantage : elle découvrit un corps de femme. Elle avait été égorgée si sauvagement qu'un lambeau de chair seulement retenait la tête au torse. Le corps gonflé par un séjour dans la rivière avait une teinte étrange, et les quelques cheveux qui étaient restés collés au crâne après qu'on eut commencé à le scalper, pénétraient la plaie béante, s'entortillaient autour des vertèbres. Marie eut un haut-le-cœur, mais elle continua à regarder le cadavre tout en posant des questions.

— C'est qui ?

— C'était ? dit gravement Eléonore de Grandmaison. On a tué Suzanne Dion cette nuit. Ou hier, peut-être.

— C'est moi qui l'ai trouvée, dit Michel Dupuis. Avec Antoine. Sur le bord de la rivière. On était allés pêcher. J'aurais mieux aimé attraper autre chose ! Elle flottait sur le ventre. J'en suis encore tout retourné. Pour l'amener ici, ça nous a pris du courage !

— Elle doit venir de l'île. Comme l'autre qu'on a égorgée au printemps. C'est là que les Iroquois attaquent.

— Faut avertir le Gouverneur ! décréta Antoine Souci.

— Il ne fera rien. Il repart pour la France.

— Elle a peut-être un mari, geignit une femme.

— Je vais chercher le Gouverneur ! dit Dupuis. Il va m'écouter. C'est moi qui l'ai trouvée !

Le père Lalemant s'avança alors et chacun s'écarta respectueusement sur son passage. Allait-il vomir comme la plupart d'entre eux ? Ce serait bien la première fois qu'on verrait le Jésuite perdre son calme. Il frémit, se signa et joignit les mains en s'agenouillant auprès de Suzanne Dion. Il essaya de dominer sa nausée pour lui fermer les yeux, mais il lui semblait que mille diables s'échappaient du cou ensanglanté, prêts à lui sauter au visage. Marie se pencha vers la victime et lui passa la main sur la figure. Elle dit ensuite des prières avec le père Lalemant.

Elle se releva en entendant les témoins parler d'expédition punitive. Elle allait demander au père Lalemant d'empêcher cela quand ses jeunes guides, qui regrettaient maintenant d'avoir enfreint les ordres, la tirèrent par une manche. Elle ne résista pas. Elle ne pouvait plus rien pour Suzanne Dion.

Malgré ces émotions, Marie fut très impressionnée de constater que le fief de la veuve Couillard était presque aussi vaste que celui de l'Hôtel-Dieu qu'il jouxtait ; sans savoir pourquoi, Marie fut ravie de ce voisinage. Les élèves lui montrèrent la haute clôture des Hospitalières.

— Que Dieu vous garde, dirent-elles à Marie qui ne les entendit pas, sonnant déjà à la porte.

Une jeune novice l'écouta exposer le but de sa visite et prit la lettre du révérend père Lalemant avec vénération.

— Suivez-moi ; mère Catherine est encore à l'hôpital ! Elle périra à la besogne !

« C'est une tradition chez les supérieures de la Nouvelle-France », songea Marie tout en demandant comment les religieuses faisaient face au surpeuplement de leur pavillon.

— Nous avons traité bien des cas de cours de ventre et autant de scorbut. Quelle épreuve qu'un aussi long trajet de mer ! Comment avez-vous survécu ?

— En priant, mentit Marie, qui se signa pour appuyer ses dires.

Elles traversèrent en silence le monastère, le chœur et la chapelle avant d'accéder à l'hôpital. Marie nota que sa jeune guide marquait un temps d'arrêt avant de pousser la porte du pavillon, comme s'il lui répugnait d'entrer dans cette salle.

Marie se figea, mais elle se détendit rapidement malgré le spectacle peu agréant ; elle avait vu bien pis une heure plus tôt. Et cet après-midi d'automne où elle avait été chercher sa mère au lazaret alors qu'elle soignait des pestiférés...

— Sœur Sainte-Blandine m'a affirmé que vous n'aviez pas de cas de contagion ici.

— C'est la vérité. Nous n'avons pas le droit d'accueillir ceux qui sont atteints de la lèpre, de la vérole, de la peste, de la teigne ou de la gale. Ou du flux de sang.

— A qui s'adressent-ils alors ?

— Ils demeurent chez eux, murmura la religieuse.

« Et ils y meurent », pensa Marie. Et si elle soignait tous ceux qui étaient refusés à l'hôpital ? Comme Anne LaFlamme le faisait au lazaret ? Il y avait les risques de contagion, certes, mais si la mère avait été préservée des miasmes, pourquoi la fille n'aurait-elle pas hérité de sa résistance ? En visitant les malades dans leurs lits, elle éviterait d'être cloîtrée à l'Hôtel-Dieu, elle échapperait aux offices religieux et elle pourrait aller voir Noémie entre deux visites. D'ailleurs, il fallait bien qu'elle soit rémunérée pour payer sa nourrice.

Marie éprouva un malaise en songeant à sa fille adoptive ; elle était partagée entre l'ennui douloureux que lui causait leur récente séparation et le soulagement qu'elle s'avouait difficilement de retrouver sa liberté d'action. Elle aimait Noémie, vraiment, mais les circonstances qui la faisaient mère étaient très différentes de ce qu'elle avait imaginé quand elle rêvait d'avoir un enfant. Elle s'était vue berçant tendrement le fils de Simon, qui aurait été si beau qu'il aurait fait fondre les réserves de Nanette ; comme Anne, la vieille nourrice aurait fini par apprécier Simon, d'autant plus qu'il aurait renoncé à être soldat et décidé de travailler au port de Nantes afin d'être plus près de sa petite famille. Elle aurait eu plus tard trois autres enfants, tous aussi jolis que le premier, et sa fille se serait intéressée, comme elle, comme Anne, à la botanique et à l'anatomie. Elle aurait lu l'épais cahier de notes qu'Anne avait légué à Marie et appris maints secrets pour guérir. Ainsi, elle aurait deviné aisément que la femme qui venait de vomir de la bile à trois pieds d'elle souffrait de la tierce légitime. Elle aurait soigné cette fièvre avec des décoctions de fiel de terre et lui aurait fait boire de la verveine bleue. Et Marie aurait été fière d'elle. Mais Anne était morte. Nanette aussi. Simon marié. Et elle, exilée avec une enfant à charge. Elle sursauta quand on lui tapota le bras.

Chapitre 6.

— Voici mère Catherine, fit la jeune nonne.

Marie ne put réprimer une réaction de surprise : la première Hospitalière était une femme encore jeune... Sœur Sainte-Blandine avait tenu des propos si élogieux au sujet de mère Catherine, louant sa grande piété, son sens du devoir, sa fidélité à la Nouvelle-France, que Marie s'attendait à rencontrer une vénérable aïeule.

Marie Catherine de Simon de Longpré avait à peine trente ans et son sourire d'une exquise affabilité la rajeunissait encore. Marie LaFlamme lui sourit franchement tout en mesurant la dévotion de l'Hospitalière : jolie comme elle l'était, elle aurait pu jouer les coquettes avec succès, épouser un homme de la meilleure qualité et s'assurer une existence des plus agréables. Au lieu de cela, elle avait tout sacrifié pour venir nettoyer des plaies, faire la soupe, laver des draps, et prier pour l'âme des habitants qui décédaient dans ses bras.

Renoncer au monde par choix demeurait étonnant pour Marie, mais cela ne l'intriguait pas autant que le regard de mère Catherine. Plus serein qu'un lac étale, plus doux que les pierres que la Loire polit chaque jour, plus gai que le chant des merles et si sombre, si triste, si inquiet. Quels sentiments se livraient bataille dans le cœur de la religieuse pour qu'elle présentât un air apaisé et traqué tout à la fois ?

Marie se sentit malgré elle remuée par la grâce qui émanait de mère Catherine et elle s'agenouilla devant elle en baissant ostensiblement la tête. Mère Catherine eut un petit rire.

— Relevez-vous, ma fille, ou je ne croirai pas ce que mère Marie de l'Incarnation me conte.

— Qu'est-ce qu'elle dit ? Elle ne me connaît...

Marie s'arrêta, rougissante.

— Ah, voilà qui vous ressemble davantage, fit la jeune nonne. Mère Marie m'écrit que vous avez fait preuve de beaucoup de témérité durant le trajet de mer. Et de courage, et de talent. Et autant d'orgueil.

Marie continua difficilement à sourire, mais elle avait envie de dire qu'elle, elle n'avait pas renoncé au monde. Elle avait envie de plaire, de s'amuser, d'être estimée et elle réussirait à obtenir l'admiration de chacun des habitants de la Nouvelle-France. Sans exception et avant un an !

— Vous voulez soigner nos malades, dit mère Catherine. Fort bien, mais vous savez qu'on ne vous donnera que le vivre et le couvert. Et que vous devrez accepter certaines de nos règles.

Marie gonfla les joues avant d'expirer trop bruyamment. L'Hospitalière ne s'en offusqua ni ne s'en amusa, faisant comprendre à la jeune fille que ses appréciations ne changeraient rien à son offre : c'était à prendre ou à laisser. Soit elle se conformait à ce qu'on attendait d'elle, soit elle pouvait chercher ailleurs à s'employer. Marie s'inclina en se disant qu'elle imposerait ses volontés dès qu'on verrait de quoi elle était capable.

— Mon seul désir est de guérir les malades.

— D'où vous vient ce désir ?

Marie expliqua que sa mère était une sage-femme et une empirique particulièrement douée et qu'elle l'imitait naturellement. Se remémorant les paroles de sœur Sainte-Blandine, elle précisa que sa mère croyait qu'on peut toucher plus aisément le cœur d'un malade.

— Le malheureux nous honore de sa confiance et le temps est venu alors de l'amener à une plus grande piété. Ma mère écoutait avec grand respect les avis du père Germain qui venait visiter les malades au lazaret. Elle est morte maintenant, mais je vénère sa mémoire en poursuivant sa mission. J'ai appris à guérir en imitant ma mère et en lisant ses carnets, mais j'ai aussi servi chez un apothicaire, à Paris, qui a bien voulu m'éclairer sur la fabrication des remèdes.

— Un apothicaire ?

Marie hocha la tête avec assurance.

— Oui, comme le frère Florent Bonnemère. M. Pernelle était mon oncle et un honnête homme. Vous savez que les apothicaires sont souvent méprisés par les médecins, et il est vrai qu'il y a bien des charlatans qui vendent des pilules à des naïfs. Mais mon oncle appartenait réellement à ce corps de métier et il devait transmettre son savoir à son fils quand celui-ci a été tué à Paris. Je me suis offerte pour l'aider à préparer les poudres, les diachylons, les sirops. Ma mère m'avait déjà appris à cueillir les plantes, mais j'étais bien aise d'avoir l'occasion d'étudier secrètement les huiles, les métaux et les pierres. Je sais fort bien que les femmes n'ont pas droit à cet enseignement et qu'il est condamnable que je sois allée contre la loi mais ai-je vraiment eu tort ? Je ne vois pas tant de médecins, ni de chirurgiens, ni de barbiers, ni d'apothicaires dans cette pièce. Que des malades... Cet homme, au fond à droite, souffrait de la colique en embarquant à Dieppe ; je lui ai administré une tisane d'herbe aux ladres. S'il a été le premier à être ainsi incommodé, il n'a pas été longtemps le seul et j'ai dû partager mes maigres ressources entre les malades. Je n'avais qu'une petite besace quand je suis montée à bord de l'*Alouette*. Et le trajet a trop duré.

Mère Catherine écoutait attentivement Marie : cette fille parlait couramment, assurée de son fait, et cette fermeté était une qualité non négligeable pour une aide-soignante. Elle saurait convaincre les malades de lui obéir. L'Hospitalière se doutait que Marie n'était pas aussi pieuse qu'elle voulait le faire croire, mais le Très-Haut ne l'avait pas guidée à l'hôpital sans motif : si Marie savait soigner les chancres et les fluxions, elle avait bien besoin, elle, des secours de la religion, et mère Catherine songea qu'elle et ses sœurs pourraient apprivoiser la Nantaise et la ramener vers Dieu. Si elles réussissaient à convaincre les Sauvagesses des bienfaits de la foi, elles toucheraient un jour le cœur de Marie.

— Bienvenue, Marie, nous vous logerons ici quelque temps et nous verrons si vous vous accoutumez à votre charge. Et à notre règle... Vous porterez comme nous ces robes et ces tabliers gris.

Marie se retint de soupirer, mais mère Catherine devina ses pensées et dit en souriant à demi :

— Je sais que les jeunes femmes aiment à porter des couleurs plus gaies, et qu'ainsi vêtue vous ressemblerez comme nous à quelque vieille chevêche. Mais, ajouta-t-elle plus gravement, j'ai cru entendre que vous étiez veuve.

Pour éviter de répondre, Marie baissa la tête et fixa le bout de ses souliers jusqu'à ce que mère Catherine, entendant sonner l'angélus, convie la jeune femme à prendre son premier dîner avec les sœurs.

— Peut-être avez-vous envie de vous reposer avant le repas ? Vous devez être encore bien lasse du trajet de mer. Ou voulez-vous vous recueillir dans notre chapelle ?

Marie parcourut la pièce d'un œil plus curieux que dégoûté et elle répondit d'un ton où l'on percevait une pointe d'impatience qu'elle préférait se mettre céans à l'ouvrage.

— Ici, au moins, je me sentirai utile.

Elle conta à mère Catherine ce qu'elle avait vu juste avant d'entrer à l'Hôtel-Dieu. Puis elle frissonna.

— Je me sentais si impuissante... Pauvre, pauvre femme. C'était horrible !

— Nous prierons pour cette malheureuse, fit l'Hospitalière d'une voix rauque. Et pour son meurtrier.

*
* *

A la fin de l'après-midi, tous les habitants de Québec avaient commenté le meurtre de Suzanne Dion, puis chacun était retourné à son ouvrage, les champs n'attendent pas et personne ne pouvait se permettre de chômer, sauf les marins qui attendaient le départ de leur vaisseau. Victor se dirigea nonchalamment vers la place publique car il espérait y voir des Indiens. Il trouva sans peine le fort des Hurons, situé entre la chapelle et le château du Gouverneur, juste en haut de la côte de la Montagne. Il gravit cette pente abrupte avec entrain, heureux de pouvoir marcher en tous sens, de courir sans heurter un canon, des rateliers ou des voiles, et de jouir en solitaire, alors qu'il dépassait le cimetière, de la vue grandiose qui s'offrait à son regard de voyageur. Il n'avait pas à entendre les commentaires de Le Duc qui avait son idée sur tout, ni les exclamations stridentes d'Agathe Souci. Il lui sembla qu'il n'avait pas ressenti pareille paix depuis des mois et il se demanda un instant s'il ne resterait pas à Québec, puisqu'il s'y trouvait si bien. Il regarda le fleuve avec étonnement. « La Grande Rivière qui marche », ainsi disaient les Indiens. Victor essayait de croire que le Saint-Laurent n'était pas une mer. L'eau se rétrécissait bien à la hauteur de Québec, mais c'était une eau ample, brillante de vagues et de moutons d'écume... Victor songea que le capitaine Le Morhier ne le croirait pas quand il lui écrirait qu'il avait navigué sur un fleuve aussi large que le grand large.

Après avoir passé un long moment à contempler le panorama, il se dirigea d'un pas rapide vers la palissade qui délimitait le carré des Hurons. Que leur dirait-il ? Comment devait-il les aborder ?

Victor ralentit en passant devant l'entrée du fort indien et s'arrêta une toise plus loin, se demandant s'il avait le droit de pénétrer dans l'enclos. Peut-être les Sauvages le chasseraient-ils avec des flèches et des pierres ? Il n'avait pas bien compris pourquoi ces Indiens vivaient sur la place publique : étaient-ils prisonniers ou invités par les autorités ? Venaient-ils de s'installer ou habitaient-ils les lieux depuis des années ? Parlaient-ils le français ou s'exprimaient-ils seulement dans leur dialecte ? Il entendit alors une jeune fille répondre à une femme dans une langue qui l'amusa car, abondamment ponctuée de voyelles, elle ressemblait à un bon rire. Les mots étaient tantôt très longs, tantôt très courts, et Victor écoutait avec ravissement ce curieux rythme quand la jeune Indienne, se taisant soudainement, courut vers lui.

Ils s'observèrent en silence. Victor avait le sentiment que la fille se retenait de pouffer. Quand il lui sourit, elle éclata de rire en désignant la barbe du Français. Victor flatta plusieurs fois son menton en répétant le mot «barbe». La jeune Huronne rit de plus belle. Comme ses dents étaient saines ! songea le Nantais. Peu de Françaises pouvaient sourire ainsi sans se déparer, que ce soit place Saint-Pierre, quai de la Fosse ou la place des Vosges. Peu de Françaises avaient les cheveux aussi noirs, aussi lisses, et Victor n'en avait jamais connu qui les tressassent en y mêlant des plumes de taille et de couleur variées. Et aucune Française ne montrait ses genoux avec tant d'impudeur ; la tunique, si elle couvrait bien le corps, laissait voir les jambes entre les pointes que formaient les queues des peaux. Ces pans de cuir voletaient, s'emmêlaient, s'écartaient sur les genoux à chaque mouvement de la Huronne. Même s'il s'efforçait de regarder le visage de la fille, Victor avait grand mal à détacher les yeux de cette chair insolite, brune, souple, lumineuse, qui pointait sous la peau effrangée.

— La barbe ! dit la jeune Indienne.

— Ma barbe? Me diras-tu ce que...

Antoine Souci, qui sortait du fort huron, intervint :

— Pour les Sauvages, nos poils sont un signe d'idiotie. Toi, avec une barbe aussi drue, tu es assurément un sot... Enfin, pas pour Françoise, qui nous connaît mieux, mais pour les anciens.

— Françoise?

— Elle s'appelait Mani Menahakakni ou nikak?... On l'a trouvée du côté des Abénakis, dans un archipel. Tu avoueras que Françoise est plus aisé à retenir!

— J'ai reçu le baptême, fit la Huronne en joignant les mains. J'ai appris le catéchisme chez mère Marie.

Victor sourit à la jeune fille, troublé d'entendre parler si harmonieusement sa propre langue. Il s'attendait à s'exprimer par gestes, comme il l'avait fait parfois à Nantes quand il rencontrait l'équipage d'un navire hollandais ou portugais, et voilà qu'en ce pays du bout du monde, une fille, une jolie fille, habillée de peaux aux broderies étranges, était toute prête à lui réciter une prière. Il était à la fois déçu et charmé, à la fois curieux et timide. Il aurait peut-être eu l'audace de demander à la Huronne de répéter comment on l'appelait avant son baptême si Antoine Souci ne l'avait bousculé.

— Viens avec moi chez Boisdon, je te rendrai tes peaux!

— Chez Boisdon?

— Au cabaret. Il appartient à Denys de La Ronde, mais je dis toujours Boisdon. C'était le nom de l'ancien tenancier. C'est en bas. Tu dois être passé devant, tantôt. Il n'a pas d'enseigne car il n'en a pas besoin; il n'y a guère de cabaretiers à Québec. J'espère qu'il lui reste à boire avec tous ceux qui sont venus se rincer la gorge après avoir vu le cadavre!

— Le cadavre?

— Celui de Suzanne Dion! Tu ne sais pas? Viens, je te raconterai.

Sans lui laisser le loisir de réfléchir, Souci attrapa Victor par l'épaule et l'entraîna si prestement que ce dernier eut à peine le temps de dire adieu à la jeune Indienne.

Celle-ci souriait encore quand les hommes poussèrent la porte de chez Boisdon. L'incroyable barbe de Victor Le Morhier l'avait amusée, mais sa réserve l'avait intriguée bien davantage; il y avait dans son attitude quelque chose qui lui rappelait le cerf. Cette manière, peut-être, de regarder un point fixe, loin devant soi, sans que rien n'échappe des alentours ? Ou alors cette fière immobilité qui lui donnait naturellement une sorte de supériorité ? Ce Blanc, avec ses yeux de la couleur des ailes du grand héron, un gris lumineux, profond, qui n'avait rien de commun avec les tristes robes des religieuses, ce Blanc qui n'était pas si pâle avec tous ces poils dorés et un teint cuit par le sel et les vents de la mer, était loin d'être repoussant. Mani espéra seulement qu'il ne demeurait pas trop longtemps chez Boisdon. Elle savait qu'il ne quitterait pas la taverne en état d'ébriété car le tenancier avait juré d'empêcher l'ivrognerie, le scandale et le blasphème, mais elle avait vu trop souvent des hommes continuer à boire de l'eau-de-feu, cachés dans des coins sombres de la ville basse. Elle savait que son frère, qui avait bu un demi-flacon, avait cédé cinq peaux de loup-cervier, après qu'on lui eut promis le reste de la fiole. Ce soir-là, elle avait été réveillée par les protestations des autres membres de la tribu qui essayaient de dormir tandis que son aîné tambourinait sur les pieux de la palissade en entonnant des chants guerriers.

Elle le regardait maintenant, alors qu'il montrait à son fils comment émonder un arbre ; Saouaretchi avait des gestes déliés et son couteau glissait sur l'écorce du peuplier si vivement que, n'eussent été les éclairs qui désignaient régulièrement le fer, on aurait cru que l'homme caressait l'arbre. L'enfant riait à chaque branche sectionnée. On devinait que son père l'initiait à ce travail autant par plaisir que par nécessité. Il souriait, même dans l'effort, tant il s'amusait avec son fils. Comment un homme au sourire si doux avait-il pu se muer, deux lunes plus tôt, en un ivrogne braillard ?

Nombre d'Indiens pensaient que le baptême leur apportait les maladies puisqu'il y avait eu maints décès après le séjour d'un missionnaire dans une tribu. Mani le savait, mais elle était toujours vivante, même si elle avait communié pour la première fois juste avant que la terre tremble. L'eau-de-feu, ôtant toute sa souplesse à Saouaretchi, au point qu'il ne puisse même plus enjamber un ru, était une plus grande menace ; elle se désolait qu'on puisse trouver plus commodément, depuis quelque temps, cet alcool maudit. Elle espérait qu'aucun des siens n'avait été vu du côté de la rivière : on ne manquerait pas de l'accuser de la mort de la Blanche.

Chapitre 7.

— Du vin, aubergiste ! tonna Antoine Souci. A moins que tu ne veuilles de la bière ?

Le cordonnier se tourna vers Victor Le Morhier qui secoua la tête négativement, après avoir salué Germain Picot.

— Non, du vin, pour me faire oublier l'affreux bouillon du navire.

Antoine Souci fit une grimace comme s'il venait d'avaler une tasse de ce vin acide coupé avec de l'eau de mer qu'on servait à bord dans les derniers jours de la traversée.

— T'as raison, on va se laver la gargoulette !

— Elle doit être bien nette, car tu l'as lavée souvent depuis que l'*Alouette* mouille à l'île d'Orléans, fit l'aubergiste en apportant une chopine de vin.

Il n'eut même pas la peine de la déposer sur la table ; Antoine Souci s'en empara et remplit deux verres à ras bord.

— C'est du clairet, mais il faudrait débourser bien plus pour avoir du vin d'Espagne. J'ai comme idée que celui-ci fera autant l'affaire.

Victor acquiesça en trempant ses lèvres. Certes, ce n'était pas le vin qu'il avait pris l'habitude de boire chez ses parents, mais il lui paraissait bien doux comparativement à la piquette de l'*Alouette*. Il trinqua avec Antoine Souci et Germain Picot en souriant. Il pensait pourtant à Suzanne Dion. Il était soulagé qu'on ait enlevé son cadavre de la place publique, même s'il avait envie et peur à la fois d'en savoir plus long sur le crime.

Denys de La Ronde, court et gras, vint appuyer les poings sur la table et, clignant de l'œil, demanda à Antoine Souci si son ami était aussi grand gosier que lui.

— Je dirais que oui, répondit Victor en souriant. Je prendrai volontiers de ce potage que je vois fumer dans l'âtre.

— Pierrot m'a trouvé des crevettes ce matin, ajouta l'aubergiste.

Antoine rugit de plaisir.

— Comme nos salicoques?

— Meilleures encore!

Le tenancier ne s'était pas vanté : les petites crevettes que le jeune Pierrot leur servit aussitôt étaient fraîches, bien fermes, d'un joli rose et d'un goût différent de celles que Victor mangeait à Nantes; elles étaient moins salées et n'avaient pas cette pointe d'iode qui troublait parfois leur chair.

Antoine Souci s'étonna de voir Victor engloutir les crustacés entre deux bouchées de pain trempées dans le potage brûlant; même s'il avait dit à l'aubergiste que son ami lui ressemblait, il ne savait pas que Victor pouvait être aussi allouvi. Il ne l'avait jamais vu manger à une telle vitesse quand ils étaient en mer. La lenteur avec laquelle Victor grugeait son pain et mastiquait son gras de lard l'avait souvent énervé. Morbleu!

S'il n'avait pas vu sourire le matelot, il aurait cru qu'il n'avait plus de dents pour sucer si longtemps son lard.

L'appétit de Victor réjouissait Antoine Souci car un homme repu est de meilleure humeur et de jugement moins sévère. Victor accepterait ses peaux, même si elles n'étaient pas de bon castor gras comme il l'avait promis. Il allait lui servir un autre verre et le matelot ne s'apercevrait même pas qu'on lui remettait du castor sec.

Antoine s'apprêtait à tirer les peaux de son sac quand un rire tonitruant fit sursauter tous les clients du cabaret : Guillaume Laviolette poussait devant lui un grand sac d'où débordaient des queues de raton laveur, de loup, de chat sauvage, de renard et des paquets de peaux roulées.

— J'en ai assez pour te rembourser, aubergiste! Et je boirai donc encore cette fois! T'as eu peur que je ne revienne jamais, à ce que m'a conté Jérôme Tardieu? T'inquiète pas, je vais aller tantôt au magasin et je te rapportai ton dû.

Denys de La Ronde protesta mais il riait autant de soulagement que pour amadouer son bruyant client. Il fit signe à Pierrot de lui servir une pinte de bière.

— Tiens, avale ça. C'est mieux que le bouillon de ta voisine !

— Ma voisine réussit mieux sa soupe, admit le coureur des bois, mais son bouillon est tout de même alimenteux. Sauf aujourd'hui, elle n'a rien préparé. Elle a eu un coup de sang en apprenant le meurtre !

— On en sait plus astheure ? demanda Antoine Souci.

— Non, rien.

— Ça doit être un Iroquois, dit Germain Picot.

— Il y a bien longtemps qu'on en a vu dans le coin, objecta Guillaume Laviolette.

Il but la moitié de sa chopine, la déposa en faisant claquer sa langue.

— Eh ! Donne-moi une pinte, j'ai la gorge sèche ! J'ai trop parlé du meurtre aujourd'hui ! Tout le monde m'a questionné parce que j'arrivais de Sillery. Mais j'ai rien vu. Ni hier ni avant. Je commence juste à me rafraîchir.

— C'est que... oh ! ce n'est pas pareil pour toi, après tout ! Et puis le Gouverneur...

L'aubergiste haussa les épaules avant de retourner à son fût tandis que Victor se penchait vers Antoine Souci, sans cesser d'observer discrètement le coureur de bois qui s'assoyait près de l'unique fenêtre.

— Qu'est-ce que notre hôte veut dire ?

— Il parlait de la vieille querelle entre Davaugour, Lav... Mgr de Laval et le père Lalemant.

— Une querelle ?

— Monseigneur excommunie tous ceux qui vendent de l'eau-de-vie aux Indiens et...

— Les Jésuites doivent l'approuver, fit Victor. C'est donc le Gouverneur qui... ?

— Qui rentrera bientôt en France ! s'exclama Guillaume.

Il se leva et s'attabla sans plus de façons auprès de Victor.

— Le Monseigneur et le Gouverneur s'entendaient pour interdire le commerce de l'eau-de-vie avec les Sauvages et il y a même des hommes qui ont été arquebusés pour avoir désobéi. On a restreint la vente de boissons aux habitants de Québec jusqu'à ce que le pauvre père Lalemant s'en mêle. La pitié lui aura coûté cher !

— Qu'entendez-vous par là?

— Le père Jérôme a voulu protéger une femme qui avait vendu de l'eau-de-vie à des Indiens. Le Gouverneur a déclaré que les Jésuites ne savaient pas ce qu'ils voulaient et que si cette femme pouvait vendre et être excusée, tout le monde le serait.

— Davaugour a levé l'interdiction, dit Antoine Souci, mais s'il repart, comme tu l'as annoncé, c'est que Mgr de Laval a gagné! Vaut mieux boire pendant qu'on le peut encore, il serait capable de nous interdire le vin à nous aussi! Aubergiste!

Antoine tendait son verre en direction de Denys de La Ronde. Celui-ci soupira : Antoine n'avait pas la corpulence de Guillaume mais semblait vouloir boire autant que lui. Il serait bientôt ivre et lui ferait une bien mauvaise réclame s'il quittait l'établissement dans cet état. Il suffisait que la femme d'un notable l'aperçoive ainsi pour qu'on vienne ensuite le tracasser, lui, La Ronde, qui buvait si modérément. Etait-ce sa faute si les marins ou les coureurs de bois étaient si déraisonnables? Quelle journée! Avec ce meurtre, il n'avait pas encore eu le temps de s'asseoir! L'aubergiste cherchait une manière de refuser de servir du vin à Antoine Souci qui s'impatientait quand Victor poussa son verre à moitié plein devant lui.

— Bois mon vin, Antoine, j'en ai assez. Et donne-moi donc ces peaux que tu me promets depuis si longtemps.

Guillaume eut un large sourire mais se tut tandis qu'Antoine ouvrait grande sa besace. Il tendit une fourrure aux poils d'un marron foncé et la flatta avant de la déposer sur les genoux de Victor.

— C'est doux, ces bêtes-là.

— C'est sûr, fit Victor.

— Il s'agit seulement de savoir préparer la peau, commença Guillaume.

— Que voulez-vous dire?

— Il veut dire que tu dois maintenant te trouver un tailleur qui saura coudre ces pelleteries.

— Après avoir travaillé la peau, insista Guillaume. Tu devras débourser davantage. D'un autre côté, tu paies cette peau moins cher...

— Moins cher?

— Le castor sec est moins recherché... Combien vends-tu ces peaux, Antoine?

— Je ne les vends pas, je... je les ai échangées...

— Plutôt pariées, précisa Victor.

Il conta à Guillaume Laviolette qu'il avait battu Antoine au jeu et que ce dernier le remboursait en pelleteries.

— Tu devrais avoir honte, Antoine Souci, se moqua Guillaume.

— Honte... Mais je...

— Tu allais lui laisser des peaux que tu dois avoir eues contre une vieille couverte de ratine, pas vrai?

— Elle était neuve!

— Mais ne vaut pas ce que tu dois, bandit! Tu devrais rajouter au moins deux peaux de gras pour payer ta dette.

Victor, tout d'abord embarrassé par l'intervention de Guillaume, commençait à s'amuser : si Antoine avait essayé d'abuser sa confiance, il méritait bien qu'on se moquât de lui. Le coureur de bois n'y manquait pas et parlait d'une voix si puissante que tous les autres clients entendaient les reproches qu'il adressait à Antoine. Celui-ci ne tarda pas à quitter l'auberge en promettant à Victor de lui rapporter dans l'heure d'autres peaux.

— A moins que je ne doive aller voir le Gouverneur avec Dupuis pour lui parler encore du meurtre. Tu ne savais pas que c'est nous qui avons découvert la Suzanne?

Le cordonnier passa la porte et Victor sourit à Guillaume Laviolette.

— Je vous remercie, monsieur. Je ne connais rien à la fourrure et croyais le marché honnête.

— Si vous voulez des fourrures, des belles, allez plutôt au magasin général : les coureurs y déposent toutes leurs prises. J'y vais moi-même.

Victor pinça les lèvres et haussa les sourcils en signe de doute. Se penchant vers son interlocuteur, il murmura :

— Toutes les prises? Vraiment?

Guillaume cligna de l'œil avant d'admettre à voix basse qu'il lui arrivait de vendre ses peaux à des particuliers.

— Il faudrait savoir à quel usage vous destinez les peaux. Un chapeau ou un manteau? Pour vous ou votre épouse?

Victor, qui souriait, se figea aussitôt. Guillaume, bien que curieux de nature, savait qu'il était souvent plus opportun de se taire que de questionner et il but une longue rasade, rompit son pain lentement afin de donner à Victor le temps de retrouver sa contenance.

— J'en veux d'abord pour mon oncle, à Paris. Il est chapelier. Je lui ai promis de lui rapporter de belles peaux.

— J'ai ce qu'il vous faut, mais permettez-moi, puisque nous passerons peut-être un marché, de me présenter. Je suis Guillaume Laviolette, du Croisic.

— Je suis nantais! s'exclama Victor. Topons ensemble!

Leurs paumes se heurtèrent à peine une seconde, mais Guillaume eut le loisir de constater que la main de son nouvel ami était sèche, ce qu'il tenait pour un signe d'assurance et de probité. Il remarqua également que Victor était plus solide qu'il ne le paraissait; mince et jeune, et ses cheveux de la couleur d'un louis d'or lui donnaient un air si aimable qu'on ne l'imaginait guère soulevant de lourdes charges ou terrassant un ennemi d'un seul coup de poing, mais il en était probablement capable car il était fort souple.

— T'es un trente-six mois? demanda Guillaume.

Victor fit non de la tête.

— T'es de l'*Alouette* alors?

— Oui. C'est mon premier long trajet de mer.

— Vous repartez bientôt, pas vrai? T'as pas envie de rester à terre? Tu trouverais vite un maître, et dans trois ans tu pourrais acheter ton lot.

— C'est ce que tu as fait? dit doucement Victor.

— Non, reconnut Guillaume. Je ne suis pas du bois dont on fait les colons. J'ai besoin de courir, de chasser, de partir au loin durant des mois. J'aime la neige qui efface l'horizon, j'aime le silence du froid... Tu souris, Victor, mais un silence d'été n'est pas un silence d'hiver. Le silence d'été, c'est une pause entre deux jeux, entre deux tâches; le silence du gel est celui de la solitude, de la peur et de la paix. Je...

Guillaume rougit, confus d'avoir confié ses pensées secrètes à un homme qu'il ne connaissait pas une heure plus tôt, mais Victor continua son étrange discours.

— Le silence en mer, c'est le silence de la profondeur des ténèbres, du temps qui passe et de ce moment où on scrute son âme et sa conscience car l'éternité ne nous semble pas si lointaine. C'est le silence du doute... Tu dois croire aux étoiles, croire qu'elles te guideront vers la rive, mais tu entends, dans ce silence, et seulement dans ce silence, les plaintes des créatures de la mer. Morgane t'appelle, les sirènes te défient, les vagues t'attirent comme des aimants, comme des amantes.

Victor regardait vers la fenêtre comme s'il pouvait voir le fleuve en s'étirant un peu le cou. Un demi-sourire flottait sur ses lèvres, il battait plus lentement des paupières. Guillaume comprit, en observant ce visage soudainement illuminé d'une joie sereine, que Victor était un vrai marin. Il était trop épris de cette plaine liquide pour le suivre en forêt ; jamais le coureur ne l'entraînerait sur les territoires montagnais et plus haut encore. Il ne le retrouverait pas non plus, à ses retours de voyage de Métabetchouan, à bêcher la terre, la retourner ou l'ensemencer. Victor ne serait pas le nouveau boulanger, ni le maréchal-ferrant de la colonie.

— Pourquoi t'es-tu embarqué pour la Nouvelle-France ? J'aurais plutôt choisi les Indes ou les îles des mers du Sud.

— Je n'ai pas eu tellement le choix, avoua Victor.

— As-tu signé ton engagement après avoir bu ?

— Je n'ai pas eu le loisir de boire... Je me suis engagé de mon plein gré même si j'y fus forcé.

Guillaume se frotta la barbe, plissa les yeux.

— Qu'est-ce que tu veux dire ?

Victor hésitait à parler, mais comme il cherchait quelqu'un à qui confier Marie avant de repartir, et comme il savait que ce n'était pas le couple Blanchard, fraîchement arrivé, qui pourrait être d'un grand secours, il devait s'ouvrir à Guillaume. Ce dernier lui avait montré sa droiture, et s'il avait voyagé, comme il le prétendait, dans ces lieux aux noms aussi jolis qu'imprononçables, il avait dû souvent faire la preuve de son ingéniosité. Il serait de bon conseil pour Marie. Si toutefois elle consentait à l'écouter.

— Tu es marié ? demanda Victor qui voulait s'assurer, avant de se livrer à Guillaume, que celui-ci ne tenterait pas de séduire Marie.

— Non. Pourquoi est-ce que je prendrais une épouse ? Je ne suis jamais plus d'un mois à la même place. Et puis... les filles indiennes me plaisent davantage que nos femmes. Elles sont plus gaies ! Il y en a même une que je revois chaque fois que je vais à Tadoussac. Ce n'est pas sage mais je crois bien qu'elle m'a envoûté ! Elle est plus remuante qu'une loutre ! J'aime comme elle se tortille quand je la prends! Et comme elle rit. Elle a des dents comme je n'en ai jamais vu en France. Je me laisserais dévorer tout cru!

Guillaume eut un rire joyeux à cette évocation et un petit spasme au ventre; soudain, il lui tardait de revoir Klalis. Comme Victor souriait poliment, Guillaume comprit qu'il n'avait sûrement pas autant de chance en amour qu'au jeu. Et qu'il aurait préféré rendre ses peaux à Antoine Souci et être plus heureux avec les femmes. Ou une femme?

— Toi, t'as une femme qui t'attend à Nantes? Tu te languis d'elle?

— Personne ne m'attend.

Guillaume scruta le visage de Victor; son air tourmenté racontait mieux que bien des paroles qu'une femme le faisait souffrir. Le coureur lui aurait dit, il y a deux ans, de changer de femme, qu'une blonde valait bien une brune, et d'oublier celle qui le tracassait, mais depuis qu'il connaissait Klalis, il n'avait plus envie des châtaines, ni des rousses, ni des Françaises, ni des Anglaises, ni des Montagnaises, ni des Huronnes. Il n'avait envie que de celle qu'il appelait affectueusement «Namagw», sa petite truite saumonée, sa ouananiche.

— Personne ne t'attend. Mais toi, tu attends...

— Oui. Je veux t'acheter des peaux. Elles ne sont pas toutes destinées à mon oncle. J'en veux une pour Marie. Qu'elle n'ait pas froid cet hiver.

— Je ne connais pas ta Marie, mais si elle est comme les autres, elle portera peut-être un casque de fourrure mais n'acceptera pas de mettre un manteau de peau.

— Mais pourquoi?

— Les femmes continuent de s'habiller comme dans notre pays natal; elles ont des manteaux de drap. Mais elles rajoutent une couverture de laine par-dessus. C'est tout ce qu'elles ont adopté du costume des Sauvagesses. Elles mettent souvent des sabots au lieu de chausser des mocassins!

— Marie LaFlamme est aussi coquette qu'entêtée; si elle trouve les mocassins à son goût, elle les portera, que ce soit ou non à la mode!

— Qui est Marie LaFlamme?

— Une Nantaise. On a grandi ensemble. Sa mère était ma marraine et je suis le parrain de sa petite Noémie.

— Où est l'époux de ta Marie?

— Il... est mort en France, dit Victor.

Il songea à se signer car il ignorait s'il était vrai ou non qu'on attirait le mauvais sort sur un homme en parlant de sa mort. Il retint son geste ; la mort de Simon le comblerait de joie. C'est pourquoi il répéta, pour bien provoquer la malédiction si elle n'avait encore eu lieu, que Simon était mort juste avant le départ de Marie pour la Nouvelle-France. Il précisa que Noémie n'était pas le fruit de leur union.

— Marie a accouché une femme sur l'*Alouette* et a adopté l'enfant.

— Ta Marie est mère-sage?

Victor, qui aimait comme Guillaume disait toujours « ta » Marie, hésita à proférer un nouveau mensonge ; il voulait bien présenter Marie en veuve et la recommander, à ce titre respectable, à Guillaume, mais il estimait déjà le coureur de bois et répugnait à le tromper.

— Marie sait délivrer les femmes, mais elle est surtout douée pour les plantes. Comme les apothicaires. Et elle peut replacer les membres défaits. Elle vit chez les Hospitalières.

— La Renarde ! s'exclama Guillaume.

Chapitre 8.

— La Renarde?

Guillaume eut un sourire penaud, puis soupira :

— J'ai entendu parler de ta Marie ici. Pas plus tard qu'hier soir. On disait qu'une nouvelle était arrivée et qu'elle était rouquine, comme les renards. Et qu'on l'avait mise au couvent. Et que c'était grand dommage de cacher si belle plante...

— Continue.

— Il n'y a plus rien à dire. Pourquoi repars-tu si c'est ta promise?

— Elle est déjà mariée!

Victor se mordit les lèvres ; en faisant des confidences au premier venu, il mettait Marie en péril. Voilà qu'il s'apprêtait à parler de Geoffroy de Saint-Arnaud.

Guillaume, qui n'avait pas perçu son trouble, protesta.

— Elle l'était! Elle est veuve maintenant! Tu dois te déclarer, sinon c'en est un autre qui va l'épouser. C'est elle qui t'a forcé à t'embarquer sur l'*Alouette*, pas vrai? Elle avait peur de faire seule le trajet de mer et...

— Peur? dit Victor sur un ton rempli d'amertume. Peur, Marie? Elle est plus téméraire que le capitaine Dufour qui m'a conté en riant de terribles rencontres avec les pirates. Marie est si fantasque que rien ne peut la détourner de son idée : elle a décidé de venir à Québec, elle serait venue sans moi. Mais j'ai tenu à m'embarquer pour la protéger.

— Mais tu repars... Il y a bien des hommes qui vont offrir leur aide, si elle est aussi belle que Louis-André d'Alleret le disait hier.

Il y eut un long silence. Guillaume et Victor songeaient avec le même étonnement qu'ils parlaient des affaires du cœur au lieu de nocer ou de choisir les peaux de bêtes. Quelle curieuse impudeur ! Victor s'en excusa.

— Je dois t'ennuyer avec mes histoires, mais je m'inquiète pour l'avenir de Marie et de Noémie. Et le meurtre de Suzanne Dion ne me rassure pas. On m'a dit qu'une autre femme avait été tuée en mai... Je n'ai guère l'habitude de m'épancher ainsi. Le vin doit me monter à la tête pour que j'imite les dames du marais.

— Les dames du marais ?

— C'est mon bon ami Cléron qui prétend que des femmes bien nées reçoivent, dans les salons parisiens de la rue Vieille-du-Temple ou de la rue de Beauce, des poètes qui leur content cent mignardises et parlent fort joliment de leur cœur.

— Tu n'es pas à Paris mais à Québec, et je ne comprends pas pourquoi tu repars au lieu d'épouser Marie. Mais tu ne m'as pas parlé sans raison. Que veux-tu de moi ?

— Dis-moi d'abord qui est ce Louis-André d'Alleret.

— Un gentilhomme. Qui aurait fait d'énormes dettes de jeu à la Cour. Son père l'a exilé ici afin qu'on oublie ses frasques en France. Mais on ne tardera pas à le renvoyer là-bas pour les mêmes raisons : lui et son compagnon Nicolas de Boissy parieraient volontiers sur le nombre de passagers qui périront lors d'un trajet de mer ou d'hommes qui seront scalpés lors d'une course. Ils cherchent constamment de nouveaux partenaires, mais les colons d'ici les boudent car ils ne paient pas toujours leurs dettes. Ils ont plus de chance avec les marins fraîchement débarqués.

— Des canailles protégées par l'épée, en somme ?

— Ils sont de cette noblesse, en effet. Mais ils ont croisé le fer plus souvent dans des duels qu'aux champs de bataille. C'est pour cette raison que Boissy s'est embarqué pour Québec. Entre les maris trompés et les compagnons de jeu qu'il a floués, il n'y avait plus assez de témoins pour assister à ses duels. Duels qui sont d'ailleurs interdits, pas vrai ? Ils le sont toujours ?

— Toujours, mais la loi n'est guère respectée. Que disaient ces hommes à propos de Marie ?

— Qu'elle était fort belle. Et qu'elle ne resterait pas longtemps à l'Hôtel-Dieu, qu'elle se lasserait vite de curer les malades et de ravauder les vieux draps, et qu'elle se marierait avant la Noël.

— C'est tout ?

— Oui, mentit Guillaume.

A quoi bon alarmer Victor en lui rapportant que Boissy avait parié avec d'Alleret qu'il mettrait Marie dans son lit ? Il se tourmenterait inutilement durant le trajet de retour.

— Tu resteras en France longtemps ?

— Je l'ignore.

— Mais tu reviendras ici ?

Victor acquiesça d'un battement de cils ; oui, il reverrait la Nouvelle-France, mais à la condition que Marie l'ait prié de revenir la chercher. D'ici là, il espérait qu'elle demeurerait chez les Hospitalières. Sinon, où irait-elle ?

Il avait fait cette dernière réflexion à voix haute et Guillaume se sentit obligé de répondre :

— Où elle irait ? Elle pourrait s'engager dans une maison comme servante. Mais pour quelle raison les sœurs ne la garderaient pas ? Si elle est aussi habile que tu le dis à recoudre une plaie...

Victor soupira : il redoutait moins la lassitude des religieuses que celle de Marie. Elle devait pourtant demeurer à l'hôpital où elle était protégée ; sinon elle serait trop souvent harcelée dans ce pays où il y avait si peu de femmes. Victor sourit tristement : pourquoi s'inquiétait-il ainsi ? Marie repousserait tous les galants en mémoire de son maudit Simon. Elle n'était pas venue en Nouvelle-France avec l'idée de s'y établir ; elle voulait seulement se mettre à l'abri des poursuites judiciaires et réfléchir à la meilleure manière de récupérer son trésor et Simon. Elle avait déjà chargé Victor d'essayer d'en apprendre plus au sujet des pierres précieuses, elle écrirait assurément à Michelle pour connaître les faits et gestes de Simon Perrot.

Oui, il faudrait un homme fort séduisant pour faire oublier Simon à Marie. Victor allait demander à Guillaume de lui décrire les gentilshommes dont il parlait tout à l'heure quand s'ouvrit la porte de l'auberge. Victor devina aussitôt que c'étaient d'Alleret et Boissy et ressentit un certain malaise ; ces hommes semblaient avoir été guidés chez Boisdon par la seule force de sa pensée. Il avait trop bu, voilà qu'il s'imaginait avoir des pouvoirs magiques! N'empêche, il avait bien deviné, Guillaume le lui confirma.

— A propos des loups. Ce sont eux qui parlaient de la Renarde...

A la porte du cabaret, il y eut soudain un bruit. Un grand fracas, puis des cris. Chacun se précipita. La brouette de Michel Dupuis venait d'écraser le pied d'Horace Bontemps. Dupuis blasphémait tous les saints du paradis.

Guillaume et Victor, qui avaient déjà redressé la brouette, consolaient Le Duc, le plaignaient, mais celui-ci geignait comme un chien.

— Michel! Tais-toi! Si on t'entendait!

— Comment? Mais comment t'y es-tu pris pour faire basculer ta brouette? demanda Boissy. Elle était trop lourde?

D'Alleret conseilla à Dupuis d'amener Bontemps à l'Hôtel-Dieu.

— Peux-tu encore marcher? demanda Michel Dupuis. Appuie-toi sur moi.

Le Duc gémit mais réussit à se relever. Ça irait mieux dès qu'il aurait bu une goutte.

Tandis que les hommes rentraient dans l'auberge, Victor songeait que Marie n'aurait pas laissé Bontemps marcher sans lui avoir bandé la cheville.

Denys de La Ronde tendit une chopine à Le Duc.

— Tiens, ça te fera oublier ton mal.

— Mais ça ne réparera pas ma brouette, se lamenta Dupuis. Elle était neuve! Ce n'est pas ma journée!

— Comment peux-tu parler de ta brouette alors qu'une femme vient d'être assassinée par un Iroquois! s'écria Germain Picot.

— Ce n'est pas moi qui l'ai tuée. Ah! je ne veux plus entendre parler de cette affaire. Il me semble que je la vois encore avec ses yeux fixes, son crâne à moitié scalpé. Et ce cou...

Boissy et d'Alleret se rassirent et Victor les observa à la dérobée. Deux messieurs, peut-être de la noblesse. De forte taille, bruns, et portant pareillement moustache et cheveux en vagues souples comme on le faisait au temps du roi Henri et encore sous Louis XIII. Mais les nobles avaient tous adopté la perruque frisée et Victor se demanda si ces hommes étaient en Nouvelle-France depuis si longtemps qu'ils ignoraient les nouvelles modes parisiennes ou s'ils arboraient ces coiffures pour montrer leur fidélité à Richelieu et leur mépris du nouveau monarque, celui qui avait décidé de leur éloignement dans cette colonie ? Victor ne les trouva ni beaux ni laids, et s'ils n'avaient été vêtus, malgré la chaleur, avec plus de recherche que les marchands qu'il avait croisés rue Saint-Pierre, il ne les aurait pas remarqués. Mais il n'était pas femme, et peut-être que les yeux verts de Nicolas de Boissy et les fossettes de Louis-André d'Alleret plaisaient aux dames et aux filles ? Victor les jugea cependant trop fats pour attirer favorablement l'attention de Marie, et cet examen fortuit le rassura : elle n'accorderait pas ses faveurs à ces hommes qui lui rappelleraient Geoffroy de Saint-Arnaud.

Dans un élan joyeux, il commanda à boire pour Guillaume et lui, et redit son désir d'acheter des fourrures.

— Le capitaine Dufour m'a remis quelques livres en paiement d'une partie de mon salaire et...

Guillaume l'interrompit pour lui dire qu'il avait manqué l'arrivée de l'*Alouette* à Québec : il ne tenait pas à ce que Victor parle de leur marché en un lieu public. Manifestement, le marin ignorait que celui qui possédait des fourrures était tenu de les apporter au magasin des Cent-Associés où un commis lui donnait deux livres par peau de castor. Guillaume respectait mollement cette obligation et cédait avec discrétion ses plus belles peaux aux bourgeois fraîchement débarqués. Il ne vendait jamais aux marins, trop pauvres, mais aux marchands ou aux officiers. Malgré la modestie de sa mise, Victor lui donnait l'impression d'être assez riche pour s'offrir une peau de loup ou de chevreuil. Ce garçon était décidément mystérieux, à la fois averti et naïf, rieur et sérieux, humble et fier. Et point sot ; il saisit immédiatement que le coureur souhaitait traiter ailleurs qu'à l'auberge et il se tut après avoir trinqué.

Guillaume garda son verre levé en direction des gentilshommes qui s'étaient assis trop près de la table à son gré et leur demanda poliment des nouvelles de leur santé.

— Nous nous portons fort bien, hélas, gémit Nicolas de Boissy. Dupuis aurait dû renverser sa brouette sur moi !

— Mais pourquoi ?

— Pour me faire admettre à l'Hôtel-Dieu !

— Comment être soigné par la jolie Renarde si notre état n'empire pas ? renchérit d'Alleret.

Victor frémit mais se contint. Guillaume tança les gentilshommes.

— Vous devriez remercier Dieu d'être bien portants plutôt que songer à ennuyer une de ses servantes.

— La Renarde n'est pas nonne, mon ami. Elle a même été mariée. Elle est veuve mais ne le restera pas longtemps.

— Vous voulez l'épouser? articula lentement Victor.

Nicolas de Boissy éclata de rire, aussitôt imité par son compagnon qui émit des couinements de joie. Ils essayaient de reprendre leur souffle, mais dès qu'ils regardaient Victor ils s'esclaffaient de plus belle. Pliés en deux, ils se tenaient les côtes en haletant. Ils s'essuyèrent les yeux avant de répondre enfin à Victor qu'on n'avait jamais vu de gentilshommes épouser des bergères.

— Nous ne croyons guère aux contes de fées! Savez-vous à qui vous vous adressez?

Victor hocha la tête affirmativement.

— Vous comprendrez alors que votre question ait pu provoquer notre hilarité. Vous êtes bien amusant, mon ami. Etiez-vous sur l'*Alouette*?

— Oui.

— Ce vaisseau est une bénédiction! s'exclama Nicolas de Boissy. On s'ennuie si souvent ici; voilà que l'*Alouette* nous amène une veuve mystérieuse et un homme d'esprit. Attendons de voir les autres passagers, nous aurons peut-être des surprises!

Victor allait se lever pour gifler Boissy quand Guillaume lui écrasa le pied tout en se plaçant entre les gentilshommes et lui.

— Sortons maintenant, sinon nous ne retrouverons pas Souci! Il serait capable de parier les peaux qu'il te doit et de les perdre avant la fin de l'après-dîner.

D'Alleret protesta, soutenant qu'ils devaient rester, qu'ils voulaient jouer avec eux et que Guillaume avait justement de quoi miser dans son sac.

— Vous savez fort bien que je dois les porter au magasin général. C'est la loi.

Boissy pouffa.

— Elle changera peut-être : le baron Davaugour nous quitte!

— Et alors?

— La Compagnie des Cent-Associés sera dissoute, fit d'Alleret avec satisfaction. Les favoris de notre cher Gouverneur vont perdre leurs droits.

— Les favoris?

Constatant la surprise de Victor, Boissy lui expliqua en souriant que Dubois Davaugour n'avait pas de mignons.

— Il s'agit des dix-sept habitants à qui Davaugour a cédé, en l'absence de Mgr de Laval, la perception de l'impôt du quart des fourrures et le monopole de la traite avec les Sauvages de Tadoussac.

— La traite des fourrures et de la boisson... Hélas, le nouveau Gouverneur a été choisi par notre vertueux Monseigneur; tu peux être assuré que pas une goutte d'eau-de-vie ne pourra être vendue aux Sauvages!

— Je n'en vends pas, vous le savez! Je n'ai pas envie d'être arquebusé comme Adrien Violette!

— Comment se fait-il que tu sois toujours le mieux pourvu en peaux lorsque tu rentres de l'aventure? Personne, hormis les Sauvages à la grande foire, n'a autant de prises.

Guillaume jugea préférable de s'esquiver par une boutade : il dit avec un petit sourire égrillard qu'il savait y faire avec les Indiennes et qu'elles lui donnaient toutes les peaux qu'il voulait. En échange de la sienne...

Il souleva ensuite son sac, le cala sur son épaule et tira Victor par le bras. Lançant une pièce à Pierrot, Guillaume salua les gentilshommes avant de pousser Victor vers la porte.

Dès qu'ils eurent fait quelques pas, Victor remercia Guillaume de l'avoir empêché de s'en prendre à Boissy.

— A qui j'aurais vendu ma peau de loup si vous vous étiez battu avec lui? Il vous aurait provoqué en duel. On a assez d'une mort violente pour aujourd'hui!

— Le duel n'est pas interdit en Nouvelle-France?

— Si, mais personne ne prise les insultes. Se faire traiter de laquais ou de blanc-bec mérite réparation : on se bat en duel dans les ruelles sombres en retrait de la ville, loin des témoins. Boissy en avait envie! C'est son vice. Il est, paraît-il, un bretteur de grande force.

— Je me défends bien, marmonna Victor.

— Gardez votre lame pour trancher la gorge des pirates! Ah! quand je pense à cette pauvre Suzon!

— Croyez-vous que c'est un Iroquois qui l'a tuée?

Guillaume fit une moue sceptique.

— Ça peut aussi bien être un colon. Mais ce n'est ni Boissy

ni d'Alleret. D'Alleret a donné une fête chez lui qui s'est terminée après l'aube. Il n'aurait pas eu le temps d'aller et venir.

— Et la veille?

— Il est resté chez lui. Boissy aussi. J'aurais aimé que ce soit l'un d'eux, je l'avoue. C'est pourquoi je me suis renseigné... Cherchons donc un endroit discret où je pourrai vous montrer mes peaux pour que vous fassiez votre choix.

— Je la donnerai à Marie quand elle quittera l'Hôtel-Dieu pour aller voir Noémie.

Chapitre 9.

La fourrure blanche mettait en valeur le teint hâlé de Marie ; Victor lui en fit la remarque alors qu'elle chatouillait les joues de Noémie avec la queue de renard des neiges.

— Je ne serai plus de la couleur d'un pain d'épice quand viendra le temps de porter mon chapeau de renard ! Le maître des Blanchard dit qu'après la Saint-Martin, il gèle à pierre fendre. Je serai aussi blême que mère Catherine.

— Mère Catherine ?

— Elle n'a pas une forte constitution, la pauvre... Depuis mon arrivée à l'Hôtel-Dieu, je l'ai vue pâlir plusieurs fois, comme si elle vivait une grande frayeur, et ce n'est pas le meurtre qui l'inquiète ainsi. Ces crises l'épuisent tant qu'elle me paraît plus mal en point que certains malades. Je lui ai bien proposé un fortifiant pour le sang, mais elle m'a souri en affirmant que c'était inutile. J'ai vainement insisté.

Tout en confiant à Victor les détails de sa nouvelle existence, Marie berçait Noémie. Revoyant sa fille après dix jours de séparation, elle la trouvait bien grandie et plus volontaire : elle tenait son doigt avec une force qu'elle n'aurait pas soupçonnée chez un si petit être et poussait des cris stridents pour réclamer la tétée. Emeline Blanchard, qui commençait à mieux connaître Marie, se moqua d'elle gentiment.

— Ce n'est point ta fille par le sang, mais elle te ressemble : elle sait ce qu'elle veut !

Marie se rebiffa.

— Et alors? Doit-on se laisser mener comme des bêtes?

— Tout doux, Marie, tu vas réveiller ta petite, dit alors Emeline en retenant son rire.

Marie alla s'asseoir au soleil sur un des bancs que Picot, le maître des Blanchard, avait construits de ses propres mains, quand
il s'était installé en Nouvelle-France douze ans auparavant. En
tirant sur sa jupe, Marie avait remarqué comme le bois était poli
et elle s'était demandé si Germain Picot regrettait de ne plus exercer comme charpentier. Il avait trop à faire, avec toutes ses terres, pour raboter, scier, sculpter le chêne ou le merisier; il devait
plutôt voir à ses pommiers, à son blé, à son maïs, et s'assurer
que ses engagés avaient du cœur à l'ouvrage. S'ils le satisfaisaient,
Picot les traitait bien et les encourageait à l'imiter en s'achetant
un lopin de terre. Les Blanchard, bien que nouvellement arrivés, le contentaient grandement : Picot avait su tout de suite que
le forgeron et sa femme ne rechignaient pas à la besogne. René
Blanchard avait écouté la liste des travaux qu'on lui confiait sans
montrer de découragement et sa femme Emeline, même si elle
nourrissait deux enfançons, piochait et raclait la terre pour la
préparer aux semailles automnales, cuisait une soupe comme
Picot n'en avait jamais mangé et allait aux groseilles, aux mûres
et aux framboises avec entrain.

Germain Picot, qui avait un logis rue Sault-au-Matelot, avait
permis aux Blanchard d'habiter sa maison près de la rivière en
attendant de bâtir leur propre demeure. Il savait qu'il ne les pres-
serait pas d'en repartir; il était heureux que la première maison
qu'il ait bâtie en Nouvelle-France accueille une famille déterminée à rester au pays. La Jeannette, Dieu ait son âme, aurait
approuvé; elle s'était tellement désolée d'être stérile ! Avant de
mourir, l'année précédente, elle avait fait jurer à Picot de se rema-
rier avec une jeunesse qui lui ferait des enfants; bien qu'on ait
souvent vu des hommes âgés épouser des tendrons, il n'avait
toujours pas convolé, trop timide avec les femmes, et plus tenté
d'être grand-père que père. Jean-Jean et Paul, les fils Blanchard,
ainsi que Noémie comblaient partiellement ce désir et Germain
Picot venait voir son engagé plus souvent qu'il n'était nécessaire.

A midi en ce jour de la fin de juillet, il s'avança vers la maison
avec fierté : elle n'était pas de pierre mais de bois car Picot,
hébergé à son arrivée dans une méchante cabane, avait été désireux de se construire promptement. Il n'avait pas diminué pour

autant les dimensions de la maison ; elle mesurait vingt pieds sur trente et Picot avait pris soin d'aménager une cave entre les fondations de pierre. Il l'avait même planchéiée avec ce qui lui restait des billes de cèdre et de pruche qu'il avait choisies pour les murs. Après avoir posé les madriers les uns sur les autres, l'artisan avait calfeutré les joints avec du bousillé puis recouvert les murs d'enduit à la chaux. Il avait utilisé ensuite des planches de pruche pour le toit et les avait recouvertes de bardeaux de cèdre. Picot se souvenait de la joie qu'il avait eue quand il était descendu du toit et avait trouvé Jeannette accoudée à l'une des deux fenêtres qui perçaient le mur du sud. Elle avait tout de suite aimé la maison. Quand il lui avait proposé d'en bâtir une en pierre de taille, elle avait catégoriquement refusé : les deux cheminées tiraient bien, et ici elle ne craignait pas, comme les colons de l'île d'Orléans, que la maison ne soit incendiée par les Iroquois.

A quelques toises de la maison, Germain Picot aperçut une jeune inconnue qui jouait avec la petite Noémie : elle devait être sa mère, cette Marie LaFlamme dont lui avaient parlé les Blanchard, celle qu'on appelait la Renarde à cause de sa remarquable chevelure rousse.

Emeline tenait tant à la lui présenter ! Elle soutenait que Marie le guérirait de la gêne qu'il ressentait à l'œil droit depuis le début de l'été.

Picot en doutait, mais puisqu'elle s'était déplacée pour voir sa fille, il allait la consulter. Marie se leva quand l'homme fut à deux pieds d'elle et Noémie se mit à hurler.

— Elle a toujours faim ! Elle est pareille à moi ! confessa Marie.

Victor, qui était dans la maison pour aider Emeline à transporter un autre banc au soleil, sortit lorsqu'il entendit la voix d'un étranger. Emeline surgit aussitôt.

— Monsieur Picot, voici Victor Le Morhier, un bien brave marin, et Marie LaFlamme, la mère de la petite. Voulez-vous voir René ? Il est derrière, à bûcher.

— Rien ne presse, Emeline.

Il passa le revers de sa main sur son front pour essuyer les gouttes de sueur avant qu'elles ne lui brouillent la vue.

Emeline lui offrit de l'eau, qu'il accepta, et elle disparut dans la maison, tandis que Victor appuyait le banc contre le mur et faisait signe à Germain Picot d'y prendre place. Le soleil l'aveuglait ; il tâta le bois avant de s'asseoir. Il ferma ensuite les yeux comme s'il voulait se reposer ; Marie en profita pour mieux l'observer. Le gonflement de la paupière était peu apparent, mais le pus qui collait aux cils trahissait l'inflammation.

— Vous devriez venir à l'Hôtel-Dieu, déclara Marie.

Germain Picot ouvrit des yeux effarés : jamais il n'irait à l'hôpital ! Il n'avait pas envie de mourir comme sa Jeannette. Il le dit à Marie d'une voix bourrue.

— Vous ne mourrez pas d'une plaie à l'œil !

— Je n'irai point !

— Je n'aurais qu'à appliquer un basilicon de chélidoine. Ça vous nettoierait cette saleté !

L'homme haussa les épaules et répéta qu'il n'irait pas à l'Hôtel-Dieu. Même si elle comprenait que bien des colons redoutaient l'hôpital, étant persuadés que l'Hôtel-Dieu ressemblait aux mouroirs qu'ils avaient connus en France ou aux asiles où l'on enfermait déments, prostituées, canailles et mendiants, Marie s'impatienta.

— Souhaitez-vous perdre votre œil droit ? Nous ne vous garderons pas à l'hôpital, nous manquons déjà de lits ! Vous ne resterez que le temps que je pose mon cataplasme. Mais si vous préférez être borgne, libre à vous.

Emeline approuva Marie.

— Ecoutez-la, monsieur Picot, elle fait des prodiges ! Mon René n'a plus une verrue aux mains et la toux de mon petit Paul a cessé. Horace Bontemps ne jure que par elle. Son pied est tout à fait guéri.

— Ce n'était pas très grave, fit Marie avec un sourire modeste. Plus de peur que de mal.

— Il paraît que la brouette de Dupuis n'a pas versé pour rien, dit Emeline.

— Quoi ?

— On l'aurait trafiquée pour qu'elle se casse si vite.

— Ça doit être un coup des Sauvages, dit Germain Picot. Comme cette pauvre femme qui a été égorgée !

Emeline frémit, porta la main à son cou.

— C'est vraiment horrible.

Marie soupira et dit que c'était mieux que d'être brûlée vive.

— Ça dure moins longtemps.

— Vous pensez aux pauvres missionnaires que les Sauvages ont cuits à petit feu ? demanda Germain Picot.

Marie songeait plutôt à Anne LaFlamme, mais le regard inquiet de Victor lui rappela la prudence. Elle se leva en disant qu'elle devait rentrer à Québec.

— Victor t'accompagne ? s'inquiéta Emeline. Avec ce meurtrier en liberté ! J'ai toujours peur qu'il me guette !

Marie coucha sa fille dans le berceau, sourit à la nourrice.

— Je peux venir avec vous, s'offrit Germain Picot. C'est bien périlleux pour une femme de sortir seule quand il y a des Sauvages qui rôdent.

— Je n'en ai vu aucun, dit sèchement Marie. A part ceux du fort. Mais ils sont amis des Français.

— C'est ce qu'ils disent...

— Mère Catherine affirme que ce sont de bons chrétiens.

— Mère Catherine est une sainte, soupira Picot. Mais elle ne sort pas de son couvent et ne risque pas grand-chose.

Victor s'approcha de Marie.

— Ne t'en fais pas, Emeline, je ne quitterai pas Marie.

— Vous me trouverez à l'Hôtel-Dieu quand vous le voudrez, monsieur Picot, fit Marie. Je crois savoir que vous possédez une maison en basse-ville ?

— C'est vrai, dit Germain Picot.

— Les maisons de la ville sont moins claires que celle-ci. Si vous usez votre œil valide à faire vos comptes à la noirceur, vous finirez par ne plus voir du tout ! Pensez-y. Tu viens, Victor ?

*
* *

Victor était heureux d'avoir enfin un moment de solitude avec Marie ; il devait impérativement la mettre en garde contre Boissy et d'Alleret. Tandis que Marie donnait mille baisers à Noémie, il parlait avec Germain Picot qui l'invitait à venir voir sa maison de la rue Saint-Pierre. Si Picot ressentait de la fierté quand il songeait à la maison qu'il avait bâtie de ses propres mains, il était rempli d'orgueil quand il rentrait dans celle du port. Qui aurait dit qu'un misérable charpentier posséderait un jour pareille demeure ? Ah, si ses frères qui l'avaient toujours nargué avaient eu vent de sa réussite ! Il avait bien fait écrire en France mais aucune réponse ne lui était parvenue. Peut-être étaient-ils tous morts ?

— J'ai pourtant fait porter mes lettres par trois bateaux diffé-
rents, comme la prudence le commande, mais je n'ai jamais su
ce qu'il était advenu de ma famille.

Victor, qui cherchait un moyen de se séparer de Germain Picot
sans être grossier, répondit qu'il tenterait d'en savoir plus long
quand il serait de retour en France.

— J'irai demain rue Saint-Pierre et vous me direz où je peux
trouver vos frères. J'essaierai de leur faire porter un message de
votre part.

— Venez donc souper, fit Germain Picot avec chaleur. On m'a
donné hier une tourtre presque aussi grosse qu'un pigeon et un
plein panier de framboises.

Victor et Marie n'avaient pas fait trois pas qu'elle se plaignait.

— Germain Picot m'a bien invitée, mais je ne pourrai quitter
l'hôpital deux jours d'affilée. C'est injuste ! La bouillie de l'Hôtel-
Dieu n'a aucun goût ! Même si les sœurs ne m'obligent pas, hormis le vendredi, à faire maigre comme elles, j'ai toujours l'impression d'être en pénitence.

Victor ne put retenir un sourire et Marie s'impatienta.

— Tu peux rire ! Tu passes tes journées à musarder en ville.
Tu t'arrêtes dans les cabarets pour manger une volaille et...

— Il n'y a pas une dizaine d'auberges à Québec, protesta Victor. Mais il est vrai que je fréquente l'établissement de La Ronde,
où j'ai d'ailleurs entendu des propos à ton sujet qui m'ont grandement ennuyé.

Marie s'arrêta net.

— Qui parlait ? Que disait-on ?

— Deux gentilshommes prétendaient que tu ne resterais pas
longtemps à l'Hôtel-Dieu.

— Des gentilshommes ?

Au ton enjoué de sa voix, Victor comprit que, loin de s'inquiéter, Marie s'enorgueillissait qu'on parle d'elle. Il soupira
fortement.

— Nicolas de Boissy et Louis-André d'Alleret : des canailles,
si tu veux mon idée.

— Tu les connais ?

— Non, mais on m'a dit que Boissy était ici parce qu'il aimait
trop les duels en France et que d'Alleret était un joueur impéni-
tent... Et mauvais payeur.

Marie pouffa.

— Ça, c'est vilain.

— Sois donc un peu plus sage, Marie! Boissy a parié que tu quitterais l'hôpital avant la Noël!

Marie haussa les épaules.

— Ce n'est tout de même pas moi qui empocherai la mise si je quitte l'Hôtel-Dieu! En quoi ça me regarde? C'est plutôt amusant... Et puis ce monsieur gagnera peut-être son pari.

— Quoi?

— Je ne vais pas me cloîtrer indéfiniment! Les sœurs sont bonnes avec moi, je l'admets, mais la règle ne me convient guère. Je voudrais sortir à chaque fois que j'en ai envie.

— Pour aller où? Te faire égorger? Pense à cette pauvre Suzanne!

— J'en ai assez d'entendre parler d'elle! Les malades ne parlent que du meurtre! Que peut-il m'arriver? Je ne me rends jamais aussi loin que Sillery.

— Une femme ne se promène pas toute seule!

— Je sais, soupira Marie. J'envie les Sauvagesses! Je les ai vues tantôt entrer dans le fort ou en sortir sans qu'on y trouve à redire. Il y avait un vieillard qui revenait avec un panier rempli d'herbes; j'aurais bien voulu qu'il me les montre. Et peut-être l'aurait-il fait si le Jésuite qui m'accompagnait m'avait laissée l'approcher.

— Tu connais le huron?

— Plusieurs parlent notre langue, dit aussitôt Marie. Et j'apprendrai la leur.

— Mais pourquoi? fit Victor, stupéfait.

— Pour qu'ils m'enseignent les secrets de leur médecine. Je doute que les apothicaires me prennent comme apprentie; Jean Madry est marguillier et Florent Bonnemère est Jésuite. Ils ne transmettront jamais leur science à une femme, on me l'a assez dit à l'hôpital.

— Qui te dit que les Sauvages enseignent à leurs femmes?

— J'ai beaucoup parlé avec une Hospitalière qui prétend que les femmes indiennes sont très écoutées de leurs hommes. Et même des chefs de clan.

Victor détestait Marie quand elle avait cet air de contentement; il lui secoua vigoureusement le bras.

— Mais tu ne vas pas demeurer ici! Tu rentreras en France dès que j'aurai prouvé ton innocence!

— Et alors? Ce que j'aurai appris des Indiens ne me nuira pas. J'aurai autant de renommée que François Gendron!

— Qui c'est encore celui-là?

— Un chirurgien qui a vécu chez les Sauvages. Il sait faire un onguent avec de la poudre de pierres moulues qui soigne les fistules, le cancer et les ulcères. Jules Pernelle m'en avait parlé; il disait que la poudre était magique.

Marie baissa la tête pour fuir le regard inquisiteur de Victor; elle était agacée de le voir ainsi chercher à deviner ses pensées, mais elle ne pouvait le rabrouer. En fait, elle devait plutôt l'amadouer car elle allait lui parler de Simon.

— Jules Pernelle était un bon apothicaire, un bon maître, mais un mauvais compagnon : il a trahi Guy Chahinian. Et si Chahinian était coupable, Simon a bien fait de l'arrêter.

— Ne recommence pas, Marie! Tu ne me convaincras jamais que tu crois à tes propres paroles. Coupable? De quoi? D'hérésie? Comme ta pauvre mère? Tais-toi, au lieu de répéter ces sottises.

Marie serra les dents; son affaire était mal engagée. Il fallait à tout prix ramener Victor à de meilleures dispositions.

— Je n'ai pas dit que M. Chahinian était coupable. J'ai dit « si »... Pourquoi ne verrais-tu pas Simon pour en parler avec lui? Il saura mieux que quiconque te dire ce qu'il est advenu de l'orfèvre.

— Je n'ai aucune envie de revoir Perrot, mais tu as raison, il saura m'éclairer. Peut-être me dira-t-il d'un même élan combien de livres il a touchées pour cette glorieuse capture.

Marie se mordit la joue si fort qu'elle en fut meurtrie, mais elle n'éleva aucune protestation; Victor était décidément chatouilleux quand il était question de Simon Perrot. Bah, elle n'y changerait rien; Victor détestait Simon depuis ce jour d'enfance où ce dernier l'avait terrifié en glissant une vipère sous sa chemise. Cette rancune était puérile et fâcheuse : qui, hormis Victor, pouvait la renseigner sur Simon? Et le renseigner sur elle? Elle était certaine qu'il regrettait amèrement son mariage; pourquoi Simon ne l'imiterait-il pas? Il pouvait quitter son épouse en s'exilant en Nouvelle-France : nul ne saurait où le retrouver.

Durant sa première semaine à l'Hôtel-Dieu, Marie avait beaucoup parlé avec les malades, surtout avec la veuve Bordeleau, qui vivait au pays depuis onze ans. Celle-ci lui avait relaté les principaux événements qui avaient marqué la colonie, l'avait informée des us et coutumes locales, lui avait décrit avec d'amusants détails les notables de Québec — elle avait mentionné

Boissy et d'Alleret. Marie avait dit plus tôt à Victor qu'elle rentrerait à Nantes, mais elle se demandait si elle n'irait pas chercher son bien, ce trésor qui lui permettrait d'acheter un fief, ou même cinq, à Saint-Michel ou Château-Richer, dans une contrée où son passé ne gênait personne. Il ne lui manquerait donc que l'amour de Simon ; c'est pourquoi elle voulait que Victor apporte une lettre à l'homme qu'elle aimait. Elle lui décrirait son lieu d'exil avec tant d'enthousiasme qu'il désirerait la rejoindre : il vivrait avec elle à Québec en attendant que Victor leur écrive de retourner à Nantes pour entrer en possession du trésor de Pierre LaFlamme.

Une ombre d'ennui passa sur le visage de Marie, elle fronça les sourcils : pourquoi confiait-elle à Victor plutôt qu'à Simon la tâche de rechercher son trésor ?

C'est que Victor était maintenant auprès d'elle et rentrait à Nantes. Voilà tout ! Mais il irait aussi à Paris et remettrait sa missive à Simon : elle l'avait décidé. Elle trouverait bien un moyen d'ici le départ de l'*Alouette*. Elle calmerait Victor qui agissait avec elle comme s'il eût été son frère aîné — ou même son père ! — en lui promettant de rester à l'Hôtel-Dieu. De toute manière, si elle trouvait une meilleure place qu'à l'hôpital, il n'en saurait rien avant son retour à Québec.

— Une sœur m'a montré avant-hier un baume qui fait des merveilles : les Sauvages le tirent d'une sorte de pin et l'utilisent pour purger et pour soigner les plaies et même les douleurs à l'estomac. J'ai tant à apprendre que je ne quitterai pas l'hôpital de sitôt !

— Mais tu disais...

— Ç'était pour rire. Qui voudrait se faire soigner par une personne qui ne connaît aucune des plantes qui poussent par ici ? Et où trouverais-je les remèdes que je connais déjà ? Les sœurs, comme les apothicaires et les chirurgiens, en font venir beaucoup de France. Je suis arrivée les mains vides... Et je ne pourrai être acceptée comme sage-femme avant une année, le temps qu'on voie que je suis une bonne chrétienne. Tu sais qu'on avait peur que je ne sois une calviniste, comme Denis Malescot ?

— Il était huguenot. Et tu ne devrais par parler de lui aussi librement. Tu pourrais lui nuire. Et te nuire si on s'imagine que tu te réclames de...

— Victor ! Je n'en parle qu'avec toi, sois rassuré. Et ne crains rien, je fais mes dévotions avec autant d'application qu'Henriette

Hornet. Mais je ne prie pas pour qu'on brûle des femmes, je prie pour trouver un onguent qui apaiserait les brûlures...

Victor lissa délicatement la chevelure de Marie pour lui montrer qu'il pensait aussi à Anne LaFlamme. Il s'étonna que les cheveux soient aussi chauds, puis il rougit car il n'avait pu s'empêcher de se demander si le corps de Marie l'était aussi. Assurément, comme tous les autres, avec ce soleil qui tapait si fort, il était idiot.

— Est-il vrai que vous repartez à la pleine lune ?

Victor acquiesça.

— Tu sais bien que des marées plus fortes favoriseront notre départ.

— Le capitaine Dufour doit être content de rembarquer sans passager, dit gaiement Marie. Il a répété cent fois qu'il préférait les loups et les castors aux femmes et aux enfants.

— L'*Alouette* ramène quelques trente-six mois qui sont libres de leur engagement, mais aucune femme ne monte à bord. Elles repartiront demain avec le capitaine Legagneur qui ramène le gouverneur Dubois Davaugour.

— Il doit être vraiment encoléré pour ne pas attendre l'arrivée de son successeur !

— Comment sais-tu tout cela ?

— Mes malades souffrent peut-être d'ulcères et de dévoiements, mais ils ne sont pas muets... Ils parlent même volontiers quand sœur Sainte-Louise n'est pas là pour les obliger à prier.

— Ne te gausse pas d'elle !

Marie fit une moue mais ne put pousser l'impudence jusqu'à répliquer ; elle admirait le courage de la religieuse qui, entre un lavement et une plaie à nettoyer, réconfortait les mourants sans jamais montrer de lassitude. Elle avait expliqué à Marie, qui l'en félicitait, qu'elle voyait, comme toutes ses sœurs Hospitalières, le Seigneur Dieu en chacun des malades qui lui étaient confiés. Comment pouvait-elle être ainsi plus heureuse qu'en aidant le Très-Haut ? Elle avait ajouté que Marie finirait par connaître cette paix car il lui était clair que Dieu n'avait pas permis sans raison qu'elle fût aussi douée pour guérir. Marie avait baissé les yeux afin que l'Hospitalière ne devine pas son incrédulité ; Dieu avait aussi doté Anne d'un immense talent mais elle n'avait sûrement pas connu la paix en périssant dans sa geôle... Une malade qui réclamait à boire l'avait fort opportunément tirée de son embarras ; la générosité exemplaire des sœurs troublait Marie. Elle éprouvait de la rancœur pour un Dieu qui avait laissé condamner sa mère, mais elle devait admettre qu'il inspirait fort heureusement ces femmes, ses épouses.

— J'espère que je pourrai rencontrer le nouveau Gouverneur. Mais j'irai demain voir partir l'ancien : il y aura bien du monde au quai de Champlain.

— Tu pourras quitter l'hôpital ?

— Je dois raccompagner une malade chez elle. Les sœurs ne peuvent le faire puisqu'elles sont cloîtrées, aussi me l'ont-elles demandé.

— Nous nous y verrons, alors ?

— Si mes jambes peuvent encore me porter demain ! gémit Marie. Est-on encore bien loin de Québec ? Il me semble qu'on marche depuis des heures !

— Pauvre Marie, tu es si faible que tu devras t'aliter auprès de tes malades, ironisa Victor.

La jeune femme lui tira la langue. Elle se mit à courir comme si cette grimace l'avait subitement rajeunie et lui avait donné envie de jouer à colin-maillard ou cligne-musette. Elle fonça droit devant elle sans se retourner, assurée que Victor la poursuivait, feinta vers la gauche comme si elle allait plonger dans la rivière Saint-Charles, tourna à droite et se cacha derrière le grand peuplier qui marquait les limites entre la terre de Noël et celle de Jean Bourdon.

Victor fit semblant de la chercher derrière un bosquet et un gros rocher avant de s'exclamer en la découvrant derrière l'arbre. Elle poussa un petit cri et tenta de contourner l'arbre pour échapper à Victor, mais celui-ci, qui avait une poigne solide, retint Marie qui se débattait en riant. Il l'attira vers lui sans presque s'en apercevoir. C'est quand il sentit une poitrine s'écraser contre la sienne, un genou buter contre ses jambes et ses propres mains délier les poignets de Marie pour ceindre sa taille qu'il sut qu'il allait l'embrasser. Et qu'elle ne le repousserait pas.

Elle avait encore le goût des framboises mangées chez Emeline, mais même sans cela elle aurait eu ce parfum fruité qu'il lui avait toujours attribué. Les lèvres de Marie étaient douces et fermes et ouvertes sur son âme : il plongeait en elle dans ce baiser volé. Il connaissait les délices de l'abîme, l'éblouissement, la mort et la résurrection.

Bien après qu'il eut rouvert les yeux et se fut écarté de Marie, il tressaillait encore. Et il savait qu'il frémirait de plaisir, de douleur, de regret et de joie à chaque fois qu'il se rappellerait cet instant.

Marie, elle, mettait de l'ordre dans ses cheveux, à défaut d'en mettre dans ses pensées : que lui avait-il pris d'accorder un baiser à Victor alors qu'elle aimait Simon ? Elle venait tout juste de parler de lui et voilà qu'elle s'abandonnait au premier venu. Enfin, non, Victor n'était pas un inconnu, elle avait grandi avec lui, il était le filleul d'Anne LaFlamme. Voilà, elle devait l'avoir embrassé, non, s'être *laissé* embrasser par affection, par amitié, par hasard... Il ne faudrait point faire toute une histoire avec cette caresse et puis, de toute manière, Victor repartait bientôt et chacun allait oublier ce moment d'égarement.

Le passage d'un canot sur la rivière tira Marie et Victor de leur embarras. Elle fit un grand signe de la main, comme elle avait l'habitude de le faire quand elle voyait les chalands, les morutiers, les fausses-marées, les barques ou les gabares glisser sur la Loire. Le Huron qui pagayait avec une aisance qui impressionnait toujours les étrangers répondit au geste de Marie, ce qui la mit en joie.

— Tu vois, ils sont gentils ! Je ne pense pas que l'un d'eux ait tué Suzanne même si M. Picot le dit.

— Il faut bien que ce soit quelqu'un, pourtant...

— Les Hurons me montreront leur langue, continua Marie comme si elle n'avait pas entendu Victor. Ils me diront quelles plantes font des prodiges.

— Apprends donc d'abord avec les religieuses, répliqua Victor qui venait de se rappeler que Marie avait toujours manifesté de la curiosité envers les étrangers ; elle avait eu successivement le désir de parler l'espagnol, puis l'anglais lorsqu'un galion ou une flûte mouillaient devant l'île Feydeau et que le charabia des marins l'avait charmée. Le dialecte indien l'amuserait un temps, puis elle oublierait son envie.

— Moi, j'aurai des souliers sauvages, décréta Marie. Et je les nommerai mocassins, comme les Hurons le font.

Victor lui dit alors qu'il la présenterait à Guillaume.

— Ce coureur de bois saura te dire où acheter tes souliers.

— Mocassins ! Au magasin général.

— Il te dira si tu fais une bonne affaire. Ou, plutôt, si je fais un marché, car ce sera moi qui te les offrirai. Il faut que tu sois bien chaussée pour aller visiter souvent ma filleule. Et puis, tu n'as pas encore touché tes gages...

Marie soupira : non, elle n'avait rien touché. Et elle ne toucherait rien non plus. Mais elle se garda d'en parler à Victor : s'il apprenait qu'on ne lui versait aucun salaire à l'Hôtel-Dieu, il saurait aussitôt qu'elle irait chercher de l'ouvrage ailleurs. La nourrice était heureusement payée par Horace Bontemps, qui remerciait ainsi Marie de l'avoir sauvé de la noyade et si bien soigné. Mais il n'ouvrirait pas sa bourse indéfiniment et Marie devait prévoir un moyen de subvenir aux besoins de Noémie. Elle pourrait toujours lui céder la fourrure que Victor lui avait donnée, elle avait bien vu comment Emeline la flattait, mais elle y répugnait ; on lui avait assez répété, durant cette première semaine à Québec, comment l'hiver était froid et comment il était indispensable de doubler de fourrure les habits de laine. Elle garnirait une couverture pour sa fille. Non, elle ne se séparerait pas de la pelleterie. Il fallait plutôt se faire engager par un employeur prêt à la rémunérer pour ses soins. Ou convaincre le Gouverneur des services qu'elle pourrait rendre aux habitants de sa ville s'il l'aidait à s'établir comme guérisseuse.

Alors, M. de Boissy gagnerait son pari...

Chapitre 10.

Le capitaine Legagneur commençait à perdre patience ; les adieux faits à Pierre Dubois Davaugour s'étiraient sans bon sens. Autant l'ancien Gouverneur s'était décidé rapidement à rentrer en France, autant il mettait du temps à s'embarquer. Legagneur s'en étonnait ; il avait cru que ce départ se ferait discrètement pour ménager la fierté de Davaugour qui digérait mal d'avoir été congédié comme un vulgaire domestique. Il s'était trompé ; un notable, puis un autre, puis encore un autre venaient lui remettre du courrier et le féliciter de rentrer en France. Si ça continuait, il faudrait attendre la prochaine marée montante !

Le capitaine s'approcha du baron Davaugour et lui demanda s'il repoussait son départ jusqu'à l'arrivée de son successeur ; il le rencontrerait s'il tardait encore, car le bateau qui ramenait Mgr de Laval et le nouveau Gouverneur était à la veille d'arriver.

— Ce n'est plus qu'une question d'heures, mentit Legagneur, les vents sont très favorables. Nous devrions en profiter aussi.

Dubois Davaugour ne répondit pas au capitaine ; il avait compris la menace. Il congédia rapidement les bourgeois qui l'entouraient moins par amitié que dans l'espoir d'en savoir plus sur leur avenir — garderaient-ils leurs droits ? changerait-on les lois sur la traite ? — et suivit le capitaine Legagneur d'un pas ferme. Il tendait le menton exagérément, voulant bien montrer qu'il repartait la tête haute et n'avait que mépris pour ceux qui n'avaient pas su l'estimer à sa juste valeur ; le général Turenne l'avait mieux compris que le vicaire apostolique qui l'avait trahi auprès du Roi. Le baron Davaugour retournait à la vie militaire avec plaisir, malgré l'amertume de son échec.

Une sorte de rumeur s'éleva de la foule qui se pressait au port quand on vit l'ancre remonter. Cet événement distrayait les gens du meurtre de Suzanne Dion, toujours présent dans leur mémoire. Germain Picot entendit pourtant Antoine Souci et Michel Dupuis raconter leur macabre découverte pour la dixième fois. Il s'efforça de respirer calmement. Personne ne savait. Quand on avait découvert le corps de Suzanne Dion, il avait eu l'impression qu'elle reviendrait à la vie et l'accuserait de l'avoir assassinée. Mais non, elle était morte et bien morte. Il était allé à son enterrement. Il avait même fait dire une messe pour le salut de son âme. Pourquoi avait-il fallu qu'elle se retourne, comme l'avait fait Madeleine Faucher, et le voie? Il avait dû la tuer et faire croire qu'un Sauvage avait commis le crime. Elle avait prononcé son nom, juste avant qu'il l'égorge. Il avait gardé quelque temps une mèche de cheveux, mais s'en était débarrassé. Dommage, il aimait les belles chevelures; ses victimes étaient immanquablement avantagées de ce côté. Il n'aurait jamais tué une femme au cheveu rare. Il fallait avoir de la prise pour pouvoir scalper. Les Indiens ne devaient pas scalper toutes leurs victimes lors des combats, c'était trop ardu.

Des cris de joie et de colère, des applaudissements, des rires, des protestations attirèrent l'attention de Picot; malgré le brouhaha, il distingua des sifflements flatteurs derrière son dos. Il se retourna et constata que Boissy et d'Alleret tentaient d'accrocher le regard de Marie LaFlamme. Celle-ci souriait, elle ne doutait pas un instant qu'ils lui fussent destinés.

Elle chercha Victor des yeux et le vit sur le quai discuter avec le capitaine Dufour; il ne la rejoindrait pas de sitôt. Elle se détourna alors légèrement tout en peignant des doigts ses boucles cuivrées comme si elle voulait les étirer; il lui tardait que ses cheveux aient une longueur décente! Elle aperçut deux gentilshommes bien vêtus malgré la canicule, qui se décoiffèrent poliment pour la saluer tout en la dévisageant d'un œil lubrique. Nullement troublée, Marie regarda derrière eux comme si elle ne les avait pas vus et elle fit un signe de la main à Germain Picot. Boissy se retourna, mais d'Alleret continua à observer Marie, qui sut tout de suite qu'elle avait affaire au joueur; sa ruse, sa feinte n'avait pas abusé l'habitué des parties de cartes. Il sourit à la jeune femme en inclinant à peine la tête comme s'il la félicitait de sa supercherie, puis il se moqua de son compagnon, qui jeta un regard sombre à Marie avant de rire à son tour.

La foule se dispersait lentement. Marie, qui se dirigeait tranquillement vers Victor, s'arrêta devant les gentilshommes. Elle s'adressa à d'Alleret sans gêne aucune, lui demandant de lui indiquer où était situé le magasin général.

— Passez par cette ruelle, dit Louis-André d'Alleret en désignant une ouverture rue Saint-Pierre, vous vous trouverez sur la place publique. A votre gauche, vous verrez le magasin vieux et, à votre droite, juste après la maison de Sevestre, vous verrez le magasin neuf. On y vend bien des choses, et même des colifichets qui égaieraient un peu votre vêture, mais je ne sais pas si vous y trouverez poudres et onguents.

— Ce n'est pas le but de ma visite, je vous remercie, messeigneurs, dit Marie en continuant son chemin.

— Auriez-vous donc déjà renoncé à soigner les malades ? s'enquit le plus grand en lui emboîtant le pas. Je suis le baron Nicolas de Boissy et voici le vicomte Louis-André d'Alleret, qui aurait bien besoin que vous lui prescriviez un remède.

— Oui, gémit le vicomte, j'ai le cœur qui s'affole sitôt que je vous vois.

Marie accéléra le pas car elle ne savait comment répondre à une attaque aussi directe ; elle n'avait aucune habitude des gens du monde, elle n'avait aperçu qu'une fois un baron chez Geoffroy de Saint-Arnaud, mais n'entendait pas se laisser ridiculiser. Si elle jouait les effarouchées, ils se moqueraient assurément de sa naïveté, et si elle leur répondait comme elle l'aurait fait avec un homme de son milieu, ils la trouveraient vulgaire ou sotte ; il ne lui restait qu'à se taire. Un regard vers Germain Picot qui s'approchait la rassura ; il interviendrait certainement si elle semblait trop ennuyée.

— Vous n'avez pas pitié de moi, belle demoiselle ? insista d'Alleret.

— Vous ne pouvez l'abandonner, renchérit Boissy en tirant Marie par la manche de sa chemise.

Elle donna une petite tape sur cette main importune, comme si elle voulait tuer un maringouin, puis poursuivit son chemin. Elle entendit parfaitement Boissy qui retenait d'Alleret :

— Elle a l'habitude : n'a-t-elle pas laissé son mari sur un champ de bataille?

Marie tressaillit mais continua d'avancer, suivie par Germain Picot. Elle se dirigea vers Victor, qui parlait maintenant avec un colosse comme elle en avait rarement vu : Guillaume Laviolette était encore plus grand que le capitaine Dufour, qui avait une bonne tête de plus que ses marins, mais c'était moins la haute taille que la largeur des épaules qui créait cette fantastique impression de force et de puissance. L'aventurier avait joint deux peaux de chevreuil ensemble pour couvrir son dos, et même si l'on ne doutait pas de la solidité des coutures, les muscles qui saillaient sous la peau laissaient croire qu'elles céderaient. Le cou du géant, aux veines apparentes, rappelait à Marie celui de Zeus, le cheval de Geoffroy de Saint-Arnaud, une bête superbe, fringante, infatigable, et la chevelure noire n'était pas sans ressemblance avec une crinière. Si les sourcils étaient charbonneux, c'étaient les seuls traits forts du visage. Les joues étaient pleines, presque poupines, la bouche était arrondie. Le nez camus et les yeux noisette cachaient mal une douceur presque féminine. Marie conclut que Guillaume était respecté à cause de sa stature et non parce qu'il en imposait par son regard.

Elle avait tort : Guillaume était estimé, craint, haï ou aimé des habitants de Québec pour ses relations avec les Indiens, ses talents de conteur, son goût pour la plaisanterie et pour son incroyable chance : certains pensaient qu'en côtoyant le coureur de bois, ils s'attiraient la bonne fortune. Qui n'aurait souhaité être si bien protégé par le destin? Guillaume avait échappé à la noyade, à deux attaques iroquoises et à des loups affamés ; les marques sur ses avant-bras montraient que les bêtes étaient pourtant déterminées à le dévorer. Il avait vaincu la forêt et la rivière et parlé si sagement aux Agniers que ceux-ci lui avaient même permis de revenir à Québec avec un prisonnier français ! Un prêtre qui avait voyagé avec Guillaume soutenait que les Abénakis le surnommaient Sasagi Molsem, le Sage Loup, puisque la meute avait reconnu son autorité.

En s'approchant, Marie vit qu'une dent enfilée à une lanière de cuir pendait au cou du Titan, entre deux perles bleutées. L'homme plut immédiatement à Marie que la banalité ennuyait ; elle lui offrit un sourire si charmant que Victor en fut attristé.

Elle le devina peut-être puisqu'elle lui sourit, avant de dire qu'elle avait rencontré Boissy et d'Alleret.

— Pouah! dit Guillaume. De quoi gâcher votre journée!

— Vous les connaissez? minauda Marie.

Guillaume la regarda longuement, puis il lui dit qu'il n'était pas idiot et qu'elle ne l'était pas non plus. Il était donc inutile de jouer la sotte ou l'ignorante. Victor faillit s'étouffer; il n'avait jamais entendu quiconque parler ainsi à Marie. Même le capitaine Le Morhier, quand il lui avait adressé des reproches avant son départ pour Dieppe, ne s'était pas ainsi moqué d'elle.

A sa stupéfaction, Marie éclata de rire et changea de ton pour se présenter à Guillaume Laviolette.

— Ah, c'est vous, la guérisseuse... Victor m'a parlé de vos talents. Et Germain Picot, qui voit maintenant des deux yeux!

— C'est vrai! Et je vous en remercie, fit aussitôt Picot. Le Duc aussi chante vos louanges!

— J'espère pourtant ne pas avoir besoin de vos services, fit Guillaume Laviolette.

— Mais moi, j'aurai peut-être besoin des vôtres : croyez-vous que je doive acquérir mes mocassins au magasin?

— Êtes-vous en presse?

— Non, dit la jeune femme en levant le pied pour montrer ses souliers, je ne les ai pas usés sur l'*Alouette* où j'ai plus prié que marché.

Guillaume lui proposa alors d'en parler avec une Huronne qu'il connaissait bien au fort.

— C'est elle qui m'a brodé cette ceinture. Regardez avec quel soin elle a reproduit les astres...

En se penchant pour mieux voir la ceinture de cuir perlée, Marie ne put s'empêcher de tapoter la lune d'argent et le soleil d'or qui dormaient au fond de la poche de sa jupe de drap. Qu'en ferait-elle? Devait-elle les donner à Victor pour qu'il tente de les remettre à Guy Chahinian? Non, ces coupelles prouveraient peut-être la culpabilité de l'orfèvre. Elles pouvaient exposer Victor au danger si on les trouvait sur lui; on le dirait aussi hérétique! Il serait incarcéré, torturé comme Chahinian...

Marie regarda Victor avec une telle intensité que celui-ci en fut tout remué : pensait-elle au baiser qu'ils avaient échangé la veille? Elle lui pressa affectueusement le bras tout en s'exclamant sur l'habileté de l'artisane huronne.

— Si elle accepte de coudre des mocassins, j'en serai bien contente. Vous parlez la langue des Indiens?

Guillaume hocha la tête.

— Je les lui paierai dès aujourd'hui, fit Victor.

Guillaume s'esclaffa; il n'avait jamais vu de Français si prompts à payer. Etait-il certain que ses livres n'étaient pas fausses pour être prêt à s'en débarrasser aussi vite?

— Demande au capitaine Dufour, c'est lui qui me les as remises, rétorqua Victor. Allons, Laviolette, tu sais bien que je repars bientôt.

— Tu es donc vraiment décidé à t'embarquer?

— J'ai une mission à remplir, murmura Victor sans quitter Marie des yeux; elle battit des paupières en signe de complicité avant de se diriger vers la place publique.

Elle se souvint alors de la rue des Mauvais-Garçons, à Paris, qui ne comptait que trois ou quatre maisons. Voilà qu'elle avait trouvé mieux : dans la ruelle qui menait à la place, deux maisons seulement se faisaient face, celle de Pierre Miville et celle d'Eléonore de Grandmaison, une femme que Guillaume estimait énormément pour son courage. Quand on avait concédé à son deuxième mari, M. de Chavigny, la pointe ouest de l'île d'Orléans, chacun était persuadé, à Québec, qu'aucune femme n'irait jamais y vivre par peur des multiples attaques indiennes. Eléonore de Grandmaison avait donné l'exemple en s'y installant avec ses enfants. En 1651, elle y avait même accueilli les Hurons persécutés par les Iroquois. Elle s'efforçait, depuis le meurtre de Suzanne, de calmer les esprits, de rappeler qu'il n'y avait aucune preuve qu'un Indien de Québec ait commis ce crime.

— C'est une femme remarquable; personne ne l'a jamais entendue se plaindre, et pourtant... Elle a perdu son deuxième mari en mer et, au printemps dernier, son troisième mari, Jacques Gourdeau, a été assassiné par un de leurs domestiques. Ce mécréant a même mis le feu à leur maison pour cacher son crime. Regardez, on voit que le toit a été reconstruit au début de l'été.

Marie examina les bardeaux de cèdre, plus pâles que ceux des maisons qui donnaient sur la place, et fixa ensuite une des fenêtres, espérant apercevoir la silhouette de Mme de Grandmaison : une femme aussi téméraire pourrait peut-être l'aider à concrétiser ses projets. A moins qu'elle n'ait été anéantie par cette dernière épreuve?

— Non, elle est très digne, affirma Guillaume. Et elle soutient que son sort n'est pas moins triste que celui de Guillemette Couillard qui, elle, prétend qu'Eléonore de Grandmaison est plus à plaindre qu'elle.

Marie espéra sans trop y croire que cette solidarité féminine était propre aux habitantes du pays ; elle n'avait pas connu une telle entraide en France, si elle faisait exception de Myriam Le Morhier, et avait plutôt tendance se méfier de ses consœurs. Pourtant, elle devrait compter sur elles. Et *vice versa* : même si elle n'avait pas porté, Marie était certaine qu'elle saurait délivrer les femmes. Elle le leur montrerait dès qu'on l'y autoriserait. Et d'ici là elle chercherait un remède qui engourdisse les douleurs de l'accouchée mais qui soit moins suspect que la belladone ; elle ne commettrait pas les mêmes erreurs qu'Anne LaFlamme.

La place publique l'intrigua, tant elle lui sembla vaste : elle mesurait près de cent pieds carrés et, contrairement à ce que Marie avait souvent vu en Europe, la quinzaine d'habitations qui la délimitaient ne l'étouffaient pas. Elles semblaient prêtes à danser une ronde autour d'elle et avaient déjà convié le soleil à leur jeu : Marie cligna des yeux comme elle l'avait fait plus tôt en regardant le Saint-Laurent et songea que la lumière de la Nouvelle-France était d'une pureté à la fois gaillarde et accablante. On comprenait que les Iroquois voient de très loin les crêtes couronnées de canons et préfèrent filer jusqu'à l'île d'Orléans.

— Marie ! Marie ?

La vue brouillée par l'étincelante blancheur des murs chaulés, Marie battit des paupières avant de se tourner vers Victor, Guillaume et Germain Picot qui marchaient derrière elle.

— Marie, voici Mme Couillard.

— Nous nous sommes déjà vues, dit la veuve en souriant, le jour de votre arrivée.

Marie sourit gracieusement.

— Nous sommes voisines, si je puis dire.

Guillemette Couillard acquiesça et expliqua aux hommes interloqués que Marie faisait allusion à sa terre qui touchait celle des Hospitalières.

— Je pourrais aller vous voir à l'Hôtel-Dieu, mais je préférerais que vous veniez chez moi pour soigner ma petite-fille.

Marie faillit battre des mains ; cette dame qui allait au-devant de ses désirs en la priant de venir chez elle était assez fortunée, si l'on en jugeait par sa mise. Mme Couillard portait encore une jupe noire, deuil oblige, mais la chaleur l'avait convaincue d'abandonner la casaque de serge brune, qu'elle mettait encore la semaine précédente, pour une chemise de dentelle d'une extrême finesse. Elle avait même renoncé à son bonnet piqué de taffetas noir au profit d'un chapeau de paille doublé de gaze écrue.

— Vous devriez en porter un, vous aussi, dit-elle à Marie. Le soleil ne reste pas longtemps parmi nous, mais quand il daigne nous honorer de sa visite, il est... royal ! Et nous devons nous soumettre à sa loi : nous avons tous notre tapabord.

Guillemette Couillard rabattit le bord de son chapeau.

— Et voilà comment vous faites quand il pleut.

Marie hocha la tête même si elle n'avait aucunement l'intention de porter un chapeau qui cacherait ses cheveux. Elle s'enquit du mal dont souffrait la jeune demoiselle Couillard.

— C'est le... le mal dont souffrent parfois les femmes durant les trajets de mer, chuchota Guillemette Couillard en évitant de regarder les hommes. Vous comprenez ?

Marie devina tout de suite qu'on lui parlait d'aménorrhée, mais s'étonna que son interlocutrice soit si prude ; elle avait l'âge de sa grand-mère et aurait dû être accoutumée au langage vert caractéristique du règne d'Henri IV. Sa bonne Nanette l'avait fait bien rire avec des comptines grivoises. Peut-être parlait-on moins librement en ce pays ? Un malade lui avait appris qu'on ne badinait pas avec les blasphèmes : son cousin avait été menacé d'excommunication pour avoir sali le nom du Très-Haut et n'avait dû qu'à l'intercession de son épouse de pouvoir pénétrer de nouveau dans une église.

Puis Marie se demanda si Guillemette Couillard n'avait pas une autre raison d'être discrète. Sa petite-fille n'avait plus de menstrues ; souffrait-elle d'un dérèglement ou avait-elle fauté ? Il fallait vite assurer Mme Couillard.

— Je serai heureuse de voir votre petite-fille, madame. J'aime beaucoup mieux visiter une malade dans le secret de sa chambre.

— Oh, elle bien portante mais... c'est... Ah ! Si mon père était toujours vivant, il l'aurait soignée. Il était apothicaire. Ainsi que son père qui a même servi Marie de Médicis.

Marie se dit honorée d'être consultée par Mme Couillard et promit de l'aider.

— J'essaierai de trouver de l'absinthe.

— De l'absinthe? dit Guillaume qui avait l'oreille très fine. Tu veux faire boire de l'eau d'absinthe à une gamine?

— Mais non, j'ai besoin des feuilles de la plante pour en faire une décoction.

Marie revit sa mère s'agenouillant sur les sols arides pour cueillir les tiges d'absinthe. La plante bien branchue avait des feuilles blanches très découpées et de petites fleurs pareilles à celles de l'artémise. Anne LaFlamme disait qu'on trouvait des merveilles même dans les terres les plus désolées. Où se trouvaient-elles en ce pays? Le sol que piochaient les Blanchard n'était assurément pas inculte. Marie avait vu comme les mottes de terre étaient moelleuses, riches, prometteuses. Il fallait chercher ailleurs, loin du fleuve ou de la rivière. Elle s'expliqua et Guillemette Couillard lui parla à haute voix d'un fief, plus au nord, qui n'avait jamais donné que des épis maigrichons, des carottes livides et des potirons ratatinés. Charles-Aubert de La Chesnaye devait l'acheter pour construire un magasin, mais cette terre était encore à l'abandon.

— Voulez-vous que nous y allions maintenant? proposa Marie. J'ai encore un peu de temps avant de retourner à l'Hôtel-Dieu.

Germain Picot s'offrit aussitôt à lui montrer l'endroit.

Guillemette Couillard refusa.

— Non, restez avec vos amis. Je vous ferai plutôt porter un mot à l'hôpital pour que la Mère directrice vous autorise à sortir.

— Vous feriez cela? Mais mère...

— M'aime beaucoup. Vous viendrez chez moi.

Les yeux de Marie brillèrent avec tant de plaisir que la veuve en remarqua la teinte étrange, un violet soutenu qui copiait ce moment poignant du crépuscule où la nuit étreint le soleil.

Germain Picot, lui, devait faire un effort pour ne pas regarder sans arrêt la flamboyante chevelure.

Chapitre 11.

Victor Le Morhier avait remis au capitaine Dufour tout le courrier qu'on lui avait confié afin qu'il le garde en lieu sûr dans sa cabine. Mais il avait conservé la lettre que Marie envoyait à Simon Perrot, bien décidé à la jeter dans le fleuve dès que l'*Alouette* se serait suffisamment éloignée du quai de Champlain.

Les manœuvres de départ avaient été si aisées que Victor avait demandé au capitaine pourquoi l'*Alouette* s'était arrêtée à l'île d'Orléans à son arrivée.

— On aurait pu attendre quelques heures de plus pour calfater. Il n'y avait pas tant de presse. L'*Alouette* n'aurait pas sombré !

— N'oublie pas la grand-voile déchirée ; s'il y avait eu un orage, le trajet aurait pu se terminer très mal. Imagine si nous avions coulé en face de Québec ?

Victor reconnut que le capitaine avait été prudent et que son père aurait probablement agi de même.

En le raccompagnant sur le gaillard d'arrière, Georges Dufour lui dit qu'il avait un sens de l'observation bien utile pour un homme qui souhaitait être officier de marine. Victor souriait encore en s'approchant des râteliers de manœuvre ; il y avait au moins une personne, en ce monde, qui appréciait ses qualités. Ce n'était pas comme Marie qui ne voyait en lui qu'un messager ! Elle lui avait remis une missive pour Perrot sans même paraître troublée ; avait-il rêvé ou non leur baiser ? Ou pensait-elle à ce maudit Simon quand elle l'embrassait ?

Cette pensée fit frémir Victor, qui oublia les bonnes manières et brisa le cachet de la lettre.

Cher Simon,
Je sais que tu es aujourd'hui marié. Mais je sais aussi que tu ne peux être heureux sans moi, comme moi sans toi. Victor te dira où me trouver : dans un pays où nous serons libres de nous aimer, dans un pays où nous pourrons recommencer notre vie. Bien des hommes le font ; ils trouvent aisément à s'employer ici. J'ai des espoirs de pouvoir bientôt posséder des terres où nous bâtirons une maison plus grande encore que celle de l'armateur.
Je t'aime et je t'attends,

Ta Marie.

Victor, hypnotisé par la lettre, avait l'impression que les mots grouillaient sur la feuille comme ces larves qui gonflaient les biscuits de son à la fin du trajet de mer. Il n'avait jamais eu la moindre nausée en naviguant, mais il vomit par-dessus bord par deux fois. Il était si pâle qu'un de ses compagnons le força à s'asseoir et ne le moqua même pas. Victor bégaya qu'il avait trop festoyé au banquet de partement et mentit en affirmant qu'il se sentait mieux.

Il ne se sentirait jamais mieux. Tant que Simon Perrot occuperait les pensées de Marie LaFlamme, il aurait l'âme nauséeuse.

*
* *

Guy Chahinian était recroquevillé sur son immonde paillasse ; il avait tant vomi depuis deux semaines qu'il avait mal au ventre dès qu'il s'étirait. Il ne comprenait pas. Il ne comprenait plus. On ne l'avait pas maltraité durant un mois ; on l'avait même mieux nourri, Tardieu semblait content de toucher l'argent que lui remettait Martin Le Morhier par l'entremise de Michelle Perrot et il avait lui-même remis au prisonnier des linges neufs pour panser ses brûlures et prévenir l'infection. Puis, à l'Assomption, Simon Perrot était entré dans son cachot l'air aussi cruel que déterminé, il avait expliqué à l'orfèvre qu'il en avait assez d'attendre ; il voulait des réponses précises concernant le trésor de Marie LaFlamme et il les obtiendrait.

Chahinian avait répété à Simon Perrot ce qu'il lui avait dit la première, la deuxième, la dixième fois : il ne savait rien. Simon Perrot avait alors montré ce qu'il cachait derrière son dos : une barre de fer pareille à celle qu'utilisaient les bourreaux pour rouer de coups les condamnés. Elle pesait certainement vingt livres. Avant que Chahinian n'ait eu le temps de réagir, Perrot lui avait asséné un coup terrible sur la jambe gauche. L'orfèvre avait hurlé de douleur et de terreur, redoutant à la fois le nouveau coup qui le laisserait infirme et la mort qui le délivrerait de ses souffrances.

— Pardieu, vas-tu parler ? Je te romprai tous les os si tu ne me dis pas ce que tu sais !

Il avait levé sa masse dans les airs pour l'abattre sur l'autre jambe de Chahinian quand celui-ci avait crié qu'il parlerait.

Perrot avait aussitôt laissé retomber la barre de métal. Elle avait roulé aux pieds du prisonnier en grinçant sur les dalles humides de la cellule. D'une secousse, Chahinian s'était tassé comme si cette arme pouvait se dresser d'elle-même pour l'agresser. Dans ce mouvement, le tibia brisé pointant à travers les chairs martyrisées avait arraché à la victime une longue plainte d'épouvante et de désespoir. L'orfèvre avait regardé avec effarement son sang couler et tremper la paillasse ; c'était chaud, très chaud, mais il s'était senti glacé jusqu'à la moelle.

Voyant le visage de Chahinian se couvrir de sueur, Simon Perrot lui avait lancé le contenu d'un broc d'eau au visage. Chahinian s'était étouffé, avait suffoqué, craché et vomi.

Perrot avait juré mais n'avait pas eu à se pincer le nez car il était habitué aux fréquents malaises des prisonniers : les chocs les faisaient généralement régurgiter. Même quand ils n'avaient rien mangé. Il avait attendu que Chahinian cesse de rendre, puis il lui avait dit qu'il lui enverrait un chirurgien dès qu'il saurait tout sur le trésor.

Guy Chahinian avait fermé les yeux, cherchant à puiser en lui assez d'énergie pour raconter l'histoire qui calmerait son tortionnaire. Il avait déjà réfléchi à la question et choisi de modifier la version d'Anne LaFlamme ; si elle paraissait trop énigmatique à Simon Perrot, il ne le croirait pas. Et il le tuerait. L'orfèvre n'avait rien dit avant car il pensait être protégé par le lieutenant Tardieu. Cependant ou ce dernier s'était désintéressé de lui, ou Perrot était assez effronté pour désobéir à un supérieur.

Peut-être avait-il, de toute manière, le projet de quitter le Châtelet pour se mettre en quête du fameux trésor?

Il avait donc parlé des éléments qui devaient aider Simon Perrot à s'approprier le butin de Pierre LaFlamme. Il avait appris au jeune homme que le trésor était constitué de pierres précieuses; il avait nommé les rubis, les diamants, les saphirs, les émeraudes. Il avait ajouté les perles, les opales et les colliers d'or. Puis il avait travesti les dernières paroles d'Anne LaFlamme car Simon devait penser que Marie n'avait pas encore récupéré son trésor et qu'il pourrait le découvrir avec elle. L'orfèvre avait appris, par le prêtre qui l'avait visité grâce à l'argent des Le Morhier, que Marie s'était embarquée pour la Nouvelle-France; on n'avait pas à craindre que Perrot ne la retrouve. Autant lui faire croire qu'il ignorait où elle vivait, mais qu'elle n'était sûrement pas à Nantes.

— C'est pourtant là qu'est le trésor, avait objecté Simon.

— Et Geoffroy de Saint-Arnaud, Marie le fuit car elle refuse de partager son bien avec lui. C'est avec vous qu'elle veut en jouir; elle me l'a assez répété durant notre voyage!

Simon avait souri franchement, puis s'était renfrogné: n'était-il pas trop tard maintenant? Il aurait dû battre plus vite ce maudit hérétique!

— Le marin qui apporta à Marie la solution de l'énigme posée par sa mère doit arriver à Nantes à la fin d'avril.

— Pas avant? Vous m'avez dit que Marie devait avoir ce trésor trois mois après son mariage!

— Oui, mais si elle manquait le rendez-vous avec le marin, il devait revenir le printemps suivant.

— Ne redoute-t-elle pas que l'armateur essaie alors de s'emparer de son bien? Et la punisse d'avoir fui?

— Elle... a dit, avait murmuré Chahinian, qu'elle se cacherait chez la sœur de sa nourrice, au Croisic, jusqu'au début de mai.

— La sœur de Nanette? Elle a une sœur?

L'orfèvre avait hoché la tête et s'était évanoui. Simon Perrot était resté quelques minutes à l'observer; peut-être devait-il lui faire répéter cette histoire? Non, ce n'était pas la peine d'attendre, Chahinian n'en serait pas capable avant quelques heures. Perrot avait ricané: c'était ça, le grand maître d'une société secrète? Cet homme vieilli, impotent, moribond? Et on voulait lui faire croire qu'il pouvait transformer une livre de plomb en lingot d'or ? Le lieutenant criminel était bien bête d'avoir écouté si longtemps les vantardises du prisonnier. Heureusement, il s'était ressaisi ; il n'était pas venu au Châtelet depuis la pleine lune.

Guy Chahinian avait eu un faible râle. Simon Perrot avait soupiré. Il ne connaissait pas sa force : qui aurait dit qu'un petit coup de massue broierait si aisément un membre ? Il lui fallait trouver le chirurgien. Il lui conterait que l'orfèvre s'était blessé en descendant l'escalier en colimaçon qui menait aux cachots, ou en se battant avec un autre prisonnier. De toute manière, le chirurgien ne posait presque jamais de questions.

Simon Perrot avait refermé la porte de la geôle en sifflotant : il disposait maintenant de tous les renseignements dont il avait besoin. Il retrouverait Marie et son trésor. Il quitterait cette baronne qui le traitait comme un domestique et se moquait sans cesse de lui. Il n'aurait pas à abandonner son épouse car, avec un peu de chance, elle passerait avant la fin du mois. Elle avait paru se remettre de sa fausse couche et avait servi sa patronne le lendemain de l'incident. Puis elle avait perdu beaucoup de sang. Et voilà qu'elle avait eu les fièvres. Non, elle ne vivrait pas longtemps.

*
* *

Simon avait tristement raison. Sa femme délira deux jours et Michelle ne la veilla guère plus d'une demi-journée après les visites du chirurgien et du prêtre : Josette trépassa au crépuscule sans que Simon soit venu la visiter une seule fois. Cette cruelle indifférence ruina non pas les dernières illusions que Michelle aurait pu conserver au sujet de Simon, non, elle voyait bien le monstre, mais les dernières tendresses ; celles d'une cadette pour son aîné, celles des souvenirs d'enfance que la musicienne s'efforçait d'embellir depuis son arrivée à Paris, celles d'un commun attachement à Nantes, celles d'un respect pour les mêmes parents.

Respect ? Michelle Perrot tendit le drap sous le cou déjà refroidi de Josette en soupirant douloureusement : Simon n'avait jamais témoigné de reconnaissance à sa famille et avait oublié père et mère en mettant les pieds dans la capitale. La jeune femme se signa par trois fois pour repousser les pensées blasphématoires qui l'assaillaient depuis qu'elle veillait le corps ; comment Dieu tout-puissant permettait-il que des hommes soient aussi méchants que son frère ? Qu'avait donc fait Josette pour mériter la mort ? Pourquoi Simon était-il toujours épargné alors qu'il faisait le mal, alors qu'il était le mal ?

Michelle Perrot déglutit, estomaquée par l'idée qui venait de lui traverser l'esprit : et si Simon était un suppôt de Satan ? S'il avait renié sa foi ? Il y avait bien longtemps qu'il ne l'avait accompagnée à Saint-Louis. Et elle avait été choquée de la vitesse à laquelle il avait esquissé son signe de croix quand elle lui avait annoncé le décès de son épouse. Elle se rappelait maintenant que Simon murmurait toujours le bénédicité, comme s'il ne se souvenait pas bien de la prière alors qu'il parlait haut et fort. Et il avait ri quand elle l'avait entretenu de son admiration pour Vincent de Paul ; les pauvres étaient des gueux, les gueux des paresseux, et les paresseux des sots qui ne méritaient aucune charité.

Refusant, puis acceptant, puis rejetant de nouveau l'horrible hypothèse qui ferait d'elle la sœur d'un damné, la flûtiste n'en préparait pas moins le discours qu'elle tiendrait le lendemain soir au marquis de Saint-Onge : s'il avait réussi à obtenir une amélioration des conditions de la vie carcérale du prisonnier Chahinian, elle accepterait d'accompagner l'aristocrate dans sa demeure de Vincennes où elle serait une des suivantes de la marquise. Durant un an, elle l'avait bien précisé à M. de Saint-Onge. Elle entrerait ensuite au couvent. Elle avait pris cette décision après s'être longuement entretenue avec son directeur de conscience qui lui avait fait subtilement comprendre qu'elle n'avait rien à craindre de l'amitié dont voulait bien l'honorer le marquis de Saint-Onge : il avait une passion reconnue pour la musique. Et il ne s'était jamais affiché avec une maîtresse, moins par attachement à sa femme que parce qu'il partageait un certain goût avec Louis XIII. On ne lui connaissait pas de Cinq-Mars, ni même de mignon moins célèbre, mais, demandait à Michelle son confesseur, le marquis lui avait-il déjà parlé d'autre chose que de cantates, de menuets, de rondeaux ou d'arias ? Non.

Le lendemain, après que le marquis et ses amis l'eurent applaudie, Michelle s'assit près de son protecteur. Tandis que tous les convives votaient pour une partie de pharaon, André de Saint-

Onge comparait les mérites de Couperin et de Boulanger, décrivait avec enthousiasme le ballet de Lulli qu'il avait vu au théâtre royal, encourageait Michelle à lui expliquer quelles difficultés elle rencontrait dans l'interprétation d'une cantate de Bénigne de Bacilly. Une heure plus tard, elle s'enquérait discrètement du sort de Guy Chahinian.

Le marquis fronça les sourcils et porta son regard sur son frère Pierre qui lançait les dés en riant; il lui enviait son insouciante gaieté. Il aurait aimé pouvoir dire à Michelle qu'il n'avait pas retrouvé la trace de Guy Chahinian, ou jurer que ce dernier avait été libéré, ou prétendre qu'il allait bien et attendait son procès sans être tracassé. Mais André de Saint-Onge n'avait pas menti de toute son existence ; il prévint seulement Michelle qu'il n'était pas porteur d'heureuses nouvelles.

— M. Chahinian est mort?

— Non, mais peut-être l'aurait-il mieux valu. Un bourreau lui a broyé la jambe et l'a laissé deux jours sans secours. Et sans eau. Quand mon serviteur a poussé la porte du cachot où était enfermé votre orfèvre, il a trouvé un moribond. Il a alerté aussitôt le lieutenant général qui a fait mander un médecin. Ce dernier lui a administré des potions, mais votre protégé a de la fièvre car sa blessure s'était envenimée à tel point qu'on a dû lui couper la jambe.

Michelle ferma les yeux et joignit les mains : est-ce que toutes les prières qu'elle réciterait quand elle serait religieuse parviendraient à soulager la mémoire de Guy Chahinian? Ne revivrait-il pas chaque nuit dans ses cauchemars ces moments où on lui faisait éclater les os, on lui tranchait la chair, on lui sciait le péroné? Et ne tâterait-il pas chaque jour l'absence du membre, tentant vainement de circonscrire ce vide qui le ferait souffrir autant que le coup de massue?

— On le sauvera peut-être, se surprit à dire le marquis, qui ne croyait guère à la survie de Chahinian. Le chirurgien Benoit est réputé. Et je ferai embastiller votre orfèvre dès qu'on pourra le transporter sans l'achever. Mais pourquoi ne m'avez-vous pas dit qu'il était le grand maître des Frères de la Croix-de-Lumière?

Michelle Perrot battit des paupières très vite avant d'avouer qu'elle savait que Chahinian n'était pas un bon catholique, mais elle ignorait sa confession. Elle savait seulement qu'il avait sauvé la vie de Marie, sa meilleure amie ; c'est pourquoi elle avait voulu l'aider.

Le marquis l'entendait sans l'écouter ; il se demandait comment il apprendrait à la jeune musicienne que le tortionnaire de Guy Chahinian n'était autre que son frère Simon. Le silence se prolongeant, il n'eut rien à révéler à Michelle. Elle comprit qu'il se taisait pour l'épargner et devança l'aveu.

— Que deviendra le bourreau de M. Chahinian ?

— Il a disparu, nous a appris son collègue. Il n'est pas venu aujourd'hui faire son tour de garde.

La jeune femme serra si fort le bois de sa flûte que le marquis redouta qu'elle ne la brise. Il lui toucha le bras.

— Votre frère devrait quitter Paris.

— Comment avez-vous su ?

— Simplement, car la vie est ainsi faite que tout finit toujours par se savoir. Croyez-en mon expérience.

Le ton du marquis était si triste que Michelle en oublia un instant ses propres malheurs. Se remémorant les paroles de l'abbé Brun, elle devina que les élans naturels d'André de Saint-Onge pour les personnes de son sexe n'étaient pas aussi secrets qu'il l'aurait souhaité, malgré une grande prudence de sa part. Elle s'étonna alors que la baronne de Jocary se soit entêtée à la pousser dans les bras du marquis. Elle connaissait assurément ses goûts ; pourquoi lui avoir joué cette comédie ?

Michelle fit le geste de se lever mais le marquis la retint.

— J'allais seulement chercher une bergamote, expliqua la musicienne.

Le marquis tourna la tête vers son valet, qui se précipita vers eux. Il se dirigea avec autant de célérité vers la table où trônaient des plats de fruits, des assiettes de dragées ou de violettes sucrées. Il rapporta la plus grosse poire à Michelle, qui la coupa en deux pour en offrir une moitié au marquis avant de croquer la sienne avidement. Ce n'était pas la faim qui la faisait ainsi mordre, mais le besoin pressant de se laver la bouche ; elle avait une impression d'écœurement, comme si elle avait trop mangé au souper alors qu'elle avait boudé le pâté de pintade et à peine touché au ragoût de vilain. Le parfum de la poire, généreux et doux, aviva sa peine, car il lui rappela ces jours anciens, heureux, où Simon allait secouer les arbres pour recueillir leurs fruits.

Un cri de triomphe la fit s'étouffer alors qu'elle avalait sa dernière bouchée : le frère du marquis venait de remporter la partie et allait empocher une belle somme quand ses adversaires le défièrent au biribi. Il accepta en riant, suscitant de joyeuses exclamations et des applaudissements. André de Saint-Onge se rapprocha de Michelle pour lui demander si elle allait le suivre bientôt à Vincennes.

— Vous aimez la musique au point de vouloir m'entendre chaque jour ?

— Chaque heure ! La musique est tout ce que j'aime. Tout ce que je peux aimer... Je ne peux pas faire libérer votre Guy Chahinian car l'hérésie est un crime très grave, mais on ne le traitera pas de la même manière à la Bastille qu'au Châtelet.

— S'il survit, murmura Michelle.

Chapitre 12.

— Il ne survivra pas ! gémit une femme en lissant les cheveux de son enfant. Il est si faible !

Marie LaFlamme tenta de rassurer la nouvelle arrivée en lui disant qu'elle venait d'administrer une tisane de crausson au malade.

— La plante était fraîche. Le scorbut n'emportera pas votre garçon.

— Il a été contaminé par sa sœur !

Marie allait protester, quand la femme hurla :

— Nous allons mourir ! Comme les autres ! Leur bouche est devenue toute noire ! Ils perdaient leurs dents en mangeant des biscuits ! Et leur peau... Maudits, nous sommes maudits ! Dieu nous a abandonnés, Dieu nous moque...

Marie gifla la malheureuse à deux reprises ; certains des malades entassés dans l'hôpital crurent que c'était pour l'empêcher de blasphémer et se signèrent prudemment, mais Marie n'eut pas le loisir de les remarquer, tendant les bras vers la jeune Poitevine qui perdait connaissance. Elle l'allongea sur le sol, près de son garçon, car il n'y avait plus de paillasses inoccupées depuis l'arrivée des deux vaisseaux du Roi. Des cent cinquante-neuf personnes débarquées à Québec le 15 septembre, plusieurs souffraient du scorbut, des fièvres, de la dysenterie. Une soixantaine avaient péri durant le trajet de mer ; c'était trop, beaucoup trop. Et les habitants qui se réjouissaient d'accueillir les Bordelais, les Charentais, les Percherons venus grossir leurs rangs comptaient sur les Hospitalières pour guérir les survivants. La colonie avait besoin d'hommes valides pour défricher, et les célibataires espéraient bien épouser une des trente-huit filles dénombrées.

Certains espéraient aussi que le chevalier Augustin de Saffray de Mézy, le nouveau Gouverneur, comprendrait les besoins du marché et qu'il userait de son pouvoir pour assouplir les lois concernant le commerce de l'alcool. Ces marchands et coureurs de bois furent rapidement déçus : trois jours ne s'étaient pas écoulés depuis son arrivée que le Gouverneur écoutait les suggestions de Mgr de Laval et s'accordait avec lui pour désigner La Ferté, Ruette d'Auteuil, Legardeur de Tilly, Chauffours, Bourdon et Peuvret de Menu au Conseil souverain, dont un des premiers édits promulgués fut d'interdire à quiconque de vendre de l'eau-de-vie aux Indiens.

— Je l'avais dit, affirma Antoine Souci en tendant à Marie son pouce droit ensanglanté. Il nous fera autant de misères que Davaugour!

Souci ne sentit pas le traitement que lui imposait Marie tant il s'excitait à énumérer ses griefs contre l'ancien Gouverneur.

— Comment avez-vous fait pour vous enfoncer un clou si méchamment? demanda Marie au cordonnier.

— Dans mon métier, c'est presque inévitable. Et je pensais peut-être à vous.

Marie haussa les épaules et ramena la conversation sur Saffray de Mézy.

— Il mange dans la main de Mgr de Laval, chuchota Antoine Souci. Evidemment, il lui doit son poste. Il paraît qu'il ne voulait pas venir, mais l'évêque a insisté... Et le Roi a payé les dettes du Gouverneur pour le persuader d'accepter le poste! J'aimerais bien qu'on règle aussi aisément les miennes! Mais il faudrait que je chante les louanges du Monseigneur, et ça, je ne pourrais pas, j'ai une vilaine voix.

— Vous chantiez pourtant avec beaucoup d'entrain quand on a épluché le blé d'Inde!

Marie sourit à ce souvenir de la fin de l'été. Quand elle avait vu quatre hommes porter une immense marmite sur la place publique, elle avait songé à sa mère qui purifiait les linges des malades du lazaret dans l'eau soufrée, mais en s'approchant elle avait vu flotter des épis de maïs. Un impatient en avait piqué un avec sa dague et soufflait dessus pour le goûter plus vite. Marie n'avait jamais vu personne manger de blé d'Inde à Nantes, ni à Paris, mais une curiosité gourmande l'avait poussée à imiter les colons qui s'avançaient vers le chaudron. Si elle avait croqué un premier épi avec appréhension, elle avait dévoré le deuxième et le troisième avec une joyeuse conviction et elle avait regretté de ne pas avoir assez d'appétit pour en prendre un quatrième. Eléonore de Grandmaison l'avait félicitée de manger de si bon cœur.

— Je me méfie des femmes qui mangent comme des oisillons; assurément, elles doivent se nourrir en cachette!

— Je vous jure que les sœurs ne se sustentent pas à l'abri des regards, avait dit Marie en riant. Mais je ne saurais prendre exemple sur elles et jeûner plus d'un jour par semaine!

— Il faut bien des forces pour veiller sur des malades; j'espère que nos Hospitalières ne se privent pas au point de mettre leur santé en péril. Vous aurez de la besogne dans les jours qui viennent.

Devant l'air interrogateur de Marie, Mme de Grandmaison lui avait appris que les vaisseaux des capitaines Gargot et Guillon qui étaient partis de La Rochelle étaient parvenus à Tadoussac et mouilleraient bientôt au quai de Champlain.

— Il y aurait bien des gens à soigner, prétend-on.

— On saura y faire, avait affirmé Marie d'un ton léger.

La journée était trop belle pour penser à tous les pauvres voyageurs auxquels elle distribuerait tisanes et potions. La jeune Nantaise avait eu envie dès l'aube d'échapper à ses malades pour courir vers le fleuve; née sur les rives de la Loire, elle éprouvait fréquemment le besoin de descendre au quai contempler le Saint-Laurent. L'immensité marine la régénérait, la contentait aussi sûrement que les paroles d'amitié de sa mère, les regards de son père, les douceurs de sa nourrice. Quand elle aurait son trésor, elle se ferait bâtir une maison percée de cent fenêtres pour apercevoir le fleuve à chaque instant, et même Simon, qui détestait la mer, finirait par subir son envoûtement. Personne n'y résistait! Eléonore de Grandmaison, qui avait pourtant perdu un mari en mer, ne lui avait-elle pas confié qu'elle faisait sa promenade quotidienne le long des berges du Saint-Laurent?

Oui, elle convaincrait Martin Prévost qui possédait un bel emplacement au cap aux Diamants de lui céder une bande côté nord-ouest, près de la Fabrique, où elle érigerait sa demeure, même si c'était l'endroit où se trouvait le cimetière qu'elle aurait préféré entre tous. Dommage qu'on ait sacrifié ce site pour y enterrer ses concitoyens; sous terre, ils n'en profitaient guère, alors qu'elle et Simon auraient tant aimé jouir de cette pointe souriante dès le matin au soleil.

Simon, Simon, Simon... Où était-il pendant qu'elle rêvait d'une maison plus vaste que celle de Geoffroy de Saint-Arnaud? Victor était parti depuis longtemps déjà. Quarante jours, non, une trentaine. C'était le plus chaud après-dîner de l'été, on lui avait emmené le fils Jérémie qui s'était fait écraser le pied par un cochon. Marie avait changé son pansement quatre fois depuis; ça faisait donc seulement vingt jours que Victor l'avait quittée? Le temps lui avait paru beaucoup plus long. C'est qu'elle avait pris l'habitude de voir Victor presque aussi souvent à Québec qu'à Nantes avant qu'il vogue sur les vaisseaux de son père. Enfant, il venait embrasser sa marraine Anne dix fois par semaine et restait jouer avec Marie et son inséparable Michelle.

Michelle! Marie ne lui dirait jamais que Victor l'avait embrassée, ça la peinerait pour rien; ce baiser échangé avec un ami d'enfance n'avait aucune signification et elle allait vite l'oublier. Et lui aussi. Il retrouverait Michelle à Paris et l'épouserait. Non, il ne pouvait pas, il avait promis de l'aider à prendre possession de son trésor. Il reviendrait à Québec. Et il l'embrasserait de nouveau.

Marie s'était sentie rougir des pieds à la tête : comment pouvait-elle imaginer s'abandonnant à Victor Le Morhier alors que c'est Simon Perrot qu'elle aimait? C'était encore cette maudite chaleur qui lui tournait les sangs. Ses malades étaient d'ailleurs bien plus agités qu'à l'accoutumée. Il y avait même l'unijambiste qui lui avait réclamé un épi de maïs alors qu'il lui manquait bien des dents! Tiens, elle le lui apporterait pour voir ce qu'il en ferait!

Il en avait fait une purée en grattant les grains avec un petit couteau, et Marie, qui lui avait donné le légume dans un mouvement d'humeur, pensant méchamment s'amuser, avait été remerciée vingt fois de sa bonté. Et maintenant cet homme contait à tous les malades combien Marie était aimable et combien elle savait le soigner. Mère Catherine l'avait même complimentée!

— Vous avez compris qu'on ne soigne pas seulement le corps, mais aussi l'âme. En posant ce geste charitable, vous avez fait beaucoup pour le guérir.

Incapable de soutenir le doux regard de la religieuse, Marie s'était empressée de filtrer une décoction de marguerite destinée à Guillemette Couillard. Elle n'aurait pas le loisir d'aller livrer le laxatif elle-même car il y avait trop à faire avec les nouveaux colons, mais elle ne voulait pas déplaire à cette importante voisine à qui elle avait promis dimanche, en sortant de la chapelle, de la débarrasser de ses migraines. Son petit-fils viendrait chercher le remède dans l'après-midi.

Alors qu'elle allait presser un bouchon de liège dans le col d'une fiole, Marie décida de conserver la moitié du remède pour le proposer à mère Catherine. Depuis une semaine, avant même que les Hospitalières ne soient surchargées de travail, Marie avait vu la religieuse porter régulièrement les mains à ses tempes et les serrer comme si elle voulait étouffer le martèlement qui vrillait son cerveau. Marie la trouvait également blême, mais quand elle avait confié ses inquiétudes à la Mère supérieure, celle-ci avait soutenu que mère Catherine n'avait jamais eu une bonne santé et qu'elle était ni mieux ni pire qu'à l'été.

Marie avait failli rétorquer qu'elle n'était pas sotte et que la maîtresse des Hospitalières était tenaillée par un mal étrange depuis que les arbres rougissaient. Mais l'air anxieux de son interlocutrice l'avait retenue : de toute évidence, la supérieure partageait son avis sur le mauvais état de mère Catherine mais ne l'admettait pas.

Pourquoi ? se demandait Marie pour la dixième fois de la journée. Mère Catherine a-t-elle la mauvaise idée de refuser de remédier à ses souffrances pour les offrir au Très-Haut en expiation de ses péchés ? Ses péchés ? Quels péchés ? Mère Catherine n'avait certainement jamais déplu à Dieu ; elle était douce et patiente, et active et courageuse, et bonne et généreuse, et même riante. Elle n'était peut-être pas aussi inspirée que Marie pour administrer les remèdes, mais le Seigneur ne pouvait lui reprocher d'être moins douée pour la médecine puisqu'elle calmait mieux que personne les malades les plus agités. Marie n'avait vu qu'Anne LaFlamme produire un tel effet, et elle enviait mère Catherine d'avoir cette faculté.

Il fallait lui dire d'accepter de se soigner ! Que les malades seraient bien marris si elle devait s'aliter et que le Très-Haut ne serait point lésé si elle buvait une décoction de fleur de Pâques ou une tisane d'armoise.

Marie se dirigeait vers mère Catherine quand une malade agrippa le bas de son devanteau en délirant.

— De l'aigre de cèdre, je vous en prie ! J'ai trop soif !

Marie sourit en apportant de l'eau à la femme ; il y avait bien longtemps qu'elle avait bu cette citronnade un peu sucrée que Nanette préparait aux beaux jours. Elle n'y avait pas pensé de l'été, distraite par les changements de sa nouvelle vie, mais elle se promit d'en préparer avec Emeline la saison prochaine pour en faire goûter à Noémie. Elle serait assez grande pour en boire sans avoir de coliques. Et à l'automne, elle marcherait assez bien pour que Marie l'emmène se promener le long de la rivière, près de la partie boisée. Elle s'émerveillerait certainement des couleurs étonnantes des arbres. La vigueur écarlate des érables et la gaieté orangée des trembles la séduiraient ; elle courrait vers les tourbillons dorés des feuilles, imiterait leurs valses lumineuses, crierait de joie en enfonçant ses petits pieds dans les tapis rougeoyants. Cette orgie de coloris était tellement plus agréable à l'œil que la grisaille automnale coutumière à Nantes. Elle s'étonnait que personne ne lui ait parlé de cette fantaisie durant le trajet de mer : le capitaine Dufour, quelques marins, Antoine Souci, lui avaient longuement décrit l'hiver, mais ils n'avaient pas dit un mot des mois d'automne. N'avaient-ils par remarqué la richesse de cette saison ? Les arbres étaient chargés d'or, de grenats, d'améthystes, de béryls, d'hyacinthes et de rubis, et une poussière cuivrée semblait flotter dans l'air avant de se déposer sur les toits des maisons pour les éclairer des derniers feux de l'été.

Marie sentit son pouls s'accélérer en repensant à son trésor : où étaient donc ses véritables rubis ? Quand seraient-ils en sa possession ? Les feuilles mortes qui l'enchantaient, si rouges soient-elles, ne lui permettraient pas de bâtir une maison sur le cap ! Et ce n'était pas en continuant à travailler à l'Hôtel-Dieu qu'elle s'enrichirait.

Au crépuscule, alors qu'elle disposait les linges propres, les poudres et les crèmes émollientes sur un plateau, dissimulée par un rideau tendu dans un coin de la grande salle, Marie entendit chuchoter son nom. C'était Alphonse Rousseau qui parlait encore de son fameux épi de maïs.

— Marie LaFlamme est si bonne.

— Et pas vilaine, fit Paul Fouquet. Je comprends que mon maître ait parié avec M. d'Alleret.

— Il a parié?

— Tu devines quoi... Je pense qu'il perdra. Et la Renarde aussi.

— La Renarde? Pourquoi?

— Elle doit estimer hautement sa vertu, sinon elle accepterait les compliments de M. de Boissy. Elle est sotte, avec un peu d'habileté, elle pourrait profiter de sa richesse.

— Je croyais qu'il se ruinait au jeu.

— Mon maître imite M. d'Alleret, il est vrai, mais il vient de toucher un héritage. C'est Charles Aubert de La Chesnaye qui le lui a appris à son retour du pays à la fin de juillet. Il est prodigue : regarde, il m'a remis ce couteau le jour où il a tué son premier orignal. S'il s'amusait avec la Renarde, il lui donnerait bien plus..

— Mais il ne l'épousera jamais.

— Ça, non. Même si elle quitte son habit gris et aveint la plus jolie robe de sa malle, elle sera assurément la plus belle fille du pays mais pas la plus noble.

— Que deviendra-t-elle quand ton maître se lassera d'elle? Toute la société la rejettera!

— Elle n'aura qu'à rentrer en France avec ce qu'elle aura amassé.

Alphonse Rousseau s'emporta.

— Comment peux-tu croire que Marie LaFlamme ne vaut pas mieux qu'une putain?

Paul Fouquet ricana.

— Parbleu, c'est une femelle! Montre-lui quelques affiquets et tu la verras comme les autres battre des paupières!

— Tu te trompes.

— Pourquoi crois-tu qu'on est encore garçons? Si tu avais une terre, si j'avais une maison, on serait mariés depuis un bout de temps. Même toi, avec une patte en moins! Les trente-huit filles qui sont arrivées ne seront pas encore pour nous, tu verras...

Alphonse Rousseau rétorqua qu'il n'était pas pressé de se marier. Il se garda d'ajouter qu'il avait assez économisé pour se payer une concession du côté de Beaupré.

Il préférait rester avec le chevalier, qui le traitait moins en serviteur qu'en ami. Il n'aimait pas le tour qu'avait pris sa conversation avec Paul Fouquet, mais il n'oserait jamais la répéter à Marie LaFlamme.

Celle-ci souriait, osant à peine respirer de peur que les deux hommes ne devinent sa présence. Ainsi, M. de Boissy s'intéressait à sa personne?

Il ne fallait pas le décevoir. Et devait se dépêcher de profiter de ses largesses avant qu'il ne soit ruiné; à dépenser et à parier comme il le faisait, il irait bien vite au berniquet!

A moins que sa rencontre avec Germain Picot ne soit fructueuse. Elle l'avait rencontré au magasin et lui avait conté son rêve. Il avait promis de parler à M. Peuvret de Menu, qui était greffier et secrétaire au Conseil souverain, et de l'inciter à employer Marie pour soigner les malades chez eux. Plusieurs cas étaient refusés à l'Hôtel-Dieu, par peur de la contagion, par manque de place, et autant de malades refusaient d'aller à l'hôpital, synonyme d'enfermement ou de mort : l'aide d'une personne aussi qualifiée que Marie — M. Picot pouvait en témoigner — serait appréciée d'une population que les récentes élections n'avaient pas enthousiasmée. La défense de vendre de l'eau-de-vie aux Indiens n'était pas une surprise : Mgr de Laval avait tout décidé au Conseil souverain, fort de l'autorité morale que le renvoi de Davaugour lui avait conférée et du pouvoir légal accordé par le Roi. C'est la sévérité des peines encourues par ceux qui traiteraient avec les Sauvages qui avait navré les habitants : une amende de trois cents livres, le fouet, le bannissement et l'excommunication assurée! Germain Picot, qui approuvait l'interdiction, essaya de faire admettre au secrétaire que les punitions étaient cependant bien lourdes. Celui-ci en convint mais expliqua à Picot qu'elles seraient appliquées.

— Justement! Vous aurez besoin de Marie LaFlamme pour soigner ceux que vous aurez fait fouetter!

M. Peuvret de Menu s'étouffa tant le discours de Germain Picot l'indisposait. Comment osait-il venir l'ennuyer alors qu'on avait tant à faire au Conseil souverain?

— Je sais, ricana son interlocuteur. Vous avez réglé le cas de Péronne Dumesnil, mais vous aurez plus de mal avec les dix-sept qui ont signé le bail avec le gouverneur Dubois Davaugour.

— L'ex-Gouverneur!

— Quoique Jean Bourdon et Legardeur de Tilly soient des deux camps, non? Ils ont signé avec l'ancien et le nouveau... Se retireront-ils eux-mêmes leurs droits?

— Je n'ai pas à discuter de ces affaires avec vous ! Et l'Hôtel-Dieu remplit très bien ses devoirs auprès des malades.

Germain Picot était encore fâché quand il rendit visite à Marie à l'Hôtel-Dieu, le lendemain de son entretien avec le secrétaire du Conseil souverain.

— Ce Peuvret de Menu est un sot ! J'avais l'impression que ma tête allait éclater quand je suis rentré. Cet homme ne veut rien entendre et se réfugie derrière son statut pour éviter toute discussion. Il ne fait que répéter que ce n'est pas lui qui prend les décisions, qu'il remplit son rôle de secrétaire et de greffier, rien de plus. Je ne me suis pas privé de lui rappeler l'impuissance des forces de l'ordre à arrêter le Sauvage qui égorge les femmes !

— Vous avez fait ce que vous pouviez, monsieur Picot.

— Peuvret de Menu a été incapable de m'expliquer comment ils casseront le bail ! Même si j'ai appris ce matin que c'est Mathieu Hubout qui se substituera au procureur Bourdon puisque celui-ci est impliqué dans l'affaire.

— L'affaire ?

— Je vous ai parlé de ces dix-sept habitants qui avaient eu de Davaugour le bail de traite ? Le Conseil veut annuler cette décision, alléguant que le Gouverneur avait accordé ce bail de sa propre autorité alors qu'il devait consulter le Conseil et qu'il n'avait pas mis ce bail aux enchères. Mgr de Laval, pourtant, a déjà agi pareillement ; quand il a brisé le traité de la Compagnie de Normandie en faveur de Nicolas Juchereau, il n'y a pas eu d'enchères...

Marie, que ces explications ennuyaient un peu, s'efforçait de manifester de l'intérêt même si tout ce qu'elle retenait était l'échec de son projet. Tandis que Germain Picot lui prédisait que le Conseil souverain serait obligé d'affermer les droits de pelleteries et la traite de Tadoussac et qu'elle pouvait déjà dresser une liste des enchérisseurs, Marie se demandait si elle pourrait parler à Nicolas de Boissy après la messe dominicale. Elle accompagnait souvent Guillemette Couillard car elle aimait se montrer en compagnie d'une dame qui tenait de son père le privilège de s'asseoir sur le premier banc en avant de l'église. Hélas, elle ne pouvait pas compter sur elle pour l'introduire auprès du baron de Boissy : Mme Couillard le détestait. Elle avait de bonnes raisons ; « le petit messire », comme elle s'entêtait à l'appeler malgré sa taille bien prise, avait provoqué son cousin et deux de ses amis en duel, pour des bêtises, vraiment, des paroles mal interprétées. Fallait-il avoir du temps à perdre pour s'ingénier à se blesser ou à se tuer au nom de l'honneur bafoué alors que la colonie manquait d'hommes valides ? Marie partageait l'opinion de Guillemette Couillard et méprisait Nicolas de Boissy, mais elle souhaitait pourtant s'engager chez lui comme servante. Tant qu'à travailler, autant que ce soit pour un maître qui paie bien. Boissy tenterait de la séduire, mais elle le repousserait gentiment. Il s'entêterait tant par jeu que par désir, elle essaierait d'alimenter ses espoirs le plus longtemps possible, consciente du fait qu'il la mettrait à la porte quand il comprendrait qu'elle n'avait aucunement l'intention de se donner à lui. Mais durant les quelques semaines où elle vivrait chez Boissy, elle serait libre d'aller soigner les gens chez eux et elle se constituerait une clientèle qui l'appuierait dans ses démarches auprès du Conseil souverain. Elle voulait son apothicairerie ! Elle voyait déjà son enseigne ornée de linaires, comme celle de Jules Pernelle. Elle ferait peindre aussi des branches de cèdre blanc pour montrer qu'elle connaissait le remède contre le scorbut.

Chapitre 13.

— Marie ? Vous m'entendez ?

— Pardon, je pensais à Nicolas de Boissy.

Germain Picot fronça les sourcils.

— Qu'a-t-il fait encore ?

— J'ai entendu son serviteur dire qu'il avait touché un héritage important. Je trouve navrant qu'une telle fortune revienne à un homme qui la dilapidera sottement, alors que bien des trente-six mois sauraient en faire un meilleur usage.

— Il n'a encore rien reçu, on le saurait, affirma Germain Picot. Mais il a beaucoup de biens... Et du temps à perdre. Je ne l'ai jamais vu travailler ! J'enrage de constater qu'on nous envoie ici ces mécréants comme si la Nouvelle-France était une manière de punition : excepté quelques fervents catholiques comme Mme d'Aiguillon, les gens de qualité n'ont aucun goût pour ce pays. Parce qu'ils ne le connaissent guère ! La vie est aussi douce à Québec qu'à Paris ! N'êtes-vous pas de mon avis ?

— Oui, monsieur. Les Indiens ne sont pas pires que les soldats, la ville est propre et on m'a dit que le froid empêche les épidémies.

Marie se garda d'ajouter que les personnes de qualité avaient coutume d'habiter des châteaux et que le fort Saint-Louis ne pouvait soutenir la comparaison ; Germain Picot était si fier de Québec qu'il ne pouvait concevoir qu'on ne s'y plaise pas. Il expliqua à Marie qu'il y avait toujours quelques repris de justice parmi les nouveaux colons, mais bien peu faisaient autant parler d'eux que d'Alleret et Boissy.

— Vous croyez qu'on retrouvera le coupable des meurtres ? s'enquit Marie.

Picot parut surpris de la question.

— Non. Ce serait déjà fait, dit-il d'un ton catégorique. C'est un Sauvage qui est reparti en canot après avoir commis son forfait ! Je dois maintenant rentrer, je vous reverrai dimanche après la grand-messe. Vous viendrez bien dîner avec les Blanchard ?

Marie regarda Picot traverser le jardin de l'Hôtel-Dieu en pestant : son projet s'évanouissait et elle devrait rester encore quelque temps à l'hôpital. Pour la première fois depuis son arrivée, elle regretta de ne pas s'être rembarquée sur le vaisseau de Normandie qui était reparti pour la France le 6 septembre.

Tard le soir, elle ruminait encore sa déception quand on lui amena un blessé. Elle reconnut immédiatement Guillaume Laviolette, malgré le sang qui ruisselait sur son visage.

— On l'a trouvé comme ça à côté de la fontaine Champlain. C'est un Sauvage qui l'a frappé.

— On l'a arrêté ? demanda Marie tout en cherchant sa consœur du regard.

Celle-ci devait être encore à la chapelle à prier pour les malades ; elle s'y recueillait dès qu'ils lui laissaient un peu de répit. Marie fut reconnaissante à Alphonse Rousseau d'offrir sa litière au blessé. Tout en signifiant aux hommes d'étendre doucement le coureur de bois, Marie s'était munie d'un broc d'eau détersive et d'un flacon d'eau-de-vie. Elle tenta sans succès d'en faire avaler quelques gouttes à Guillaume Laviolette, puis elle entreprit de nettoyer la plaie pour en mesurer la gravité.

Tandis qu'elle rougissait des linges, les deux hommes lui décrivaient l'agression.

— Ils l'ont frappé par-derrière.

— Ils ? Je croyais que c'était un Indien ?

— C'étaient des Sauvages. Les mêmes qui ont volé une poule chez Malescot, qui ont cassé la brouette de Dupuis. Qui ont égorgé Suzanne Dion !

— On les a arrêtés ?

— Non. On est arrivé trop tard, ces bêtes avaient déjà fui !

Marie dut se dominer pour ne pas se mettre à frotter trop énergiquement la blessure du coureur : elle avait l'impression de revivre les moments qui avaient précédé l'arrestation de sa mère.

— Comment pouvez-vous savoir qui a attaqué Laviolette si vous n'avez rien vu ?

— C'est pas un des nôtres qui ferait ça, déclara Paul Fouquet qui s'était levé en même temps qu'Alphonse Rousseau pour voir ce qui se passait.

En se penchant davantage vers son patient, Marie se promit de prescrire le lendemain à Fouquet un puissant laxatif : elle n'aimait pas qu'on accuse à tort et à travers.

A défaut de lui laver le cerveau, elle nettoierait ses entrailles !

— Marie ?

— C'est une vilaine blessure, ma sœur, répondit Marie à sa collègue. Il a beaucoup saigné et je ne parviens pas à le ranimer. Pouvez-vous chercher de quoi lui couper les cheveux ? Et m'apporter de l'alun ? Eloignez aussi ces hommes, que j'y voie plus clair.

Marie n'eut pas à répéter ses indications : personne n'avait de goût pour un spectacle sanglant et les hommes qui avaient porté Laviolette sortirent à la hâte, tandis que Paul Fouquet reculait lentement.

— Je pourrais aller vous quérir des cierges à la chapelle, déclara Alphonse Rousseau, qui s'efforçait de dominer sa nausée. Seulement, ils sont bénis...

— Mère Catherine comprendra. Revenez vite !

Tandis qu'Alphonse claudiquait vers la chapelle, Marie prenait le pouls du blessé, ouvrait les paupières, la bouche pour compléter son examen, échancrait le col de la chemise, détachait la culotte, palpait prudemment le ventre.

— Il n'y a pas d'autres blessures, dit-elle à sœur Sainte-Louise. Bénissez Dieu qu'il soit inconscient, poursuivit-elle, il ne souffrira pas de mes soins. Donnez-moi d'abord les ciseaux.

— Qu'allez-vous lui faire ? demanda Alphonse Rousseau en serrant encore plus fort les deux cierges qu'il était allé chercher.

— Recoudre. La plaie est large. Comme s'il avait reçu un coup de hache.

— Ou de tomahawk, murmura Paul Fouquet derrière Marie. Marie se retourna vivement.

— Vous ferez la différence le jour où vous en recevrez un. Qui sera probablement mérité !

— Marie ! s'exclama sœur Sainte-Louise. Vous ne...

— Soutenez sa tête, la coupa Marie, qui donna quelques coups de ciseaux rapides avant de tamponner la plaie avec un linge saupoudré d'alun.

Guillaume Laviolette gémit alors.

— Du feu, des aiguilles! Où est l'eau-de-vie? Il commence à s'agiter! Je ne veux pas qu'il se réveille avant que j'aie fini! Alphonse! Plus près, les cierges! Plus près! Ah! Pourquoi ne s'est-il pas fait attaquer de jour!

— Parce qu'on ne reconnaît pas ses agresseurs la nuit, dit sentencieusement Alphonse Rousseau en dévisageant Marie.

Il n'avait jamais vu les yeux d'une femme briller d'une telle intensité; il se sentit transpercé par ce regard étincelant, comme si Marie voyait à travers lui, et les cierges tremblèrent dans ses mains. Quand il la vit brûler l'aiguille après l'avoir trempée dans l'eau-de-vie, puis piquer les chairs meurtries sans hésiter un instant, enfoncer l'aiguille, la ressortir, puis l'enfoncer de nouveau, il sentit ses genoux fléchir tandis que des sueurs glacées lui coulaient dans le dos. Il avait pourtant connu bien pire à la Cour des Miracles! Marie devina qu'il supportait mal l'opération car elle l'interpella d'une voix calme.

— Je termine bientôt, mon ami.

Alphonse Rousseau se ressaisit. Il ferma les yeux mais continua à voir l'aiguille trouer la peau sanguinolente, encore et encore. Après de longues minutes où les plaintes du blessé se faisaient plus régulières, il entendit enfin Marie soupirer de soulagement.

— J'ai fini. C'est maintenant à Dieu de l'aider. Espérons qu'il entendra nos prières!

Sœur Sainte-Louise était trop surprise de ce qu'elle avait vu pour réagir aux paroles irrespectueuses de Marie : elle avait peine à croire qu'une femme si jeune puisse opérer avec tant de dextérité et de sang-froid. Ce talent était quasiment surnaturel. L'Hospitalière se signa et dessina une petite croix sur le front du blessé pour le garder sous la protection divine. Elle demanda ensuite à Marie où elle avait appris à pratiquer de semblables interventions.

— Ma mère avait des mains de fée. Et aimait soigner. Moi aussi. Je pensais que mère Catherine vous l'avait dit.

— Mère Catherine est très discrète, fit la jeune nonne.

— La sagesse... Bandons maintenant notre malade. Et essayons de le faire boire un peu. Pour un homme qui ne dédaigne pas l'eau-de-vie, il est bien sobre cette nuit !

Marie tentait de plaisanter mais elle attendait avec anxiété que Guillaume Laviolette s'éveille ; elle pensait qu'il pouvait demeurer inconscient durant des heures et qu'il ne saurait peut-être plus bouger ou parler quand il ouvrirait les yeux. Elle laissa sœur Sainte-Louise s'occuper du pansement et remercia celle-ci de lui avoir proposé de sortir quelques minutes.

— Ce n'est pas la règle, mais prendre l'air vous fera du bien. Je ne quitterai pas votre malade un seul instant.

Marie traversa rapidement la salle de l'hôpital, et sortit par la porte de la chapelle, subitement oppressée. La fraîcheur de la nuit, vite ! Elle trébucha en longeant les murs du chœur et du monastère avant d'atteindre le jardin, où elle glissa au sol comme si elle s'évanouissait. Couchée sur le dos, elle croisa les bras sur son cœur affolé jusqu'à ce que les battements ralentissent. La terre était dure, les feuilles mortes confites d'humidité, le vent glacial. Marie aurait aimé demeurer allongée très longtemps à contempler les étoiles. Il lui semblait entendre la voix de son père qui lui racontait l'importance des astres pour un marin : il accréditait même cette légende voulant que les constellations soient formées d'énormes diamants tenus par des matelots tués à l'abordage. Pierre LaFlamme n'avait pas été poignardé par un pirate mais assassiné par Geoffroy de Saint-Arnaud ; si l'armateur avait chargé son vaisseau autant en vivres qu'en marchandises, le tiers des marins à bord du *Lion* n'aurait pas péri du scorbut. L'armateur aurait eu bien des morts sur la conscience, s'il en avait eu une, mais il avait vendu son âme au diable aussitôt qu'il avait compris le sens du mot « marché ». Et Marie n'était pas certaine que Satan ait fait une bonne affaire : Saint-Arnaud était si rusé !

Elle finirait pourtant par l'abattre. Elle se demandait seulement quel poison le tuerait le plus lentement.

L'épiaire des marais peut-être, pour commencer ? Elle le paralyserait quelques semaines. Ensuite... Marie s'arracha à la contemplation vertigineuse du ciel et tourna la tête vers la droite, où poussaient, quelques semaines plus tôt, les plantes médicinales. Elle n'avait pas essayé de convaincre les religieuses de faire pousser de la belladone, mais on y cultivait de l'ancolie pour soigner la teigne et la gale. Ignorait-on que cette plante était vénéneuse ? Marie soupira : Geoffroy de Saint-Arnaud était bien loin de ses atteintes. A cette heure, il devait dormir paisiblement sous des couvertures brodées à ses initiales, dans un lit qu'une servante avait bassiné de briques chaudes, dans une chambre tiède du feu de l'âtre, dans une maison gardée par des domestiques, dans une ville où il détenait tous les pouvoirs, alors qu'elle passerait la nuit à veiller un blessé dans une pièce chauffée par un seul foyer où quatre fenêtres laissaient entrer le froid.

Avant de regagner l'hôpital, en regardant les tiges coupées ras, elle se félicita d'avoir insisté dès la fin de l'été pour qu'on sèche herbes et fleurs.

— Les plantes fraîches sont souvent plus efficaces dans un traitement, attendons encore, s'était opposée une novice.

— Pas de plantes du tout sera encore moins utile ! avait rétorqué Marie. On m'a assez répété qu'ici la terre gèle avant la Saint-Martin...

Sœur Sainte-Louise et mère Catherine avaient soutenu Marie, confiantes en son jugement pour tout ce qui concernait les soins à donner aux malades et l'apothicairerie ; dès l'aube, on avait coupé ou déterré anis vert et coquelicot, marjolaine, mauve, lobélie et laurier, ail, oignon et racine du Saint-Esprit. Tiens, elle ferait avaler une décoction d'angélique à Guillaume dès qu'il s'éveillerait. Tandis qu'elle revenait vers les bâtiments, Marie sentait l'espoir renaître en elle. Elle avait eu un moment d'abattement, dû à la peur de voir mourir le coureur de bois, mais maintenant elle s'interrogeait plutôt sur l'agression dont il avait été victime. Elle avait défendu les Sauvages sans avoir aucun motif de le faire ; elle espérait que Guillaume lui donnerait raison quand il reprendrait connaissance. Marie ne croyait pas que les Indiens fussent exempts de cruauté, on lui avait énuméré maintes fois les tortures auxquelles avaient été soumis les prêtres missionnaires : langue, nez et oreilles coupés, collier de fer rougi, poix bouillante renversée sur le crâne et le sexe, pieds brûlés, ongles arrachés, membres tenaillés, écorchés, yeux crevés, mais elle n'aimait pas les accusations non fondées. Ni les commentaires de Paul Fouquet même si elle devait admettre qu'elle ne faisait pas encore la différence entre une blessure à la hache et une blessure au tomahawk. Depuis son arrivée en Nouvelle-France, elle avait eu quelques cas de blessure par flèche, provenant de l'île d'Orléans surtout, où l'Iroquois guettait le colon isolé, et du Nord, quand les coureurs, après avoir porté leurs peaux au magasin général et bu une goutte au cabaret, lui montraient des plaies envenimées ou mal cicatrisées, mais Guillaume était son premier patient à avoir le crâne fendu.

Avant de pousser la porte de la chapelle, elle regarda le cimetière des pauvres où plusieurs misérables avaient été enterrés et décida que Guillaume Laviolette ne serait pas jeté dans une des grandes fosses qu'on y creusait depuis deux ans. Elle avait l'air si ragaillardie quand elle vint relever sœur Sainte-Louise de sa veille que cette dernière songea un instant à sortir dans la nuit.

Marie s'informait du blessé tout en l'examinant quand un cri la fit frissonner d'horreur. Elle chercha le regard de sa compagne, mais celle-ci s'était fermé les yeux en se signant. Le cri se répéta. Marie allait délaisser son patient pour porter secours à celle qui vivait une extrême détresse quand sœur Sainte-Louise l'attrapa par le bras.

— N'y allez pas.

— Mais vous n'entendez pas ces hurlements? J'y vais...

— Non. C'est seulement une de nos sœurs qui fait de mauvais rêves.

Sœur Sainte-Louise expliqua qu'une des religieuses était très sensible au changement de saison et qu'à chaque nouveau cycle elle était la proie des cauchemars.

— Tout rentrera dans l'ordre, ne vous inquiétez pas, dit fermement la religieuse en desserrant son étreinte.

Marie scruta le regard anxieux de sa collègue puis haussa les épaules ; pourquoi lui mentirait-on ? Une sœur dormait mal, elle lui donnerait demain une potion calmante.

— Qui est-ce ? Je lui prescrirai de la...

— C'est inutile, fit sœur Sainte-Louise. Occupez-vous plutôt de cet homme pendant que je ferai le tour des lits.

Avant que Marie ait eu le temps de réagir, l'Hospitalière se penchait sur un malade, tirait un drap, passait un linge humide sur un front brûlant. Marie l'imita et entreprit de nettoyer la barbe de Guillaume. Elle procéda d'abord doucement, puis plus énergiquement, espérant tirer le blessé de sa léthargie. Elle chercha ensuite le flacon d'eau-de-vie, puis une écuelle pour y verser une rasade. Toutes étaient maculées de sang. Marie regarda autour d'elle : les malades dormaient, Alphonse Rousseau ronflait déjà, brisé par les émotions, et Paul Fouquet était tourné sur le ventre. Personne ne la verrait tirer une des coupelles du petit sac de peau qui ne la quittait jamais ; pourquoi se relever, se rendre jusqu'au fond de la pièce pour rincer une écuelle puisqu'elle avait ce qu'il fallait sous la main ? Guy Chahinian ne lui en voudrait certes pas d'aider un malade à retrouver ses sens.

Elle plongea résolument la main sous ses jupes et tira le petit sac d'où elle extirpa la coupelle d'argent et, la calant dans sa main gauche, elle y versa l'alcool. L'odeur puissante de l'eau-de-vie la fit tousser quand elle la respira ; ça ne ressemblait en rien au vin de Layon qu'elle avait appris à aimer chez Geoffroy de Saint-Arnaud. Curieuse, elle y trempa cependant les lèvres et conclut aussitôt, les larmes aux yeux, que l'alcool méritait qu'on l'appelle eau-de-feu. Elle colla la coupelle à la bouche de Guillaume et lui mouilla les lèvres. Le liquide coula dans la barbe mais Marie entendit la langue claquer et reversa aussi vite de l'eau-de-vie.

Guillaume toussa si fort qu'il renversa la coupelle. Tandis que Marie l'épongeait, elle voyait l'homme froncer les sourcils comme s'il se battait contre l'emprise des ombres, il agita les bras en tous sens, grogna, gémit, soupira puis ouvrit les yeux. Marie y lut la plus totale stupéfaction.

— C'est moi, Marie LaFlamme. Vous m'avez vue avec Victor Le Morhier. Au port. Juste avant son départ et...

Elle se souvint à temps que sa mère répétait qu'il ne fallait pas fatiguer le malade en l'assaillant de multiples renseignements. Guillaume la dévisageait toujours avec surprise. Il tourna la tête vers la droite et, voyant la rangée de lits, il porta la main à sa tête, tâta la blessure, grimaça. Il réfléchit durant un moment avant de prononcer son nom.

— C'est bien votre nom ! se réjouit Marie.

— Qu'est-ce qui m'est arrivé ?

— On vous a attaqué, près de la fontaine Champlain.

— Quand ?

— Il y a quelques heures. Vous savez qui a voulu vous tuer ?

Guillaume ferma les yeux et Marie redouta un instant qu'il ne se soit de nouveau évanoui. Elle lui passa la fiole d'eau-de-vie sous le nez et la porta à sa bouche. Guillaume but une gorgée.

— C'est de la bonne ! apprécia-t-il. Je vous en laisse un peu ?

Marie secoua la tête en pouffant de rire, soulagée quant à son état. Elle lui fit signe de parler moins fort.

— Ils sont tous endormis. Même sœur Sainte-Louise là-bas, sur sa petite chaise. Elle dodeline de la tête... Alors, c'est vrai qu'un Indien vous a frappé?

Guillaume Laviolette eut un mouvement d'impatience.

— Ça vous ferait plaisir?

Marie s'emporta à son tour.

— Non! J'ai même dit que ce n'était pas une blessure faite par un tomahawk, alors que je n'en sais rien. Mais je sais que vous êtes un ami des Sauvages et que vous seriez fâché qu'on les accuse à tort.

— Bien des idées trottinent dans cette jolie tête, dit Guillaume en souriant. Vous vous intéressez à ce point à ma personne?

Marie lui tapa sur la main : elle devinait que Guillaume la taquinait, comme il l'aurait fait avec une sœur ou une cousine. Contrairement à la plupart des hommes qu'elle avait connus, l'aventurier ne semblait pas la désirer; elle était plus soulagée que vexée, quoique assez étonnée.

— Vous savez bien que je veux que vous m'appreniez à parler la langue de vos amis. Si ce sont toujours vos amis...

— Je les préfère à tous les Tourangeaux!

— Vous êtes de Touraine? Victor m'avait parlé du Croisic.

— Je suis bien du Croisic.

— Comme Nanette! dit Marie.

— Qui est Nanette?

— Une personne que je connaissais là-bas. Mais pourquoi détestez-vous la Touraine?

— Parce que j'y ai été condamné, chuchota Guillaume. Comme faux saulnier. Je n'avais pas deux cents livres pour payer l'amende, alors ils m'ont mis en prison. J'étais bahutier, mais un bahutier pas trop doué.

Guillaume Laviolette sourit en évoquant ses armoires mal clouées ou chambranlantes qui lui auraient attiré maintes plaintes si les clients qui choisissaient un bahut n'avaient aussi acheté l'assurance d'avoir du sel à bon prix. La gabelle irritait plus qu'une autre taxe car les tarifs d'imposition variaient considérablement d'une région à une autre. Le Maine, l'Anjou, le Nivernais ou la Champagne, par exemple, étaient soumis à la grande gabelle et devaient acheter de Brouage ou du comté nantais un sel excessivement taxé, alors que Bayeux ou Coutances bénéficiaient d'un tarif préférentiel, le « quart-bouillon ».

— Saint-Arnaud a fait de la contrebande durant des années sans être inquiété, dit Marie. Vous n'avez pas eu de chance.

Chapitre 14.

— Saint-Arnaud! s'exclama le coureur de bois.

— Mon ma... Quelqu'un que j'ai connu à Nantes. Mais vous devriez dormir. Votre blessure.

Guillaume se redressa d'un coup, les yeux brillants de curiosité.

— Je me sens mieux. Dites-moi, vous avez connu beaucoup de monde... Cette Nanette et puis Geoffroy de Saint-Arnaud. Si vous avez été mariée avec lui, j'en déduis que vous êtes sa veuve?

— Que... Quoi? bredouilla Marie avant de dire avec du retard que Guillaume avait mal entendu et qu'il devait se reposer.

— Saint-Arnaud... Vous le détestez aussi?

Marie ne prit pas la peine de répondre et demanda à Guillaume pourquoi il haïssait l'armateur.

— Dites-moi d'abord s'il est mort.

— J'espère bien que non! dit Marie d'une voix plus aiguë qu'à l'accoutumée.

Guillaume se rembrunit.

— Vous ne le méprisez point?

Marie retint à temps une exclamation qui aurait réveillé tous les malades. Si elle méprisait l'armateur? Oui. Cent fois, mille fois, cent mille fois oui.

— Vous aussi, dit-elle à son patient. Que vous a-t-il fait?

— Il a ruiné mon père. Il était regrattier au Croisic. Geoffroy de Saint-Arnaud l'a convaincu de participer à la grosse aventure; il se fournirait chez lui en agreils et le paierait au retour du trajet de mer avec la marchandise qu'il rapporterait.

— Votre père n'était pas obligé d'accepter, dit Marie malgré elle.

Guillaume Laviolette dévisagea la jeune femme, puis avoua qu'il haïssait Saint-Arnaud justement parce qu'il lui avait révélé la faiblesse de son père et son manque de jugement.

— Mon père a avalé le boniment de l'armateur si sottement! Parce qu'il rêvait de porter lui aussi un pourpoint orné de galants. J'avais douze ans quand mon père s'est pendu. Il n'a même pas songé à se noyer pour qu'on croie à un accident. Ma mère est morte de honte dans l'année.

— Et vous, vous avez décidé d'être bahutier plutôt qu'agreur comme votre père.

— Je n'ai pas eu le choix. Mon oncle m'a pris comme apprenti; il n'a pas déboursé une livre pour avoir un esclave. Je mangeais avec le chien. Mais j'étais battu plus souvent que lui.

La misérable histoire de Guillaume Laviolette ressemblait à celle de bien des apprentis et Marie se souvenait qu'Anne LaFlamme en avait soigné plus d'un pour mauvais traitements. Aussi écoutait-elle Guillaume distraitement, inquiète plutôt de ce qu'elle lui dirait concernant Saint-Arnaud. Elle savait que l'aventurier ne se contenterait pas d'une réponse évasive. Mais pouvait-elle lui faire confiance?

Marie regardait les malades endormis côte à côte le long du mur — sœur Sainte-Louise s'enorgueillissait que les lits soient placés à la nouvelle manière, comme dans les grands hôpitaux de France — et se demandait si ces patients lui seraient fidèles s'ils savaient qu'elle était la fille d'une sorcière, qu'elle avait abandonné son époux et qu'elle était peut-être poursuivie pour complicité dans une affaire de meurtre. Assurément pas. Et elle devait inventer une fable pour Guillaume.

Elle lui conta pourtant une partie de la vérité. Etait-ce parce que la respiration régulière des malades la réjouissait, ils étaient tous sauvés maintenant, était-ce parce qu'elle avait soigné Guillaume et aimait sa manière de la regarder — il semblait tout deviner, comme Anne —, parce que la nuit attire les confidences ou parce qu'elle était si contente de rencontrer quelqu'un qui abhorrait Saint-Arnaud? Elle cracha son exécration : elle revécut la machination qui avait conduit Anne au bûcher et l'avait mise, elle, dans le lit de Saint-Arnaud dès sa sortie du cachot. Elle se souvint de l'abominable viol, et du dégoût d'elle-même si intense qu'elle avait failli en mourir. Elle revit sa fuite obligée à Paris et l'arrestation de Guy Chahinian, à qui rien ne serait arrivé s'il n'avait pas voulu l'aider à quitter Nantes. A cause de Saint-Arnaud, encore et toujours Geoffroy de Saint-Arnaud ! Elle était assez belle pour qu'on crût un noble désireux de l'épouser, malgré sa condition sociale. Si Guillaume Laviolette s'étonna de cette seule raison, il n'en dit rien. Marie omit de parler du trésor. Et de Simon Perrot. Elle était quasiment persuadée, après toutes ces semaines où elle avait modifié graduellement la scène de l'exécution de Jules Pernelle, que Simon avait été forcé d'arrêter Guy Chahinian, mais qu'il l'avait fait avec beaucoup de répugnance.

— Ainsi, vous redoutiez tant d'être rattrapée par votre époux que vous avez choisi la Nouvelle-France ? On m'avait pourtant rapporté que vous étiez veuve. D'un certain Simon.

— J'ai menti, murmura Marie. J'ai épousé Saint- Arnaud après avoir perdu Simon. Je ne voulais pas prononcer le nom de Saint-Arnaud de peur de rencontrer une personne qui l'ait connu.

— Vous l'avez trouvée. Et elle ne vous trahira pas. Je suis toutefois surpris que vous ne souhaitiez pas la mort de votre époux. Il a une fortune considérable ; vous auriez pu en jouir sans trop attendre si vous ne l'aviez pas quitté.

— Et s'il avait été victime d'un regrettable accident ?

— Il aime bien la chasse, non ?

Marie sourit et avoua à Guillaume Laviolette qu'elle préférait empoisonner l'avitailleur. Pour qu'il souffre plus longtemps.

— Si j'avais idée de retourner en France, je tiendrais volontiers la coupelle dans laquelle vous mettrez le poison.

— Vous resterez toujours ici ?

— J'étais condamné aux galères et je me suis échappé. Mais s'ils me reprennent, ils me pendront. De toute manière, j'aime mieux traquer le caribou, poursuivre un loup ou un renard, trapper le petit gibier que d'être enfermé dans une pièce sombre et enfumée à raboter le bois. Ici, personne ne sait que j'avais un métier d'artisan au Croisic.

— Il y en a déjà de très habiles, dit Marie, complice. Tenez, Boulu, qui a fait ce petit banc sur lequel je suis assise : il vous a porté à l'hôpital avec Michel Dupuis et Marcel Toussaint.

Après un court silence, Marie ajouta que ce trio prétendait qu'il avait été attaqué par des Indiens. Guillaume haussa les épaules.

— Je ne le saurai probablement jamais : certains Indiens me détestent autant que certains colons. On m'envie mes couteaux ou ma liberté, ma fiole d'eau-de-vie ou mon adresse. La plupart des habitants savaient que, plus tôt dans la journée, j'étais allé vendre des peaux au magasin : on aura cru que j'avais une escarcelle bien garnie.

— C'était faux?

L'intérêt que Guillaume vit luire dans le regard de Marie l'amusait.

— C'était faux.

— On n'a pas voulu de vos peaux?

Guillaume ne put retenir une sorte de hennissement qui attira l'attention de sœur Sainte-Louise, mais Marie était décidément trop drôle.

— Personne n'a encore refusé mes peaux. C'est moi qui refuse parfois de les vendre.

— Même à moi? minauda Marie.

— Oui, si vous me le demandez sur ce ton. Vous savez bien que je ne suis pas Victor Le Morhier.

Marie allait rétorquer qu'elle se moquait bien de Victor quand l'arrivée de mère Catherine l'empêcha de mentir. La jolie religieuse s'approcha d'eux et Marie constata une fois encore la vertu calmante de son sourire ; Guillaume perdait même son air narquois tandis qu'il écoutait les paroles apaisantes de mère Catherine. Marie en fut légèrement vexée : après tout, c'était elle qui avait recousu Guillaume! C'était elle qu'il aurait dû regarder avec autant de gratitude.

Elle se tourna vers sœur Sainte-Louise qui accourait vers celle qui devait la relayer : son expression apeurée l'intrigua mais elle n'eut pas le loisir de l'interroger, cette dernière entraînant mère Catherine à l'écart.

Que lui cachait-on? Elle regarda Guillaume pour le prendre à témoin, mais celui-ci s'était endormi. Marie rageait; tout le monde l'abandonnait! Après tout ce qu'elle avait fait!

Elle marcha jusqu'au bout de la pièce et s'empara de la chaise où sœur Sainte-Louise avait somnolé; elle ne la laisserait pas à mère Catherine comme chacune le faisait. On verrait bien si elle la lui réclamerait!

Mère Catherine s'approcha de Marie LaFlamme qui ronflait légèrement; elle détacha sa cape de laine et l'en couvrit avant de retourner s'asseoir auprès de Guillaume Laviolette. Elle était heureuse d'avoir pris son tour de garde car elle avait l'idée que le diable ne pouvait l'assaillir devant les malades. Elle soupira : ferait-elle croire encore longtemps à des cauchemars ? Sœur Sainte-Louise lui avait confessé qu'elle redoutait d'être bientôt la proie de ces mauvais songes. Elle l'avait rassurée. Provisoirement. Elle pria et remercia le Très-Haut de l'avoir choisie pour cette épreuve, même si elle lui semblait insurmontable. Le renoncement au monde alors qu'elle n'avait que douze ans, le trajet de mer en 1649, si long, si pénible, où elle craignait la peste, l'incendie du monastère l'année suivante, la maladie qui multipliait ses atteintes au point qu'on lui avait conseillé de rentrer à Bayeux, les alarmes iroquoises et même le récent tremblement de terre étaient moins terribles que les attaques des démons. Quand les anges du mal élisaient demeure en son corps, elle offrait ses souffrances à Dieu, en rémission des crimes commis dans la colonie, mais sentir ces êtres sataniques en elle, alors qu'elle éprouvait depuis sa naissance une profonde aversion pour l'impureté, était la pire des tortures. Tout en l'appréhendant, elle la souhaitait afin d'accroître son sacrifice.

Elle implora aussi le Seigneur de l'aider à honorer de son mieux son nouveau poste de première Hospitalière. On l'avait élue le 4 octobre, après avoir nommé mère Marie Forestier de Saint-Bonaventure-de-Jésus. Mère Catherine estimait cette religieuse mais hésitait à lui confier ses doutes au sujet de Marie LaFlamme : la place de cette femme n'était pas dans un couvent. Elle voyait en Marie une biche toujours prête à bondir vers une des fenêtres de l'hôpital pour fuir une existence trop rangée. Si elle ne se plaignait jamais d'un travail trop ardu, c'est qu'il la distrayait. Elle serait morte d'ennui si elle n'avait eu qu'un ou deux malades à soigner. Sans s'en réjouir, elle avait dû apprécier l'accident qui était arrivé à Laviolette. Mère Catherine regardait Marie dormir en s'interrogeant sur son présent. Et son avenir. Elle savait que Marie mentait sur son passé en France, mais elle n'avait jamais essayé de la prendre en défaut ; à quoi bon l'indisposer ? Chose certaine, elle avait dit la vérité sur ses talents de médecin et mère Catherine rechignait à la voir quitter l'Hôtel-Dieu. Toutefois, elle savait que Marie avait des choses à accomplir dans le monde et qu'elle devrait bientôt l'affronter. Après Noël, peut-être ?

Mère Catherine s'étira; elle avait prié avec tant de ferveur qu'elle était demeurée quasiment immobile durant des heures. Elle secoua ses membres ankylosés, fit quelques pas avant de se rasseoir près de Guillaume Laviolette. Un mince rai de lumière chatouillait la barbe du blessé; mère Catherine se félicita encore une fois que l'hôpital soit situé à l'est, car elle considérait que les malades avaient bien besoin de ce chaud réconfort. Certes, elle aurait aimé que le soleil inondât la chapelle dès l'aube, mais celle-ci, qui jouxtait l'hôpital, bénéficiait plutôt des rayons de midi. Mère Catherine sourit; la lumière divine n'avait pas d'heure pour luire dans son cœur, c'est tout ce qui importait.

Guillaume Laviolette éternua comme si la caresse du soleil l'agaçait et mère Catherine alla éveiller Marie. Traitant ses patients avec un soin jaloux, celle-ci apprécierait d'être la première à parler au blessé. Elle ne s'était pas trompée : Marie se leva d'un bond, prit juste la peine de ramasser la cape qu'elle avait laissée tomber, la jeta dans les bras de mère Catherine en la remerciant et courut vers Guillaume Laviolette.

L'homme mit quelques secondes à reconnaître le lieu où il se trouvait, puis il se souvint et sourit à Marie.

— Je suis toujours ici? Je vous plais tant que vous voulez me garder?

Marie lui sourit à son tour.

— Je vais refaire votre pansement. Nous verrons ensuite. Vous n'aimez pas vous reposer?

— Il y a trop de péril à rester allongé et se faire gaver comme une volaille; si j'y prenais goût, je ne pourrais jamais retourner chasser. Le moindre portage m'effraierait!

— Un portage?

— C'est passer d'un lac à un autre en portant vivres et canot. Il faut être en bon état pour ça. J'espère que vous m'avez bien soigné!

Il tâta son pansement et fit une grimace.

— Pardieu! Si je tenais celui qui...

Marie mit un doigt sur sa bouche desséchée.

— Chut! Comment pouvez-vous blasphémer? Vous avez connu le fouet pour la contrebande du sel, vous pourriez y goûter de nouveau pour vos paroles imprudentes.

Guillaume reconnut qu'elle avait raison et promit de se surveiller tant qu'il serait à Québec.

— Vous repartez bientôt? dit-elle sans chercher à cacher sa déception.

— Je le souhaite!

— Je m'ennuierai bien!

Elle souleva d'un coup une partie du pansement et arracha un cri de surprise à l'aventurier.

— Ce n'est pas parce que vous êtes fâchée que je parte qu'il faut me punir ainsi!

— Je croyais que vous étiez habitué à une vie rude, dit-elle d'un ton moqueur.

— Plus que vous ne sauriez l'imaginer. Quoique vous n'ayez guère été épargnée si je n'ai pas rêvé ce que vous m'avez dit hier.

Marie interrompit son travail en signe d'acquiescement puis continua de décoller le linge de la plaie. Une croûte de sang s'était formée, mais au grand soulagement de la jeune femme, il y avait très peu de pus : elle avait raison de croire à l'eau détersive. Elle pouvait presque distinguer le dessin des chairs déchirées aussi nettement que le fil qui les suturait.

— Alors? s'enquit Guillaume en même temps que mère Catherine qui revenait vers eux.

— Je vais nettoyer votre plaie, puis la bander de nouveau. Mais vous ne poursuivrez pas de renards aujourd'hui.

— Et demain?

— Il faudra aussi être sage.

— C'est navrant. Je voulais vous inviter au mariage d'Eléonore de Grandmaison.

Marie fut tellement saisie par la proposition qu'elle interrogea mère Catherine du regard pour savoir si elle avait bien entendu. La religieuse crut qu'elle voulait obtenir sa permission et expliqua qu'elle devait en référer à la nouvelle Supérieure.

— Marie LaFlamme m'a sauvé la vie, dit Guillaume Laviolette.

Mère Catherine se retint de sourire pour ne pas froisser la guérisseuse. Le coureur exagérait un peu ; Marie l'avait soigné avec l'art que toutes les sœurs lui reconnaissaient maintenant, mais l'homme était doté d'une remarquable constitution. Sa haute taille impressionnait toujours l'Hospitalière qui l'avait pansé plus d'une fois ; il avait une résistance et une énergie hors du commun. Si elle avait souvent regretté qu'il ne s'établisse pas comme colon, elle savait que les sœurs pouvaient compter sur lui pour les corvées lorsqu'il était dans les parages. Il avait scié des centaines de bûches pour elles et essarté leur jardin sans même ahaner !

L'homme insistait.

— Marie mérite bien d'oublier tous ses malades durant quelques heures. Nous irions avec Mme Couillard et sa famille.

Mère Catherine répéta que ce n'était pas elle qui prenait cette décision, mais elle admit qu'elle était favorable à cette sortie. A la condition que Marie rentre avant la fin du jour et qu'elle ne quitte pas Mme Couillard.

— Je promets tout ce que vous voulez, fit le blessé.

Tandis que la religieuse s'éloignait, Marie, peu habituée à ce qu'on décide à sa place, émit une vague protestation.

— C'est maintenant que vous le dites ? s'esclaffa le colosse. Maintenant que mère Catherine est allée trouver votre Supérieure ?

— Je n'ai pas dit que je ne voulais pas baller.

— Alors, c'est oui. Mais pour ce qui est de valser, je ne suis pas certain que vous aurez le bal que vous souhaitez. Notre amie Eléonore en est à son quatrième mariage : il serait indécent de festoyer comme à ses premières épousailles. Mais vous vous amuserez assurément plus qu'ici !

Marie passa machinalement une main sous son tablier pour y prendre les coupelles. Ce n'est qu'en touchant le métal qu'elle s'arrêta : cette distraction aurait pu lui valoir bien des ennuis. Guillaume vit ce geste inachevé et la taquina.

— Cachez-vous des dragées dans vos poches ?

— Non, je... je croyais que j'avais une timbale pour vous faire boire une goutte.

Guillaume désigna l'objet sur la table des instruments.

— Là, précisément devant vos yeux. C'est mon invitation qui vous trouble ?

Marie s'efforça de plaisanter.

— Assurément ! Toutes les femmes vont m'envier : vous avez une telle distinction avec ce nouveau chapeau. On pourrait peut-être glisser quelques plumes entre deux bandes de linge ?

Elle devint grave subitement. Elle expliqua à Guillaume un rêve qu'elle avait eu : Geoffroy de Saint-Arnaud, qui garnissait de plumes ses chapeaux, était attaqué par les oiseaux qu'il avait déparés. Les autruches, les aigrettes, les ibis, les piverts, les perroquets, les courlis, les milans, les alcyons, les couroucous se battaient pour lui crever les yeux, lui percer les joues, lui arracher les lèvres, lui creuser le nez. Ils étaient des centaines à fondre sur lui, des milliers. Marie les regardait de la fenêtre grillagée de sa chambre et applaudissait à chaque cri de son époux. Un bruant vint même déposer dans sa main un morceau de chair encore palpitante.

— Quand je me suis éveillée, je tenais mon poing serré.

Guillaume se frotta la barbe.

— Vous n'aimeriez pas les cérémonies indiennes.

— Vous parlez des ornements faits de plumes. Non, c'est différent. Je ne hais pas les Indiens, et j'imagine qu'ils mangent les oiseaux qu'ils tuent avant d'utiliser leur plumage. Saint-Arnaud, lui, pourrait tuer la personne qui porte un chapeau dont les plumes lui feraient envie !

— Je crois que vous le haïssez encore plus que moi, murmura Guillaume Laviolette.

Marie soupira, puis remonta le drap sur les épaules du blessé.

— Il faut vous reposer si vous voulez m'emmener danser. Au fait, comment danse-t-on ici ?

Le coureur ferma les yeux pour ne pas avoir à répondre à sa question : il n'avait jamais ballé de sa vie et n'entendait pas vraiment s'y initier au mariage d'Eléonore de Grandmaison même s'il le laissait croire à Marie. Il y aurait bien des hommes qui seraient heureux d'inviter celle-ci pour un menuet ou un cotillon. Il en profiterait pour boire le bouillon de l'hôtesse, qui le réussissait mieux que quiconque ; Guillaume aurait parié une peau de renard des neiges que Mme de Grandmaison l'améliorait d'eau-de-vie. Il l'avait goûté souvent du temps de son précédent mari, Gourdeau de Beaulieu, qu'il visitait régulièrement. Le coureur de bois aimait entendre Gourdeau parler de son métier de notaire ; le fait d'écouter le récit des mesquineries inimaginables de certains héritiers ou des inquiétudes des bourgeois qui voulaient protéger leur bien confortait Laviolette dans son choix d'une vie où primait la liberté. Il était heureux de boire une limonade ou un pot de vin d'Espagne rue Saint-Pierre, mais il était aussi content quand il quittait ses hôtes.

Est-ce qu'il serait aussi bien reçu maintenant qu'Eléonore de Grandmaison épousait un homme d'antique noblesse ? Il connaissait peu Jacques Cailhault de la Tesserie ; il se demandait comment celui-ci appréciait la résiliation du traité qu'il avait signé avec Davaugour. Il devait être toujours déçu. Il l'inciterait à se vider le cœur ; un homme fâché est souvent plus enclin aux confidences. Guillaume Laviolette souhaitait en savoir plus long sur les nouvelles conditions de traite. Puis éclaircir certains détails concernant les anciennes méthodes : admirateur de Pierre-Esprit Radisson et de Médard Chouart des Groseilliers, il avait profité de leur connaissance de l'Ouest et avait été ulcéré quand le gouverneur d'Argenson avait saisi les pelleteries des explorateurs et leur avait imposé une amende, au lieu de les féliciter de la réussite de leur entreprise. Guillaume Laviolette avait toujours pensé que d'Argenson était jaloux que les découvreurs aient su mieux que lui sauver la colonie de la ruine. Et bien qu'il fût sans nouvelles des fameux aventuriers, il croyait aussi qu'ils avaient vendu, dès leur retour de France, leurs talents aux Anglais. Et il les comprenait fort bien, même si plusieurs parlaient de trahison. C'est d'Argenson qui avait joué les Judas le premier. On verrait bien ce que Saffray de Mézy tenterait pour rétablir l'économie de la Nouvelle-France. Pour l'instant, il semblait tout dévoué à Mgr de Laval.

Comme l'était aussi Davaugour, à son arrivée...

Guillaume Laviolette aurait parié que Mézy se disputerait aussi avec l'évêque ; à peu près tout le monde avait des raisons de lui en vouloir. Excepté Charles-Aubert de La Chesnaye, qui venait justement de se présenter comme enchérisseur pour les droits de pelleteries et de la traite de Tadoussac. Il avait de bonnes chances d'obtenir ceux-ci, mais Claude Charron et Jean Bourdon seraient certainement sur les rangs. Guillaume Laviolette aurait aimé savoir si ses renseignements étaient justes : on prétendait que les enchères avaient été fixées à trente mille livres. Peut-être les intéressés assisteraient-ils au mariage ?

Le blessé s'endormit en essayant de calculer jusqu'où s'élèveraient les prix et quel profit ferait l'acheteur de la ferme des droits ? Il rêva qu'il obligeait Geoffroy de Saint-Arnaud à lui remettre cinquante mille livres pour l'acquérir.

Chapitre 15.

— Cinq cents livres! rapporta Martin Le Morhier à sa femme. Saint-Arnaud a promis cinq cents livres à qui le conduirait à Marie ou la lui ramènerait. Il apprendra que Victor l'a vue à Paris...

Myriam Le Morhier tapota le bras de son époux pour le calmer et s'efforça de lui offrir un visage paisible et souriant même si elle s'inquiétait pour son fils depuis son retour de Québec. Dès qu'il avait passé la porte, elle avait compris que les retrouvailles ne seraient pas aussi réjouissantes qu'elle les avait imaginées. Et quand elle avait préparé le repas de fête pendant que Victor dormait, elle savait que ce n'était pas seulement la rude vie de marin qui avait épuisé son fils mais un grave souci. Et que ce souci s'appelait Marie LaFlamme. Elle avait aidé la servante à frire des champignons et des artichauts, elle avait envoyé un petit voisin chercher des grenouilles pour en faire des beignets, elle avait lardé elle-même le faisan avant de l'embrocher, elle avait veillé à ce qu'on n'oublie ni cannelle ni anis vert dans la tarte aux pommes et aux poires et elle avait mêlé aux fruits des raisins de Corinthe et des écorces de citron. En s'activant ainsi, elle s'était convaincue que Victor aurait faim; quand son père revenait d'un trajet de mer, elle avait tant de plaisir à le voir manger! En fleurissant la table de la grande salle, Myriam Le Morhier avait espéré que la gaieté de la pièce dériderait son fils : elle était allée chercher les chandeliers de la chambre pour éclairer les murs sombres et avait recouvert la table d'une nappe de dentelle aussi blanche que les perles que son époux lui avait offertes à la naissance de Victor. Les timbales d'argent, qui avaient été frottées énergiquement, multipliaient les flammes des bougies, mais hélas, ces doux reflets étaient aveuglants à côté de la lueur qui vacillait au fond des prunelles de Victor ; bien qu'il ait ri aux taquineries de son père et pressé maintes fois la main de sa mère, complice, Myriam n'avait pu nier l'étendue de sa mélancolie. Elle n'avait pas osé l'interroger, mais plus tard, pensant que son fils était sorti se promener, elle questionna son époux.

— Que craignez-vous ?

— Victor semble croire aussi à ce maudit trésor !

— Mais il n'en parlera jamais à l'armateur ! Il aime Marie, ne l'oubliez pas.

— Je suis content qu'elle soit à Québec !

— Oui, elle est en sûreté à l'Hôtel-Dieu, poursuivit Myriam Le Morhier. Anne serait heureuse de savoir qu'elle soigne les malades avec beaucoup de talent !

— Son talent pour créer des ennuis est aussi grand et j'ai peur pour notre fils. Geoffroy de Saint-Arnaud devinera que Victor a parlé à Marie dès que notre fils se mettra à questionner les marins pour savoir qui a rencontré Pierre LaFlamme, qui connaît la clé des trois énigmes permettant d'entrer en possession du trésor.

— La prétendue clé ! Que fera l'armateur ?

— Il sondera Victor au sujet de Marie.

— Il se taira.

— A moins qu'il ne puisse faire pression sur lui, articula lentement le capitaine Le Morhier.

Son épouse l'interrogea du regard : comment ? quand ?

— Il lui offrira d'abord de l'argent. Ou il lui proposera de partager le trésor quand ils l'auront trouvé. Mais Victor refusera. Saint-Arnaud cherchera alors un autre moyen. Et ce moyen, c'est une promesse qu'il ne tiendra pas.

Martin Le Morhier s'assit devant l'âtre en avançant ses pieds. A l'aube, alors qu'il était descendu au quai, espérant trouver quelque apaisement dans la contemplation de la Loire, il avait mouillé ses bottes, mais c'était seulement maintenant qu'il s'en apercevait tant il était préoccupé par l'avenir de son garçon.

Posant une main sur les genoux de sa femme qui s'était approchée de lui, il lui expliqua que Geoffroy de Saint-Arnaud devinerait aisément que Victor était amoureux de Marie. Il lui offrirait d'annuler leur mariage en échange du trésor et de retirer les accusations qu'il avait portées contre elle au printemps.

— Comme celle d'avoir assassiné Nanette?

Martin Le Morhier s'emporta.

— Faut-il que les magistrats soient benêts pour croire pareille chose? Marie adorait sa nourrice! Même si Nanette est morte par sa faute, ce n'est pas elle qui l'a tuée.

— Saint-Arnaud n'est pourtant pas de ces rois qui s'acoquinent avec certains prélats pour obtenir l'annulation de leur mariage!

— Marie pourrait prétendre qu'elle est toujours vierge.

— Avec toutes les servantes que l'armateur a engrossées! s'exclama Myriam Le Morhier.

— Il se trouve toujours un homme de loi prêt à signer ce qu'on veut pourvu que la paie soit bonne. Saint-Arnaud en connaît plus d'un.

Myriam Le Morhier soupira mais garda le silence : que pouvait-elle répondre? Victor était amoureux et voulait conquérir Marie. Il ferait tout pour obtenir ses grâces.

— Il va essayer de doubler Saint-Arnaud, dit lentement le capitaine. Et l'armateur n'est pas du genre à supporter la trahison sans réagir. Violemment.

Myriam serra le poignet de son époux si fort qu'il sentit les ongles entrer dans sa chair, mais il ne fit rien pour se libérer de cette emprise. Il hocha seulement la tête en écoutant sa femme exprimer ses craintes.

— Victor tentera de faire croire à Saint-Arnaud qu'il peut l'aider à trouver le trésor et qu'il le lui remettra quand Marie aura retrouvé sa liberté. Mais il ne le lui rendra pas.

— Parce qu'il n'existe pas...

— Et même s'il existait, il ne pourrait jamais faire entendre à Marie qu'il a accepté de rendre le trésor pour son salut. Elle n'a pas voulu comprendre une première fois, nous avons dû l'enlever contre son gré, pourquoi serait-elle mieux disposée une seconde fois?

— Oui, pourquoi? dit Victor en poussant la large draperie qui séparait la salle à dîner d'une chambre.

Myriam eut un sourire désolé.

— Je te croyais sorti?

— J'ai tout entendu. Soyez certains que je n'essaierai pas de rouler Saint-Arnaud, car ce serait aussi périlleux qu'inutile : Marie ne m'épouserait pas, même si Saint-Arnaud réussissait à faire annuler leur union...

— Elle est toujours éprise de Simon Perrot ? demanda Myriam Le Morhier.

Victor hocha la tête.

— Je ne vais pas chercher le trésor car je sais qu'il n'existe pas, aussi ne nuirai-je pas à Marie en attirant l'attention à force de poser des questions. Il ne faut surtout pas que Geoffroy de Saint-Arnaud apprenne où est Marie. Il serait capable d'envoyer quelqu'un à Québec.

— Mais s'il savait que le trésor n'existe pas ?

Le capitaine et son fils secouèrent la tête en même temps : l'armateur avait envoyé Anne LaFlamme au bûcher et marié sa fille parce qu'il n'avait jamais douté du récit de Pierre LaFlamme. Comment lui ferait-on croire autre chose ?

— Il n'acceptera jamais la vérité, fit Victor. Même si j'ai des preuves.

— Des preuves ? s'exclama Myriam.

— Oui. Je vous ai dit que nous sommes rentrés par Saint-Malo ? Et que je suis monté sur la *Licorne* pour revenir à Nantes ?

Ses parents acquiescèrent silencieusement, soucieux de ne pas l'interrompre, heureux que leur fils s'ouvre enfin à eux.

— Il y avait sur la *Licorne* un calfateur surnommé Péridot. Juste après le coup de partance, je détachais des cordages de l'organeau et j'ai remarqué qu'il ne me quittait pas des yeux. Je me demandais ce qu'il me voulait quand il s'est approché de moi. Il voulait savoir si je vous connaissais.

— Ton calfateur a-t-il une grosse bedaine ? Et les yeux d'un vert étonnamment clair ? Les cheveux blonds ?

— Plutôt blancs.

Martin Le Morhier sourit au souvenir de Péridot et précisa qu'on l'appelait Bon Bedon Blond. Ce qui l'encolérait diablement.

— Bah ! Il était assez replet... Continue !

Péridot avait ensuite demandé à Victor s'il connaissait Pierre LaFlamme. Et sa famille.

— Je me méfiais, mais tout le monde sait à Nantes que nous nous voyions souvent. Péridot m'a alors confié qu'il était un ami de Pierre LaFlamme. Et qu'il le regrettait bien. Il espérait que sa femme supportait son veuvage. Je lui ai appris que ma marraine avait été condamnée à mort. Et que Marie était partie pour Paris après avoir été forcée d'épouser l'armateur. Péridot m'écoutait en répétant «ce n'est pas vrai, pas vrai?», mais quand j'ai terminé mon récit il m'a fait jurer de dire lui avoir dit la vérité. Il a promis alors de me conter «sa» vérité le lendemain.

— Quelle vérité?

— Il était sur le *Lion* avec Pierre LaFlamme. Et Pierre LaFlamme lui avait confié son plan : il ferait croire à Geoffroy de Saint-Arnaud qu'il détenait un trésor. Ce trésor du cap d'Aigle avait réellement existé, et un corsaire avait déjà conté son histoire à Pierre LaFlamme. Celui-ci n'avait jamais possédé le trésor, mais il allait trafiquer le récit du corsaire pour l'armateur.

— Pourquoi? s'écrièrent ensemble Martin Le Morhier et son épouse.

— Parce qu'il avait le scorbut! Pierre LaFlamme voulait parler assez longtemps avec l'armateur pour lui postillonner au visage et le contaminer.

— C'était donc ça? gémit Myriam Le Morhier. Comme c'est bête! Comment notre pauvre Anne aurait-elle pu deviner?

— Mais pourquoi Bon Bedon Blond n'était-il pas à Nantes? Et n'a-t-il rien dit quand Anne a été arrêtée?

Victor expliqua que le calfateur était bien arrivé avec le *Lion* mais il était reparti assez vite sur une belande, et il avait fait ensuite un voyage aux Terres-Neuves. Il revenait à Nantes pour la première fois depuis plus d'un an.

— J'ai d'abord pensé que je conterais tout ça à Saint-Arnaud, fit Victor. Mais je ne suis pas un porte-paquet. Et il ne me croirait pas. Il se persuaderait que j'ai inventé cette fable pour m'approprier le trésor. Et il saurait ainsi que je sais où est Marie.

— Bon Bedon Blond pourrait témoigner, commença le capitaine.

— L'armateur soutiendrait que je l'ai payé pour mentir et Péridot devrait fuir sa colère... Je l'ai plutôt convaincu de se taire. Et nous en ferons tous autant. Personne n'apprendra la vérité.

«Et Marie? songea Myriam Le Morhier. Oh, elle ne le croirait pas davantage.»

— Marie est en sûreté en Nouvelle-France, dit Victor. Personne ne doit découvrir où elle se cache.

— Ce n'est pas nous qui parlerons à Saint-Arnaud, promit le capitaine. Mais peut-être l'apprendra-t-il d'une autre source ? Guy Chahinian sait où est Marie. Et Simon Perrot le gardait encore au Grand Châtelet quand nous avons quitté Paris.

— Sans pouvoir l'aider, compléta Myriam d'une voix étranglée. Michelle Perrot connaît aussi l'exil de Marie.

Elle se leva péniblement pour rallumer une bougie : depuis la mort d'Anne LaFlamme, leur séjour à Paris, le voyage de leur fils, elle se sentait vieillie de dix ans tant elle manquait d'entrain. Le repas de retrouvailles l'avait épuisée ; ce n'était pas la préparation mais l'effort constant qu'elle avait fourni pour détendre l'atmosphère, pour chasser de son esprit l'impression que des mauvais jours étaient encore à venir. Elle souffrait de voir souffrir Victor ; elle avait tant souhaité qu'il vive avec une femme le même bonheur qu'elle connaissait avec son père. Peut-être, justement, était-elle heureuse depuis trop longtemps ? Peut-être l'épreuve que Dieu lui destinait était-elle le malheur de son enfant ? Elle avait bien hésité avant de proférer le nom de Simon Perrot, sachant la douleur qu'il suscitait chez son fils, mais elle avait toujours entendu Anne LaFlamme répéter qu'il fallait crever les abcès : Marie était amoureuse de Simon, elle vivait à Québec, elle ne pouvait pas revenir à Nantes et Victor ne l'épouserait jamais. Mais elle n'épouserait pas non plus Simon...

— Simon Perrot s'est marié pour vivre auprès de la baronne de Jocary ; il n'a jamais manifesté la moindre inclination pour Marie. N'oublie pas qu'il la croit pauvre. Il ne sait même pas où elle est. Elle l'oubliera. Le temps et la distance...

— Et nous l'oublierons aussi, affirma Martin Le Morhier. C'est ce qui peut nous arriver de mieux !

Victor ne contredit pas son père ; il aurait tant voulu cesser d'aimer Marie. Il était blessé qu'elle ait écrit à Simon, mais il ne parvenait pas à la détester ; depuis qu'il était arrivé à Nantes, il surveillait ses paroles afin de ne rien révéler à son sujet. Après avoir appris que Pierre LaFlamme n'avait jamais eu de trésor, il avait été soulagé, car il voyait mal comment il pourrait s'y prendre pour le retrouver. Puis il avait songé à la déception de Marie. Puis à sa joie s'il lui ramenait réellement un trésor. Il en gagnerait un par son travail. Il avait alors décidé de s'intéresser au trafic des fourrures ; il retournerait à Paris pour en discuter avec son oncle et les marchands que celui-ci connaissait. Il leur proposerait de retourner à Québec, de s'associer avec Guillaume Laviolette pour leur fournir une marchandise de qualité. Victor avait même pensé à la façon dont il présenterait la chose à ses parents. Il leur dirait qu'il entendait vendre des peaux durant deux ou trois ans, pas davantage, le temps d'amasser un pécule qui lui permettrait d'acheter un vaisseau capable d'aller en Nouvelle-France approvisionner la colonie. Il avait bien vu comment les habitants de Québec dépendaient de la France. Pourquoi ne pas en profiter ?

Il irait à Saint-Malo ou à La Rochelle afin de s'engager, à moins qu'il ne reparte avec le capitaine Dufour qui l'avait complimenté pour sa hardiesse durant les trajets de mer.

Mais d'abord Paris !

*
* *

Sœur Sainte-Louise avait raison : c'était la troisième neige qui restait. La première s'était changée en pluie et la deuxième, tombée il y avait déjà une semaine, le jour où le chevalier du Puissac leur avait été amené à l'Hôtel-Dieu, avait fondu quelques heures après avoir blanchi le sol, à la grande déception de Marie. Elle avait envie de neige, de vraie neige, pas de cette pluie gelée qui tombait parfois à Nantes et qui l'impatientait bien plus qu'elle ne la réjouissait. Une année, une seule, elle avait pu lancer des boules de neige sur Michelle, Simon et Victor.

Mais cette fois, c'était la bonne : voilà deux jours qu'une bordée de neige était tombée et tout demeurait immaculé. Les buissons ensevelis à mi-hauteur faisaient de petites taches sombres dans le jardin, mais lorsque Marie regardait du côté des terres de Raté ou Touchet ou Roy, elle ne voyait qu'une étendue blanche et douce comme de la crème. Elle avait terriblement envie de s'y rouler mais elle ne se résignait pas à détruire cette perfection. Il lui sembla qu'elle n'avait rien vu d'aussi pur avant cette neige, même pas le sucre ou le sel raffinés qu'elle avait vus à la table de Mme Beaumont à Paris. Cette écume brillante l'excitait et la calmait à la fois ; la joie qui montait en elle l'aurait fait rire et crier si un sentiment de sérénité ne l'avait habitée en même temps. Elle désirait marcher dans la ville, voir le Saint-Laurent festonné de dentelles, les pignons des maisons ornés de tapabords d'albâtre, la place publique agrandie par cette nouvelle clarté, les visages rieurs sous les bonnets de laine rouge ou les capots de fourrure noire, elle voulait entendre la rumeur du port s'assourdir, mais c'est une plainte douloureuse qui l'arracha à sa contemplation.

Le chevalier du Puissac réclamait à boire, encore, et Marie s'accroupit près de lui avant qu'il n'ait le temps d'éveiller les autres malades ; comme il tardait à guérir, ce chevalier ! Elle épongea de nouveau son front brûlant et lui mouilla les lèvres tout en cherchant une timbale pour lui donner de l'eau. Où pouvait-elle bien être ? Marie s'énerva ; c'était chaque jour la même chose ! On aurait dit qu'un lutin s'amusait à cacher sa timbale. Cela n'avait rien de drôle, pourtant. Marie regarda autour d'elle : sœur Sainte-Louise avait la tête plongée dans son livre de prières et les trois autres malades dormaient. Personne ne la verrait tirer la coupelle d'argent, plus bombée que celle qui était en or, de sous son long tablier. Elle le faisait de plus en plus fréquemment, par nécessité mais aussi par paresse ou par défi ; elle ne pouvait résister au plaisir de faire quelque chose d'interdit et de périlleux. Sa vie était si monotone à l'hôpital depuis trois semaines ! Il y avait eu l'accident de Guillaume, puis un cas de pleurésie, mortel, qui la désolait encore, un bras cassé et enfin ce chevalier, qui avait reçu une flèche iroquoise dans le dos, et qui exigeait encore énormément de soins, mais il était le seul malade intéressant et Marie se demandait bien qui on soignerait à l'hiver puisque aucun bateau n'accosterait à Québec.

Elle devait reconnaître qu'une coupelle n'était pas idéale pour faire boire un patient et elle essuya doucement la barbe du chevalier tout en lui répétant qu'il se reposait, qu'il était en lieu sûr. La fièvre ne l'avait pas quitté depuis son arrivée, malgré des tisanes de pimbina et des décoctions de monotrope. Marie, pourtant, avait nettoyé la plaie avec une grande attention, soucieuse de dénicher le moindre corps étranger. Mais la blessure était vilaine car la pointe de la flèche s'était si profondément enfoncée qu'il lui avait fallu une main d'homme pour la retirer. Les sœurs ne cessaient de dire que c'était un miracle que le chevalier ait échappé à la mort et Marie n'était pas loin d'y croire : un pouce de plus à gauche et le cœur était touché. Alors qu'elle approchait de nouveau la coupelle des lèvres de Julien du Puissac, il ouvrit les yeux et la dévisagea. Marie lui sourit, lui répéta où il se trouvait et qu'il n'y avait aucun péril à redouter.

— Buvez encore un peu, c'est bon pour vous, dit-elle en inclinant la coupelle.

Le chevalier écarquilla les yeux en regardant le soucoupe d'argent. Il tenta de se redresser, de lever un bras, mais il ne réussit qu'à murmurer.

— La Lumière... des Frères...

Il battit plusieurs fois des paupières et Marie crut lire une grande excitation dans son regard mais il était si épuisé qu'il s'endormit aussitôt. Marie tendit de nouveau le drap sous la barbe et allait ranger sa coupelle quand elle croisa le regard de sœur Sainte-Louise. Celle-ci la fixait avec une infinie tristesse. Elle lui demanda si la coupelle lui appartenait.

Marie hocha la tête.

— Vous savez donc ce qu'elle signifie?

Marie haussa les épaules, hésitant à avouer son ignorance mais étrangement déterminée à conserver les coupelles.

— Vous ne pouvez pas demeurer à l'Hôtel-Dieu, soupira sœur Sainte-Louise.

Marie se décida à questionner la religieuse, trop curieuse de savoir ce que représentait le legs de Chahinian.

— C'est mon tuteur, à Paris, qui m'a donné les coupelles. En mourant. Mais je ne les avais jamais vues auparavant. A quoi sont-elles destinées?

Sœur Sainte-Louise frémit.

— Ce sont les symboles des hérétiques, Marie! Vous ne devez pas les conserver!

— Mais j'ai promis de les garder. Et je n'ai jamais rompu une promesse. Si je dois quitter l'hôpital, je le quitterai!

Sœur Sainte-Louise inspira profondément avant de dire à Marie qu'elle tairait cette découverte.

— J'ai tort, assurément, et je me confesserai du péché d'orgueil car je ne devrais prendre aucune décision. Mais vous êtes courageuse et le pays a besoin de femmes telles que vous. J'espère seulement que votre séjour parmi nous laissera quelques traces dans votre cœur et que vous reviendrez à Dieu. Il faut me jurer que vous n'essaierez pas de convertir les Indiens à ce...

— Mais je ne comprends rien à ce que vous me dites; je suis une bonne catholique et je le resterai! Je ne suis même pas une

convertie ! Ni païenne, ni huguenote, ni juive ! Je garde les coupelles parce que c'est un moribond qui me les a léguées ; je ne
peux renier sa mémoire.

L'Hospitalière joignit les mains pour une prière muette ; elle
avait bien besoin du réconfort divin pour chasser Marie du
monastère. Elle aurait presque regretté d'avoir vu ces coupelles
maudites si elle n'avait eu la certitude de défendre son ordre
contre les atteintes du Malin. Marie semblait tout ignorer des
coupelles, mais puisqu'elle refusait de les remettre à leur
confesseur, elle ne pouvait demeurer plus longtemps parmi elles.

— Puis-je aller trouver Mme Couillard avant midi ? Elle m'avait
déjà proposé de travailler chez elle, mentit Marie.

— Bien sûr, acquiesça la religieuse. Vous pouvez rester jusqu'à
la fin de la semaine.

Marie refusa de prolonger le malaise : elle partirait d'elle-même
le plus tôt possible.

Chapitre 16.

En traversant le champ qui se trouvait entre le terrain des Hospitalières et celui de la veuve Couillard, Marie ne prit aucun plaisir à fouler la neige molle ; elle remercia en pensée Victor de lui avoir offert ses indispensables mocassins, puis elle s'efforça vainement de se convaincre qu'elle avait eu raison de s'entêter à garder les coupelles puisqu'elle voulait quitter l'hôpital de toute manière. Mais plus elle s'approchait de chez Guillemette Couillard, plus elle redoutait d'entendre celle-ci lui répondre qu'on pourrait l'héberger une journée ou deux, mais pas davantage.

Elle frotta ses mocassins l'un contre l'autre pour détacher la neige qui s'y collait, puis elle cogna à la porte. Un des nombreux petits-fils Couillard la fit entrer en dansant autour d'elle. Il adorait Marie car elle avait soigné son chat sans lui dire, comme certains, qu'il n'avait qu'à prendre une autre bête si le Tigris mourait. Cette fête la rasséréna un peu, ainsi que le bon sourire de Mme Couillard et quelques gorgées de bouillon, mais Marie apprit que la petite-fille de son hôtesse, nouvellement mariée, habiterait chez sa grand-mère avec son époux.

— Je vous enverrai quérir quand j'aurai à être délivrée, assura la jeune épousée à Marie.

Marie LaFlamme sourit poliment en reposant son gobelet vide sur la table de pin. Elle fixait l'extrémité de la pièce où une cabane abriterait les nouveaux mariés ; le lit-alcôve était surélevé afin de garantir les dormeurs contre l'humidité ; d'épaisses courtines fermaient toutes les ouvertures. Juste à côté, il y avait déjà un ber à quenouilles en merisier tout neuf : combien d'enfants y coucherait-on ? Ils seraient endormis par un doux balancement, tout en entendant leur mère chanter gentiment. C'était loin d'être le cas de Noémie, se reprocha Marie qui ne l'avait pas vue depuis deux semaines. Mais comment la garder avec elle ? La petite était si bien chez les Blanchard. Emeline l'allaitait toujours mais avait commencé à lui donner de la bouillie et de la purée de pommes de terre ; Noémie profitait assurément de ce traitement. Elle ne pleurait quasiment jamais et se tenait très droite pour une enfant de cinq mois. Elle semblait prendre plaisir à la compagnie de son besson Jean-Jean ; Marie aurait fait preuve d'égoïsme en la retirant maintenant à cette famille.

— Pour aller où ? dit-elle à haute voix sans s'en apercevoir.

— Où ? répéta Guillemette Couillard.

— J'ai décidé de quitter l'Hôtel-Dieu. C'est le meilleur moment, il y a peu de malades ; mon départ ne dérangera pas trop les religieuses qui m'ont acceptée avec tant de bonté. Mais je dois gagner plus...

— Vous devriez aller voir chez M. de Boissy, dit le gendre. Il paraît qu'il cherche une bonne. Et qu'il paie...

Guillemette Couillard l'interrompit.

— Tu n'y penses pas ! Une jeune fille ne devrait pas mettre les pieds chez ce mécréant !

— Je ne suis plus une jeune fille, soupira Marie. J'ai plus de vingt ans !

— Et vous avez été mariée, je sais, fit la veuve Couillard. Mais vous semblez si... enfin... ce Boissy n'est guère recommandable.

— Je m'en arrangerai. J'adore soigner les malades et je n'ai rien à dire contre les sœurs. Mère Catherine me manquera beaucoup. Mais je dois vraiment gagner davantage si je veux m'installer un jour avec ma fille.

— Vous vous marierez, allez ! Vous êtes trop jolie !

— Où habite ce M. de Boissy ? demanda Marie.

Guillemette Couillard soupira mais indiqua à sa visiteuse le chemin le plus court pour se rendre chez le triste bretteur.

— Il habite rue Saint-Louis, tout à côté de chez Ruette d'Auteuil et Denis Duquet. Saviez-vous que son fils est le premier notaire de Québec ?

— Oui, j'irai voir Jean Duquet quand...

— Vous aurez fait fortune ? dit Mme Couillard. Vous ne gagnerez que quelques sols par jour.

— Mais il y aura bien des malades qui vous réclameront chez eux ! clama la cadette afin d'encourager Marie qui se levait pour prendre congé.

— Bonne chance, Marie. Rappelez-vous que les jours raccourcissent vite après la Toussaint ! Soyez prudente, il neige depuis votre arrivée.

— Je ne redoute pas la noirceur, affirma Marie. Ni la neige. Si je préfère partir maintenant, c'est que j'espère avoir le temps de retourner à l'Hôtel-Dieu et de m'installer chez M. de Boissy avant la nuit.

Marie avait fait cette déclaration d'un ton ferme et donnait l'impression d'avoir une grande confiance en elle. Mais comme elle s'éloignait de la maison, elle recommença à s'inquiéter : et si on ne l'engageait pas chez Nicolas de Boissy ? S'il tentait de la séduire dès le premier soir ? Elle le repousserait et perdrait aussi vite son emploi. Non, elle devait rester au service du ferrailleur ; lui seul souhaitait l'avoir pour servante. Si Eléonore de Grandmaison, qui connaissait tous les notables, n'avait pu lui trouver d'emploi, « à moins que vous n'acceptiez de travailler sur une terre mais là encore, l'hiver est arrivé, les moissons sont terminées », personne n'y réussirait. Marie devrait jouer finement ; l'expérience acquise avec Geoffroy de Saint-Arnaud lui servirait enfin.

On ne posséderait pas deux fois une LaFlamme !

Comme elle se redressait dans une attitude de défi, elle constata que la neige tombait de plus en plus fort. Au lieu de suivre l'itinéraire de Guillemette Couillard et de passer à l'ouest du domaine des Jésuites et des Ursulines, Marie remonta la côte de la Fabrique de Notre-Dame jusqu'au fort des Hurons. Elle ne ralentit pas devant la palissade, contrairement à son habitude — déçue de n'avoir soigné aucun Indien à l'Hôtel-Dieu, Marie espérait pouvoir pénétrer un jour dans le fort — mais accéléra le pas jusqu'à la falaise, curieuse de voir une première tempête sur la ville, sur le fleuve. Les flocons qui l'aveuglaient en tourbillonnant et les bourrasques qui repoussaient le châle qu'elle s'obstinait à remonter sur ses cheveux l'amusaient prodigieusement, comme si elle allait gagner un pari fait avec ces éléments en atteignant le plus haut point du cap.

Marie n'était pas du genre à se pâmer mais le spectacle qui l'attendait fit chavirer son cœur. Les rafales avaient effacé l'horizon, il n'y avait plus ni ciel ni terre, qu'une fabuleuse danse blanche bouleversant l'ordre des choses, semant des étoiles au sol. Elle professa alors sa foi en ce pays où les éléments s'unissaient pour la porter et promit qu'elle verrait mille tempêtes avant de mourir, avant d'aller expliquer à Pierre et Anne LaFlamme combien le vent qui lui cinglait le visage et la jetait à genoux la ragaillardissait au lieu de l'abattre. Elle se sentait comprise par la tempête qui faisait écho à ce qu'elle vivait si souvent. Elle se sentait aimée par ce nouveau pays. Elle se jura d'en être la reine et l'esclave, la mère et l'enfant.

Même si elle devait servir Nicolas de Boissy jusqu'à l'été : Victor reviendrait alors, non ? Il lui rapporterait son trésor. Elle ferait venir Simon. Elle entretenait cette obsession tout en refusant de la préciser ; elle ne se demandait jamais comment Victor joindrait le marin qui détenait la clé des énigmes, ni pourquoi il acceptait de l'aider. Elle n'avait qu'une image en tête : ce moment où elle ouvrirait le coffret contenant des pierres précieuses. Un coffret pareil à celui qu'on décrivait dans les contes de Perrault que Jules Pernelle lui avait lus un soir où ils avaient fermé l'apothicairerie plus tôt.

Les yeux brillants de détermination, Marie marcha le long de la falaise jusqu'à la terre de Denys de La Trinité. Elle la traversa d'un pas souple pour se rendre chez Nicolas de Boissy.

*
* *

Paul Fouquet observait Marie LaFlamme tandis qu'elle frottait une assiette d'argent : combien de temps pourrait-elle tenir son rôle de servante ? Elle souriait poliment en apportant les plats à table, en nettoyant les habits de M. de Boissy, en brossant son chapeau, en reprisant une chemise, mais le laquais voyait bien que ces travaux exaspéraient la jeune femme.

Quand elle avait demandé à parler à Nicolas de Boissy, un mois auparavant, Fouquet s'était retenu de jurer ; il aurait dû insister pour qu'Alphonse Rousseau parie avec lui : il aurait gagné ! Marie LaFlamme était une catin, comme il l'avait dit ; il fallait un rare culot pour venir offrir ainsi ses services. Nicolas de Boissy n'avait pas besoin d'une servante en plus d'une cuisinière et d'un laquais, mais il avait accepté d'engager la Renarde. Celle-ci s'installait rue Saint-Louis le soir même, les religieuses ayant accepté son départ malgré leur surprise.

Fouquet s'était imaginé que Marie LaFlamme serait impressionnée par l'opulence de son maître. Il fut étonné de son naturel. Elle semblait apprécier la grandeur des pièces. Elle regardait avec plaisir l'armoire de chêne, la commode de merisier, le grand coffre fermé à clé, les quatre chaises et les deux fauteuils garnis de franges. En passant la main sur un bahut de maroquin rouge, elle avait précisé en connaisseur qu'elle préférait cette peau au cuir de vache ; quand elle s'était approchée de l'âtre, elle avait manifesté sa satisfaction en constatant qu'il y avait un contrevent.

— Je n'aime pas me brûler le visage en faisant cuire la soupe.

— Tant mieux, avait fait M. de Boissy avant de lui demander un remède pour traiter un foie engorgé.

Marie avait souri puis prescrit une tisane de bourrache ; Boissy était nauséeux parce qu'il avait trop bu la veille avec son comparse d'Alleret. Elle le voyait à ses yeux bouffis et son teint brouillé. L'esprit était clair toutefois, car ayant deviné qu'elle s'inquiétait de ses gages, M. de Boissy lui avait remis une petite bourse contenant cinq livres.

— Voilà dans un premier temps. Tu te feras faire une jupe de drap d'Uzée et une autre de serge bleue. Ainsi qu'un justaucorps. Je refuse de te voir vêtue chez moi comme à l'Hôtel-Dieu. Cette robe grise est si triste ! Tu vivras au rez-de-chaussée avec Lison et Paul. Je sais que tu aimes te dévouer à soigner les colons : je ne veux en voir aucun ici, mais tu es libre d'aller les visiter si le cœur t'en dit. Quand tu auras rempli tes tâches dans cette demeure... Tu nettoieras la maison, broderas le linge et aideras Lison à la cuisine. Paul a les clés du cellier pour le vin et les provisions, et c'est à lui que tu t'adresseras si tu as des achats à faire pour le ménage.

Marie avait empoché l'argent et promis d'apporter de la bourrache dans ses bagages. Elle était sortie dès que M. de Boissy l'y avait autorisée et elle était revenue trois heures plus tard.

Marie dormait dans un lit-alcôve avec la cuisinière qui lui avait fait bon accueil car elle croyait souffrir de multiples maux. En échange de ses soins, Lison lui réservait des sucreries afin d'améliorer l'ordinaire auquel les domestiques avaient droit, et vantait les mérites de la guérisseuse pour faire oublier la manière dont Marie avait proposé ses services. On n'avait pas vu beaucoup de femmes se chercher un maître avec autant d'impudence !

La cuisinière devait être persuasive car on prit rapidement l'habitude de quérir Marie quand un homme se blessait au travail, quand une habitante délirait de fièvre ou quand un enfant refusait toute nourriture. Avec l'arrivée de l'hiver, les engelures étaient aussi fréquentes que les refroidissements et Marie quittait régulièrement la rue Saint-Louis pour voir des malades. Elle connaissait maintenant la ville comme si elle y était née et savourait chacune de ces sorties : aucune tempête n'aurait pu l'empêcher de se rendre au chevet d'un colon.

Alors qu'elle polissait l'assiette d'argent avec une pièce de ratine, Marie surprit le regard de Paul Fouquet ; elle dévisagea l'homme un moment puis reprit son travail en se demandant si elle pourrait supporter encore longtemps ce laquais. Elle avait l'impression qu'il l'épiait sans arrêt, qu'il la suivait comme une ombre, la guettait, l'espionnait et elle aurait bien voulu savoir si c'était sur l'ordre de Nicolas de Boissy ou à l'initiative du valet. Même si Fouquet lui paraissait assez pervers pour s'amuser à effrayer une femme, Marie penchait pour la première hypothèse car l'attitude de son maître l'intriguait énormément : il n'avait jamais tenté de se trouver seul avec elle, il ne lui faisait aucun compliment, ne contait pas de grivoiseries en sa présence et ne la regardait pas plus que Lison. Boissy était bien effacé pour un séducteur. Avait-il vraiment parié avec d'Alleret qu'elle se donnerait à lui ?

Comme s'il avait lu dans ses pensées, Paul Fouquet dit à Marie qu'il était inutile de ranger l'assiette d'argent dans le buffet car M. de Boissy recevait M. d'Alleret à souper.

— Ils seront quatre et Monsieur souhaite que tu les serves dans la vaisselle d'argent.

Marie hocha la tête tout en regardant son reflet dans l'assiette ; elle le faisait chez sa mère où il n'y avait pas de miroir. Plus tard, elle avait cessé de chercher son image. Il y avait de grandes glaces chez Geoffroy de Saint-Arnaud, une petite chez Jules Pernelle, une minuscule à l'hôpital et trois moyennes chez Boissy. Celle de la salle à manger, encadrée d'ébène, était d'une belle netteté et Marie se saluait en riant quand elle passait devant. Nicolas de

Boissy, lui, vérifiait parfois si le col de son manteau de drap de Londres n'empêchait point de voir les broderies de son pourpoint et le jabot de dentelle de sa chemise.

Ce matin, pourtant, il s'était résigné à mettre un manteau de loup, car le climat s'était considérablement refroidi durant la nuit. Marie n'avait pu retenir une exclamation admirative quand elle l'avait vu ainsi vêtu.

— Ce manteau est magnifique, Monsieur. C'est du renard?

— Du loup. Mais il ne dévorera plus aucun chaperon rouge, avait dit Nicolas de Boissy en lissant les longs poils argentés.

Son rire avait résonné dans la pièce bien après qu'il eut refermé la porte derrière lui.

Tout en commençant à nettoyer une timbale d'argent, Marie s'interrogeait sur la richesse de son maître. S'il n'avait pas touché d'héritage, il devait recevoir une pension importante de son père car il dépensait sans se soucier du lendemain. Même Geoffroy de Saint-Arnaud, qui tenait à épater ses invités, déboursait moins que Nicolas de Boissy pour un souper. Et ce manteau somptueux! Et le chapeau et les mitaines de vison! On devait le payer très cher pour qu'il demeure en Nouvelle-France. Il est vrai qu'il s'y ennuyait et ne le cachait pas; elle l'avait souvent entendu dire à ses amis qu'il déplorait que les Iroquois ne l'eussent jamais attaqué — ils auraient vu ce qu'était un vrai duelliste! — et qu'il songeait parfois à courir les bois pour se distraire. Marie doutait de cette affirmation : un homme qui fait chaque soir bassiner son lit et ne supporte que des chemises de coton fin n'est pas paré à l'aventure! Même s'il est un excellent bretteur.

— Tu rêves? demanda Paul Fouquet en voyant que Marie avait cessé de polir la timbale.

— Oui, répondit Marie sans sourciller.

Elle détestait les airs supérieurs de Paul Fouquet et sa façon de lui rappeler qu'il détenait l'autorité en l'absence du maître. Quand elle avait besoin de vin ou d'argent pour payer le tailleur, il agitait sous son nez les clés du cellier et du coffret pour bien montrer qui commandait. Elle avait alors envie de le mordre et regrettait de l'avoir guéri de sa gale, mais elle se réjouissait de lui avoir prescrit un laxatif le lendemain de l'agression dont Guillaume avait été victime, même si Fouquet se vengeait maintenant.

Elle se remit à frotter la timbale, pensant à une chose amusante : et si elle réussissait à cacher les fameuses clés? Boissy croirait que Fouquet les avait perdues et il s'emporterait assurément contre la négligence de son laquais. Celui-ci méritait bien une bonne leçon! Repensant à son idée, elle souriait en servant Boissy et ses amis au souper. Ceux-ci lui demandèrent ce qui la mettait de si bonne humeur. Marie rougit, puis dit que c'était un grand plaisir de servir des gens de qualité; voilà qui la changeait agréablement de l'Hôtel-Dieu. Les hommes rirent et, dès que Marie alla chercher le civet, Boissy chuchota à d'Alleret qu'il perdrait bientôt son pari!

— Vous ne l'avez pas encore séduite!

— Ce sera fait avant la fête des Rois!

— Je parie aussi, murmura un des convives. Elle vous sourit ce soir mais elle a la réputation d'être farouche : pas un homme ne l'a approchée depuis son arrivée au pays.

— Même pas le coureur de bois, ce Guillaume Laviolette? Mon valet m'a dit qu'elle s'était bien occupée de lui à l'hôpital.

D'Alleret secoua la tête : non, Laviolette avait amené Marie au mariage d'Eléonore de Grandmaison — où trop de petites gens avaient été invités — mais elle n'avait pas dansé une fois avec lui et ne l'avait pas revu depuis qu'il était retourné au Saguenay.

— J'avoue qu'elle ne semble pas se languir de sa présence. Je l'ai vue sourire à Daniel Perron.

— Le protestant? Elle ne sait donc pas qu'il se convertit dimanche pour se marier aussitôt?

— Si j'étais vous, je la prendrais sans plus balancer!

D'Alleret ricana.

— Ah, non! Boissy doit la séduire : ce serait trop facile de la culbuter comme n'importe quelle servante. Nous avons gagé qu'elle se donnerait de son plein gré!

Nicolas de Boissy caressa sa moustache d'un air chafouin. Quand ses invités l'eurent quitté, il alla complimenter Lison pour son repas et remercier Marie de les avoir servis avec tant de grâce. Il les informa qu'elles auraient droit à deux jours de liberté pour Noël, puis il se retira dans sa chambre. Comme il l'espérait, Lison avait dit qu'elle irait chez son frère. Paul fêterait avec des amis. Il resterait donc seul avec Marie même si celle-ci avait affirmé qu'elle passerait la Noël chez Emeline Blanchard.

Boissy trouvait plus piquant de séduire une femme vertueuse le soir de Noël. D'Alleret qui ne perdait aucune occasion de se moquer de la religion, s'en amuserait beaucoup!

Chapitre 17.

Si Boissy s'endormit en savourant à l'avance sa victoire, Marie se demanda longtemps comment elle parviendrait à subtiliser les clés. Paul Fouquet ne s'en séparait jamais : il les portait à sa ceinture et devait les garder sous son traversin quand il dormait. Il avait le sommeil léger, Marie s'en était aperçue une nuit qu'elle s'était levée pour boire : il avait surgi derrière elle une minute plus tard. Il fallait donc le droguer ; Marie ne voyait aucune autre solution. Elle allait s'y résoudre même si le fait d'user de ses talents de guérisseuse à des fins ludiques l'embêtait ; Anne LaFlamme n'aurait pas apprécié cela. Mais Anne LaFlamme n'avait pas à supporter Paul Fouquet...

La journée du lendemain fut si agitée que Marie faillit oublier son projet ; entre le dîner et le souper, on la manda trois fois. Pour une fluxion, pour une foulure et pour une indigestion : le fils Lachance avait la fâcheuse manie d'avaler tout ce qui lui tombait sous la main. Il avait failli périr en août pour avoir goûté de la lobélie. Il avait cette fois mangé de la cendre et de la neige, mais Marie avait vite rassuré la mère. Après avoir vu le garçonnet, elle retournait rue Saint-Louis quand Alphonse Rousseau l'avait interpellée : elle devait le suivre chez son maître qui venait de perdre connaissance.

— Je n'ai pas le temps, je dois rentrer chez M. de Boissy !

— Mon maître est tombé d'un coup. Je vous en prie ! Je ne peux pas demander à quelqu'un d'autre que vous !

— Pourquoi ?

— Je vous expliquerai.

— Où habite-t-il? fit Marie, curieuse.

— Tout près de chez M. de Boissy, vous serez rapidement de retour.

La demeure qu'avait louée Julien du Puissac ressemblait de l'extérieur aux autres maisons de la rue Saint-Louis. Mais dès qu'Alphonse s'effaça pour laisser passer Marie, dans la petite chambre où s'était effondré du Puissac, elle eut l'impression de se trouver chez Guy Chahinian. Il y régnait la même odeur de métal, de poudre, de feu. Il y avait des coupelles et des creusets, des fioles, d'étranges ustensiles et plusieurs livres. Il faisait beaucoup plus sombre que chez Nicolas de Boissy même s'il y avait deux fenêtres, car la pièce principale était exposée à l'est. En décembre, les jours déclinaient trois heures après le dîner; on pouvait croire que M. du Puissac vivait dans une caverne. Il était recroquevillé au fond de la pièce, à côté d'une chaise à bras. Il ouvrit les yeux dès que Marie se pencha sur lui.

— Qu'est-il arrivé?

— Vous vous êtes évanoui. C'est peut-être votre blessure qui s'envenime?

— Je me sens mieux maintenant.

— Alors, je rentre chez moi, fit Marie qui comprenait, en voyant la bonne mine du chevalier, qu'on l'avait fait quérir sous un faux prétexte.

— Attendez! dit Julien du Puissac en retenant Marie par un pan de son manteau. Je dois vous parler! J'ai rusé pour cela : je n'ai aucun malaise et...

— Que signifie cette comédie? gronda Marie. Je n'ai pas...

— J'ai essayé par deux fois de vous parler après la messe. Et au marché. Et je vous ai invitée, mais vous avez refusé de me voir. Comme tous les autres célibataires de Québec.

— Voilà, comme tous les autres! Maintenant, bonsoir!

— Je ne me soucie pas de votre petite personne, Marie LaFlamme, railla le chevalier.

Marie se retourna, intriguée; ayant cru que l'homme voulait lui faire la cour, elle l'avait repoussé sans l'écouter, comme elle le faisait avec tous depuis qu'elle était entrée au service de M. de Boissy. Elle devait avoir une conduite irréprochable si elle voulait être acceptée l'été suivant comme sage-femme. La manière dont elle s'était fait engager chez Boissy l'avait déjà trop desservie. Si elle répondait aux invitations, elle ne trouverait jamais grâce aux yeux des autorités religieuses. De toute manière, elle était amoureuse de Simon Perrot et n'avait aucune envie de s'amuser avec des galants!

— Ce n'est pas vous mais les coupelles...

— Les coupelles?

— D'or et d'argent que vous avez dans un petit sac sous votre longue jupe.

Marie fronça les sourcils.

— Je ne comprends rien à ce que...

— Je les ai vues à l'Hôtel-Dieu, insista du Puissac.

— Vous étiez en proie au délire, affirma Marie d'un ton ferme.

Le chevalier soupira, puis s'assit dans la chaise à bras tout en invitant la jeune femme à l'imiter.

— J'ai reconnu une de ces coupelles dans un moment de lucidité. Je sais que vous les avez sur vous.

— Vous vous trompez.

— Mais vous voyez bien que je connais les Frères de Lumière, fit l'homme en désignant la chambre d'un geste large.

— Je n'ai jamais entendu parler de la famille Lumière.

Et si elle disait vrai? Pourquoi avait-elle les coupelles sacrées en sa possession? Comment les récupérerait-il? Cette fille avait l'air plus butée que lui encore. Du Puissac, qui mesurait son propre entêtement, comprit qu'il lui faudrait montrer plus de souplesse pour parvenir à ses fins.

— Je ne sais pas si je dois vous faire confiance, commença-t-il. Mais je n'ai guère le choix. Il est vrai que je divaguais à l'hôpital.

— Ah! fit Marie.

— Mais je n'ai pas rêvé la petite coupelle d'argent; j'ai mis seulement bien du temps à me souvenir, puisque j'ai sombré ensuite dans le délire. J'avais un souvenir d'argent, mais aussi de cuivre et d'ardoise. Le cuivre, c'était vos cheveux, l'ardoise, votre robe de soignante. A force de revoir ces couleurs, j'ai deviné que c'était vous qui m'aviez soigné et fait boire avec la coupelle. Je veux savoir d'où vous les tenez! C'est...

— Je n'ai rien du tout.

— Cessez de mentir! gronda Julien du Puissac. Je suis patient mais je n'aime pas qu'on se moque de moi.

— Et moi, je n'aime pas qu'on me trompe, qu'on m'insulte et qu'on me retienne contre mon gré. Adieu, monsieur!

Marie se leva sans un regard pour le chevalier, rattacha son manteau, atteignit la pièce voisine où elle ordonna à Alphonse Rousseau de lui ouvrir la porte. Comme il demeurait immobile, du Puissac cria qu'il pouvait la laisser partir. Mais elle reviendrait bien le voir.

Marie n'était pas aussi outrée qu'elle l'avait dit au chevalier mais elle ne pouvait accepter ses méthodes discourtoises sans réagir même si elle était dévorée par la curiosité. Qu'aurait pensé Julien du Puissac si elle avait toléré ses agissements ? Comment aurait-il pu la respecter ensuite ? Il disait qu'elle devait lui faire confiance. Mais cette confiance devait être réciproque. Et méritée : s'il l'avait laissée partir alors qu'il aurait pu la fouiller, c'est qu'il voulait assurément se faire pardonner sa ruse.

Ils pourraient peut-être se parler à leur prochaine rencontre. Pourvu qu'elle ne tarde pas trop ! Le mystère qui entourait les coupelles finirait par obséder Marie. Quand elle rentra chez Boissy, Paul Fouquet l'attendait, l'air mauvais.

— Où étais-tu donc ? Monsieur a des invités ce soir et Lison ne fournit pas à la tâche.

— Mais il a dit qu'il soupait à l'auberge avant que je sorte ! protesta Marie.

— Il a le droit de changer d'idée. Et toi, tu as le devoir de le servir. Monsieur était furieux !

Marie se dirigea vers la cuisine sans dire un mot. En enlevant son manteau, elle s'excusa auprès de Lison qui haussa les épaules : le valet exagérait toujours tout.

— Hâtons-nous maintenant, M. de La Chesnaye ne tardera pas à arriver.

— Tu sais qu'il va épouser Catherine Couillard ?

— A quand la noce ?

— Au début de février. C'est vrai qu'il possède de nombreuses terres ?

— Plus que nous n'en aurons jamais ! s'écria Lison. Va me chercher la farine et des œufs. Et demande de la liqueur de prunes à Fouquet.

Marie baissa les yeux quand elle pria le valet d'aller au cellier car elle avait grand-peine à le regarder sans avoir envie de rire : elle imaginait sa déconfiture quand il constaterait le lendemain qu'il avait perdu ses clés.

Pendant qu'elle aidait Lison à démouler un pâté en croûte, Marie l'interrogeait sur Charles Aubert de La Chesnaye. Elle avait entendu dire qu'il avait un sens aigu du commerce ; elle commençait à s'intéresser au fonctionnement économique de la colonie et tendait l'oreille quand elle allait au magasin. Elle enviait Eléonore de Grandmaison, Guillemette Couillard ou Marie Favery, la veuve de Pierre Legardeur de Repentigny, de posséder une maison. Elle économisait ses gages en espérant qu'elle trouverait bientôt à les faire fructifier. Elle ne gagnait pas beaucoup chez M. de Boissy mais elle ne dépensait rien car ses malades la payaient en nature : on lui cousait une jupe, on lui tricotait des mitaines, on lui donnait un chapon ou des fruits que lui achetait aussitôt Lison. Marie rêvait souvent à son trésor mais Victor ne reviendrait pas avant l'été. Et s'il lui apportait la clé des énigmes et la preuve qu'elle pouvait retourner en France sans craindre Saint-Arnaud, elle n'était pas encore partie pour Nantes et encore moins revenue ! Il valait mieux songer à s'enrichir maintenant, afin de pouvoir acheter le terrain sur lequel elle bâtirait sa maison à son retour de France avec Simon. Anne LaFlamme n'avait jamais songé à l'argent, mais elle aurait dû le faire : si elle avait eu quelque fortune, elle aurait pu acheter ses juges, Marie en était persuadée. On ne l'aurait peut-être même pas accusée ! Boissy avait bien tué des hommes en duel et n'avait mérité que l'exil. Et dans des conditions qui n'avaient rien d'atroce. Anne, pour avoir été femme et pauvre, avait été soumise à la gêne et condamnée.

Marie était femme, certes, mais elle refusait d'être misérable.

— Charles Aubert s'entend bien avec Mgr de Laval, continuait Lison. C'est plutôt rare.

— Denis Malescot m'a dit que notre évêque était déjà fâché avec le Gouverneur ? C'est pourtant lui qui l'a choisi ?

Lison haussa les épaules.

— Ils se sont entendus en ce qui concernait la vente de boisson aux Sauvages mais ils se sont chicanés sur les gages de Mézy : notre Gouverneur trouvait qu'il n'était pas assez payé. Il a bien fini par accepter ce que lui donne le Conseil souverain. Mais il doit moins aimer l'évêque qu'avant... Pourtant, il ne fait pas pitié ; il paraît qu'il touche plus de vingt mille livres !

— Vingt mille livres ! s'exclama Marie. Il pourrait bien me payer pour soigner les malades !

— Soigne la poule en attendant, fit Lison. Coupe-la en morceaux, je vais la désosser pour la tourte.

— Il en restera pour nous?

Lison la rassura : elle aurait sa part après la soupe de racines. Marie servirait les invités puis trouverait une assiette bien garnie près de l'âtre.

— Je me coucherai avant toi car je me lèverai bien avant l'aurore; je veux être la première au marché. Monsieur veut du faisan pour Noël. Je dois le préparer avant d'aller chez mon frère. Fouquet t'aidera à ranger.

— Oh, non, laissa échapper Marie.

— Allons, il n'est pas si méchant.

— Tu crois?

— Il rangera la cuisine avec toi.

— On verra, dit Marie pour qui c'était tout vu.

Fouquet ne l'aiderait pas car il dormirait profondément. Elle mêlerait de la sève de renouée ponctuée à sa soupe de racines : elle avait réussi à en obtenir la semaine précédente en échange de la composition du basilicon que désirait connaître Mani, après que Guillemette Couillard lui eut décrit les merveilles opérées par l'onguent royal. Marie était étonnée que la Huronne n'ait pas deviné comment on fait le basilicon; les Indiens connaissaient pourtant l'usage de la poix, de la résine, de la cire, de l'huile, mais tant pis, tant mieux, elle avait bien besoin de narcotiques et le frère Bonnemère lui en délivrait trop peu.

Elle croyait s'en servir uniquement pour soulager les malades; voilà qu'elle parfumait la soupe de Fouquet. Elle avait envie de rire à chaque bouchée qu'il portait à ses lèvres et à chaque fois qu'elle venait chercher un plat à la cuisine pour les invités : elle vérifiait alors l'efficacité du datura. Fouquet bâillait de plus en plus souvent, s'étirait, écarquillait les yeux sans succès. Quand Marie apporta aux invités les poires au vin, Fouquet imitait Lison et se couchait. Il n'était pas le seul à s'endormir; le baron de Boissy, le vicomte d'Alleret et Charles-Aubert de La Chesnaye avaient bien arrosé leur souper. Boissy dit à Marie d'aller se coucher.

— Nous boirons un peu d'eau-de-vie. Nous n'avons plus besoin de tes services.

Une heure plus tard, Marie, qui s'impatientait au côté de Lison, entendit son maître descendre au cellier — il devait aller chercher une autre cruche de vin ! —, saluer ses amis, puis monter à l'étage. Boissy dormirait bientôt. Marie quitta le lit-alcôve et se frotta les mains : le moment était venu d'emprunter les clés du laquais. Elle pénétra sans grande inquiétude dans la chambre de Fouquet car il ronflait puissamment. Elle attendit d'être habituée à l'obscurité puis s'approcha du dormeur. Il s'était couché tout habillé et portait les clés à sa ceinture. Marie les décrocha avec une facilité qui l'étonna.

Elle sortit promptement de la chambre en serrant les clés contre son cœur ; elle les regarda à la lumière de l'âtre, se demandant où elle les cacherait. Comme elle jouait avec la clé du cellier, elle eut envie d'y descendre : un mois de loyaux services dans cette demeure, cela valait bien un petit verre de vin d'Espagne. Elle en avait assez du bouillon ou du vin clairet auquel elle avait droit le dimanche, elle allait goûter un vin de meilleure qualité ! Elle s'empara d'une bougie et enfonça la clé dans la serrure. Elle trembla quand elle entendit des grincements mais poussa tout de même la porte. Elle descendit prudemment les quelques marches et regarda les tonneaux empilés devant elle : il y en avait des dizaines et des dizaines. M. de Boissy pouvait rester à Québec jusqu'à la fin de ses jours sans jamais manquer de vin ! Elle s'avança vers le tonneau de frêne et tendit la coupelle d'argent sous le petit robinet. Elle goûta, grimaça, et aurait tout craché si elle n'avait craint de laisser des traces de son passage. Le tonneau contenait non pas du vin, mais un alcool encore plus raide que celui que Marie avait goûté à l'Hôtel-Dieu. Elle en avait la gorge enflammée. Ça devait être de cette eau-de-feu dont Mgr de Laval avait interdit la vente aux Indiens.

Cette eau... Celle qui était dans les caves de M. de Boissy : Marie venait de comprendre pourquoi son patron recevait si souvent des hommes à souper et pourquoi il insistait pour que Lison et elle se couchent avant leur départ. Fouquet était dans la confidence, et touchait sans doute un bénéfice sur les opérations. Ce n'était pas seulement pour le plaisir de dominer les deux femmes qu'il contrôlait les allées à la cave. Il devait préparer les barriques, les gourdes avec lesquelles les invités repartaient. Si M. de Boissy lui avait semblé heureux au jeu récemment, s'il parlait d'héritage, c'était pour expliquer l'argent qu'il tirait de la vente de l'alcool.

Marie compta les barriques avant de remonter du cellier puis décida de rendre ses clés à Fouquet ; il ne devait pas se douter qu'elle avait visité la cave. Ce qu'elle avait appris était bien plus précieux qu'une farce à un vilain laquais. Marie se coucha en se demandant ce qu'elle pouvait exiger de M. de Boissy pour son silence. Elle regrettait Guillaume ; il aurait pu lui dire combien de fourrures valait une fiole d'eau-de-vie.

A qui pouvait-elle bien s'adresser ? Elle s'endormit en se répétant que la chance tournait enfin ; elle verrait Noémie à Noël et parlerait ensuite à Boissy. Elle amasserait de l'argent plus vite qu'elle ne l'avait espéré !

Elle dormit mal, car elle était surexcitée, mais s'éveilla d'humeur joyeuse et le resta jusqu'à ce que Lison et Fouquet s'en aillent fêter Noël. Boissy avait proposé à Marie de faire route avec elle jusque chez les Blanchard puisqu'il se rendait jusqu'à Sillery avec Charles Aubert de La Chesnaye et sa promise ; il y avait une heure qu'elle l'attendait quand il rentra enfin de chez son ami d'Alleret.

— Lison et Paul t'ont abandonnée ? Alors que tu es si joliment coiffée ? s'enquit Nicolas de Boissy.

Marie fut contente qu'il ait remarqué la coiffe de dentelle que lui avait donnée Eléonore de Grandmaison. Elle alla chercher son manteau.

— Tu es si pressée de partir ? Nous pourrions nous restaurer avant d'entreprendre la route ; ce n'est pas tout à côté !

— Je sais. J'ai fait le trajet plus d'une fois. C'est justement pour ça que nous devrions y aller sans plus tarder. Et M. de La Chesnaye qui vous attend...

— Tu n'aimes pas ma compagnie ? la taquina Boissy.

Marie sentit les battements de son cœur s'accélérer, le sang palpiter à ses tempes : pourquoi Nicolas de Boissy s'intéressait-il à elle soudainement ? Avait-il deviné qu'elle avait découvert son secret ?

— Vous êtes un bon maître, répondit prudemment Marie.

— Alors, tu seras heureuse de partager le dîner avec moi ?

— Mais je dois voir ma fille...

Boissy se dirigea vers la cuisine.

— Viens. Lison a fait cuire un faisan.

— Mais vous deviez aller chez les Jésuites !

— J'irai demain, dit l'homme d'un ton insouciant.

— Mais, M. de...

— Il va neiger ce soir ; il vaut mieux être ici pour souper. Nous n'y verrions rien sur la route.

Il avait d'abord parlé de dîner, puis de souper, puis de rester rue Saint-Louis. Marie devina que les choses tourneraient à son désavantage si elle ne réagissait pas rapidement. Elle sourit gracieusement à Boissy.

— Si nous demeurons ici, vous me permettrez d'aller mettre des souliers.

Nicolas de Boissy, qui avait prévu plus de résistance de la part de Marie, chantonnait en allant chercher du vin au cellier. Devait-il rapporter aussi de l'eau-de-vie ? Oui, ça lui éviterait de redescendre plus tard et d'interrompre de charmants ébats. Il avait bien vu comme elle battait des paupières quand il l'avait invitée à manger avec lui ; elle serait à lui bien avant que le soleil se couche. Et le soleil déclinait tôt, le 25 décembre...

Marie avait glissé un stylet dans son chignon et resserré sa coiffe : elle avait lu le plaisir dans le regard de Nicolas de Boissy, une lueur qu'elle avait vue trop souvent dans les yeux de Geoffroy de Saint-Arnaud. Alors, c'était vrai ? Il avait parié qu'elle se donnerait à lui ?

Il allait perdre.

Mais elle aurait goûté avant au faisan ; elle avait trop salivé en voyant Lison le préparer. Durant le repas, elle s'efforçait de ne pas montrer sa répulsion quand Nicolas de Boissy lui effleurait la main pour lui tendre un plat, mais elle n'avait aucune difficulté à s'intéresser à ce qu'il lui contait. Il se vantait de ses exploits de bretteur et de joueur en France.

— Après une existence aussi tumultueuse que la vôtre, la vie doit vous paraître bien fade à Québec ? Pourquoi ne vous êtes-vous pas installé à Ville-Marie ? On dit que les Iroquois distraient souvent les colons.

— Parce que cette île compte plus de religieux que de jolies femmes. Les Sulpiciens, Jeanne Mance, Marguerite Bourgeoys, les Récollets, la Société Notre-Dame...

— Il paraît qu'elle a été dissoute.

— Il en reste encore trop pour moi ! N'as-tu pas quitté l'Hôtel-Dieu pour les mêmes raisons ? Parce que la vie monacale te pesait ?

Marie tenta de nier sans conviction.

— Non, je me plaisais à l'hôpital. Mais j'ai besoin d'argent pour ma fille.

— Et ici? Tu es contente de ton sort? Tu gagnes assez?

— Vous êtes très généreux, dit Marie. Mais on n'est jamais assez riche.

Boissy rapprocha sa chaise de celle de Marie.

— Je pourrais te donner plus, murmura-t-il.

— A quel titre? demanda Marie d'une voix volontairement hésitante.

— Au titre que tu me plais, belle amie, sourit Boissy.

Il avait noté le tremblement de la voix : Marie était impressionnée, subjuguée. Il en était sûr! Si elle continuait à poser des questions pour lui résister, c'est qu'elle savait qu'elle était près de succomber.

Boissy prit la main de Marie, tira une petite bourse de sa poche et en vida le contenu dans la paume ouverte : des pièces d'or tintèrent en tombant dans une assiette d'argent.

— Mais je ne mérite pas cet or! protesta Marie.

— Mais si... Si tu me guéris.

— Vous guérir? De quoi souffrez-vous?

— D'ennui. Ton amitié saurait assurément me distraire.

Tandis qu'elle tendait sa main vers lui pour lui rendre ses pièces, Nicolas de Boissy attrapa Marie par le cou, l'amena à lui et l'embrassa brutalement. Suffoquée, elle le repoussa en lui martelant la poitrine de ses poings fermés. Boissy la laissa s'échapper. Elle courut au fond de la pièce.

— Tu es délicieuse en vierge effarouchée! dit-il en marchant vers elle. Mais tu connais pourtant ces jeux puisque tu as été mariée. Ils te manquent, non?

— Comment osez-vous?

— Comment? Très simplement : je suis le maître, je suis chez moi. Et tu as très envie de me donner un petit baiser.

Boissy plaqua ses deux mains sur la poitrine de Marie, la bloqua au mur en tendant une cuisse contre son ventre, et allait écraser ses lèvres sur les siennes quand il sentit une pointe acérée le piquer au cou.

— Vous devriez retirer vos mains, sinon j'enfonce le stylet. Et sachez que je ne vous manquerai pas.

Appuyant cette déclaration, Marie augmenta la pression sur la nuque.

— Si je continue, vous ne bougerez plus jamais.

Boissy sourit; il n'avait qu'à lever les bras d'un coup pour que Marie perde son stylet. Cette fille était décidément très drôle.

— Et prenez garde de faire un mouvement brusque, continua Marie. La pointe du stylet est empoisonnée : si vous essayez de vous dégager trop vite, vous ressentirez bientôt un méchant engourdissement, vous aurez ensuite des convulsions, vous vomirez du sang, beaucoup de sang. Et vous mourrez. C'est vous qui demandiez à être distrait de votre ennui ?

Boissy descendit lentement ses mains le long de son corps et s'écarta précautionneusement de Marie.

— Espèce de garce ! Sors d'ici !

Marie secoua la tête, désigna une chaise à Nicolas de Boissy.

— Je ne crois pas que ce soit une bonne chose que je quitte cette demeure. Nous pourrions nous entendre...

Boissy fronça les sourcils ; Marie avait le même sourire qu'une renarde convoitant une poule.

— Vous allez malheureusement perdre votre pari avec votre ami d'Alleret : je ne peux vous permettre de ruiner ma réputation. Mais vous allez peut-être gagner une alliée.

— Une alliée ?

— Une alliée qui sait garder le silence sur votre trafic.

Marie expliqua qu'elle avait compté les barriques dans le cellier et conclu qu'il se livrait au commerce de l'alcool avec d'Alleret qui revendait sans doute l'eau-de-vie aux Indiens.

— Mais je ne vous dénoncerai pas à Mgr de Laval car vous consentirez assurément à me donner, en plus de cette jolie bourse bien garnie, quelques peaux pour me remercier de mon silence.

— Des pelleteries ? fit Boissy, ahuri.

— Les Indiens ne vous paient pas en livres !

Marie eut un sourire coquet en avouant qu'elle voulait posséder un manteau aussi beau que celui de son maître. Boissy sourit à son tour : les femmes étaient des créatures d'une grande naïveté ! Marie n'avait aucune idée des profits qu'il réalisait depuis des mois pour se contenter d'un manteau, fût-il en vison !

— Un manteau ? C'est ce que tu veux ?

— Et une couverture pour ma fille. Et vous augmenterez mes gages. Naturellement, je continuerai à travailler ici ; on s'interrogerait si je vous quittais soudainement. J'ai assez répété combien j'aimais être à votre service. Combien vous étiez un bon maître. Combien vous payiez largement. Personne ne s'étonnera que j'aie un manteau chaud. Nous dirons même que nous sommes restés ici ce soir car vous avez ressenti de telles douleurs à la poitrine que vous étouffiez. Je vous ai donc soigné. Et vous me remerciez en me donnant de bonnes peaux de castor. Nicolas de Boissy jura : elle n'était pas si naïve !

— Tu as pensé à tout !

— Une pauvre veuve doit songer à se protéger, ricana Marie. Les loups ne vivent pas tous dans les bois.

« Il faut la faire taire ! songea Boissy en fixant Marie qui ne cessait de sourire. Elle demande déjà des peaux et de l'argent ! Elle voudra toujours plus ! Sans rien donner en échange. » Il voulait plus que jamais la posséder ; sa ruse l'avait encoléré. Et excité : il aimait les duels et celui-ci était d'un genre nouveau. Il serait vainqueur. Il ferait semblant de se soumettre à la volonté de Marie mais il savait déjà qu'il lui proposerait de lui montrer les peaux dans un endroit éloigné de la ville. Personne n'entendrait ses cris quand il la violerait. Personne n'entendrait ses derniers soupirs quand il l'embrocherait.

Avec la neige, on ne trouverait pas son corps avant le printemps. A moins que les loups ne le dévorent.

Chapitre 18.

Victor Le Morhier souriait à Emile Cléron, mais ce dernier n'était pas dupe : son ami n'avait pas le cœur à fêter. Si le Nantais s'efforçait de plaisanter, c'est qu'il ne voulait pas gâcher la soirée de leurs retrouvailles.

— Veux-tu rentrer ? demanda le Parisien. Je vois bien que tu ne t'amuses guère.

— Ce n'est pas par ta faute ! soupira Victor. Tu as fait tout ce que tu pouvais pour me distraire.

— Evidemment, ce n'est pas en hantant les lieux où Marie a vécu que tu l'oublieras ! Faut-il être idiot pour s'enticher d'une femme alors qu'il y en a des dizaines qui te tendent les bras !

Victor haussa les épaules, se pencha devant la vitrine d'un poupetier ; il apporterait un ourson à Noémie quand il retournerait en Nouvelle-France. Elle parlerait peut-être déjà ?

— La brune, *Aux bons enfants*, j'ai bien vu comment elle te regardait. Son compagnon le lui a même reproché. Sais-tu qui c'était ?

Victor haussa les épaules.

— M. Molière en personne ! Les acteurs et les danseurs fréquentent beaucoup ce cabaret. J'aime les femmes qui jouent la comédie au théâtre ; il me semble qu'elles la joueront moins en quittant les planches. Pas toi ?

— Je n'en ai jamais connu.

Ils marchèrent en silence jusqu'aux jardins du Palais-Royal. Emile se demandait s'il devait bousculer Victor et le forcer à

l'accompagner à *La Fosse aux lions* ou le quitter maintenant.
Ils arrivaient rue des Vieilles-Etuves-Saint-Honoré où habitait son
oncle, M. Beaumont.

— Viens donc rue du Pas-de-la-Mule, je sens que je vais gagner !

— Je vois que tu n'as pas changé tes habitudes.

— C'est le bon moment ; les mauvais joueurs ont commencé
à perdre et veulent reprendre leurs mises. S'ils croient qu'ils peuvent me rouler à la guerre, au creps ou au quinquenove, je ne
les en dissuaderai pas.

— Pour mieux les plumer ensuite. Le hasard est si bon pour
toi... J'aurais bien aimé que tu rencontres MM. de Boissy et d'Alleret pour leur donner une leçon.

— Quand tu veux, fit le fripon.

— Ils vivent à Québec.

— Punaise ! C'est un peu loin.

Victor hocha la tête ; oui, c'était loin. Très loin, trop loin de
Marie. Emile Cléron lui secoua le bras.

— Tu y retourneras.

Victor n'avait pas envie de jouer, mais encore moins de con-
verser avec son oncle qui lui parlait sans cesse du commerce
des fourrures depuis qu'il lui avait dit qu'il songeait à en rapporter de Nouvelle-France, connaissant un coureur de bois
réputé pour la beauté de ses prises.

— Ton oncle t'ennuie à ce point ? demanda Emile.

— Je veux bien faire du commerce de pelleteries mais il voudrait que je le félicite d'avoir acheté ici des fourrures. Celles qu'il
t'a montrées. Moi, je répète qu'elles sont belles, mais qu'ajouter de plus ?

— Tu ne t'y connais pas ?

Victor raconta comment le coureur de bois lui avait évité de
se faire rouler par Antoine Souci.

— Je distingue maintenant le castor gras du demi-gras, mais
je ne m'y connais pas comme Laviolette. Comment aurais-je
appris en si peu de temps ! Et mon oncle voudrait tant que je
le rassure ! Heureusement que tu l'as complimenté pour ses
achats. Je suis content de lui avoir rapporté quelques peaux. J'en
ai aussi donné une à Marie.

— Marie, Marie, Marie ! Tu es ici, et foi de Cléron le Marmi-
ton, tu vas l'oublier cette nuit !

Victor soupira avant de s'étonner.

— Tu étais vraiment tournebroche ?

— Plutôt gâte-sauce, avoua gaiement Emile Cléron. Je n'étais pas doué et je laissais tout brûler. Le patron du *Cheval blanc*, qui fut le plus patient avec moi, m'a gardé sept jours.

— Tu as pourtant un bel avaloire ! J'ai vu comment tu faisais suivre les tanches des gélinottes et les gélinottes d'un rôti ! Tu manges autant que Guillaume Laviolette qui est un colosse !

Emile Cléron se tapota les côtes en riant : il avalait quatre repas et buvait plusieurs chopines de vin par jour sans engraisser ; il était né court et mince, il le restait. Emile aurait aimé avoir une stature qui en impose aux femmes, mais sa petite taille l'avait souvent servi depuis qu'il s'était découvert une passion pour le jeu... Un fripon doit parfois quitter bien rapidement le cabaret ou l'hôtel particulier où il travaille, sous peine d'être malmené par ses victimes ou arrêté par le guet. Emile Cléron courait très vite, connaissait toutes les issues d'une demeure et les ruelles attenantes : on ne l'avait jamais arrêté. Il modifiait régulièrement son allure, sa coiffure, et ne jouait pas deux soirs de suite dans le même lieu. Enfin, il travaillait en solitaire, persuadé que c'était la plus élémentaire prudence. Il ne se confiait à personne. Hormis Victor. Mais Victor lui avait sauvé la vie. Et Victor ne s'intéressait pas au jeu ; il ne lui ferait jamais concurrence car il ne comprenait pas la moitié des pièges qu'il lui révélait. Il le regarda du coin de l'œil : Victor avait toujours l'air soucieux, les sourcils froncés. Il pensait à Marie LaFlamme, évidemment. Comment pouvait-il être aussi sot ? S'éprendre d'une fille qui le menait au bout du monde en affirmant qu'elle en aimait un autre ! Cette Marie devait être une vraie sorcière pour avoir enchanté ainsi Victor.

Rue de la Grande-Truanderie, Victor s'arrêta devant la boutique d'un patenostrier : Marie lui avait déjà parlé de cet artisan.

— Il semble qu'il tourne les plus jolis boutons de bois.

— Et bien des chapelets ! Tu devrais peut-être prier pour oublier cette Marie !

— Non, je prie pour qu'elle oublie Simon Perrot. Comment peut-elle être assez idiote pour aimer pareil bandit ?

Emile Cléron leva les yeux au ciel, l'implorant de le garder à l'abri des passions amoureuses qui ôtent tout bon sens aux hommes : Victor ne voyait même pas qu'il s'entêtait à aimer Marie comme elle s'entêtait à aimer Perrot. Il faudrait pourtant que chacun retrouve un peu de lucidité ; ils gâchaient leur vie à la rêver au lieu d'en jouir pleinement ! Victor n'était pourtant pas plus âgé que lui ; il pourrait s'amuser de la naïveté des bourgeois qui venaient au *Marquis doré* éprouver de grands frissons en lançant des dés souvent pipés sous le regard d'une femme de petite vie. Chaque soir, Emile Cléron plumait joyeusement son pigeon. Un, pas plus, il ne fallait pas être trop gourmand. Mais il grossissait ses gains en achetant et revendant les montres, bagues, boutons qui servaient parfois à payer une dette.

— L'autre soir, j'aurais pu m'offrir un pourpoint de drap de Londres tout neuf, mais il était trop grand. Si j'avais su que tu reviendrais à Paris, je te l'aurais gardé.

Victor esquissa un salut en guise de remerciement, mais il était soulagé que son ami ne lui ait pas donné le pourpoint ; sans réprouver le mode de vie d'Emile Cléron, il ne voulait pas être mêlé à ses trafics. Il le suivait volontiers dans ses expéditions, toutefois, il ne restait pas à ses côtés quand il flouait un joueur. Il préférait se promener dans la salle, s'étourdir des cris des vainqueurs, des plaintes des perdants, des airs des musiciens, des tintements de timbales et d'écuelles. Ce bruyant remous le fatiguait sans l'énerver ; Victor avait remarqué qu'il dormait plus aisément quand il rentrait d'une visite au cabaret.

— On arrive bientôt, fit Emile Cléron. C'est au bout de la rue. Qu'est-ce qu'il y a ?

Victor s'était soudainement arrêté et regardait vers la droite.

— Nous sommes tout près de la rue Vieille-du-Temple !

— Et alors ? Marie y a habité ? railla Emile Cléron.

Victor se renfrogna, vexé par le ton de son compagnon. Celui-ci s'excusa, comprenant qu'il ne pouvait même pas taquiner Victor sur son amitié pour Marie LaFlamme.

— Michelle Perrot habite à côté, rue du Bourubourg.

— La sœur de Simon ?

Victor quitta la rue des Francs-Bourgeois et courut comme s'il était attendu place aux Veaux.

— Eh ! Attends-moi, cria Emile en s'élançant derrière lui.

Il le rattrapa au coin de la rue des Mauvais-Garçons et constata avec orgueil qu'il n'était même pas essoufflé alors que Victor haletait. Entre deux respirations, il lui désigna une fenêtre où on devinait de la lumière entre les fenêtres mal closes.

— C'est là qu'elle habite.

Emile Cléron jura, dévisagea Victor pour voir s'il se moquait de lui, puis éclata de rire en songeant que le hasard lui était décidément favorable : le Nantais lui désignait la demeure d'Armande de Jocary. La baronne !

— Pourquoi Michelle Perrot habite-t-elle chez la baronne ?

— La baronne de Jocary est sa tutrice ; elle permet à Michelle de pratiquer son art. Michelle est flûtiste.

— Et pendant qu'elle donne son concert, on échange les cartes. Ou les dés. Je veux pénétrer chez la baronne !

— Mais je n'y suis jamais entré, protesta Victor. C'est Michelle qui venait chez mon oncle, craignant que je ne rencontre Simon : elle sait que je le déteste.

— Et si tu demandais à voir Michelle ?

— Astheure ?

Emile Cléron hocha la tête en poussant fermement son ami vers la porte de la cour.

— Tu diras que c'est ton premier soir à Paris, que tu voulais lui signaler ta présence de suite et lui donner des nouvelles de ses parents.

— Elle sait que je suis à Paris. Elle a vu ma tante hier, qui lui a dit que j'arrivais aujourd'hui. Elle doit me visiter demain.

— Mais personne ne dort, s'obstina Emile Cléron. N'entends-tu pas ces exclamations ? On ne gênera guère !

Le Parisien entendait parler de la baronne depuis six mois et il l'admirait sans la connaître. Armande de Jocary était très forte : cette femme avait réussi à persuader son monde qu'elle était noble, à garder ce monde chez elle pour jouer, à le faire dépenser, à le faire revenir, et cela sans être jamais être inquiétée par la police. Ni par des inconnus. Quand Victor demanda à voir Michelle au valet qui lui avait ouvert, celui-ci lui répondit que Madame ne recevait personne à cette heure, surtout pas des étrangers, et il referma la porte brutalement.

— Punaise ! On nous jette comme des malpropres !

Victor haussa les épaules, prit Emile par le bras.

— Je parlerai demain à Michelle. C'était ton idée mais il vaut mieux que je ne sois pas entré. Si j'avais vu Simon Perrot, je crois que je l'aurais massacré.

— Je t'en aurais bien empêché ! On ne se débarrasse pas d'un homme devant vingt témoins, mais si tu...

Victor interrompit Emile : il ne voulait pas savoir s'il connaissait des sicaires prêts à commettre un assassinat, fût-il celui de Simon Perrot.

— J'ai froid. Si nous allions plutôt à *La Croix de Lorraine*? Cléron approuva. En marchant vers le cabaret, il renseignait son ami au sujet de la baronne de Jocary. Alors qu'ils s'attablaient, Victor essayait toujours de comprendre pourquoi Emile prétendait qu'Armande de Jocary usurpait son titre de noblesse.

— Je le devine, c'est tout. Et je la trouve très douée. Michelle doit me présenter à elle!

— Je vais... Par Morgane!

— Quoi? Qu'est-ce que..

Victor repoussa son tabouret si vite qu'il tomba sur le sol de pierre avec fracas, et avant qu'Emile eût le temps de réagir, il dévala l'escalier et se rua vers la porte comme si mille diables le poursuivaient.

Il avait vu Simon Perrot.

Simon Perrot l'avait vu. Et s'était aussitôt enfui. Il avait disparu derrière l'église Saint-Gervais, mais quand Victor aboutit rue François-Miron Simon s'était évanoui dans la nuit. Il devait être tapi tout proche, derrière une porte cochère, dans une encoignure, il devait voir Victor qui tendait l'oreille, faisait deux pas, se retournait, avançait, s'arrêtait sans deviner où il était, et il devait bien rire. Comme autrefois, quand ils jouaient à cache-cache.

Quand Emile rattrapa Victor et lui tendit son chapeau et son manteau, celui-ci était aussi enragé qu'intrigué.

— Il a disparu! C'est de la magie! Il a toujours flatté le Diable!

— Personne n'est sorcier, tu le sais!

— Oui, mais Simon me fait croire le contraire. Pourquoi m'a-t-il fui? Il ne sait pas que je le hais.

— Il t'aura confondu avec un autre homme.

Non, c'était impossible. Ils se connaissaient depuis toujours. Que tramait encore Simon?

— Je vais voir Michelle demain! déclara Victor.

A bientôt, baronne, songea Emile Cléron avant de suggérer d'aller maintenant à *La Fosse aux lions*. Il n'avait encore rien gagné. Il ne devait plus s'attarder car les gagnants de la bassette ou de l'impériale veillaient à ne pas traîner après neuf heures, étant donné qu'ils redoutaient d'être détroussés en rentrant chez eux. Certains payaient pour être raccompagnés; Emile proposait souvent ses services aux bourgeois ou aux provinciaux car c'était une bonne façon d'apprendre où ils habitaient. S'ils semblaient assez fortunés, Emile Cléron cédait ses informations à des complices qui « visitaient » quelques semaines plus tard les demeures indiquées.

S'il n'avait pas estimé autant Victor, Emile aurait assurément parlé de M. Beaumont à ses comparses : les fourrures valaient le déplacement ! Les vingt peaux avaient été bien préparées et elles étaient d'une grande diversité : castor, vison, renard, loup et il y avait même une peau de phoque ! C'était la deuxième fois qu'il en voyait une en cinq ans !

— Va pour *La Fosse aux lions* ? s'enquit Émile.

Victor refusa en bâillant.

— Le voyage entre Nantes et Paris m'a épuisé. Je vais rentrer rue des Vieilles-Etuves. Mais on se reverra demain ? J'aurai parlé à Michelle.

— Tu ne crains pas de rentrer seul ? Je peux...

— Ne t'en fais pas, je sais me défendre. J'ai bien échappé au scalp.

— Au scalp ?

— Les Indiens gardent la chevelure de leurs ennemis en guise de trophée. Toute la chevelure. Qu'ils découpent à la hache.

Emile Cléron grimaça en se passant la main dans les cheveux et s'étonna que Victor ne lui eût pas parlé plus tôt de l'attaque des Sauvages.

— Je plaisantais. Québec est une ville calme, bien protégée ; les Iroquois viennent rarement. Ils tuent à l'île d'Orléans. Et à Ville-Marie.

— Tu n'as donc pas à t'inquiéter...

Victor salua son ami sans répondre : Marie n'était guère susceptible d'être attaquée par les Indiens à Québec, certes, mais il ne dormirait pas sans rêver que Boissy arrivait à ses fins et séduisait la femme qu'il aimait. Il se demanda s'il montrerait à Michelle la missive que Marie lui avait remise pour Simon. Il l'avait toujours sur lui, même s'il avait pensé mille fois à la détruire ; s'il hésitait, c'est qu'il n'avait encore jamais failli à la parole donnée. Il détestait l'idée de tromper Marie. Mais il n'avait assurément pas couru derrière Simon Perrot pour lui remettre la lettre. Il avait poursuivi Simon parce que celui-ci avait fui et que l'idée de la fuite supposait un méfait ;

un méfait qui le concernait, lui, Victor Le Morhier. Mais lequel ?

Victor l'apprit dès le lendemain matin quand les cris de son oncle réveillèrent toute la maisonnée. Louise Beaumont entra dans la chambre de Victor en chemise de nuit, échevelée, et le supplia de rejoindre son époux au plus vite.

— Il est en train de devenir fou ! Les fourrures ont disparu !

— Quoi ?

— Nous avons soupé après ton départ avec ton ami, puis nous nous sommes couchés. C'est alors qu'on nous a volés ! A quelle heure es-tu rentré hier soir ?

— Bien avant minuit.

— As-tu vu les ballots de peaux ?

Victor se dressa tout à fait dans son lit. Il se souvenait maintenant : il avait été surpris de voir que son oncle les avait changés de place.

— On nous a donc volés après ton départ et avant ton retour !

— Par Morgane ! s'écria Victor en enfilant son haut-de-chausse. On aurait profité de mon absence ?

Louise Beaumont resta quelques secondes dans la chambre après que Victor fut sorti : son neveu persuaderait-il son mari qu'il n'était pour rien dans cette affaire ? Que son ami Emile Cléron, qui semblait si bien s'y connaître en fourrures, n'était pas un filou ? La coïncidence était malheureuse ! Louise Beaumont ne voulait pas entendre une accusation contre Victor, mais elle comprenait le désespoir de son mari. Elle n'osait pas imaginer la réaction de son frère Martin s'il apprenait qu'on avait soupçonné son fils. Elle avait tenté de calmer son époux, mais il répétait qu'il avait bien vu qu'Emile Cléron convoitait les fourrures.

Comme elle l'appréhendait, Octave Beaumont accusa Cléron du crime et ordonna à Victor de lui révéler où il habitait.

— Nous irons le cueillir avec le lieutenant de police ! Quelle rue ? Quel quartier ?

Victor, suffoquant d'indignation, refusa tout net de répondre à son oncle. Puis il vit sa tante qui le suppliait du regard et il déclara qu'il prouverait l'innocence d'Emile Cléron et trouverait le coupable.

— Tu sais qui m'a volé ! dit Octave Beaumont furieux, prêt à se jeter sur Victor.

— Je crois savoir. Mais j'ignore où se trouve le voleur.

— Tu viens d'inventer cette fable pour protéger ton ami! Dehors! Je ne veux pas nourrir plus longtemps celui qui me trahit.

— Mon ami! gémit Louise Beaumont. Victor ne nous a jamais menti!

— Merci, ma tante, dit Victor. Je pourrai dire à mon père que vous n'avez pas mis ma parole en doute. Mais comme votre époux saute rapidement aux conclusions, je préfère quitter votre demeure.

— Ne reviens pas sans les peaux! tonna son oncle tandis que Victor remballait le maigre bagage qu'il avait apporté de Nantes. Quand il sortit de sa chambre, son oncle était retourné à l'atelier. Sa tante, qui pleurait, lui tendit une petite bourse.

— Tu pourras te loger dans une auberge en attendant de retourner à Nantes.

Victor embrassa Louise Beaumont en lui jurant qu'il ne lui gardait aucune rancune et qu'ils se reverraient bientôt.

— Je vous prie seulement de dire à Michelle Perrot que je la retrouverai en face de l'église Saint-Louis après le dîner.

Refermant la porte du logis des Beaumont, Victor était ahuri de la rapidité avec laquelle cette triste scène s'était déroulée et de la spontanéité de ses affirmations : serait-il capable de retrouver les peaux?

Ou Simon Perrot les avait-il déjà toutes vendues?

Victor était si furieux contre Simon et contre son oncle qu'il marcha durant cinq minutes avant de se rendre compte qu'il avait neigé. Ce phénomène ne lui était pourtant pas familier! Il réussit à rire de sa distraction et décida de chercher un hôtel rue des Blancs-Manteaux ou rue des Rosiers afin d'être près de la rue du Bourubourg. Il rencontrerait plus facilement Michelle.

Les flocons tombaient avec une si douce régularité que Victor en fut apaisé. Il pensait à Marie quand il se présenta à l'hôtel du *Cerf qui rit*. Neigeait-il à Québec comme à Paris. Il aurait aimé écrire à Marie pour lui raconter Paris endormi sous la poussière glacée. Il lui aurait parlé des pâles îlots dans les jardins, des rires des Enfants rouges, plus cristallins qu'à l'accoutumée, d'un gant turquoise perdu par une élégante rue Audry-de-Boucher, des massifs de gui parés d'opales, du chien qui avait profité de la chute d'un volailler pour lui prendre son poulet et de la balle de neige qu'il avait lancée sur une statue pour l'égayer.

Après avoir déposé son sac dans une chambre, Victor paya soixante sols pour dîner d'une soupe de haricots, d'une cuisse de dinde et d'une part de tourte d'abattis, puis il sortit en relevant le col de son manteau et emprunta la rue Sainte-Croix; il avait le temps de voir Emile Cléron avant de rencontrer Michelle Perrot.

En traversant la cour de la rue de la Verrerie où habitait son ami, Victor se souvint du soir où il l'avait repêché dans la Seine et ramené à son logis : la cour enneigée offrait peu de ressemblances avec le souvenir qu'en gardait Victor. Il avait cru alors s'enfoncer dans un couloir de suie, dans les entrailles de la terre, vers les enfers. Il avait vite oublié sa peur en discutant avec Emile Cléron : celui-ci avait une vie tellement mouvementée! Il venait d'échapper à une tentative de meurtre et ne semblait pas autrement secoué. Il avait avoué son métier à Victor pour lui montrer sa confiance et lui avait juré d'être un ami fidèle. Comment aurait-il pu voler son oncle Octave?

Victor frappa à la porte de la chambre une fois, puis deux, puis trois. N'obtenant aucune réponse, il entra et trouva son ami fort occupé avec une jeune femme blonde. Victor s'immobilisa, embarrassé, mais Emile, nullement gêné, lui proposa de profiter de l'aubaine.

— As-tu déjà vu aussi blonde? Elle vient du Nord. Et je l'ai gagnée au jeu. Pour une nuit.

— Je reviendrai, fit Victor.

— Il fait déjà jour?

— Il a même neigé.

Emile Cléron fit un clin d'œil à la fille qui cherchait à remonter les draps, lui claqua une fesse.

— Tu es libre.

La Flamande se leva et se rhabilla à une vitesse qui stupéfia les deux hommes et disparut aussi prestement.

— Je devrais en faire autant, dit Emile Cléron en attrapant sa culotte.

Victor commençait à s'habituer à l'obscurité qui régnait dans la pièce; il pourrait jurer à son oncle qu'il n'avait jamais vu de fourrures chez son ami. Il se reprocha cette pensée et sourit à Cléron.

— J'ai besoin de ton aide.

— Ce que tu veux! Je te dois la vie.

— Je n'en demande pas tant : je veux que tu essaies de retrouver des fourrures. Je vais t'expliquer.

Emile Cléron finissait d'enfiler ses bas quand Victor se tut.

— C'est peut-être pour ça que ce maudit Perrot t'a fui hier soir ? Il venait de dépouiller ton oncle ?

— Il a même sûrement guetté notre départ. Il ne se serait pas introduit chez les Beaumont si nous étions restés là. Il a cru qu'il pourrait se battre contre mon oncle si c'était nécessaire, mais pas contre nous en plus. Il a probablement songé aussi que notre absence nous désignerait comme coupables.

— Me désignerait ! corrigea Emile Cléron.

— C'est pareil.

— Merci, mon ami. Je finirai par détester aussi ce Perrot !

— Pas autant que moi, dit doucement Victor. Mais aide-moi à retrouver les peaux. Après m'avoir pris ma femme, Simon Perrot ne me volera pas mon honneur !

Chapitre 19.

Lison observait Marie qui chantonnait en tisonnant les braises dans l'âtre : depuis le Nouvel An, ou même avant, elle était de si joyeuse humeur que la cuisinière lui soupçonnait un galant. Elle avait dressé mentalement une liste des prétendants possibles mais ne parvenait pas à deviner de qui il s'agissait. Ce n'était pas Guillaume Laviolette, même s'il l'avait invitée au mariage d'Eléonore de Grandmaison, car il n'était pas encore revenu de son expédition. Ce n'était pas Jules Malescot, qu'elle avait visité trois fois depuis qu'il s'était cassé le poignet. Ce n'était pas non plus le fils Jobin qu'elle trouvait trop vieux. Alors ? Lison ne devinerait jamais, à moins de suivre Marie.

Celle-ci perçut le regard de Lison et la dévisagea à son tour. Elle aurait aimé lui raconter ce qui s'était passé entre elle et Nicolas de Boissy. Elle avait envie qu'on la félicite de sa ruse, qu'on se réjouisse avec elle, mais comment pouvait-elle se confier sans révéler ce qu'elle avait découvert dans la cave ?

— Tu m'as l'air bien gaie depuis quelques jours, commença Lison.

Marie cligna de l'œil en poussant des braises sous le lantier. Accrochant les pincettes au manteau de la cheminée, elle s'avança vers Lison.

— Je vais voir ma Noémie bientôt ! Et M. de Boissy réussira peut-être à faire accepter ma demande par le Conseil souverain.

— Il fait ça pour gagner son ciel ou son pari ? A moins qu'il ne l'ait déjà...

Marie serra l'avant-bras de Lison au point de la faire crier.

— Lâche-moi ! Je plaisantais ! Mais certains ont dit que d'Alleret avait perdu à la Noël, quand tu es restée ici avec Monsieur.

Lison se frotta le bras en gémissant.

— Excuse-moi, fit Marie, mais personne n'aime entendre pareilles pouilles !

— Mais pourquoi Monsieur parlerait-il de toi au Conseil souverain ?

— Parce que je l'ai bien soigné. A Noël, justement. Il a dit d'ailleurs qu'il me donnerait une peau pour me remercier de mes services.

— Toi, fit Lison en agitant son index, tu me caches autre chose. T'as l'air d'une poule qui aurait pondu un œuf d'or.

Marie nia avec véhémence puis retourna activer le feu : elle résistait difficilement à l'envie de révéler son secret. Si elle n'avait craint d'être blâmée, elle serait allée conter son histoire à sœur Sainte-Louise. Mais elle savait que la religieuse la sermonnerait : elle lui dirait qu'étant complice d'un trafic d'alcool, elle désobéissait à Mgr de Laval et risquait d'être excommuniée. Sans compter tout le mal qu'elle causerait aux Indiens. Sœur Sainte-Louise la prierait de pardonner à ceux qui l'avaient offensée.

Marie ne pardonnerait jamais à un homme d'avoir voulu abuser d'elle. Elle ne s'était pas encore vengée de Saint-Arnaud, mais Boissy paierait en attendant... Il avait dit qu'il lui donnerait deux peaux la semaine suivant les Rois. Il aurait alors rencontré des Indiens désireux d'échanger les castors contre son eau-de-feu. Marie espérait que ses clients n'étaient pas les Hurons du fort de Québec : même si elle avait très peu de contacts avec eux, elle aurait déploré qu'ils soient malades à cause de l'eau-de-vie de Nicolas de Boissy. Ce qui ne manquerait pas d'arriver ! Elle se souvenait très bien de l'horrible goût !

— Allons, insista Lison. Dis-moi donc la vérité ! Je sais que tu as un galant !

Marie n'hésita guère ; si Lison croyait qu'elle était joyeuse à cause d'un homme, elle n'allait plus la détromper. Quand la cuisinière aurait semé cette rumeur, elle aurait la paix ; Guillemette Couillard ou Emeline ou même sœur Sainte-Louise ne lui parleraient plus de mariage ! Elle pourrait rêver en paix à Simon. On cesserait de jaser à son propos. Et elle avait un pseudo-prétendant tout trouvé ; Guillaume Laviolette ne reviendrait pas avant le printemps. Elle lui raconterait alors la farce qu'elle avait inventée pour se protéger ; elle l'entendait déjà rire !

— Je crois que Guillaume Laviolette me plaît.

— Guillaume Laviolette ? Mais il est parti depuis des mois.

— Je sais. Mais j'ai rêvé de lui le jour de Noël. Comme dans les contes de fées, il venait vers moi portant un long manteau d'hermine, à la façon d'un roi, et me tendait une couronne de diamants. Il disait qu'il allait faire de moi la reine de la Forêt et que j'allais régner sur mille sujets...

Lison ne put se retenir de glousser.

— Tu te fies à des songes pour croire que Guillaume va t'épouser au retour du bois ! Il ne veut pas se marier ! Il l'a répété souventes fois ! Ce n'est pas parce qu'il t'a invitée au mariage qu'il veut de toi !

— Serais-tu jalouse ?

— Moi ? s'écria Lison en s'efforçant de sourire. Moi ? Jamais je ne voudrais d'un homme qui a traîné chez les Sauvages ! Car lui ne veut pas des Françaises.

— On verra ! fanfaronna Marie.

Puis elle soupira et dit à Lison qu'elle avait raison, qu'elle était idiote de rêver à un tel homme, mais elle l'aimait plus que tous les autres colons.

— Mon rêve était si beau ! Les biches venaient manger dans ma main. Et les loups se couchaient à mes pieds. Nous habitions la terre voisine de celle de Legardeur de Tilly.

— C'était bien un rêve. Car tu n'habiteras jamais la seigneurie de Villeray. Ni aucune autre d'ailleurs.

— Et pourquoi pas ? Les veuves des seigneurs possèdent plus de la moitié des terres !

— Tut, tut, tut ! Tu n'es pas en deuil d'un seigneur que je sache ? Et Guillaume n'a aucun titre. Il ne possède aucune terre. Et il ne connaît ni le mot «censive» ni le mot «roture» ! Il ne suffit pas d'avoir envie d'un lieu pour s'y installer. Il faut que la Compagnie le concède. Et les terres près du cap ont toutes été cédées.

— Mais la Compagnie des Cent-Associés a été dissoute et il paraît que le Roi va révoquer les concessions qui n'auront pas été exploitées dans les six mois.

— Et alors ? Tu crois que tu seras assez riche pour racheter quelques arpents ? Tu rêves tout éveillée maintenant ! Tu pourras peut-être songer à la tenure dans quelques années.

— La tenure ?

— Tu vois ! Tu n'es pas mieux que ton Guillaume, fit Lison. C'est simple : une seigneurie comprend le domaine, ou la réserve. Celui à qui la seigneurie a été concédée y tient feu et lieu et l'exploite. Mais il y a aussi les tenures ; là, c'est les colons qui les exploitent. Ils les tiennent par censive.

— L'impôt du cens ? Comme en France ? Je ne veux pas avoir à payer un seigneur à la Saint-Martin.

— Épouse un noble ! railla Lison. Il n'y a pas d'autre solution. Maintenant, va rajouter ces os dans le chaudron.

Marie s'exécuta tout en récapitulant ce que la cuisinière lui avait dit.

— M. de Boissy pourrait dire au Conseil souverain que je voudrais installer un sorte de boutique où je soignerais les gens avec des plantes et des poudres. On me concéderait un lieu, comme aux Hospitalières. Mais moins vaste, évidemment.

— Tu n'es ni Mme d'Aiguillon ni Mlle Mance. Tu n'es ni très pieuse ni très riche. Contente-toi d'aller voir tes malades chez eux.

Se contenter ? Les gens n'avaient que ce mot à la bouche ! A les croire, si l'on était né dans la misère, il fallait subir ce mauvais sort jusqu'à sa mort sans broncher. Il n'en était pas question ! Avec les peaux que lui donnerait Boissy et qu'elle revendrait ensuite à Guillaume, elle ferait un joli bénéfice. Elle achèterait des herbes, des poudres, des pierres médicinales, des onguents, des fioles, des balances, et elle pourrait vendre ses propres médications au lieu d'aller les chercher chez l'apothicaire Bonnemère. Elle gagnait un peu avec les plantes qu'elle avait préparées durant l'été et soigneusement mises de côté, mais si elle parvenait à guérir les effets de l'eau-de-vie, elle amasserait une véritable fortune ! Elle sourit en pensant que Nicolas de Boissy, grand buveur, serait un de ses plus fidèles clients. Il chopinait presque tous les soirs avec Louis-André d'Alleret, et si Marie le craignait assez pour dormir avec un couteau, elle se réjouissait de ne pas être un homme car Boissy l'aurait assurément provoquée en duel : dès qu'il était ivre, il cherchait un ennemi à pourfendre. Il disait qu'il sortirait dans les rues, qu'il irait au fort des Hurons pour leur donner une leçon d'escrime ;

il criait qu'il tuerait son père pour l'avoir exilé en Nouvelle-France et Mgr de Laval pour avoir promulgué de stupides lois sur l'eau-de-vie. Lorsqu'il se levait, Paul Fouquet lui reservait un verre — pour que Boissy supporte mieux le froid du dehors —, il se rassoyait et finissait par s'endormir. Marie admettait que Fouquet savait manœuvrer son maître, mais n'était-ce pas son intérêt? N'était-il pas complice du trafic d'alcool?

Et elle? Est-ce que les peines prévues par le Conseil souverain étaient les mêmes pour les hommes et les femmes? Après tout, elle se livrait au chantage parce qu'elle voulait soigner les colons; au moins, ce n'était pas pour payer des dettes de jeu comme Boissy! Ou amasser du bien comme Fouquet! Marie fulminait en se souvenant comment celui-ci se lamentait sur sa pauvreté quand il était à l'Hôtel-Dieu : quel hypocrite!

Et ce naïf Alphonse Rousseau le croyait et l'encourageait de son mieux. En repensant à l'épi de blé d'Inde, Marie s'empara du tisonnier et fouilla nerveusement les braises; elle avait seulement voulu s'amuser un peu. Elle ne pensait pas vraiment se moquer d'Une Patte. D'ailleurs, elle l'avait remercié de son aide auprès de Guillaume avant qu'il ne quitte l'Hôtel-Dieu et elle lui parlait souvent après la messe dominicale. Il l'avait invitée à dîner chez le chevalier, mais Marie avait répondu qu'elle était trop occupée. Malgré sa curiosité, elle hésitait encore à visiter M. du Puissac. Elle ne voulait pas être initiée à certains secrets de la Confrérie de Lumière; on ne pardonnait rien aux hérétiques et Marie avait entendu jaser au sujet du chevalier. Il allait à l'église, certes, mais il tenait des propos d'une grande liberté et son audace déplaisait à Mgr de Laval. Marie approuvait intérieurement les idées du chevalier, mais le fait de le reconnaître aurait mis en péril ses espoirs d'être acceptée comme sage-femme.

— As-tu l'intention de faire des éclisses avec cette bûche?

Marie sursauta; elle n'avait pas entendu Boissy arriver. Son sourire disait le plaisir qu'il avait eu à lui faire peur. Il s'approcha d'elle lentement et s'esclaffa quand elle pointa mollement le tisonnier vers lui.

— Petite sotte! Veux-tu brûler mon manteau?

— Il est trop beau, dit Marie en déposant le tisonnier. Quand j'en aurai un semblable, je ne m'approcherai pas du feu. Mais il faudrait d'abord qu'on me donne les peaux. Avant le Carême.

Boissy fit un pas vers Marie ; elle se raidit mais soutint son regard. Elle voulait des peaux ? C'est la sienne qu'elle perdrait !
— Viens tantôt au moulin, chuchota-t-il.
— De la Trinité ?
— A la fin du jour.

Marie, insolente, fit une courbette à Boissy avant d'aller retrouver Lison ; elle lui dit que leur maître la remerciait encore de ses bons soins. La cuisinière lui donna en maugréant un poulet à plumer.

La lumière éblouissante de cette journée de janvier désespérait Marie ; il lui semblait que le jour ne ferait jamais place à la nuit. Dès que la neige prit une teinte irisée, elle s'habilla et se dirigea vers le moulin même si elle savait qu'il était trop tôt ; Boissy la rencontrerait la nuit, de façon que personne ne les reconnaisse. Il régnait un froid meurtrier et Marie songea un instant à garder les peaux pour en faire un manteau. Depuis une semaine, elle comprenait ce que les habitants de Québec lui avaient expliqué à son arrivée : plus pur est le ciel, plus dur est le gel. Elle savait maintenant qu'on se brûlait la poitrine en respirant à fond et qu'il fallait empêcher les enfants d'appliquer leur langue sur du verre ou du métal de peur qu'elle n'y reste collée. Elle était mystifiée par les parélies et les aurores boréales mais préférait les foudrilles. Elle se promettait de glisser bientôt dans un de ces longs traîneaux et elle essaierait d'améliorer les traitements pour les engelures. Elle se félicitait de n'avoir pas eu encore à amputer. Elle était ravie d'écouter les crissements de la neige sous ses mocassins ; elle conterait plus tard à Noémie une fable où des paires de souliers parleraient entre eux de leurs propriétaires. Les siens se plaindraient de rester immobiles dans la neige, à attendre la nuit, le nez contre les pierres d'un moulin !

Nicolas de Boissy arriva enfin. Malgré l'obscurité, Marie vit une lueur triomphante dans son regard. Elle serra les poings dans son manchon ; s'il croyait la rouler, il se trompait !

— Viens, nous devons rencontrer mon Sauvage près du cap, fit-il en lui enserrant les épaules.

Marie se dégagea prestement.

— Je vais vous attendre ici.

— Non ! Il faut que tu viennes avec moi ! Sinon tu n'auras rien. Je veux que cet Indien puisse dire qu'il t'a cédé des peaux ; si jamais je suis accusé de trafic, je m'ennuierai moins dans ma geôle. J'aurais même du plaisir à la partager avec toi! Tu es bien jolie avec ces joues aussi rouges que...

— Je ne vous suivrai pas. Longer le cap est dangereux.

— Que veux-tu dire?

— Que je pourrais débouler la falaise. Me rompre les os. Et que vous ne pleureriez pas ma disparition.

Boissy secoua Marie si fort qu'elle en perdit son bonnet.

— Garce, catin, sorcière!

— Arrêtez! cria Marie en donnant un coup de pied à son agresseur. Voulez-vous qu'on nous entende?

— Il n'y a personne et tu le sais!

Marie eut un mouvement de recul mais sa voix était assurée quand elle dit à Boissy qu'elle avait prévu qu'il songe à se débarrasser d'elle. Et qu'elle avait presque tout raconté à sœur Sainte-Louise à l'Hôtel-Dieu.

— S'il m'arrivait de décéder ces jours-ci, cette femme aviserait aussitôt les autorités.

— Tu as parlé de notre marché à cette maudite nonne? rugit Nicolas de Boissy. Tu es folle! Elle va tout répéter à Mgr de Laval.

— Je n'ai pas parlé du trafic d'eau-de-vie. Je lui ai seulement laissé entendre que vous vouliez abuser de moi. Que vous acceptiez mal ma résistance et que vous vous fâcheriez peut-être. J'ai ajouté que j'avais peur de vous et souhaiterais travailler ailleurs, cependant vous payiez si bien... Je crois que le viol est puni de mort, non? Robert Hache sera bien arquebusé ou pendu pour ça?

— C'est un Sauvage!

— Il mourra comme n'importe quel Français quand il sera exécuté! Sachez que sœur Sainte-Louise agirait s'il m'arrivait malheur. Et avec un certain plaisir; vous n'êtes pas le meilleur exemple de la colonie! Allez, donnez-moi ces peaux que vous me devez!

Boissy était muet, trop furieux pour parler : cette femelle méritait bien son sobriquet avec ses ruses déloyales! Il l'aurait volontiers étranglée sur place! Il tendit les mains vers son cou, elle croisa les bras dans une attitude de défi, qui humilia plus que tout Boissy. Elle marquait des points ce soir, mais elle paierait bientôt son impudence!

— Voyez-vous réellement un Indien tantôt ou rentrez-vous rue Saint-Louis?

— Je vais boire chez Boisdon pour t'oublier!

— N'oubliez pas mes pelleteries, c'est tout ce que je vous demande !

Marie se hâta malgré la gêne que lui causaient ses raquettes. Elle ne reprit une allure normale qu'en touchant la terre de Godefroy, quand elle vit une petite boule sombre remuer faiblement dans la neige. Elle s'approcha du jeune lièvre : il était blessé à une patte et à une oreille. Marie savait qu'elle terroriserait l'animal si elle l'emmenait avec elle, mais elle ne pouvait le soigner dans ces conditions. Enlevant son bonnet de laine, elle y coucha doucement l'animal. Elle tenait le chapeau fermé et n'apercevait qu'un petit nez acajou qui frémissait de peur, de froid et de douleur.

En atteignant la rue Saint-Louis, Marie avait décidé de garder le lièvre. Elle prétendrait qu'il fallait l'engraisser avant de le manger, mais dès qu'il serait guéri, elle le ramènerait dans les bois. Elle pénétra discrètement dans la cuisine où s'affairait Lison et déposa son précieux paquet sur la table.

— Il est blessé, dit simplement Marie. Je vais le soigner.

— T'as pas assez des gens ? se moqua Lison. Tu ferais mieux de l'achever, on le mangerait en ragoût dimanche !

Marie sourit du mieux qu'elle put et déclara que c'était bien son intention, mais elle l'aimerait plus gras.

— Et puis il faut s'assurer qu'il n'est pas malade ! Sinon, on pourrait tous périr après l'avoir mangé.

Tout en palpant l'animal, elle raconta une fable à la cuisinière où il était question d'une perdrix qui avait avalé de l'ancolie avant d'être abattue par un chasseur et dont la chair avait empoisonné toute une famille.

— Si ce lièvre survit et profite bien, il sera pour nous. Autrement, j'aurai au moins la peau.

— Tu pourrais te faire une belle paire de mitaines, fit Lison avec envie.

— Tiens-le pendant que je lui fabrique une attelle, dit Marie en essayant de cacher son indignation.

Elle sauverait la bête des pièges, de la neige et de la marmite ! Elle saupoudra le linge qui servirait à maintenir l'attelle de poudre de pied-de-loup, espérant calmer la douleur du petit animal. Il ne tremblait plus mais Marie n'était pas apaisée pour autant : il lui semblait que les yeux s'épaississaient, que les longues oreilles étaient plus molles, que le nez s'asséchait. Malgré les protestations de Lison, elle retira une carotte du potage pour tenter le lièvre : ce n'étaient pas des poireaux ou des cardons bien frais, mais si les lapins de Nanette aimaient ce légume, peut-être le lièvre y goûterait-il ? Il lui sembla que le nez frémissait de nouveau, mais au bout de quelques minutes l'animal épuisé n'avait rien grignoté. Boissy, qui était rentré, se moqua du zèle de Marie pour sauver la petite bête.

— Tu ferais mieux de le tuer tout de suite !

— C'est ce que j'ai dit, Monsieur, dit respectueusement Lison.

Surprise du ton obséquieux de la cuisinière, Marie évita cependant de la regarder. A quel jeu jouait Lison ?

— Tu as raison, Lison. Cet animal est moribond, mais en civet il sera bon !

Boissy rit de sa rime et priait déjà Lison d'ajouter du lard à son ragoût quand Marie, désespérée, eut recours à un dernier argument.

— Je peux guérir ce lièvre !

— Il est déjà mort !

— Je le ressusciterai !

— Je n'en crois rien. Nous mangerons bientôt de ce lièvre ! Foi de Nicolas de Boissy !

— Voulez-vous parier que je peux le sauver ?

— Parier ?

Boissy se pencha sur le lièvre, lui toucha le museau et sourit de toutes ses dents à Marie.

— Que veux-tu parier ?

— Mais ce lièvre ! Si je le sauve, il est à moi. S'il meurt, il est à vous. Vous aurez un repas et une peau.

Boissy fit une moue dédaigneuse.

— Que veux-tu que je fasse d'une misérable pelleterie ? J'ai toute l'eau-de-vie qu'il faut pour...

— C'est une belle peau, l'interrompit Marie.

L'homme la dévisagea ; elle l'avait empêché de se trahir. Pour cacher son trouble, il leva la main et topa avec Marie.

— J'accepte ton pari.

— Bien, Monsieur.

Il y eut un silence désagréable et Marie ne fut pas très surprise quand Boissy ajouta qu'elle devrait manger le civet avec lui si elle perdait.

Elle accepta en se disant qu'elle finissait par détester autant Boissy que Geoffroy de Saint-Arnaud. Est-ce que tous les nobles étaient semblables à eux ?

Chapitre 20.

Le lièvre Janvier survécut à sa blessure. Moins d'une semaine après que Marie l'eut soigné, il sautait avec entrain d'un bout à l'autre de la cuisine et Lison ne cessait de pester contre l'animal.

— Il mange autant qu'une personne! La réserve de racines n'est pas inépuisable!

Marie rétorqua que bien des herbes, bien des pains et plus d'un poulet provenaient des dons de ses malades. Ce n'était pas une si petite bête qui affamerait la maisonnée. Elle adorait Janvier et avait grand hâte de le montrer à Noémie; la petite serait subjuguée! Il est vrai que ce lièvre était un animal dépareillé : il suivait Marie comme le font les chiens, sautait sur ses genoux quand elle l'appelait et mangeait dans sa main. Lison disait qu'il restait immobile quand Marie s'absentait, mais il se frottait furieusement les oreilles l'une contre l'autre cinq minutes avant le retour de sa maîtresse.

Si Marie était heureuse d'avoir Janvier auprès d'elle, elle devinait néanmoins que Boissy ne lui pardonnerait jamais d'avoir perdu un second pari par sa faute. Il lui avait remis cinq peaux de castor en lui disant qu'il y aurait encore autant de peaux pour elle à la mi-février. Il ne lui donnerait plus rien ensuite.

— Tu feras ainsi ton Carême.

Marie avait roulé les peaux en silence car elle savait que Boissy ne pouvait même plus supporter le son de sa voix. Il fulminait quand il la voyait caresser Janvier et Marie craignait chaque jour davantage qu'il ne rompe sa parole et ne tue le lièvre. On ne

lui ferait pas un procès pour ça ! Et elle ne dénoncerait tout
de même pas son trafic puisqu'elle entendait en profiter
encore un peu. Elle était allée quelques fois à l'Hôtel-Dieu et
parlait toujours de sœur Sainte-Louise à Lison quand elle rentrait afin que Boissy n'oublie pas que la religieuse était son
amie. Il lui arrivait aussi de faire allusion au chevalier du Puissac depuis que celui-ci était venu la chercher pour soigner
Alphonse Rousseau. Elle n'avait pu, devant Boissy et Fouquet,
refuser de le suivre sans raison et elle avait fini par accepter
ses excuses. Elle n'avait pas dit un mot au sujet des coupelles sacrées et du Puissac n'avait pas osé lui en reparler ; il
savait pourtant qu'Une Patte s'était brûlé exprès, afin de revoir
Marie, mais il ne l'avouerait jamais. Il essaierait de l'en remercier tout en l'adjurant de ne pas recommencer : il lui répétait souvent que son dévouement à son égard était exagéré,
mais c'était peine perdue : Alphonse Rousseau était prêt à tout
pour son maître.

Julien du Puissac l'avait recueilli quand il avait onze ans. Il
travaillait alors pour Jacquot Douville, dit le Chien, qui l'avait
acheté à l'aubergiste chez qui il vivait depuis sa naissance : avant
même qu'il eût atteint l'âge de cinq ans, on lui apprenait à laver
les planchers et gratter la boue des sabots des clients. Sa mai-
greur avait plu au Chien qui gagnait sa vie en faisant quêter des
enfants : plus ils étaient chétifs, plus ils rapportaient. Quand
Alphonse, poursuivi par un bourgeois, s'était foulé la cheville,
le Chien avait décrété qu'il risquait de mourir de la gangrène
et qu'on allait l'amputer. Il avait trouvé un barbier peu scrupu-
leux pour faire ce travail et Alphonse avait rapporté encore plus
en montrant son moignon aux belles dames à la sortie des égli-
ses. Il n'était pas mieux nourri ni moins battu pour autant
puisqu'il fallait entretenir son air miséreux. Un soir pluvieux de
décembre, c'était l'année 47, après une journée entière à errer
dans le marais la faim au ventre, Une Patte s'était écroulé devant
le portail de Julien du Puissac. Celui-ci revenait de chez son ami
Chahinian ; ils étaient restés toute la soirée devant l'athanor, espérant que jaillirait le miracle des flammes du grand fourneau. Ils
cherchaient à transformer le métal en or, comme tous les alchi-
mistes. Mais ils souhaitaient aussi découvrir un procédé pour
capter la lumière et ils se livraient dans ce but à maintes expé-
riences sur des pierres.

Malgré la pluie glacée, du Puissac avait encore le front brûlant et le visage rougi par la chaleur quand il s'était approché de la masse sombre qu'il distinguait sous le portail. Etait-ce un piège ? Un bandit qui se serait recroquevillé pour mieux bondir et le détrousser ? Il allait dégainer quand il avait vu la béquille, à une toise d'Alphonse Rousseau. Elle était bien courte ; le chevalier avait compris qu'il s'agissait d'un enfant et s'était avancé vers lui sans hésiter davantage. Une Patte était si pâle que du Puissac l'avait cru mort, puis il avait constaté qu'il respirait faiblement. Il l'avait recouvert de sa cape, l'avait soulevé et porté jusque chez lui. Sa femme avait pleuré en voyant l'enfant mutilé ; tandis qu'il l'allongeait près de l'âtre, elle avait couru à la cuisine chercher une chaude bolée de cidre pour le réconforter.

— Il a ouvert les yeux ! avait dit du Puissac en serrant la main de son épouse. Croyez-vous qu'il vivra ?

— Où l'avez-vous trouvé ?

— Là, devant la maison. Regardez son moignon purulent ; il ne s'est pas blessé depuis très longtemps. Essayons de le faire boire.

Du Puissac avait soutenu la tête du garçonnet tandis que sa femme tendait la bolée de cidre vers ses lèvres bleuies. L'enfant avait battu des paupières, et jamais le chevalier n'oublierait l'indicible terreur qu'il y avait lue. Catherine du Puissac avait recommencé à pleurer en disant au petit qu'on ne lui ferait plus aucun mal et lui avait offert la bolée en lui répétant de boire lentement. Elle lui avait ensuite proposé une crêpe et des noix mais l'enfant avait vidé le bol sans dire un mot.

— As-tu perdu tes parents ? avait demandé du Puissac. Où faut-il les faire chercher ?

Alphonse Rousseau avait fait mine de reprendre sa béquille pour se lever mais son hôtesse l'en avait empêché.

— Tu brûles de fièvre, ta blessure s'est envenimée. Nous ne te gardons pas prisonnier, mais pourquoi ne partirais-tu pas seulement quand tu seras en bonne forme ?

— Nous ne t'enverrons pas non plus à l'hospice !

L'enfant avait paru se détendre un peu : le Chien lui avait assez dit qu'il devait éviter à tout prix d'être arrêté, « sinon tu seras enfermé à l'hospice où on tue parfois des petits garçons pareils à toi pour les manger ! ». Il avait accepté une crêpe qu'il avait partagée en deux, tenant à cacher une moitié dans ses hardes même si on lui promettait de lui en donner une autre. Il avait mangé sans cesser de regarder le gentilhomme et sa dame. Que lui voulaient-ils? L'aider. Il l'avait compris les jours suivants. On l'avait pansé, habillé, nourri. On l'avait laissé sortir dans le jardin, puis dans la rue tout en lui disant que le Chien essaierait de le reprendre et qu'il valait mieux ne pas trop s'éloigner de la rue Hautefeuille. Mme du Puissac lui avait souri davantage dans une semaine qu'on ne lui avait souri depuis sa naissance et si Alphonse ne riait guère, malgré ces bons traitements, c'est qu'il redoutait le jour où on se lasserait de lui : il prélevait toujours une part sur son pain, en prévision des temps difficiles, et quand il avait trouvé un sou dans l'allée du jardin, il l'avait caché soigneusement pour apaiser la colère du Chien si jamais celui-ci le retrouvait.

Mais seize ans plus tard, Alphonse Rousseau vivait toujours avec le chevalier du Puissac. Il l'avait consolé quand Catherine, enceinte, avait été renversée par un carrosse au coin de la rue Galande, il avait tué le soldat venu arrêter son maître pour hérésie et avait aidé ce dernier à fuir. Il l'avait suivi en Bretagne, à Londres et enfin à Québec. Et même s'il eût donné son autre pied pour que son maître n'eût jamais vu les maudites coupelles de Marie LaFlamme, il ne pouvait refuser de l'aider à savoir comment elle les avait obtenues. Pour l'attirer chez le chevalier, il n'avait pas trouvé mieux que de se brûler. Après l'avoir soigné, Marie lui avait confié qu'elle avait pensé venir avec son lièvre car elle commençait à redouter qu'on ne le tue en son absence. Julien du Puissac avait alors déclaré qu'elle pouvait le leur amener quand elle le désirerait.

— Je connais peu Boissy mais il a une méchante réputation. Pourquoi travaillez-vous chez lui?

— Il paie bien, avait dit Marie d'un ton qui refusait tout commentaire.

— Paul Fouquet est un lâche, un pagnote, avait fait Une Patte. Il pourrait vous dire qu'il a échappé une marmite ou une pierre sur la tête de Janvier sans le vouloir...

Elle savait qu'Alphonse Rousseau avait raison et elle était rentrée chez Boissy en songeant qu'elle devrait renoncer à Janvier.

Elle essayait de s'y décider en cachant les pelleteries que lui avait remises Boissy. Elle l'imaginait aisément joindre la peau de Janvier aux peaux de castor qu'il lui donnerait la veille du

Carême. Elle flatta les longues oreilles du lièvre en chuchotant qu'elle l'emmènerait bientôt chez l'ami Alphonse.

— Lui aussi a été blessé à une patte mais il s'en est moins bien tiré que toi. Il a une jambe de bois.

Elle se tut en entendant le pas saccadé de Lison.

La veille du Mardi gras, Marie LaFlamme se résigna à porter Janvier chez Julien du Puissac ; on avait beau l'assurer qu'elle pourrait le voir quand elle le voudrait, elle savait qu'il lui manquerait énormément. Elle était déjà séparée de sa fille et voilà qu'un animal aussi petit que Janvier lui était enlevé. En rentrant chez Boissy, la jeune femme se retenait d'aller chez le chevalier reprendre son doux lièvre et elle eut beaucoup de mal, les nuits suivantes, à s'endormir sans Janvier auprès d'elle. Un matin, Paul Fouquet lui apprit avec une joie manifeste que sœur Sainte-Louise était morte dans la nuit.

— C'est impossible ! balbutia Marie. Je l'ai vue il y a cinq jours.

— Il y a cinq jours, elle n'avait pas la pleurésie.

— La pleurésie ? Mais pourquoi...

— Quoi ?

Marie baissa la tête en se signant : comment une femme aussi jeune qu'elle pouvait avoir été emportée si vite ? La pleurésie ! Pourquoi ne l'avait-on pas appelée pour la soigner ? Elle aurait... prié. Comme les religieuses. Elle avait vu si peu de malades réchapper de la pleurésie ! Elle aurait saigné sœur Sainte-Louise, elle lui aurait administré des calmants, mais l'aurait-elle guérie ? Même si elle avait le fameux quinquina à sa disposition ? Anne LaFlamme elle-même n'avait sauvé qu'un malade en vingt ans de pratique ! Si mère Catherine ne l'avait pas fait quérir, c'était pour lui éviter d'assister à la mort de sa compagne.

— Où vas-tu ? demanda Paul Fouquet.

— A l'Hôtel-Dieu. Prier pour sœur Sainte-Louise.

— Pas maintenant ! Monsieur a des invités demain midi ; Lison a besoin de toi. Tu restes ici et tu travailles ! Il y a les poulets à vider, la viande à larder, les assiettes à frotter.

— Et tu as vu la tempête ? fit Lison. Encore une ! Tu pourrais te perdre ! Il est déjà tombé un bon pied depuis ce matin ! Le toit est si lourd qu'on a de la peine à ouvrir la porte.

— Je me moque du vent et de la neige ! Je veux voir sœur Sainte-Louise avant qu'on l'enterre !

Fouquet expliqua à Marie qu'on ne pouvait pas creuser la terre en hiver ; on déposerait le corps de la nonne dans une boîte de bois au fond du jardin. On ne la mettrait en terre qu'au dégel.

— Tu vois, il n'y a pas de presse ! conclut-il gaiement.

Marie serra les dents ; Fouquet n'aurait pas le plaisir de la voir pleurer. Elle prit mécaniquement une des poules qu'avait rapportées le laquais et entreprit de la vider de ses entrailles. Elle ne prononça pas un mot de la journée malgré les efforts de Lison pour la faire parler. Et elle afficha le même mutisme le lendemain, mais elle sourit quand le baron d'Alleret conta qu'il avait failli être assommé par un long glaçon alors qu'il franchissait le seuil de sa porte. Que n'était-il mort à la place de sœur Sainte-Louise !

— Marie ! Marie ! répéta Lison. Apporte les boulettes à ces messieurs !

Marie, qui avait pris le plat odorant que lui tendait la cuisinière, le déposait sur la table quand d'Alleret lui pinça une cuisse. Elle sursauta et le plat se renversa sur la nappe. Les boulettes roulèrent en tous sens. Boissy blâma Marie de sa maladresse tandis que ses invités s'esclaffaient. Lorsqu'elle eut fini de ramasser les boulettes de porc, ils riaient encore.

Quand elle s'en fut à la cuisine, Paul Fouquet, chargé du service du vin, expliqua qu'elle avait été distraite toute la journée, troublée par la mort de sœur Sainte-Louise.

— Les femelles ne savent pas ce qu'elles veulent ! Voilà une fille qui s'ennuyait au couvent avec les nonnes et qui les pleure maintenant !

D'Alleret appuya Paul Fouquet.

— Pourtant, elle devait aimer cette vie virginale ! Elle est ici depuis l'été et elle n'a pas encore de galant ! Personne ne lui a mis la main au...

— Laissez-la donc, fit Charles Aubert de La Chesnaye. On a bien besoin de femmes honnêtes ici...

— On sait que vous venez d'épouser une perle rare, mais Marie LaFlamme n'est pas Catherine Couillard. Vous savez d'où vient votre femme, de qui elle est née, quel est son passé. Mais Marie ?

— C'est une veuve très sage.

— Ne soyez pas bigot, La Chesnaye, ironisa d'Alleret. Nous savons que vous êtes très près de notre évêque, mais vous n'êtes pas tenu de défendre la vertu de toutes les femmes.

Charles Aubert avait envie de répliquer, mais il était préférable de ne pas attirer l'attention davantage ; il n'aimait pas le sourire qu'avait d'Alleret lorsqu'il lui parlait de Mgr de Laval. Avait-il flairé quelque chose ? Personne ne devait savoir que l'évêque avait incité les Hospitalières à lui vendre le huitième de leurs seigneuries de Beaupré et de l'île d'Orléans. Il n'y avait aucun témoin quand l'acte avait été passé par Michel Filion dans le couloir de l'Hôtel-Dieu. La Supérieure, mère Marie Forestier de Saint-Bonaventure de Jésus, et l'administratrice des biens des pauvres, mère Marie Renée de la Nativité, avaient reçu discrètement 1 250 livres en paiement de la part qu'elles avaient vendue. On leur avait démontré que les deux seigneuries leur coûtaient fort cher et qu'elles feraient beaucoup plus pour les pauvres avec l'argent qu'elles retireraient de la vente. Charles Aubert devait conserver une partie de ces terres nouvellement acquises mais il était tenu, en tant que procureur, de s'occuper des seigneuries de Beaupré et de l'île d'Orléans ; il devrait garder en mémoire les déclarations du Roi concernant les seigneuries non exploitées durant six mois. Il envisageait de céder des concessions à une quinzaine d'habitants. Il espérait toutefois mener ses entreprises secrètement. On ne devait pas reparler de Mgr de Laval en sa présence. Il dit brusquement :

— Il paraît que Marie LaFlamme est éprise du coureur Laviolette.

— C'est ce que j'ai entendu dire à la cuisine, fit Boissy.

D'Alleret ne put résister au plaisir de choquer la pudeur de La Chesnaye en taquinant son hôte.

— Qu'attendez-vous ? Vous pourriez la réchauffer pour Laviolette. Vous aviez dit que vous l'auriez avant les Rois. Cela fait plus d'un mois... Avant Pâques, peut-être ?

Même s'il s'agissait d'un ami, Boissy aurait normalement exigé des excuses pour ses paroles narquoises. Au grand étonnement de ce dernier, Boissy continua à sourire : il n'allait pas se fâcher alors qu'il venait d'apprendre que sœur Sainte-Louise était morte ! Il regrettait de ne pouvoir fêter dignement cette nouvelle, mais il importait d'être discret.

Quand tous les invités furent repartis, Boissy réunit Fouquet, Lison et Marie et remit une livre à chacun.

— C'est pour le Mardi gras. Imitez-moi et sortez donc ce soir ! Il y aura des veillées à la basse-ville.

— Devrais-je vous reconduire chez le Gouverneur, Monsieur ? demanda Fouquet.

De Boissy secoua la tête.

— C'est inutile. Je suis à deux pas.

— Il recommence pourtant à neiger, dit le laquais.

— On va geler ce soir, gémit Lison.

— Vous n'aurez plus froid quand vous aurez bien dansé ! dit Boissy avant de monter à sa chambre pour faire un somme.

Il entendit Marie confier à Lison qu'elle irait chez du Puissac.

A son réveil, Nicolas de Boissy choisit une chemise de batiste et revêtit sans tarder son pourpoint de velours brodé ; il voulait arriver tôt chez M. de Mézy car il serait un des premiers à quitter le château Saint-Louis. Il rentrerait chez lui bien avant son valet, sa cuisinière et cette petite vermine de Marie qui le narguait depuis des mois.

Il enfila son manteau de loup et remonta soigneusement le col avant de sortir ; il détestait se présenter avec la moustache gelée et la goutte au nez. Il se rengorgea en pensant qu'il serait probablement l'invité le plus élégant, à moins que d'Alleret n'ait fait l'effort de mettre son ensemble de brocart. Mais il s'était trop plaint de la raideur des chausses et du justaucorps pour le porter ; il aimait tant danser ! « Mgr de Laval sera assurément furieux de ces débordements païens, avait dit d'Alleret, mais Saffray de Mézy lui tient de plus en plus tête ! Ils finiront par se disputer comme du temps de Davaugour ! »

Malgré la menace d'une nouvelle tempête, tous les invités du Gouverneur s'étaient présentés : le Mardi gras représentait l'ultime réjouissance avant le Carême et seul un tremblement de terre comme celui de l'hiver précédent aurait pu retenir les bourgeois chez eux. Boissy s'en félicita : si on remarquait son arrivée, on ne se souviendrait pas de son départ car il y aurait beaucoup trop de monde. Il prit bien soin de faire danser toutes les femmes et de discuter avec leurs maris entre deux confidences à d'Alleret.

— Je rentrerai dans une heure, pour gagner mon pari ! Elle m'attend. Elle vous dira demain que je suis le meilleur des amants !

— Vous lui avez donc promis une pelleterie ? grogna d'Alleret. Elle doit se donner pour rien !

— Que sont quelques malheureuses peaux de castor ? On en a assez !

D'Alleret rétorqua qu'il devrait, lui aussi, pouvoir s'amuser avec Marie puisque les pelleteries lui appartenaient en partie ; il était de moitié dans l'entreprise frauduleuse de Nicolas de Boissy. S'il partageait les dépenses et les risques, il devait toucher les bénéfices. Tous les bénéfices...

— Un instant ! C'est quand même moi qui garde l'eau-de-vie dans ma cave !

D'Alleret fit une grimace mais ne put argumenter. Il prévint seulement son compagnon qu'il serait chez lui le lendemain à midi pour voir Marie.

— Elle nous servira à dîner. Mais elle sera plus agréante qu'à l'ordinaire, je vous le promets !

Tout en conversant avec d'Alleret, Boissy s'était dirigé vers la sortie ; il franchit la porte sans rencontrer personne et se mit à courir après avoir traversé la place publique. La tempête faisait rage ; la poudrerie l'aveuglait, lui cinglait le visage, mais Boissy s'en réjouissait : il n'aurait pas à effacer les empreintes de ses pas. Il espérait pourtant que Marie ne traînerait pas trop longtemps chez du Puissac. Cette garce disait qu'elle allait voir son lièvre mais le croyait-elle assez naïf pour gober cette histoire ? Elle avait déjà oublié Laviolette et voulait s'attirer les faveurs du chevalier. Juste pour le narguer !

Elle verrait ce qu'il en coûte de ridiculiser le baron Nicolas de Boissy !

Il entra rue Saint-Louis chercher une corde, un grappin, une échelle et entreprit de monter sur le toit ; il avait failli remercier d'Alleret de lui avoir suggéré une manière de se débarrasser de Marie. Il s'y reprit à trois fois pour atteindre la cheminée tant il y avait de neige. Il eut autant de peine à accrocher le grappin et un bout de corde qu'il en avait eu à faire tomber l'échelle le long de la maison. Son plan n'était pas sans péril. Surtout pour Marie. Il enroula l'autre bout de la corde autour de sa taille et commença à descendre vers le côté du toit qui donnait sur la porte d'entrée. Les rafales et la neige accumulée au bord du toit le dissimuleraient aux yeux des rares passants. Et puis qui se promenait, en pleine tempête, en regardant les toits des maisons ? On cherchait plutôt à éviter de perdre son chemin ou de déraper sur une plaque de glace ; peu d'habitants avaient fixé des pointes d'acier à leurs bottes ou leurs mocassins même si le forgeron qui fabriquait les crampons demandait un prix dérisoire.

Boissy s'allongea sur le ventre pour attendre Marie. Il lui suffirait d'étirer les jambes pour faire tomber les glaçons. Grâce au redoux du début de février, il y en avait une bonne vingtaine, dont un mesurait deux pieds et devait peser au moins cinq livres. Paul Fouquet avait voulu plusieurs fois le casser, par mesure de prudence, mais Lison disait qu'il était trop beau pour qu'on le brise, qu'on n'avait qu'à faire attention en passant dessous parce qu'elle avait parié, même si c'était défendu, que le plus gros glaçon de Québec se formerait rue Saint-Louis. Marie l'appuyait juste pour contrarier Fouquet, à qui Boissy avait finalement dit qu'il approuvait toujours les paris.

Brave Lison! Braves glaçons!

Pardieu qu'il faisait froid! Il allait être changé en bonhomme de neige! Boissy s'encolérait au fur et à mesure que l'attente se prolongeait; quand il aperçut enfin Marie, il ne ressentait plus que l'envie d'en finir avec elle. Il pourrait alors descendre du toit, retourner chez le Gouverneur rejoindre d'Alleret et l'entraîner chez Boisdon. La jeune femme avançait d'un pas vif, pressée de se réchauffer. Boissy se déplaça lentement : elle n'était plus qu'à deux toises, une, quatre pieds, ça y était, elle allait passer la porte. Il détendit ses jambes d'un coup. Il y eut un grand fracas.

Non, il y eut un cri. Un cri de peur, un cri de femme. Juste avant l'écrasement des glaçons sur le sol.

S'immobilisant pour ne pas être repéré, Boissy comprit que ce n'était pas le cri de Marie LaFlamme car il la vit courir vers une mince silhouette, vers celle qui avait fait échouer son plan : c'était une Sauvagesse. Une Sauvagesse qui avait hurlé assez vite pour prévenir Marie.

Une maudite Sauvagesse qui avait sauvé une maudite garce! Il ne distinguait que sa cape aux longues franges mais il finirait par savoir qui lui avait nui. Il avait hâte que Marie se décide à rentrer; il profiterait de cet instant pour quitter son inconfortable posture et descendre du toit. Il remettrait ensuite l'échelle au bas du mur nord-ouest; les sifflements du vent empêcheraient Marie d'entendre ce qu'il faisait au-dehors.

Qu'elle se dépêche, sacredieu!

Après un moment de stupeur, Marie LaFlamme avait vu les glaçons pulvérisés à un pied d'elle, mais elle avait réussi à maîtriser sa frayeur quand elle avait compris que c'était une Indienne qui lui avait sauvé la vie. Sœur Sainte-Louise et Guillaume lui avaient assez parlé du courage des Sauvagesses qui accouchaient sans un cri, supportaient la famine et le froid sans une larme, répondaient aux hommes sans baisser la voix ! Elle devait remercier l'Indienne avec dignité.

Elle courut vers elle en souhaitant qu'elle parle français.

Chapitre 21.

La baronne de Jocary flattait une des peaux qu'avait apportées Simon Perrot. Voilà plus d'un mois qu'il les avait jetées à ses pieds comme preuve de son amour. Elle n'avait jamais autant ri qu'en écoutant Perrot s'embrouiller dans sa déclaration et elle suffoquait de joie quand il s'était fâché. Il avait alors attrapé un des nœuds de sa robe et l'avait arraché pour l'en bâillonner. Elle l'avait giflé, il l'avait frappée à son tour, elle s'était ruée sur lui poings fermés, il l'avait repoussée contre le mur, retournée, couchée sur ses genoux et fessée. Il n'avait pu lui enfoncer le nœud de soie dans la gorge mais il savait qu'elle ne crierait pas, de peur d'ameuter Michelle ou la nouvelle bonne. Elle se débattait cependant comme une diablesse et la vue de ses fesses rebondies qui se tortillaient énergiquement pour échapper aux coups avait excité Simon Perrot. Il avait retroussé la robe de la baronne, emprisonnant ainsi ses bras, et, l'ayant fait glisser au sol et forcée de s'agenouiller, il avait baissé sa culotte et l'avait pénétrée sans plus attendre. Les cris étranglés, la tentative de fuite vite réprimée, augmentaient son plaisir ; il avait joui en griffant sa maîtresse puis s'était laissé tomber sur elle. Il lui avait permis de se dégager au bout de quelques minutes et l'avait dévisagée sans pouvoir deviner si elle avait apprécié ou non cette initiative. Bah, elle ne s'était jamais plainte de ses traitements.

— Où as-tu volé ces peaux ? avait demandé la baronne, encore essoufflée, en rajustant sa robe.

Simon avait mis quelques secondes à répondre, troublé par la voix inhabituellement grave de sa maîtresse ; était-elle vraiment fâchée ?

— Je les ai gagnées au jeu !

— Menteur ! Tu es le plus mauvais joueur que j'aie jamais rencontré ! Je ferais faillite si tu jouais ici !

— Je les ai prises à un marchand. Près de l'île aux Vaches.

— Il n'a pas protesté ?

— Il n'y avait personne pour le secourir, avait dit Simon d'une voix empreinte d'arrogance. Je lui ai laissé ses hardes. Il était trop gros, je n'aurais pu les porter élégamment. Comment pourrait-il venir les réclamer ici ? Il n'a pas eu le temps de me voir.

— Tu l'as tué ? avait demandé la baronne tout en se trouvant bien sotte de poser cette question à son amant : il ne lui avouerait tout de même pas qu'il avait commis un crime.

— Mais non ! Juste un petit coup pour l'étourdir. On croira qu'il a trop bu. Il n'avait qu'à rentrer chez lui avant le couvre-feu ! Si tu caches mes peaux, je t'en donnerai deux.

— Je peux garder tes pelleteries mais toi...

Simon s'était approché de la baronne et lui avait pris un sein, mais elle avait continué de parler comme si ses caresses ne lui faisaient aucun effet. Qu'avait-elle donc ce jour-là ?

— Toi, tu ne restes pas chez moi !

— Mais où voulez-vous que...

— Ma maison est très courue ; on ne doit pas te voir ! Il n'y a que des gentilshommes qui viennent ici. Les bourreaux ne sont pas admis !

Simon s'était rué vers Armande de Jocary et l'aurait assommée si elle n'avait saisi le chandelier de bronze qu'elle avait gagné le mardi précédent à une partie de lansquenet. Au même moment, il avait entendu crier « au voleur » et s'était immobilisé. La baronne avait eu un petit rire méprisant.

— Ça vient de la rue. Tu pensais bien que c'était pour toi ? Pas cette fois. Mais je n'aimerais guère que le Guet frappe à ma porte. Qu'il s'agisse de fourrures ou d'un prisonnier que tu aurais assassiné.

— C'est ma sœur qui a parlé !

La baronne avait soupiré.

— Je voulais savoir pourquoi elle passait de plus en plus de temps à prier. Elle a même parlé de se retirer chez les filles de Jeanne de Chantal !

— Quelle est cette folie?

— C'est de ta faute! Elle implore Dieu de te pardonner! Je ne croirai jamais que c'est ta sœur! Même si vous me donnez autant de soucis l'un que l'autre. Seulement, Michelle m'a coûté moins cher. Aussi, je me rembourserai avec ces fourrures l'argent que tu m'as pris quand tu croyais que je dormais.

— Quoi?

— Je vais garder ces pelleteries.

— Je vais vous accuser de recel! avait rugi Simon Perrot.

— Il faudra que tu témoignes. Le lieutenant général sera heureux de t'interroger du même coup sur ce qui est arrivé à Guy Chahinian.

— Le marchand viendra chercher ses peaux avec des officiers de police!

La baronne avait donc raison de croire que son amant avait volé les pelleteries chez un particulier. Elle risquait plus gros en conservant la marchandise rue du Bourubourg mais n'aimait-elle pas provoquer le destin?

— Tu connais peut-être le marchand que tu as détroussé, mais comment lui apprendras-tu que ses peaux sont ici? Entre le moment où tu iras le trouver et le moment où ta victime se présentera avec des soldats, j'aurai caché les peaux ailleurs. Tu devras répondre d'une fausse accusation et l'on se demandera assurément comment tu connaissais l'existence de ces peaux.

— Je dirai que je les ai vues chez vous alors que je visitais ma sœur, que je me doutais depuis longtemps que vous voliez. Et que vous êtes une fausse baronne.

Armande de Jocary avait senti son pouls s'accélérer : comment avait-elle pu être assez imprudente pour partager des moments d'intimité avec un homme pareil? Elle était affamée de plaisir après avoir été cloîtrée contre son gré durant plusieurs années, mais pourquoi avait-il fallu qu'elle choisisse Simon Perrot?

— Tu peux connaître la voleuse, mais comment expliquer que tu connais aussi le propriétaire? Tu ne peux même pas envoyer une dénonciation écrite! Et je ne pense pas que tu loues les services d'un écrivain public pour ça...

Armande de Jocary s'était dirigée vers l'alcôve, avait soulevé un traversin et tiré une petite bourse qu'elle avait lancée à Perrot.

— Je ne suis pas une méchante femme. Prends cet argent, tu n'en auras pas autant si tu essaies de vendre tes peaux à quelque filou.

— Je les vendrai à des étrangers qui me paieront bien! protesta Simon Perrot, blême de rage.

— Tu te promèneras dans les rues en proposant ta marchandise? Alors que M. Tardieu te fait rechercher? Non, tu iras au Temple où un tire-laine te rachètera tes pelleteries pour une bouchée de pain! Prends donc mon bon argent... Et disparais de ma vue.

— Mais...

— Disparais de ma vie! avait répété lentement la baronne. Je ne veux plus te voir. Adieu, Simon Perrot. Et ne t'avise pas de m'ennuyer, j'ai maintenant des protecteurs influents. Et un serviteur pour repousser les indésirables.

Armande de Jocary avait cru que Simon Perrot essaierait de nouveau de la frapper; elle s'était rapprochée de la porte, mais son amant avait seulement brandi son poing en la maudissant et en lui jurant qu'il se vengerait. Elle l'avait trompé en lui promettant qu'il serait mousquetaire, en se taisant sur le trésor de Marie LaFlamme, en lui faisant épouser sa servante, et voilà qu'elle le jetait à la rue, comme un chien. Elle se souviendrait que les chiens enragés mordent! Même leur maîtresse!

— On se reverra!

*
* *

La baronne avait mal dormi les nuits qui suivirent cette querelle, mais après quelques semaines elle était plus rassurée: Simon était une brute qui ne réfléchissait guère mais il avait sans doute compris qu'il pourrait lui en coûter de maltraiter une femme qui recevait des comtes chez elle. Simon Perrot était un petit misérable que la noblesse impressionnerait toujours; il était capable d'égorger un homme au détour d'un passage mal éclairé, pour lui prendre ses bottes ou son fleuret, mais il ne pouvait affronter le monde. Il était peut-être rusé, mais son esprit était sans nuances, sans réelle intelligence.

En caressant la peau de vison qu'elle avait choisie pour se faire coudre un manchon, elle se demandait si elle devait montrer les autres pelleteries à Emile Cléron. Michelle-Angèle lui avait présenté le jeune homme quand elle avait enfin accepté de renoncer à son maudit couvent pour continuer à vivre rue du

Bourubourg. Et encore, avait-elle précisé, ce n'était plus pour longtemps ; elle suivrait sous peu le marquis de Saint-Onge. Mais elle était là pour l'instant, et la baronne multipliait les soirées, invitait de plus en plus de personnes de qualité à entendre son prodige. Les concerts de Michelle servaient de prétexte au jeu : quel stratagème trouverait-elle ensuite ? Peut-être examinerait-elle davantage la proposition d'Émile Cléron.

Elle avait beaucoup pensé à lui ces derniers temps ; le mystère dont il s'entourait l'amusait grandement. Il se disait marchand de curiosités, et son air de prospérité prouvait qu'il y avait beaucoup d'amateurs, mais la baronne avait remarqué qu'il mangeait bien trop vite pour un vrai bourgeois. Il essayait de se maîtriser mais s'il mangeait son poisson lentement, il accélérait la cadence à la viande ou au potage et avalait très promptement l'entremets et les desserts comme s'il craignait qu'on ne les retire de la table avant qu'il ait pu les goûter. La baronne de Jocary, née Boulet, avait eu du mal, elle aussi, à se débarrasser de cette habitude contractée quand elle était enfermée au couvent et elle était prête à parier sa nouvelle robe de velours jardinière, ou celle avec de si jolis motifs marins, que le petit Cléron avait été privé de liberté durant un certain temps... L'hospice ? La prison ? A moins qu'on ne l'ait placé comme apprenti chez un maître particulièrement dur. Il devait s'être enfui depuis quelques années car il avait pris la peine d'étudier la démarche des bourgeois, leur façon de se vêtir, leurs tics, leur langage, leur attitude faite de crainte et de mépris, et il les imitait à la perfection.

La baronne n'avait pas décelé immédiatement la supercherie ; quand Michelle lui avait présenté Cléron en même temps que Victor Le Morhier, le Nantais lui avait paru si conforme à l'idée qu'elle se faisait de lui ! Elle était moins méfiante quand son ami parisien s'était avancé pour lui rendre hommage. Et puis il l'avait émue au plus haut point en lui apportant de rarissimes grains de café ; elle avait été si excitée en imaginant l'effet qu'elle produirait quand elle en servirait à son prochain souper qu'elle n'avait pas remarqué le regard papillonnant d'Emile Cléron. Ses yeux allaient d'un vase à un miroir, du candélabre à la tabatière, des glands dorés qui retenaient les draperies émeraude à l'écritoire, du portrait du défunt baron de Jocary à une commode, d'une carafe Val Saint-Lambert au lutrin de palissandre de Michelle. Ils évaluaient chaque objet en moins d'une seconde.

Cléron se retenait d'applaudir; la baronne avait décidément réussi dans le monde! Un monde qui n'était pas le sien; il en avait l'intuition avant de la rencontrer, il en avait maintenant la certitude. Armande de Jocary s'était trahie en poussant des cris de joie quand elle avait reçu le petit sac de café; une aristocrate aurait à peine dit merci. Elle n'était pas plus baronne qu'il n'était bourgeois. Mais il était marchand de curiosités, d'une certaine manière.

La baronne repensait à ce que lui avait proposé Cléron quand elle s'était plainte du partement imminent de Michelle chez le marquis : ce jeune homme lui plaisait davantage à chacune de ses visites. Il avait toujours un présent original à lui offrir, l'écoutait parler avec attention et n'avait jamais demandé à être invité à ses soirées. C'était elle qui l'avait convié à leur troisième rencontre; il lui avait alors dit que rien ne pouvait l'honorer davantage et qu'il espérait qu'on ne devinerait jamais qu'il avait vécu dix ans à l'hospice. Elle n'avait pas relevé l'aveu mais lui avait adressé un sourire complice avant de pester contre sa pupille. Elle avait nourri, habillé Michelle, l'avait dotée des meilleurs maîtres, et voilà que celle-ci voulait la quitter. Victor Le Morhier avait tenté de prendre la défense de Michelle, mais Emile Cléron avait soutenu que le dédommagement du marquis ne compenserait pas la perte et les ennuis qu'engendrerait le départ de la flûtiste.

— Vous n'aurez plus d'alibi. A moins que vous ne m'écoutiez...

Avec une assurance nouvelle, Émile Cléron avait suggéré à la baronne d'interroger habilement ses invités afin de savoir lesquels avaient appris la musique ou le chant.

— La plupart des femmes. Celles des joueurs et les autres. Et quelques hommes.

— Voyez donc si celles qui assistent aux interminables parties s'amusent autant que leurs époux. Si vous les priiez de chanter ou de toucher la viole et la harpe, elles se divertiraient davantage. Elles ne presseraient pas plus leurs maris, ou leurs amis, de rentrer qu'elles ne rechigneraient à les accompagner chez vous. Si elles viennent aujourd'hui, c'est dans l'espoir qu'on leur fera une cour comme celle qu'on fait chez Mlle de Scudéry, mais vous n'attirez pas les mêmes personnes. Vous, vous n'aurez jamais que des bourgeois bien nantis et les quelques vicomtes qui jouent partout, sans distinction de classe.

— Mais le marquis de Saint-Onge est un habitué! s'était récriée Armande de Jocary.

— Il vient pour Michelle et vous a amené tout ce qu'il pouvait! Pourquoi tenez-vous tant à plumer les aristocrates? Ils ont souvent moins de bien que les bourgeois et règlent leurs dettes avec des mois de retard ou avec des billets qui ne vaudront jamais rien. Vous ont-ils accordé les faveurs qu'ils vous promettent depuis qu'ils jouent ici?

La baronne avait admis que rares étaient ceux qui tenaient parole, qu'elle ne pouvait se montrer exigeante, mais le fait d'avoir des comtes à sa table la mettait à l'abri de certaines tracasseries.

— Je sais. Mais ils ne trouveront pas pour vous une autre musicienne. Vous ne pouvez pas renoncer aux concerts : dites à toutes ces femmes de venir chanter et jouer chez vous!

— Elles refuseront.

— Pas si la première à se produire est aussi belle que Michelle est douée... Je peux vous trouver une actrice qui ne parlera que l'anglais, qui sera la veuve d'un lord, qui n'aura qu'un filet de voix mais un corps à faire rougir Satan. Les hommes seront séduits mais les femmes penseront qu'elles chantent beaucoup mieux que l'étrangère ; elles se presseront ensuite à votre appel.

La baronne avait éclaté de rire, puis promis de réfléchir à cette curieuse proposition.

Elle balançait encore en caressant son visage avec la queue d'un loup-cervier : elle serait déçue de renoncer à s'assurer la fidélité des aristocrates, mais excitée à l'idée de soutirer plus régulièrement de l'argent aux bourgeois. Emile Cléron avait raison ; en dix mois, elle avait atteint une partie des buts qu'elle s'était fixés, mais elle admettait n'avoir pas reçu autant de nobles qu'elle l'avait espéré ; elle devrait peut-être songer à améliorer l'accueil réservé aux bourgeois. Si elle acceptait le plan d'Emile Cléron, il faudrait qu'elle achète des instruments de musique ; les prix demandés par le luthier de la rue Court-Vilain l'avaient renversée mais une courte enquête lui avait appris que les prétentions de l'artisan n'étaient pas excessives.

Il était peut-être temps de vendre les fourrures de Simon Perrot. Emile Cléron saurait qui prisait ce genre de curiosités.

La baronne étala les pelleteries sur son lit, les flatta les unes après les autres avec une pointe de mélancolie ; elle avait pris l'habitude de se lover dans les fourrures, de s'y blottir, de s'y réchauffer. Elle se promit d'en racheter autant et d'en tapisser l'alcôve avant une année!

Elle souleva la clochette d'argent que lui avait donnée Emile Cléron lors de sa dernière visite et la fit tinter : une servante frappa aussitôt à la porte de la chambre.

— Allez me chercher Michelle-Angèle, dit la baronne.

Jeanne baissa la tête, prévoyant la colère de sa maîtresse ; la musicienne était encore sortie sans la prévenir, mais c'est elle, Jeanne, qui serait grondée. Et peut-être même punie! Si la baronne décidait de lui retenir une partie de ses gages? Elle ne pourrait rien acheter à la foire Saint-Germain! Cette Michelle-Angèle consacrait bien du temps à prier pour les malades, elle accompagnait les religieuses qui visitaient les pauvres, elle consolait les prisonniers à la Bastille, mais elle se moquait qu'une servante se fasse attraper par sa maîtresse à cause d'elle!

— Alors? Où est-elle? s'impatienta la baronne.

— Sortie, Madame, comme à son habitude, répondit Jeanne avec aigreur. Elle n'a rien voulu dire!

— Combien de fois vais-je te répéter de me prévenir quand elle veut sortir? Je saurais lui parler, moi!

— Je n'ai pas eu le temps; j'étais à la cuisine à repasser votre robe de cissac rouge quand je l'ai entendue ouvrir la porte. Je n'ai pas couru après. J'aurais dû? Elle ne serait point revenue! Elle est têtue, vous savez, madame la Baronne. Je lui ai dit qu'une jeune dame ne devrait pas aller à la prison toute seule. Elle m'a dit que bien des femmes étaient enfermées toutes seules et qu'on ne se souciait pas d'elles! Pour sûr! On ne les connaît même pas!

— C'est elle que je devrais enfermer ici! lâcha la baronne.

Elle souleva le couvercle marqueté d'une boîte d'ébène d'où elle tira un paquet de cartes à jouer. Une patience la calmerait peut-être? Depuis que le marquis de Saint-Onge avait pris Michelle sous sa protection, cette dernière allait et venait comme bon lui semblait. Enfin, elle n'était pas allée visiter des lépreux, des galeux ou des pestiférés, mais plutôt voir Guy Chahinian. La baronne l'interrogerait avec subtilité à son retour. Incarcéré pour hérésie, l'homme n'avait pas encore été exécuté ; il devait donc détenir un formidable secret. La manière de changer le plomb en or? Ce serait inouï si... Rêveuse, la baronne perdit son premier jeu contre elle-même ; elle envoya valser les cartes, déci-

dant que cette journée s'annonçait très mal. D'abord, elle avait
dû supporter les cris d'une marchande de fruits, «les pruneaux
de Tours, les beaux», postée à l'angle des rues Sainte-Croix et
Bourubourg, puis elle avait renversé sa tasse de faïence remplie
de café, et maintenant elle devait attendre le bon vouloir de sa
pupille pour voir Emile Cléron. C'est toujours Michelle qui faisait prévenir Victor Le Morhier de lui amener son ami ; il avait
des choses à cacher, assurément, mais qui n'en avait pas ?

Même l'angélique Michelle Perrot taisait ses entretiens avec
l'orfèvre. Elle disait que Guy Chahinian ne lui parlait que du trésor de Marie LaFlamme ; il répétait sans cesse qu'il avait menti.
Ce trésor n'existait pas. La baronne s'était réjouie d'apprendre
que Simon fondait de grands espoirs sur une fable ! Il retrouverait peut-être Marie LaFlamme, mais il ne s'enrichirait pas pour
autant.

Michelle Perrot avait dit la vérité en rapportant les paroles de
Chahinian ; il lui avait expliqué la ruse d'Anne LaFlamme à sa
première visite à la Bastille. Puis il avait parlé de Lulli et de Charpentier et Michelle avait compris qu'il craignait d'aborder
d'autres sujets que la musique. Il l'avait chaleureusement remerciée de lui avoir fait quitter sa première prison : il était cent fois
mieux traité à la Bastille qu'au Grand Châtelet ; il avait une vaste
cellule, dont on changeait la paillasse chaque jour, on avait ajouté
une table et deux chaises à son lit et on lui donnait autant de
papier qu'il en voulait. Il montrait aux geôliers et aux visiteurs
des croquis qu'il dessinait entre les moments où il rédigeait secrètement ses mémoires. Il détestait écrire, mais il était le grand
maître de la Confrérie et devait léguer un testament moral à ses
Frères de Lumière.

Guy Chahinian ne parlait pas de ses brûlures, de son amputa-
tion, ni de son incarcération : il n'était pas le premier à être persécuté, et ne serait pas le dernier. Il s'efforçait plutôt d'expliquer ce qu'il allait découvrir quand on l'avait arrêté chez Jules
Pernelle : les nouvelles possibilités du mercure et les étincelles
lumineuses obtenues par frottement du verre. Il fallait poursuivre dans cette voie et réunir ces énergies pour réussir à produire
une lumière qui serait continue.

Comme ses instruments de chimie lui manquaient ! Ses bal-
lons, ses cornues, ses balances, ses poids, ses minerais, ses poudres ! Et l'athanor ! Qu'il ferait bon rôtir son visage devant le

fourneau! Il avait eu si froid dans l'immonde geôle du Chatelet qu'il avait l'impression qu'il ne pourrait plus jamais se réchauffer. Sa cellule de la Bastille était confortable, le marquis lui avait payé plus d'une couverture et Michelle lui avait apporté un manteau, mais ses doigts étaient toujours glacés. Il rêvait souvent qu'il plongeait au cœur de la terre et présentait ses mains gelées à l'archée, ce feu qui cuisait les pierres et les métaux.

— Chahinian! La demoiselle te demande! cria le geôlier en introduisant un clé dans la serrure rouillée.

Le grincement fit frémir Michelle. Elle portait un sac de jute qu'elle posa sur la table branlante.

— C'est une tourte aux béatilles. Comme celle que faisait Nanette! Vous en avez déjà mangé chez Marie?

Chahinian hocha doucement la tête, se disant pour la centième fois que les contraires s'attirent : Michelle et Marie étaient aussi différentes que l'eau et le feu, l'hiver et l'été, le sucre et le sel, le blanc et le noir, la vie et la mort.

— Vous admirez Marie?

Michelle, qui coupait la tourte, s'arrêta, troublée.

— Oh, je sais que vous ne l'aimez pas. Et vous avez de bonnes raisons pour ça... Moi-même, je refuse de penser à ce qu'elle vous a fait. J'ai peur que Simon ne lui ait donné un bien mauvais exemple. J'essaie de me souvenir seulement de Nantes. Elle m'a toujours protégée. Elle est gaie, drôle, vive, téméraire, forte. Tout à l'opposé de moi. Elle m'a appris à nager, elle a soigné mon oiseau, elle a applaudi quand j'ai soufflé dans une flûte, elle m'a encouragée à venir à Paris.

Michelle rougit, se souvenant que Marie l'avait poussée à suivre la baronne car elle espérait avoir ainsi des nouvelles plus régulières de Simon. Elle échappa la part de tourte qui tomba à côté de la gamelle et bredouilla qu'elle était si maladroite. Marie, elle, ne laissait jamais rien échapper.

— Mais Marie ne connaît pas la musique, fit l'orfèvre. Et n'irait pas vivre chez un marquis.

Michelle pouffa : imaginer Marie dans les longs couloirs du château de Saint-Onge était un exercice amusant. Comment accepterait-elle de porter des robes qui vous donnent l'impression d'avoir avalé une épée? Qui la persuaderait de ne parler qu'après avoir été interrogée, de faire semblant de s'amuser au jeu des charades, de garder les yeux baissés en permanence, d'avoir de la modestie dans ses propos ?

— Elle est plus heureuse en Nouvelle-France qu'au château de monsieur le Marquis. C'est ce qu'elle m'a écrit dans la lettre que m'a remise Victor.

— Elle devait vous dire aussi son désir de voir... votre...

Guy Chahinian fut incapable de proférer le nom de Simon Perrot. Il aurait voulu y arriver, pour Michelle, pour lui-même, mais l'angoisse lui nouait la gorge quand il repensait à son tortionnaire.

— Simon ? Il n'est plus mon frère, vous le savez. J'ai écrit à Marie qu'elle doit l'oublier. Je lui ai raconté ce que vous aviez subi. Pardon, je ne voulais pas remuer ces souvenirs, mais...

— Quand lui avez-vous écrit ?

— Dimanche : un messager allait à Saint-Malo. Je veux que ma lettre prenne le premier bateau qui fera le trajet vers la Nouvelle-France. Si Marie n'a pas l'intention de revenir pour témoigner en votre faveur au sujet du meurtre de Jules Pernelle, elle doit rester à Québec où elle soigne les malades à l'Hôtel-Dieu. Elle est plus utile là-bas. Tant mieux ; elle a fait trop d'erreurs ici. Je voulais lui parler du trésor, mais Victor a refusé. Il sait pourtant mieux que quiconque que c'est une fable ! Je ne comprends pas son silence.

— Croyez-vous que Victor viendrait me visiter ?

La jeune femme eut pour l'orfèvre un regard d'une extrême douceur et promit d'emmener Victor même si elle se demandait pourquoi il tenait tant à le rencontrer : il ne lui raconterait rien de plus que ce qu'elle lui avait dit. Il répéterait que Marie avait assisté à la mort de l'apothicaire et à son arrestation, cachée dans un recoin de la boutique. Et que c'était la frayeur qui l'avait poussée à s'enfuir à Dieppe.

Qu'espérait Guy Chahinian de Victor ?

Savoir ce qui était advenu des coupelles sacrées. Il en était obsédé. Avaient-elles roulé dans l'apothicairerie pour être foulées par les sabots des curieux ou Marie les avait-elle récupérées ? Simon Perrot était sorti de la boutique sans les retirer de la main de Pernelle. Mais ceux qui avaient enlevé le cadavre de Pernelle avaient peut-être entendu tomber le soleil d'or et la lune d'argent sur les tuiles de l'apothicairerie ?

Il souhaitait de toutes ses forces que Marie ait fermé les yeux de son maître, qu'elle ait prié à côté de lui, qu'elle ait découvert les coupelles. Et qu'elle ne les ait pas revendues au premier marchand venu !

Si Marie détenait toujours les objets sacrés, il continuerait la lutte. Il vivrait pour découvrir la vérité des enseignements. La manière de produire spontanément de la lumière occupait son esprit, mais les inscriptions gravées sur les coupelles hantaient son âme. Il n'avait pas fini de les déchiffrer quand il avait été arrêté. Il avait bien copié les inscriptions quand le Premier Maître lui avait remis les astres, mais Simon Perrot ne s'était pas privé de lui dire qu'il avait été chez lui prendre ses affaires — «puisque tu n'en auras plus jamais besoin» — qu'il avait gardé un pourpoint de flanelle et un beau chapeau vert, et que le lieutenant Tardieu avait conservé ses livres et ses écrits comme preuves de son hérésie. Les inscriptions étaient transcrites en un langage secret dans un de ces bouquins.

Il fallait que Marie ait les coupelles !

Victor trouva les questions de Guy Chahinian bien étranges ; il semblait s'inquiéter des moyens de subsistance de Marie. Avait-elle de l'argent quand ils s'étaient embarqués à Dieppe ? Comment avait-elle payé son voyage ? S'était-elle subitement enrichie à Québec ? Avait-elle déjà dit qu'elle possédait des objets de valeur ?

— Son trésor, bien sûr. Elle m'en a cassé les oreilles !

— Rien d'autre ? Elle aurait pu voler chez Saint-Arnaud.

— Elle avait gardé la bague que vous aviez créée. Mais le capitaine de l'*Alouette* lui a prise.

— Chez mon ami Jules Pernelle ?

L'orfèvre avait dit «mon» ami. Victor l'admira de pouvoir pardonner ainsi la trahison ; il était assurément digne de l'estime que ses parents lui vouaient. Comment l'aider à son tour ?

— Essayez de vous souvenir, Victor, Marie n'a rien pris chez son patron ?

La voix de Chahinian tremblait d'anxiété. Victor essayait de deviner ce qu'il voulait entendre, mais il revoyait Marie au port de Dieppe, assise sur un tas de cordages. Elle disait qu'elle s'était permis d'emporter les poudres de l'apothicairerie, les graines, les herbes, les onguents car elle n'avait pas reçu un sou de Pernelle.

— Elle avait une besace bien remplie. Et bien utile durant le trajet de mer. Elle a même délivré une femme. Qui est morte,

hélas, mais Marie a adopté l'enfant. C'est une fille et j'en suis
le parrain ! Je lui ai offert une peau de fourrure pour l'hiver, car
Marie gagne très peu à l'Hôtel-Dieu. Elle réussit tout juste à payer
Emeline Blanchard, la nourrice.

— Elle ne pouvait pas vendre des bijoux ?

— Quels bijoux ? Vous l'avez enlevée ! Elle n'a pas pu voler
Saint-Arnaud. Elle a avoué qu'elle avait « peut-être » pensé à fouiller dans les poches de Jules Pernelle pour lui « emprunter » quelques livres mais qu'elle lui avait seulement fermé les yeux. Elle
n'avait même pas pu lui croiser les mains sur la poitrine car le
corps s'était vite raidi.

À sa grande surprise, Victor vit le visage de l'orfèvre exprimer une joie profonde. Il fixait l'épais mur de pierre de la prison avec une grande sérénité ; Victor crut un instant que
l'homme avait eu une apparition. La Vierge ? Une fée ? Michelle
lui avait dit que Chahinian était le grand maître d'une société
secrète ; avait-il des pouvoirs magiques ? Communiquait-il avec
les esprits ? Et si c'était Anne LaFlamme qui venait le visiter ?
Victor se retourna subitement et se sentit ridicule d'avoir imaginé pareille chose : le mur était gris et sale comme tous les
autres murs de la prison ; aucune sainte, aucune sorcière ne
l'illuminait.

Guy Chahinian avait, pour la première fois depuis son arrestation, envie d'être seul ; il toucha son moignon et dit à Victor
qu'il devait se reposer et le remercia de sa visite avec beaucoup
de chaleur.

Rue Saint-Antoine, Victor regarda stupidement les tours cré-
nelées de la Bastille ; entre le moment où Chahinian avait eu cette
sorte de vision et le moment où le gardien lui avait ouvert la
grille extérieure, il ne s'était pas écoulé plus de deux minutes.
Avait-il rêvé cette visite à l'orfèvre ? Il croyait qu'ils évoqueraient
ses souffrances, son séjour à Nantes, son passé, son futur procès. Chahinian n'avait parlé que de Marie. Fallait-il qu'il aime
Anne LaFlamme pour se soucier encore de sa fille ? Même après
qu'elle eut brisé sa vie ? Victor avait jeté des regards furtifs à la
jambe mutilée de l'orfèvre, il devinait le moignon douloureux
sous le pansement, il voyait combien Chahinian avait du mal
à trouver son équilibre ; il s'assurait toujours que sa béquille était
à portée de la main. Chahinian était un saint pour pardonner
à Pernelle et à Marie.

« Et moi je suis un idiot d'aimer encore cette femme », songea Victor Le Morhier en se dirigeant vers la place Royale où il devait retrouver Émile Cléron. « Un idiot, un sot, un benêt ! » Il tourna rue Royale et fut encore ébloui par la beauté de la place ; il n'avait jamais vu, avant son séjour à Paris, d'ensemble aussi parfait que ces maisons d'une même symétrie dont les façades identiques formaient un carré bien net. Des palissades, qui ne ressemblaient guère à celle qui entourait le fort des Hurons de Québec, délimitaient le centre de la place où trônait une statue d'Henri IV, et les parterres de gazon, les allées sablées, les bancs qu'on avait disposés à chaque bout invitaient les passants à s'attarder. Emile Cléron soutenait que des dames du marais, comme la comtesse de Fiesque et Mlle d'Haucourt, venaient y bavarder l'après-midi avec leurs amies, mais les créatures qui s'y promenaient le soir n'avaient rien de commun avec les précieuses et étaient moins farouches ; ces femmes du monde, comme on les appelait, appartenaient justement à tout le monde.

L'humidité désolante de février avait découragé aristocrates et catins ; la place Royale était quasiment déserte, à l'exception d'un sabouleux qui fit un clin d'œil à Victor. Pour l'avoir vu en compagnie de Cléron-Marmiton, il savait qu'il ne révélerait pas sa ruse aux étrangers qui s'approchaient. Il glissa un morceau de savon dans sa bouche et gesticula d'une manière désordonnée afin de faire croire à son épilepsie.

Victor grimaça ; il lui semblait deviner le goût du savon. Il comprit sa chance ; il repartirait pour Nantes, Dieppe ou Saint-Malo. Peut-être avant l'été. Il naviguerait de nouveau, il serait même payé pour faire ce qu'il aimait. Il n'était pas obligé de se tordre en tous sens pour attirer la pitié des promeneurs. Il vit un coquillard venir vers lui ; il s'apprêtait à lui donner une pièce quand celui-ci l'appela par son nom.

— T'es Victor le Nantais ?

Victor hocha la tête, subitement inquiet : ce faux pèlerin lui apprendrait-il que son ami s'était fait arrêter sur la place alors qu'il l'attendait ? Emile lui avait pourtant juré qu'il n'était pas un tire-laine, mais...

— C'est Cléron-Marmiton, il dit que tu viennes plutôt le trouver rue du Pas-de-la-Mule. Il t'attend là.

Victor soupira de soulagement : il passait le plus clair de ses loisirs avec le Parisien, pour qui il éprouvait une réelle amitié, mais partager le quotidien d'Emile Cléron, c'était accepter de vivre dans l'illégalité. Si les filouteries de Cléron l'amusaient souvent, le capitaine Le Morhier lui avait inculqué des valeurs bien différentes. Il obéissait à ses parents en restant auprès de sa tante, mais il lui tardait de repartir et de voir combien il est difficile de tricher avec la mer.

Chapitre 22.

Antoine Souci imita Marcel Toussaint et s'épongea le front en faisant signe à Pierrot de lui rapporter du cidre ; ils se regardaient sans dire un mot quand Michel Dupuis poussa la porte du cabaret. Le silence inhabituel l'inquiéta, il interrogea Toussaint, mais c'est Souci qui répondit.

— Ils ont failli se battre !

— Boissy et d'Alleret, compléta Marcel Toussaint.

— Ils auraient tout démoli ! fit Denys de La Ronde en joignant les mains.

Il ferait brûler un cierge à Notre-Dame de la Paix. Juré. Quand le ton avait monté entre les deux gentilshommes, Pierrot, son commis, avait essayé de les distraire en leur offrant à boire, mais ni Boissy ni d'Alleret ne l'avaient entendu, trop occupés à se défier. Il faut dire que Boissy avait insulté d'Alleret.

— Il lui a dit qu'il trichait au jeu !

— Quoi ? Et d'Alleret ne l'a pas embroché sur place ?

— D'Alleret sait bien qu'il n'y a pas plus fine lame que Boissy à Québec. Mais il aurait pu le frapper !

Antoine Souci soupira.

— C'est dommage. Si d'Alleret avait tué Boissy, on aurait été débarrassés des deux.

— Des deux ?

— D'Alleret aurait été condamné à mort, non ?

Michel Dupuis, qui s'était approché de l'âtre en écoutant ce récit, approuva Souci.

— Boissy m'a bousculé alors que je venais ici. Je suis même tombé par terre. Mais j'ai pensé pareil que d'Alleret : je ne suis pas un bon bretteur. J'ai attendu qu'il reparte pour me relever. Je ne l'avais jamais vu si encoléré !

— Il était furieux bien avant que d'Alleret le jargonne, fit Souci. Il était tout rouge quand il est entré. Et ce n'était pas à cause du froid.

— Et d'Alleret qui s'amusait de cette rage !

La Ronde hésita, puis confia à ses clients qu'il avait entendu d'Alleret dire à Boissy, en posant un paquet de cartes devant lui, qu'il serait peut-être heureux au jeu puisqu'il ne l'était pas en amour.

— C'est vrai, approuva le commis. J'ai entendu aussi.

— Boissy ? s'esclaffa Toussaint. Vous vous trompez !

Le cabaretier haussa les épaules ; après tout, il se moquait des amours de Nicolas de Boissy. Tant qu'il ne cassait rien chez lui... Il n'avait ni la force ni l'envie de séparer d'éventuels combattants et ne se serait jamais interposé entre les deux gentilshommes. Il s'étonnait toutefois de leur querelle, même s'il avait remarqué depuis quelques semaines qu'ils n'étaient plus aussi complices qu'avant. Ils ne s'étaient pas chanté des pouilles, comme ce soir, mais ils avaient des regards mauvais. Des regards meurtriers.

La Ronde avait entièrement raison même si Boissy n'avait compris ce désir de mort qu'au moment où il avait accusé d'Alleret : celui-ci l'avait nargué une fois de trop en lui parlant de ses amours déçues. Il avait perdu son pari, soit, mais il était d'un goût douteux d'en plaisanter.

Et d'Alleret n'avait même pas accepté le duel ! En sortant du cabaret, il s'était plus ou moins excusé, alors que c'était lui l'offensé. Il n'avait pas avoué qu'il avait triché, mais admis qu'il avait eu une chance fabuleuse. Boissy le savait bien ; il ne l'avait pas accusé parce qu'il se croyait trompé mais parce qu'il voulait que d'Alleret se rue sur lui pour le battre. A ce moment, il l'aurait aisément tué et dix personnes auraient pu témoigner qu'il s'agissait de légitime défense. Maintenant, s'il assassinait d'Alleret, chacun raconterait leur dispute. Il était obligé de se réconcilier avec lui alors qu'il avait envie d'être seul à trafiquer.

Juste avant d'entrer chez lui, Boissy glissa et se tordit le poignet. Il entra en vociférant, moins de douleur que de colère : il n'oublierait pas cette soirée ! D'abord Marie, puis d'Alleret ! Puis cette maudite glace !

Fouquet descendit au cellier et remonta rapidement avec de l'eau-de-vie ; il connaissait Boissy depuis deux ans mais ne l'avait jamais vu dans cet état. Il lui tendit une timbale pleine à ras bord, mais retira très vite sa main comme si son maître allait le mordre. Il avait eu cependant la bonne initiative ; après avoir bu l'eau-de-vie d'un trait, Boissy ordonna à Fouquet d'aller chercher Marie.

— Elle saura bien me replacer la main !

Si Lison avait été réveillée par les éclats de Nicolas de Boissy, Marie, elle, n'avait pas trouvé le sommeil ; elle repensait à la chute du glaçon, à la mort qu'elle avait évitée grâce à l'Indienne, et remerciait sœur Sainte-Louise et sa mère, Nanette et Julie, de l'avoir protégée d'En-Haut. Marie entendit Boissy la nommer ; elle avait déjà tiré la chemisette de mazamet qu'elle gardait au chaud au fond du lit et finissait de la passer par-dessus sa chemise de corps. Fouquet entra dans la pièce.

— Viens-t'en, ton maître s'est rompu le bras ! On verra si tu sauras le ramancher !

Quand elle fut à côté de lui, Marie fit exprès d'écraser le pied de Fouquet. Elle était piquée au vif : personne ne remettait mieux qu'elle les membres en place.

Elle palpa le poignet de Boissy sans marquer d'hésitation ; elle n'était plus la servante devant son maître, mais une empirique détenant le pouvoir de soigner une blessure. Boissy eut même l'impression que le ton de la voix de Marie baissait tandis qu'elle lui expliquait qu'il n'avait qu'une foulure.

— Un peu de baume de sapin gardera la chaleur. Fouquet, allez me chercher ma besace.

Fouquet déglutit : Marie se croyait-elle de retour à l'Hôtel-Dieu pour lui donner ainsi des ordres ? Il regarda Boissy, qui battit des paupières en signe d'assentiment. Il se moquait éperdument des susceptibilités de son valet : il souffrait et voulait être soulagé.

Marie banda Boissy avec célérité, persuadée qu'un bon médecin opère vite. Après avoir conseillé à son patient de surélever sa main pour dormir, elle retourna se coucher en s'efforçant de cacher son malaise : elle détestait Boissy, mais s'était pourtant efforcée de réduire rapidement ses souffrances. Pourquoi n'avait-elle pas profité de sa faiblesse passagère ?

La nuit, elle rêva qu'Anne LaFlamme parlait avec l'Indienne qui l'avait avertie de la chute de glace. L'Indienne avait maintenant l'âge de sa mère et elle lui donnait des racines d'annedda. Anne marchait sur le fleuve vers le *Lion*. Elle criait : « Pierre, Pierre, Pierre », et une tortue géante émergeait du Saint-Laurent, la portait à hauteur du pont. On y avait dressé des lits comme à l'Hôtel-Dieu, mais les couvertures des scorbutiques étaient faites de peaux de lièvre. Anne les frottait de tiges de cèdre blanc et les lièvres ressuscitaient, gambadaient autour des malades qui reprenaient vie et la menaient à Pierre LaFlamme. Il occupait la cabine de Geoffroy de Saint-Arnaud, lequel gisait au sol, regardant des vers grouiller de sa jambe coupée. Pierre disait à Anne qu'ils étaient enfin vengés de l'armateur. Elle lui souriait, mais se penchait sur Saint-Arnaud, et appliquait un onguent sur sa blessure. Pierre tentait de l'arrêter, mais elle lui répondait qu'elle devait calfater les vaisseaux sanguins. Qu'elle avait appris à le faire avec M. Chouart, le meilleur des maîtres.

Marie s'éveilla en pensant que c'était elle qui avait eu la meilleure des maîtresses ; elle avait soigné correctement Boissy pour respecter les enseignements de sa mère.

Le songe l'habita toute la journée. Elle était vexée que l'Indienne ait parlé à sa mère, même dans un rêve, alors qu'elle ne lui avait pas dit un mot la veille. La Huronne avait crié, avait regardé longuement Marie, mais ne lui avait pas adressé la parole. Elle semblait aussi troublée qu'elle, à la fois furieuse et soulagée. Marie l'avait remerciée en tremblant, et sans hésiter lui avait donné l'écharpe de taffetas rouge que Myriam Le Morhier lui avait offerte à Paris. Dès qu'un navire partirait avec du courrier, elle écrirait à Victor de lui rapporter une écharpe à son retour à Québec. Non, il aurait quitté la France bien avant. Assurément. Il le fallait. L'Indienne avait frotté l'écharpe contre ses joues, puis l'avait drapée sur sa tête et Marie lui avait dit qu'elle lui allait bien. L'Indienne avait eu un demi-sourire avant de s'éloigner en courant vers le fort. Marie été restée sur place quelques secondes, comme si elle doutait de cette apparition providentielle. Retournant ensuite sur ses pas, elle avait écrasé les morceaux de glace à coups de talon avant d'entrer se coucher.

Le lendemain, Marie conta sa mésaventure à Lison et lui décrivit l'Indienne afin de savoir si elle la connaissait, mais la cuisinière ne faisait que répéter qu'elle aurait pu mourir si le glaçon était tombé sur elle.

— C'est pourtant moi qui ai failli périr! protesta Marie. A cause de ton stupide concours de glaçon! Sans cette femme...

— Que faisait-elle en dehors du fort à cette heure?

Marie dévisagea Lison : celle-ci était rentrée chez son maître bien après que l'Indienne eut regagné le fort. Que signifiait cette hostilité?

— Je n'aime pas voir les Sauvages rôder autour de nos maisons. Je n'oublie pas le meurtre de Suzanne Dion. Même si ça fait une secousse!

— Elle ne m'a pas tuée, elle m'a sauvée! Et elle s'est convertie! Elle est huronne.

— Qu'est-ce que t'en sais? Tu fais la différence entre les Iroquois et les Hurons, toi? Elle ne t'a pas parlé? C'est qu'elle ne connaît peut-être pas notre langue. C'est qu'elle n'est peut-être pas baptisée!

Marie fit une moue et dit que l'Indienne devait être simplement muette.

— Muette? Elle a bien crié!

— Ce n'est pas pareil.

Lison, qui aiguisait le couteau à pain, l'agita dans les airs.

— Pas pareil? C'est une ruse! Quand les Sauvages se taisent, c'est qu'ils rêvent de nous scalper!

— Je n'ai encore soigné personne pour ça! répliqua Marie d'un ton sec.

— Mais c'est peut-être ce qui attend Guillaume Laviolette.

Marie s'impatienta : le coureur ne reviendrait pas avant la fin du printemps, il le lui avait dit. C'était mesquin de parler de sa mort!

Ah! qu'elle avait envie de quitter la rue Saint-Louis! La demeure était plus vaste que beaucoup d'autres, mais Marie avait l'impression que l'espace rétrécissait de jour en jour, la collait à Fouquet, Boissy et Lison. Depuis que Marie avait vainement tenté d'expliquer à Lison qu'elle la soignerait volontiers quand elle serait vraiment malade mais ne pouvait gaspiller des réserves de graines et de poudres pour son plaisir, la cuisinière n'ouvrait plus la bouche que pour la réprimander sur sa lenteur à dépecer une viande ou repriser une chemise.

Lison planta son couteau dans la miche de froment. Elle ricana en entendant un bruit mou.

— Ça doit faire le même son quand une flèche s'enfonce dans le cœur. Et ça, tu ne peux pas dire que tu n'en as pas soigné. Tu t'occupes assez du chevalier du Puissac. Fais-moi pas d'accroires ! Je sais bien que tu n'y vas pas pour le lièvre.

— C'est faux ! protesta Marie. Je ne pouvais pas garder Janvier ici ! Tu le sais !

— Je sais aussi qu'on est en février, ça fait donc deux mois que tu as cette bête et ça fait donc huit fois que tu vas chez Julien du Puissac. Tu le vois plus souvent que ta fille !

— Il habite la même rue ! protesta Marie.

Elle ne supportait aucune remarque sur son absence auprès de Noémie. Elle se sentait coupable de ne pas aller régulièrement la voir, mais elle n'en avait guère le temps. Tant qu'elle servirait chez Boissy, elle ne pourrait pas la chérir. Il fallait qu'elle aie sa propre maison.

— Monsieur n'apprécie pas ces visites à Julien du Puissac. Il a dit que Mgr de Laval était mécontent des commentaires du chevalier sur sa nouvelle décision.

— Ce n'est pas l'évêque qui délivre les femmes et essaie de sauver les nouveau-nés ! Par un froid pareil, ils risquent la mort s'ils sortent de chez eux !

Marie approuvait du Puissac qui avait contesté la rigueur du nouveau décret de Mgr de Laval : celui-ci menaçait d'excommunication les parents qui se contentaient d'ondoyer leur enfant à la naissance au lieu de le faire baptiser le jour même à l'église.

— Tu ne seras jamais sage-femme ! Il faut respecter la religion !

— Je respecte la vie ! clama Marie. Je ne voudrais pas délivrer des femmes qui se lèveraient ensuite pour courir à l'église. Bien des curés sont d'ailleurs prêts à se déplacer. Le bon père Jean a procédé à plusieurs baptêmes hors des murs de l'église !

— Et toi ? Tu es certaine d'être baptisée ?

La gifle qu'assena Marie à Lison n'était pas la première qu'elle recevait, mais elle s'en souviendrait toute son existence : elle eut l'impression que sa tête avait fait dix tours, comme la toupie verte qui distrayait son neveu, et qu'à chaque tour on lui marquait la joue au fer rouge. Elle serra les dents et chargea, tête baissée. Elle frappa Marie au ventre, la projeta au sol et, empoignant ses cheveux à pleines mains, lui martela la tête furieusement avant de se rendre compte qu'elle était inconsciente.

Lison la relâcha, s'écarta d'elle vivement et se laissa tomber sur le tabouret en gémissant : et si elle l'avait tuée ? Elle serait emprisonnée, pendue ou marquée d'une fleur de lys, envoyée aux galères et dans les colonies. Elle rit ; elle était déjà dans une colonie ! Elle n'y serait pas condamnée par la faute d'une traînée ! Si Marie était morte, elle casserait tout dans la cuisine et prétendrait qu'elles avaient dû se défendre toutes deux contre un Iroquois, mais que Marie, hélas, avait reçu un mauvais coup ! Elle dirait qu'elle ne connaissait pas le Sauvage. Et même... Qu'elle ne puisse l'identifier n'intriguerait personne : ces bêtes-là se ressemblaient toutes ! La même peau tannée, les mêmes cheveux luisants de graisse, les mêmes dents acérées, prêtes à dévorer le cœur de leur ennemi. Comment pouvait-on faire confiance à des êtres qui se mangent entre eux ? Baptisés, pas baptisés, Hurons, Montagnais, marchands ou chasseurs, ils étaient tous pareils ! Quoi qu'en dise mère Marie de l'Incarnation qui s'entêtait à leur enseigner le français et le catéchisme. Il paraît qu'elle voulait même que les Sauvagesses apprennent à lire !

Qu'est-ce qu'elles liraient sur l'écorce des bouleaux ? Lison avait signé d'un X son engagement et ne s'en portait pas plus mal. Marie LaFlamme, elle, savait lire, et voyez, ça ne lui donnait rien, elle restait au sol, recroquevillée. Lison se leva, inspira longuement et toucha les épaules de Marie du bout du pied. Elle ne réagit pas. Elle s'agenouilla près d'elle, la retourna lentement, et portait la main à sa gorge quand Marie lui donna une telle ruade qu'elle vola à trois pieds d'elle.

Il y eut un long silence, puis Marie dit qu'elles étaient quittes. Tandis qu'elle se relevait, Lison cracha par terre. Marie tressaillit mais continua à épousseter sa jupe : elle ne s'illusionnait pas, elles resteraient fâchées. Mais il ne fallait pas que Lison ait envie de se plaindre à Boissy, car celui-ci peinerait à expliquer à sa cuisinière qu'il ne pouvait se séparer de Marie. Il ne pouvait évidemment pas lui dire qu'elle le faisait chanter. Lison finirait par se douter de quelque chose. Elle avait des opinions bien arrêtées mais elle ne manquait pas pour autant d'intelligence. Elle avait dit une fois à Marie qu'elle pensait que Fouquet se livrait à un petit trafic « sur les denrées qu'il va chercher au cellier, il ne veut pas que je les compte ! ».

La semaine suivante, la manière dont Lison évitait de lui parler ou de lui toucher la main quand elle lui passait le pain, un couteau, un poulet, un broc ou du gras était si flagrante que Nicolas de Boissy le nota avec intérêt : il utiliserait la haine de Lison pour nuire à Marie. Elle ne l'humilierait plus très longtemps ! Boissy fulminait en repensant à sa querelle avec d'Alleret ; ils avaient été forcés de se revoir, à cause de leur commerce secret, mais aucune complicité ne les unirait plus. Il avait perdu un ami, un acolyte, par la faute de Marie LaFlamme. S'il avait réussi à la tuer, il n'aurait pas été en colère en arrivant au cabaret et n'aurait jamais insulté d'Alleret.

Après le dîner, la mine renfrognée de Lison quand Marie sortit pour aller voir un malade indiqua à Nicolas de Boissy que le moment était opportun pour parler à la cuisinière. Il commença par vanter en termes choisis sa facilité à varier un menu qui, Carême oblige, comportait bien souvent du poisson. Il lui demanda si elle savait apprêter le castor, si Fouquet lui donnait assez pour s'approvisionner correctement, si elle se plaisait rue Saint-Louis. Devant l'étonnement de Lison qui n'avait jamais conversé plus de cinq minutes avec lui, Boissy s'expliqua.

— Je te pose toutes ces questions car voilà bientôt un an que tu es à mon service. Je suis très satisfait de toi mais je redoute qu'on ne t'offre ailleurs de meilleurs gages. Je vois bien comme Charles Aubert de La Chesnaye aime souper ici. Je t'augmenterai donc.

Lison faillit tomber tant elle exagéra sa révérence en quittant Boissy. Elle retourna à la cuisine en chantonnant ; elle n'avait pas vu que son maître se retenait de pouffer alors qu'elle se courbait gauchement devant lui. Elle n'avait vu que sa main longue et forte, qui l'aidait à se relever. Juste avant qu'elle sorte de la pièce, Boissy lui avait fait promettre le secret ; il n'avait pas l'intention d'offrir de meilleurs gages à Fouquet. Et encore moins à Marie LaFlamme !

— Et si on te causait ici du déplaisir, j'aimerais être le premier informé.

Tout en hachant des gésiers et des foies de volaille, Lison calculait qu'avec l'augmentation dont M. de Boissy l'avait gratifiée, elle pourrait s'acheter une jupe de serge d'Aumale pour Pâques. Il n'y aurait pas que Marie LaFlamme qui porterait des habits neufs ! C'était si facile pour celle-ci d'être élégante, d'avoir l'air prospère : on la payait avec des pièces de drap ou de ratine, des bonnets et des bas, et même des chemises. Marie n'avait pas le temps d'user ses vêtements.

— Mais à Pâques, tout le monde admirera ma jupe rouge, affirma Lison à voix haute pour mieux s'en convaincre.

Et elle ne s'assoirait sûrement pas à côté de Marie ; elle en avait assez de lui servir de repoussoir. Et de toute manière Marie s'arrangerait pour accompagner Mme Couillard, histoire de se faire remarquer davantage. Tous les hommes la regarderaient comme s'ils n'avaient jamais vu une rousse, elle sourirait à chacun et plusieurs s'inventeraient un malaise pour lui parler après l'office. Seul Boissy semblait indifférent à son charme. En tout cas, il n'avait pu parier qu'il la séduirait ! C'était une menterie ! Elle ne pouvait pas se tromper sur la sécheresse de son ton quand il avait prononcé le nom de Marie : elle commençait à l'exaspérer. Il avait déjà été si patient ! Qui aurait gardé une servante qui passait la moitié de ses journées à courir par les rues ?

Marie rentra une heure avant le souper et Lison, forte de l'estime de leur maître, explosa. Elle en avait assez de tout faire toute seule, d'avoir une aide-cuisinière qui assistait tous les habitants de Québec sauf elle, elle en avait assez que Marie aille flatter Janvier au lieu d'écorcher le lapin prévu pour le dîner du samedi. Elle en avait assez qu'elle ressuscite les voisins mais oublie sa fatigue.

— Pas aujourd'hui, soupira Marie, trop épuisée pour répondre sur le même ton à Lison. Le fils Boivin a passé.

Lison commença par dire qu'elle s'en lavait les mains puis s'arrêta au beau milieu de sa phrase, se rendant compte de l'énormité qu'elle venait de proférer. Elle se signa. Et attendit que Marie en dise plus. Mais Marie attacha son tablier, alla chercher le lapin et, toujours silencieuse, entreprit de le dépouiller.

Elle le faisait exprès ! Pour la narguer ! Lison le voyait bien ! Elle n'allait tout de même pas la supplier de lui conter ce qui était arrivé chez les Boivin. Voilà, c'était Marie qui était en tort, et c'était Marie qui lui tenait encore la dragée haute ! C'était décidé, elle s'en plaindrait à Monsieur.

Quand Nicolas de Boissy s'indigna, le surlendemain, que Marie soit encore partie chez le chevalier du Puissac, Lison fut la première à l'approuver.

— Elle se conduit sans aucun respect des usages. Et sans penser à vous.

— Ni à toi, Lison.

— Oh, moi, fit la cuisinière en rougissant. Moi, ce n'est pas grave, même si je n'aime pas trop partager mon lit avec une fille comme elle. Si on pensait que je suis pareille ? Que je traîne dans les rues à la noirceur ?

Boissy soupira longuement et fit remarquer à Lison que Marie avait bien de la chance d'avoir un maître et une patronne, oui, oui, c'est ainsi qu'il considérait Lison, aussi tolérants. De la chance, aussi, de ne s'être jamais fait attaquer. De n'avoir jamais eu d'accident.

— Ben, il y a eu le glaçon, le soir du Mardi gras.

Et Lison conta l'affaire à Boissy.

— Elle revenait de chez du Puissac.

— Comprends-moi, Lison. Je ne serais pas fâché que Marie le voie si Julien du Puissac m'avait montré l'honnêteté de ses intentions. S'il veut l'épouser, c'est bien. Sinon...

Stupéfaite, Lison ouvrit la bouche, la referma, fit claquer sa langue, déglutit et bredouilla une protestation.

— Mais Marie ne peut pas épouser monsieur le Chevalier. C'est une fille du peuple, comme moi.

Boissy haussa les épaules et confia à Lison que la vie en Nouvelle-France était bien différente de celle qu'il avait connue à Paris. Là-bas, on n'aurait jamais songé à une telle mésalliance. Mais ici ? Les personnes d'antique noblesse étaient rares, les seigneurs ne possédaient pas leurs fiefs depuis des dizaines et des dizaines d'années, c'étaient souvent des marchands qui avaient fait fortune avec la traite des fourrures ou le commerce. En Nouvelle-France, c'était la chance qui vous couronnait.

— Réfléchis et tu verras que bien des seigneurs ont épousé des roturières. Pourquoi pas ? Ce qu'un homme attend ici d'une femme, c'est que la besogne ne l'effraie pas. Je suis surpris que...

Boissy toussa et adressa un sourire gêné à Lison. Elle le regardait béatement. Parfait ! Il toussa de nouveau, s'excusa à l'avance de son audace et lui demanda pourquoi elle n'était toujours pas mariée. Elle vivait en Nouvelle-France depuis plus d'un an, alors ?

Lison blêmit. Triturant sa jupe par à-coups, elle bégaya que c'était la faute de Marie LaFlamme. Il y avait bien Marcel Toussaint qui l'avait invitée à la fête de la Saint-Jean, mais c'était avant l'arrivée de cette Nantaise !

Boissy hocha la tête, et dit qu'il ne comprenait pas que d'autres prétendants n'aient rapidement remplacé Toussaint. Lison froissant de plus belle sa jupe de basin, rougissant, balbutia que Monsieur était trop bon de s'intéresser à sa personne. Boissy devina que son discours la troublait. Il donnerait une coiffe de dentelle à cette oie. Il lui répéterait combien il l'appréciait, jusqu'à ce qu'elle prenne son rêve pour la réalité et croie un Boissy capable d'épouser une cuisinière. Il aurait toute l'aide dont il pourrait éventuellement avoir besoin pour être définitivement délivré de Marie LaFlamme. Il sourit en songeant que Lison ressemblait réellement à une oie ; elle était courte sur pattes, large du bassin et avait des épaules en bouteille. Les petits yeux étaient trop rapprochés d'un nez camus et sa peau était d'une blancheur désolante. Elle n'évoquait ni la finesse ni la pureté, mais la craie. La craie toute bête.

Se méprenant sur sa signification, Lison lui rendit son sourire avant d'expliquer qu'elle devait maintenant aller au marché.

— Si tu y rencontres Marie LaFlamme, tâche de la ramener...

«Par les oreilles !» eut envie de dire Lison, mais elle n'était pas encore assez à l'aise avec Monsieur. Elle fit une petite révérence car elle avait remarqué combien il l'avait appréciée la première fois et elle trottina jusqu'à la cuisine. Elle mit son manteau, sa cape mais oublia ses mitaines tant elle était contente d'elle : Monsieur voyait enfin son dévouement.

Et la rouerie de Marie !

Lison partit d'un bon pas au marché, mais elle dut ralentir l'allure : la neige dissimulait de grandes plaques de glace. Pareilles à Marie, tiens ! Traîtresses, dangereuses sous de doux couverts. Elle donna un coup de talon vengeur sur le verglas, puis deux, puis trois, et sentit son pied gauche glisser. Elle se contorsionna pour retrouver son équilibre, battant l'air de ses bras, poussant de petits cris, priant le Ciel même si elle savait qu'elle allait chuter. Elle tomba à plat ventre, sentit sa chemisette craquer et entendit les rires d'un enfant qui jouait avec son chien au bout de la rue Saint-Louis. Elle resta un instant immobile, suffoquée, puis elle se redressa pour aller corriger le garnement. Le mouvement trop brusque la fit déraper, elle se reçut sur les genoux. Elle se laissait choir de côté en geignant quand elle vit Marie accourir.

Il y avait cinq cents personnes dans la ville de Québec et il fallait que ce soit elle qui vienne l'aider! Misère!

— Tu as mal? Tu peux marcher?

Lison s'agrippa au bras de Marie en serrant les dents; elle ne lui accorderait pas le plaisir de sa souffrance. Elle se hissa et avança précautionneusement, redoutant de s'étaler de nouveau. Mais Marie la tenait fermement et marchait d'un pas assuré : pourquoi ne glissait-elle pas, elle aussi? Comme si elle avait deviné sa pensée, Marie sourit et tourna son pied droit.

— Regarde! Une Patte m'a fabriqué des dents pour la glace!

Elle lui montrait la plaque d'acier hérissée de crampons qu'Alphonse Rousseau avait attachée solidement à son mocassin.

— Avec ça, je peux courir sans péril. Où vas-tu?

— Au magasin. Chercher de la farine.

— Je t'accompagne, fit gaiement Marie. Au cas où tu chuterais. La côte de la Montagne est redoutable!

Lison, qui allait repousser Marie, pinça les lèvres.

— Comme tu veux.

Marie et Lison traversèrent lentement la place publique. La cuisinière renifla quand elles passèrent devant le fort huron, mais Marie ne s'en aperçut pas, émerveillée par les motifs que la neige avait couchés sur le bois de la palissade, par les dunes créées tout autour du château et par la féerie des fleurs de givre qui avaient poussé aux branches des arbres du cimetière. Lison se signa en pensant aux défunts, puis grimaça lorsqu'elle mesura l'escarpement. La côte de la Montagne semblait plus dangereuse que Marie ne l'avait laissé entendre; Lison craignait d'être entraînée jusqu'au fleuve, emportée par un élan formidable au-dessus des maisons de la basse-ville dont les toits enneigés se confondaient avec l'écume glacée du Saint-Laurent. Elle serra plus fort encore le bras de Marie. Avant d'entreprendre la descente, celle-ci proposa en riant de se laisser glisser sur les fesses jusqu'en bas.

— C'est idiot! dit Lison. Et je ne... mais il... Marie! Regarde!

Elle tendait un doigt tremblant vers le cimetière.

— J'ai vu quelque chose bouger! C'est peut-être un loup!

Marie se moqua.

— Il doit être très petit, car je ne le vois pas!

— A droite! Là! Juste là!

Marie allait rétorquer que Lison inventait n'importe quoi pour rebrousser chemin quand elle eut l'impression que la branche d'une épinette avait frémi.

— Ah oui! Mais qu'est-ce que...

— Tu vois! fit Lison. Eh! Arrête!

Marie s'élançait vers le cimetière, cherchant à savoir qui avait remué derrière les épinettes. Un chien? Un renard? Elle s'arrêta à une certaine distance, puis frappa dans ses mains pour faire bouger l'animal; elle aurait bien aimé que ce soit un loup, elle n'en avait jamais vu un vivant. Elle n'avait pas peur; Guillaume lui avait dit que les loups n'attaquaient pas, contrairement à ce qu'on voulait croire. Elle fit claquer ses doigts, indiqua à Lison de se taire, puis marcha doucement vers les conifères. Une femme s'était traînée derrière les épinettes. Marie se précipita vers elle en hurlant à Lison d'aller chercher de l'aide.

La jupe de Rose Rolland était relevée, ses bas déchirés; couchée sur le ventre, elle grattait la neige en essayant de se tourner. Du sang tachait sa cape, son visage, son cou. Marie murmura des paroles rassurantes en se penchant sur elle. Elle fut soulagée de constater que la blessure qui saignait tant était superficielle. Rose n'opposa aucune résistance quand Marie la souleva par les épaules, mais frémit en sentant sa main sur son front. Elle ouvrit les yeux et la regarda avec une surprise évidente.

— Bonjour, dit lentement Marie. Tu t'es blessée? Ou on t'a attaquée?

Rose dévisagea Marie puis secoua la tête en tous sens.

— Eh! Doucement! Sais-tu qui je suis?

— Marie. Marie. Oh! Marie! Non! J'aurais dû mourir!

— Qu'est-ce qui s'est passé?

Rose gémit, puis éclata en sanglots en voyant sa jupe retroussée; Marie corrigea sa tenue, puis la serra dans ses bras, très fort, en lui disant qu'elle comprenait. Qu'elle avait déjà été violée. Rose hoqueta, puis blêmit, Marie la retourna en une fraction de seconde et Rose vomit sa haine, sa terreur, sa peine, sa honte.

— Lison est allée chercher de l'aide.

— Non! On saura...

— Mais on t'a blessée!

— Je ne trouverai plus de mari.

Marie soupira en tapotant le front de Rose avec son mouchoir. C'était elle la victime, mais c'était elle qui paierait si on apprenait qu'elle avait été violée.

— Tu connais celui qui...

Rose secoua la tête.

— Je ne l'ai pas vu. Il m'a prise à la gorge, par-derrière. Il appuyait son genou dans mon dos. Il m'a jetée au sol si brutalement que j'ai cru que j'allais être assommée sur la glace. J'ai pensé aussi à Suzanne Dion, tu comprends ? J'ai essayé une fois de me retourner, j'ai arraché un bouton de son manteau, tiens, prends-le... Quand il a grogné, j'ai arrêté aussitôt de me débattre. J'avais trop peur qu'il me tue. J'aurais dû... Je... Pardon... Il m'aurait égorgée !

Marie retira sa couverture et la drapa sur les épaules de Rose en lui frictionnant le dos pour la réchauffer. Rose se remit à pleurer et Marie la berça jusqu'à ce qu'elle puisse finir de conter son cauchemar.

— Après il m'a donné un coup sur la tête avec un bâton. Juste avant, j'ai vu ses pieds. Il ne portait pas de mocassins. Mais je ne dirai rien. A personne. Et toi non plus !

Marie jura sur la tête de sa mère pour rassurer Rose. Elle avait envie de hurler : une femme était violée et c'était elle qui se taisait, s'excusait, demandait à être pardonnée ! Si on apprenait ce qui était arrivé à Rose, on la plaindrait, surtout si elle pouvait certifier que c'était un Iroquois qui l'avait agressée. On condamnerait à mort le criminel si on l'attrapait. Et on condamnerait Rose à une pitié teintée de dégoût, si on la croyait. On l'empêcherait de garder des enfants ; on dirait que Rose, souillée, ne pouvait rester en contact avec eux. Et son fiancé ne voudrait plus d'elle.

— J'ai une tache de vin. C'est déjà trop.

Entendant des gens s'approcher, Marie dit qu'on raconterait simplement qu'elle avait reçu un coup de bâton.

— Je leur rappellerai que Guillaume Laviolette a été attaqué de la même manière ! On lui a ouvert le crâne !

— J'aurais préféré ça à...

Rose se mordit les lèvres si fort que le sang perla.

— Arrête ! fit Marie en pleurant. Je t'en prie !

— C'est vrai, ce que tu m'as dit ? Toi aussi ?

S'essuyant les yeux, Marie lui dit qu'elle avait failli se laisser mourir.

— J'avais tort ; il m'aurait tuée deux fois ! C'est moi qui aurai sa peau ! Un jour, j'empoisonnerai l'armateur. Maintenant, presse-toi sur moi et ferme les yeux, comme si tu étais à demi inconsciente. Je répondrai aux questions pendant qu'on te portera à l'Hôtel-Dieu.

— Je ne veux pas y aller !

— Tu t'y reposerais mieux.

— Je ne veux pas que tu me quittes !

Marie promit qu'elle n'abandonnerait pas Rose. Ni maintenant ni plus tard. Elle prit une petite motte de neige pour continuer à nettoyer le fin visage de la Parisienne. Elle sentait son corps secoué de longs frissons et elle répéta à Rose qu'elle l'amènerait à l'hôpital. Qu'elle pourrait peut-être rester la nuit auprès d'elle. Mère Catherine était si bonne, elle comprendrait. Rose accepta dans un râle et ferma les yeux.

Pour une fois, Marie fut contente d'entendre les cris de Lison. Il fallait transporter Rose rapidement, avant qu'elle n'attrape une pneumonie. Elle avait subi un choc très brutal et les spasmes qui l'agitaient étaient les dernières défenses d'un corps martyrisé. Marie expliqua aux secouristes que Rose venait de s'évanouir car elle avait perdu beaucoup de sang.

— Elle a dit auparavant qu'elle avait reçu un coup sur la tête et ne se souvenait de rien.

— Elle n'a donc pas vu qui l'a frappée ? pesta Antoine Souci.

— Non. Elle a même eu du mal à me dire son propre nom !

— Mais c'est un Sauvage ! glapit Lison.

— Ce n'est pas Robert Hache, en tout cas, il est toujours en prison, fit Marcel Toussaint.

Marie plaça discrètement dans une de ses mitaines le bouton arraché au manteau du criminel et se demanda combien d'Indiens avaient adopté les habits des Français. Elle n'en avait jamais croisé qui soient vêtus d'une veste ou d'un justaucorps. Elle prit la main de Rose quand Marcel Toussaint et Michel Dupuis la soulevèrent chacun par un bras.

— Heureusement qu'elle n'est pas plus grosse qu'un chaton, dit Souci.

— Ce n'est pas moins glissant ! Baptême ! blasphéma Toussaint. Pis la poudrerie qui s'en mêle ! Dépêchons-nous d'arriver à l'hôpital avant de ne plus voir clair.

— La pauvre fille ne fêtera pas beaucoup la Saint-Joseph, murmura Michel Dupuis.

*
* *

Marie huilait les gonds et les pentures de la porte principale et allait frotter les targettes que Paul Fouquet avait posées après l'agression dont Rose Rolland avait été victime, quand Lison revint à la charge pour la centième fois.

— Tu dois me dire ce qui est arrivé à Rose ! C'est moi qui l'ai vue la première !

Marie ricana. Lison la regarda d'un œil torve.

— Tu ne veux pas me dire que c'est un Sauvage qui l'a attaquée ? Tu défends ces bêtes-là !

— Rose a reçu un coup qui lui a fait tout oublier.

— Tu me prends pour une idiote ! Guillaume Laviolette avait le crâne ouvert, mais n'avait pas perdu la mémoire quand il s'est réveillé. Fouquet me l'a dit !

— Il t'a sans doute dit aussi que Guillaume ne savait pas qui l'avait attaqué. Va te promener au cimetière ; avec un peu de chance, on te tapera dessus et tu sauras enfin qui est le criminel !

Suffoquée par l'impudence de Marie, Lison laissa échapper la morue qu'elle devait dessaler. En se baissant pour la ramasser, elle tomba à genoux devant Marie et se souvint qu'elle était dans la même posture humiliante quand elle avait glissé rue Saint-Louis, le jour de la Saint-Joseph. Elle ignora la main tendue de Marie ; elle se relèverait sans son aide. Et plus jamais elle n'aurait besoin d'elle. Son calvaire s'achevait. M. de Boissy lui avait promis que Marie aurait quitté sa maison à Pâques. Plus que trois jours à attendre.

Qu'elle rirait donc en voyant la déconfiture de Marie ! Elle n'avait pas caché sa joie quand Monsieur lui avait dit qu'il ne la préviendrait qu'une journée à l'avance.

— Ça lui apprendra à te désobéir. Je lui ai bien dit qu'elle devait te respecter. On verra si elle trouvera ailleurs une aussi bonne patronne.

Il lui avait ensuite demandé si elle pouvait éloigner Marie au début de la soirée en lui donnant rendez-vous à la fontaine Champlain.

— Mais je ne sors plus jamais le soir, avait protesté Lison. Après ce qui est arrivé à Rose.

Boissy l'avait aussitôt calmée.

— Je ne te demanderais jamais de courir un péril pour m'être agréable, ma bonne Lison. Après le souper, tu feras simplement semblant de te souvenir qu'on avait demandé Marie pendant qu'elle était chez Emeline Blanchard. Tu diras que tu avais complètement oublié que Sébastien Liénard s'était brisé la jambe en transportant un tonneau. Elle s'empressera alors d'aller chez lui. Et je pourrai voir M. d'Alleret en paix.

Lison fronçant les sourcils, Boissy lui avait fait signe de s'approcher. Il avait pleine confiance en elle et allait lui révéler un grand secret : il était membre d'une société secrète qui tentait de faire la lumière sur les meurtres perpétrés par les Sauvages. Comme les autorités de la ville n'avaient encore rien fait, sauf redoubler les patrouilles de la Compagnie du guet, il avait décidé, avec des amis plus valeureux, de surveiller le fort huron et le quai de Champlain afin d'assurer la protection des Québécoises.

— Seulement, tu sais que Marie défend toujours les Sauvages. Elle me dénoncerait aussitôt si elle apprenait que nous formons une milice parallèle. Les autorités ne verraient pas d'un bon œil qu'on les ridiculise en leur montrant que leurs mesures de protection sont insuffisantes... Tu comprends ? Elle se doute de quelque chose car elle m'a déjà suivi deux fois.

Lison avait promis tout ce qu'on voulait et avait fait sa petite révérence. Boissy lui avait dit qu'elle avait autant de grâce que les dames de la Cour et il lui avait remis un mouchoir brodé. Lison avait rougi, mais un peu moins qu'au moment où il lui avait donné la coiffe de dentelle. Elle s'habituait à ce nouveau traitement.

Après avoir déposé la morue dans une bassine d'eau claire, Lison tâta le mouchoir plié dans sa ceinture. Patience, plus que trois jours.

— Je serai de retour pour le souper, dit Marie en sortant.

Quelle splendide journée ! Il y avait bien six pieds de neige dans les champs, pourtant on devinait la fin de l'hiver. En passant la porte, Marie avait reçu une goutte d'eau sur le nez, la glace du toit fondait. Les rues verglacées n'étaient plus qu'un mauvais souvenir, mais Marie se demandait si elle ne préférait pas ce péril à la boue qui salissait la ville. Elle avait aimé l'hiver pour la pureté dont il enveloppait toute chose, pour le silence moelleux, pour l'air vivifiant. Elle s'était réjouie que le climat soit assaini : aucune épidémie ne pouvait se propager avec un tel froid. Il n'y aurait pas de peste à Québec. Et elle était prête à parier qu'on y périssait moins qu'en France même si des colons étaient morts de froid. Elle avait soigné bien des engelures, s'était résignée à couper un orteil pour éviter la gangrène, elle avait traité plus d'un cas d'enflure des yeux pour cause d'éblouissement, mais tous ces maux lui paraissaient enviables à côté d'une épidémie. Anne LaFlamme lui avait raconté l'année 1631 où les gens touchés par la mort noire tombaient dans les rues comme des mouches. Elle avait eu si peur de perdre Nanette! Si peur! L'hiver de la Nouvelle-France lui aurait évité cela. Marie était certaine que sa mère aurait aimé ce pays. Même si elle avait eu les pieds trempés au mois de mars : Marie regarda en grimaçant la gadoue qui couvrait ses mocassins. Il faisait plus chaud, certes, elle avait enlevé ses mitaines après une heure de marche, mais elle espérait que ses mocassins sécheraient durant le temps qu'elle passerait avec Noémie.

En regardant la rivière Saint-Charles, elle se demanda quand elle calerait. Après avoir embrassé cent fois sa fille, elle s'informa du dégel auprès de Germain Picot.

— Pas avant un mois! Pourquoi?

— J'ai l'intention d'apprendre à manier un canot.

— Comme les Sauvages? dit René Blanchard.

Marie hocha la tête en souriant.

— Ou comme Guillaume Laviolette.

— Il a peut-être chaviré depuis qu'il est parti, fit Emeline Blanchard qui voulait préparer Marie à cette éventualité : M. Picot lui avait dit que la course aux pelleteries faisait bien des morts ; les hommes étaient assassinés par les Sauvages, emportés par les rivières, pétrifiés par le froid.

— Emeline! s'écria Marie. Tu es méchante!

La jeune femme posa tendrement ses mains sur les oreilles de sa fille.

— Ne l'écoute pas, Noémie. Guillaume reviendra! Juste avant Victor!

Marie tapota ensuite le bras d'Emeline en lui disant qu'il ne fallait pas toujours craindre le pire et qu'elle avait dans son sac de quoi lui donner des idées plus gaies. Elle tira de sa besace une livre de pois cassés et un paquet de petits poissons.

— Dommage que Noémie soit encore trop petite pour y goûter ! C'est Gareau qui m'a donné ça parce que je lui ai sauvé ses doigts.

— Et Rose Rolland? demanda Germain Picot. S'est-elle remise?

Marie affirma très vite qu'elle n'avait plus du tout mal à la tête, la blessure était superficielle.

— On l'a pourtant frappée durement ! dit Emeline.

— Mais elle n'a pas vu le Sauvage qui l'a attaquée, fit Germain Picot. J'espère que vous êtes prudente, Marie. Ne traînez pas autour du fort huron.

Marie leva les yeux au ciel ; elle en avait assez d'entendre accuser les Indiens sans aucune preuve, mais que pouvait-elle faire? Hurler qu'on avait ainsi condamné sa mère, la Boiteuse, Lucie Bonnet sans preuves? Et des centaines et des milliers de femmes avant elles?

Elle y pensait encore, sur le chemin du retour ; elle regrettait que Germain Picot, si gentil, si doux avec les enfants, si honnête envers elle, envers les Blanchard, s'entête à croire les Sauvages coupables de tous ces crimes. Elle ne comprenait pas qu'il se bute ainsi ; il n'avait jamais été attaqué par des Indiens, ni sa femme ; ils ne leur avaient jamais volé leurs biens. Alors? Il était comme Antoine Souci, Horace Bontemps, Marcel Toussaint et bien d'autres qui redoutaient les Iroquois, mais avaient une envie folle de les provoquer. Tous ne parlaient plus que des compagnies qu'on avait annoncées pour l'été et qui viendraient mater les Sauvages.

Autant Marie croyait qu'il ne fallait pas sous-estimer la menace iroquoise, et approuvait Guillemette Couillard quand elle affirmait qu'elle était prête à prendre les armes pour défendre sa ville, qu'il y avait de bons et de mauvais Indiens, comme il y avait de bons et de mauvais Français, autant Marie s'insurgeait contre des accusations non prouvées. Ce qui préoccupait le plus Marie, c'est que Guillaume lui avait dit que les Indiens commettaient très rarement des viols. Ils préféraient les scalps. La vertu d'une femme est un trophée malaisé à brandir. Marie frissonna ; peut-être devait-elle continuer à porter une coiffe quand les temps chauds reviendraient? Sa flamboyante chevelure attirait l'attention ; la jeune Mani lui avait dit qu'elle n'en avait jamais vu de semblable, ni chez les Abénakis, ni chez les Hurons, ni chez les Iroquois. Marie lui avait répété les calomnies qu'elle avait entendues ; on ne mettait pas encore en cause les Hurons, mais la folie s'emparait parfois très vite des hommes, Marie le savait. Mani avait remercié la Nantaise et répondu que les Robes noires les protégeaient. Il est vrai que c'était dans leur intérêt, avait admis Marie. Mais elle se souvenait aussi que le père Germain n'avait pas réussi à sauver Anne LaFlamme des inquisiteurs.

Marie demeura silencieuse ; elle était triste quand elle venait de se séparer de Noémie. La voir grandir si vite accentuait sa peine ; elle avait déjà manqué les premiers sourires, les premiers gazouillis, et elle manquerait les premiers pas si on ne l'agréait pas bientôt comme matrone. Elle devait quitter la rue Saint-Louis !

Lison attendit d'avoir servi le pâté de morue pour s'écrier qu'on était venu tantôt quérir Marie pour Sébastien Liénard.

— Quoi ? Qu'est-ce qu'il a ?

— Avec tout le travail que j'avais, j'ai oublié ! J'étais seule pour tout faire aujourd'hui. Tu le sais !

— Mais on n'oublie pas un malade ! dit Marie en regardant le pâté de morue avec regret.

Lison avait fait exprès de lui faire sentir le plat. Tant pis, elle mangerait plus tard.

— C'est bien vrai, ce que tu me contes ? Sébastien Liénard s'est blessé ?

— Je te répète ce qu'on m'a dit.

Marie se rhabilla, prit ses mitaines car les nuits étaient froides, attrapa sa besace et courut jusqu'au bout de la rue sans reprendre son souffle. Elle croisa une patrouille à qui elle expliqua sa hâte. Une main sur sa rapière, l'autre contre sa cuirasse, un soldat lui offrit de l'accompagner chez Liénard ; son compagnon continuerait seul à arpenter les rues de Québec. C'était folie, pour une aussi jolie fille, de se promener seule. Marie refusa poliment, se retenant de répondre que sa course n'avait rien d'une balade au clair de lune, même si la nuit était lumineuse, et qu'elle n'avait pas plus confiance en un soldat qu'en un autre homme. Elle chassa vite de son esprit l'idée que Simon Perrot était aussi un soldat. Elle passa devant le cimetière, frissonna en se rappelant le sort de Rose et dévala la côte de la Montagne comme si mille démons la poursuivaient. Elle haletait en atteignant la rue Sous-le-Fort, mais n'aurait jamais reconnu qu'elle courait autant par peur que par célérité. Elle ralentit le pas entre la boulangerie et la brasserie et envia les hommes de pouvoir s'arrêter à leur gré pour chopiner ; elle aurait bien bu un pot de vin. Même à douze sols ! Elle prit à gauche mais oublia son envie lorsqu'elle entendit un hurlement prolongé : un chien ? un loup ? Elle se retourna et vit un lièvre qui détalait. Croyant reconnaître Janvier, Marie s'élança derrière lui avant que le loup ne le dévore ! Elle n'avait pas fait cinq pieds qu'elle trébucha et s'écroula. L'instant d'après, une détonation la fit sursauter et rouler sur elle-même tandis qu'elle entendait son nom et l'écho de son nom, des pas rapides dans la direction opposée, puis le bruit caractéristique des grappins du soulier d'Alphonse Rousseau. Elle était encore couchée, en état de choc, quand il la rejoignit.

— Je n'ai pas pu voir qui c'était, Marie !

— Qu'est-ce qui s'est passé ?

— Un coup de mousquet ! On t'a tiré dessus ! Comme un lièvre !

— Le lièvre, le lièvre ! répéta Marie.

Alphonse Rousseau regarda Marie LaFlamme avec inquiétude, croyant qu'elle avait perdu la raison. Au loin, on entendit une porte s'ouvrir ; des hommes hélaient l'inconnu : « Hé ? Oh ! Qui a tiré ? Qu'est-ce qui se passe donc ? »

Marie serra la main d'Une Patte.

— J'ai entendu hurler. Et il y avait un lièvre apeuré qui courait juste devant moi. J'ai cru que c'était Janvier. J'ai couru pour le protéger et je suis tombée.

— Heureusement ! Sinon, tu recevais une balle ! C'est toi qu'on visait, autrement l'homme ne se serait pas enfui en me voyant arriver.

— Il a apporté le lièvre pour me tuer ! s'exclama Marie.

— Qui ? Dis-moi qui !

Marie regarda Alphonse Rousseau, si anxieux, si malheureux qu'on ait voulu l'assassiner. Elle se demanda encore comment elle avait pu se moquer de lui avec un épi de maïs et elle se jeta dans ses bras en pleurant. Il lui passait maladroitement la main dans les cheveux, s'étonnant de leur douceur, quand des curieux les rejoignirent.

— On a entendu un coup de feu !

— Nous aussi ! Marie a eu si peur qu'elle est tombée ! Mais où allais-tu, au fait ?

Dans l'énervement, ni Marie ni Alphonse ne notèrent qu'il la tutoyait.

— J'allais chez Sébastien Liénard. Il est malade.

— Malade? fit Michel Dupuis. Il est chez Boisdon!

— Chez Boisdon? répéta Marie. Mais on m'a dit que... J'ai dû mal comprendre.

Elle sourit à l'assemblée de curieux, puis à Alphonse Rousseau, en les assurant qu'elle était tout à fait remise.

— Je vais rentrer puisque Liénard n'a plus besoin de moi.

— Attends! fit Horace Bontemps. Tu n'as pas vu qui tirait?

Alphonse Rousseau devança Marie.

— Si on l'avait vu, on aurait couru derrière!

— Pas avec ta...

Il y eut un silence gêné, chacun évitait de regarder Alphonse Rousseau, mais tous pensaient qu'avec une jambe de bois, il n'aurait même pas rattrapé un poussin. Marie toussa, et affirma que le coup de fusil avait été tiré du côté du fleuve.

— Ça m'a semblé plus près, dit Michel Dupuis.

— C'est l'écho, expliqua Alphonse Rousseau, avant de déclarer qu'il rentrait rue Saint-Louis.

— Je t'accompagne, fit Marie.

Horace Bontemps allait rétorquer qu'ils devaient rester pour faire une battue, mais une femme, même Marie, et un infirme ne seraient pas d'une grande utilité. Il attendit qu'ils se soient éloignés pour expliquer son plan à Dupuis, Picot et Toussaint. C'était certainement un Sauvage qui avait tiré! S'était-il amusé à terroriser Marie ou avait-il donné un signal d'attaque à ses frères? Il ne chassait sûrement pas dans l'obscurité!

— C'est trop tard maintenant, il a filé.

— Mais si on nous attaque cette nuit? fit Germain Picot. Si c'est un Iroquois qui s'est introduit dans la ville, qui rôde au port? On doit aviser la patrouille! Et les clients qui s'attardent au cabaret! On devrait sonner l'alarme, comme pour le feu! Les Iroquois à la veille d'attaquer Québec, c'est pire qu'un incendie!

— On ne peut pas réveiller les gens sans savoir ce qui s'est passé, protesta Toussaint. Marie n'a rien vu. Une Patte non plus. Et nous encore moins...

Picot déclara qu'il avait entendu tirer et qu'il ne rentrerait pas chez lui sans avoir averti les soldats de la Compagnie du guet. Eux décideraient de la gravité du péril.

Chapitre 23.

Marie LaFlamme et Alphonse Rousseau croisèrent un veilleur juste en bas de la côte de la Montagne. Il les interrogea sur le coup de feu, sans obtenir de réponse précise. Projetant sa lanterne sous le nez d'Alphonse Rousseau, il lui dit qu'un bon citoyen avait le devoir d'aider les autorités. Une Patte hocha la tête mais n'ajouta rien à sa déclaration : il n'avait rien vu et n'était pas certain de ce qu'il avait entendu. Dès que le veilleur se fut éloigné, Alphonse Rousseau questionna Marie.

— Qui t'a tiré dessus ?

— Je ne sais pas.

— Tu ne sais pas non plus qui t'a envoyée chez Liénard ?

— Il faudra que je demande à Lison.

Alphonse Rousseau frappa sa jambe de bois avec sa béquille.

— Tu as la tête aussi dure que ma patte ! Lison t'a menti. Tu sais pourquoi ?

Marie nia mais l'attentat l'avait ébranlée et son ton manquait de conviction. Elle avait envie de tout raconter à Une Patte, mais elle aurait dû admettre qu'elle profitait du trafic d'eau-de-vie auquel se livrait Boissy.

Marie tenta de distinguer le haut de la côte perdu dans les ténèbres et songea, soudainement épuisée, que sa vie ressemblait à cette pente : la montée était ardue et l'arrivée incertaine. Elle s'entêtait dans son rêve d'ouvrir une apothicairerie en attendant le retour de Victor mais elle s'avançait sur un terrain aussi glissant que cette côte de la Montagne. Et elle pouvait dégringoler promptement.

L'argent amassé ne lui serait d'aucune utilité si elle était assassinée. Boissy ne remettrait assurément pas son bien à Noémie !

Toujours désireux d'aider le chevalier, Alphonse Rousseau dit à Marie qu'elle était sotte de se mettre en péril par entêtement.

— Celui qui a voulu te tuer voulait peut-être les coupelles. Pourquoi es-tu si butée ? Remets-les à mon maître. Tu n'es pas de la Confrérie, elles ne représentent rien pour toi.

— Mais personne ne sait que j'ai ces coupelles ! protesta Marie.

— Tu te trompes. Combien de fois t'es-tu servie des coupelles ?

— Presque jamais.

Alphonse Rousseau glissa sa béquille devant lui pour découvrir la glace sous la neige. Il se demandait comment faire entendre raison à cette mule ; il aurait bien voulu lui offrir d'acheter les coupelles si le chevalier ne lui avait répété qu'elles étaient sacrées. Les monnayer ou les obtenir sous de faux prétextes aurait détruit leur sens ; Marie devait les rendre au chevalier de son plein gré.

Mais effrayer Marie, pour sa sauvegarde, n'était pas interdit ; c'était lui rendre service que de la persuader de confier les coupelles à Julien du Puissac.

— Quelqu'un veut ces coupelles, Marie... Tu serais en sûreté si tu écoutais mon maître. Tu as dit toi-même qu'on avait apporté un lièvre pour te piéger. Qui est cette personne ?

— Un complice de Lison ; c'est elle qui m'a envoyée chez Liénard. Je me suis éveillée une nuit alors qu'elle avait la main sur le sac où je garde les coupelles. Je le porte autour de mon cou pour dormir. Elle m'avait déjà questionnée ; j'avais dit que c'était un talisman, un souvenir de ma mère. Mais elle a sûrement eu le temps de voir les coupelles.

— En pleine nuit ? Dans votre lit-alcôve ? Tu te moques de moi, Marie.

Ils avaient enfin gravi la pente et se dirigeaient vers la rue Saint-Louis quand Alphonse Rousseau s'arrêta et joua le tout pour le tout en disant à Marie qu'il ne voulait plus la revoir.

— Tu crois que je suis bon pour garder un lièvre mais pas un secret ! Tu me mens. Et je n'aime pas ça.

— Mais, Une Patte..., balbutia Marie.

— Non, j'en ai assez d'écouter tes fables.

Blessé par la méfiance de Marie, Alphonse avait pris un ton très convaincant ; Marie avoua qu'elle avait utilisé la coupelle d'argent sans réfléchir pour faire boire de l'eau-de-vie à Lison.

— Elle s'était pâmée en apprenant qu'elle aurait pu recevoir un glaçon sur la tête et périr. Elle aime beaucoup s'évanouir. Moins maintenant, car je ne la relève plus aussi allégrement. Elle m'a demandé d'où je tenais cette coupelle. J'ai dit que c'était de ma mère, mais elle m'a accusée de l'avoir volée dans une maison bourgeoise à Paris. Elle a ajouté qu'elle en parlerait à Boissy si je ne lui remettais pas cinq livres. Je l'ai payée avec mes gages. Mais elle m'en a redemandé ce matin, prétendant que la coupelle valait bien plus que cinq livres ! Je l'ai envoyée promener. Je ne serais pas étonnée qu'elle se soit acoquinée avec Fouquet !

Alphonse hocha la tête. Mais quand il retrouva le chevalier du Puissac, il lui dit que la jeune femme lui avait menti.

— Je ne sais pas qui la menace. Ce n'est pas la cuisinière ni Fouquet qui essaieraient de tuer Marie pour s'approprier une coupelle d'argent. Il s'agit d'un homme qui sait ce que représentent les objets sacrés.

Le chevalier avait pris Janvier sur ses genoux et le flattait en écoutant son serviteur. Quand Alphonse se tut, du Puissac le félicita d'avoir fait semblant d'avaler le récit de Marie.

— Il faut qu'elle continue à venir ici. Et qu'elle me remette les coupelles. Je me demande qui connaît leur existence : à l'Hôtel-Dieu, les sœurs l'auraient congédiée plus vite si Marie les avait utilisées. Boissy ? Il se moque bien d'une misérable coupelle d'argent !

— Alors qui ?

Le chevalier déposa Janvier par terre.

— Si seulement ce lièvre parlait ! Il pourrait nous en apprendre beaucoup sur sa maîtresse !

Alphonse Rousseau apporta les timbales et la bouteille d'eau-de-vie qu'il présenta à son maître. D'une voix chaleureuse, du Puissac l'invita à trinquer.

— Mon bon ami, combien de soirées, encore, à attendre que Marie LaFlamme se décide à tout nous dire au sujet des coupelles ? Pourquoi s'entête-t-elle donc ?

— C'est tout ce qui lui reste de son passé.

Du Puissac regarda Alphonse Rousseau avec bienveillance ; il était indéniablement plus sage que lui, plus patient. Etait-ce dû à une enfance faite d'heures interminables où il gardait la main tendue pour mendier ? Du Puissac avait souvent l'impression qu'Alphonse aurait dû occuper son rang dans la Confrérie des

Frères de Lumière, mais celui-ci riait quand il lui en parlait. Il n'avait pas envie d'avoir d'autres responsabilités que celle de servir son maître.

— Crois-tu que Marie viendra après-demain comme convenu?

— Oui, elle nous rejoindra après le dîner.

Les deux hommes burent en silence; ils ressentaient une telle complicité que les paroles étaient souvent superflues. Ainsi, ils espéraient pareillement que le prochain jour de Pâques serait annonciateur de temps plus gais. L'année précédente, la moitié des membres de la Confrérie était persécutée et l'autre doutait. Qu'était-il advenu des Frères qui étaient restés en France depuis que Guy Chahinian avait été arrêté? Etait-il toujours vivant? Où? Quand le reverraient-ils?

Alphonse Rousseau souleva Janvier par la peau du cou.

— Parle donc à ta maîtresse, à Pâques, pour lui dire d'être moins butée!

Du Puissac sourit même s'il doutait que Marie finisse par comprendre.

Il se trompait à demi.

* * *

Marie réfléchit intensément durant l'office pascal. Elle tentait de trouver une solution à ses ennuis tout en observant Mgr de Laval. Elle l'avait regardé un long moment, inquiète, comme toujours, de la puissante assurance qui se dégageait de sa personne. Agé de quarante et un ans, François de Montmorency-Laval aurait paru plus jeune grâce à ses cheveux bouclés, son teint frais et son attitude énergique s'il n'avait eu un regard aussi sévère. Ses yeux sombres avaient une mobilité extrême qui donnait à penser que rien ne leur échappait. Les colons avaient la désagréable impression qu'ils ne pouvaient pas plus cacher leurs fautes à l'évêque qu'à Dieu. Mgr de Laval voyait tout, entendait tout, devinait tout. Marie se demandait quelles pensées s'agitaient sous le front large et haut de l'évêque. On louait régulièrement son esprit de charité, mais Marie croyait qu'il songeait autant à ses ennuis avec Saffray de Mézy qu'à ses aumônes. Et peut-être tentait-il de trouver un moyen de faire payer la dîme qui permettrait l'érection du séminaire. Il avait plu aux paroissiens de

Québec en déclarant qu'ils seraient exemptés de cette dîme, mais ceux qui habitaient en dehors de la ville avaient peu apprécié et refusaient d'obéir à l'évêque. Marie qui n'éprouvait aucune sympathie pour François de Laval mais ne pouvait s'empêcher d'admirer son sens pratique et son flair pour le commerce, s'étonnait qu'il n'ait pas encore résolu ce problème. Les querelles au sujet de l'eau-de-vie le tourmentaient sûrement. Que dirait-il s'il apprenait que Nicolas de Boissy se livrait à ce trafic? Que deviendrait-elle si on savait qu'elle était complice par son silence?

Et si elle était tuée avant? Nicolas de Boissy voulait se débarrasser d'elle, mais si elle racontait au chevalier que son maître avait tenté d'abuser d'elle et qu'elle le faisait chanter pour cette faute, il lui conseillerait assurément de dénoncer Boissy. Et il lui proposerait de l'aider. Comment pouvait-elle lui expliquer que la perte de Boissy entraînerait la sienne? Quand elle était rentrée rue Saint-Louis, elle n'avait même pas accusé Lison de l'avoir bernée; elle avait fait semblant de croire à une erreur et n'avait pas dit un mot du coup de feu. Elle s'était couchée tôt, désireuse de tout oublier, mais le sentiment qu'elle avait tissé la toile d'araignée où elle s'empêtrait avait chassé Morphée.

Ite, missa est. Un léger brouhaha, les bancs qu'on pousse, des chuchotements, les pas furtifs des paroissiens pressés de rentrer chez eux pour manger. La fin du Carême! Dehors, on parlait de dinde farcie et de porc rôti, de pâté de lapin et de tarte au poulet, d'œufs frits et de langues de bœuf, de pain au sucre et de bouchées aux noix. Marie, pourtant si gourmande, toucha à peine au jambon en croûte qu'avait confectionné Emeline chez Germain Picot où l'on célébrait Pâques; elle se demandait ce qu'elle dirait au chevalier. Elle regardait Noémie. Que deviendrait sa fille si elle était condamnée pour trafic d'eau-de-vie? Elle nierait tout, mais la croirait-on? Elle était si soucieuse qu'Emeline lui en fit la remarque.

— Tu n'as rien mangé. C'est à cause de ce qui est arrivé hier soir? M. Picot m'a raconté qu'un Sauvage avait tiré un coup de feu. Tu as peur qu'il t'attrape?

Marie protesta : elle n'avait pas vu plus d'Indien que de Français tirer. Elle s'était évanouie en tombant sur un bloc de glace quand le coup de feu l'avait fait sursauter.

— Venez voir Boulet! cria Paul, le fils aîné des Blanchard. Il a parié avec Le Duc qu'il marcherait pieds nus dans la neige jusqu'au magasin.

Marie se leva d'un bond.

— Mais il est fou! Il va attraper la mort!

Elle sortit pour arrêter le menuisier, mais il était déjà parti; elle chicana Horace Bontemps qui avait les souliers de Boulet à la main puis rentra, sans un sourire pour le groupe qui s'amusait. Elle s'assit dans un coin pour bercer sa fille tandis qu'Emeline lui confiait que Germain Picot leur vendrait peut-être sa maison, dans quelques années.

— C'est un homme bien bon, fit respectueusement Emeline. Tu sais qu'il s'inquiète toujours de toi? Il n'aime pas que tu te promènes seule par toute la ville. Après ce qui est arrivé à Madeleine, à Suzanne. Et à Rose Rolland.

La nourrice se signa et confia à Marie que c'était la seule chose qui l'ennuyait dans ce nouveau pays : l'impression qu'il y avait toujours un Sauvage qui rôdait non loin de la maison.

— On est près de la rivière...

Marie acquiesça vaguement; elle ne voulait pas discuter avec Emeline, d'autant que celle-ci avait partiellement raison. La maison de Picot était plutôt isolée, et habiter à côté de l'eau multipliait les risques d'une attaque indienne. On l'avait bien vu à l'île d'Orléans. Marie tendit Noémie à Emeline en expliquant qu'elle devait voir le chevalier avant de retourner chez M. de Boissy.

— De toute manière, on va partir bientôt, fit Emeline. On a une bonne promenade à faire. Mais c'était un grand agrément de fêter ici, monsieur Picot.

Marie remercia son hôte, embrassa sa fille encore et encore, et quitta d'un pas résolu la rue qui mène à la fontaine Champlain.

Julien du Puissac écouta Marie sans l'interrompre, même si ses révélations le mettaient en colère : comment était-elle assez imprudente pour demeurer chez Boissy après qu'il eut tenté d'abuser d'elle? Pourquoi n'avait-elle jamais raconté ce qui s'était passé le jour de Noël?

— J'ai pensé que personne ne me croirait. Que vaut la parole d'une clandestine contre celle d'un gentilhomme? Maintenant, c'est trop tard. On dira que si je suis restée chez Boissy sans me plaindre, c'est que je ne m'y trouvais pas si mal. Qui ne pensera pas que j'ai été sa maîtresse ? Si je parle, je ruine ma réputation et mes espérances d'être sage-femme.

— Il a pourtant peur que tu ne parles s'il a voulu te tuer, avança Une Patte.

— Je ne l'ai pas vu hier soir. Je n'ai aucune preuve que c'est lui. Toi non plus, tu n'en as pas. Tout le monde croit que c'est un Indien.

— Pourquoi restez-vous chez Boissy ?

— Personne ne paie aussi bien que lui. Tu te souviens, Alphonse, que Fouquet te l'avait dit à l'Hôtel-Dieu ?

L'homme hocha la tête, embarrassé ; il espérait que son maître ne serait pas trop gêné des propos de Marie.

— Mais j'ai trop peur maintenant. Si c'est Boissy qui a tiré hier soir, il peut recommencer.

Marie se retourna pour fouiller dans son corsage, tira un sac de sous sa chemise, l'ouvrit et tendit la coupelle d'argent à Julien du Puissac.

— Tenez, je vous donne celle-ci.

— Et le soleil ?

— Je le garde en souvenir de Chahinian : c'est moi qui lui remettrai la deuxième coupelle. A moins qu'il ne m'arrive un autre accident.

— Mais la coupelle d'or serait perdue ! s'écria le chevalier. Vous ne pouvez pas permettre cela !

— C'est pourquoi il faut me protéger.

— Vous protéger ?

— Je vais dire à Boissy que je vous ai révélé tous ses agissements et que vous le dénoncerez s'il me tue. Il sera bien obligé de renoncer à cette envie...

Julien du Puissac tentait de découvrir ce que Marie lui cachait ; il commençait à bien la connaître et l'histoire qu'elle lui contait lui paraissait trop simple. Marie avait un goût plus prononcé pour l'intrigue et il avait remarqué qu'elle n'avait pas cessé, tout en parlant, de triturer les oreilles de Janvier. C'était de la nervosité et non de la peur qu'il lisait dans les beaux yeux de sa visiteuse. Il l'autorisa toutefois à dire à Boissy qu'il savait tout de son comportement honteux.

— Je quitterai sa maison à l'été, dès que j'aurai ven... dès j'aurai la permission d'ouvrir mon échoppe.

— Vous aurez besoin d'argent, fit remarquer le chevalier.

— C'est pourquoi je vais supporter encore un peu Nicolas de Boissy.

— J'aimerais vous proposer de travailler pour moi, mais les Frères de Lumière...

— Je sais, fit Marie, Guy Chahinian n'avait pas de servante.

Julien du Puissac se retenait de lui demander ce qu'elle comptait faire de la coupelle d'or. Il fallait pourtant qu'elle soit en lieu sûr! Et qu'il connaisse ce lieu! Il lui conseilla de ne pas porter la coupelle sur elle.

— Ne vous inquiétez pas, personne n'ira la chercher où elle est.

Marie pensa alors au bouton qu'elle avait caché avec la coupelle. A qui pouvait-il appartenir?

— En es-tu assurée?

— Oui. J'irai la remettre à M. Chahinian.

— Comment sais-tu s'il vit toujours? l'interrompit Une Patte. Le Grand Châtelet n'a pas bonne renommée. Tu dis que tu veux lui remettre toi-même la coupelle d'or, mais tu nous parles aussi de ta boutique. Tu ne peux pas être au four et au moulin en même temps. Ici et à Paris. Songes-tu vraiment à repartir pour la France? Tu n'en as jamais parlé avant. Mais si tu veux revoir M. Chahinian vivant, tu ferais bien de t'embarquer pour un trajet de mer dès que les glaces du Saint-Laurent seront fondues!

Marie sentit de l'impatience dans la voix d'Alphonse Rousseau. Elle rattrapa Janvier qui tentait de se cacher sous le rideau de velours et déclara d'un ton blessé qu'elle avait manqué périr la veille et pouvait difficilement imaginer son avenir.

Marie rentra chez Boissy avec le sentiment que ni le chevalier ni son serviteur ne l'avaient crue. Elle ôta sa cape, défit les rubans qui retenaient ses manches, troqua ses mocassins contre des sabots et se glissa dans la cuisine où elle ranima le feu en attendant Lison.

Quand celle-ci parut, raccompagnée jusqu'à la porte par un voisin, elle était si excitée que Marie ne comprenait rien à ce qu'elle racontait.

— Il s'est échappé! Et il va venir nous tuer!

— Echappé? Qui?

— Les cloches! Tu n'as pas entendu sonner?

Marie avait effectivement entendu tinter les cloches en sortant de chez du Puissac, mais elle avait cru que ce carillon annonçait le prochain office pascal.

— C'est le Sauvage ! Robert Hache ! Il s'est évadé pendant que nous étions tous à l'église. Les hommes le poursuivent. Mais ils ne le rattraperont pas et il va se venger !

Marie proposa une infusion de tilleul à Lison.

— Tu as bien besoin de réconfort. Chauffe-toi devant l'âtre pendant que je prépare ma tisane.

Lison hésita, ennuyée d'admettre la gentillesse de Marie. Mais Monsieur lui avait suggéré de faire preuve de charité : lui-même avait changé d'idée en ce jour de Pâques et décidé de garder Marie encore un certain temps. Il avait confié à Lison, à la sortie de la messe, que son confesseur le lui avait demandé. Lison rapprocha un tabouret de la cheminée et tendit ses bras vers le feu.

— Tu vois, dit-elle à Marie, il ne fait pas très froid mais je suis gelée ! Tu n'as vu personne en allant chez le chevalier ? Ce Sauvage doit s'être caché près d'ici. Il sortira la nuit pour nous égorger. Ah ! si Monsieur pouvait rentrer ! Et Paul ! On ne devrait pas laisser de pauvres femmes toutes seules !

Marie tenta de **rassurer** Lison en lui expliquant que Robert Hache ne s'était sûrement pas attardé à Québec où il pouvait être repris.

— Tu as dit que les hommes le traquent. Il doit être déjà loin. Il n'a aucun intérêt à rester ici !

Lison but sa tisane à petites gorgées, entre deux gémissements, et raconta à Marie que Juliette Boulet s'était évanouie en apprenant la nouvelle et que Rose Rolland avait vomi tout son repas pascal.

— Elle était aussi blanche que la neige !

Marie fut inquiète pour Rose. Elle l'avait revue plusieurs fois depuis le viol pour l'assurer de son soutien et la persuader qu'elle n'était aucunement responsable de ce qui lui était arrivé. Rose savait bien que ce n'était pas Robert Hache qui l'avait violée, mais la nouvelle avait assurément accentué le sentiment d'angoisse qui l'habitait depuis son agression. Marie se promit de la visiter le lendemain.

Lison replaça le tabouret contre la table de la cuisine. Elle oublia son ton plaintif pour ordonner à Marie d'aller chercher les vêtements à repriser.

— M. de Boissy a fait un accroc à sa culotte de futaine. Je la réparerai tandis que tu frotteras son arquebuse. Il s'en servira peut-être pour chasser l'évadé !

— Il préfère le pistolet, murmura Marie.

Chapitre 24.

— Regarde ce pistolet! dit Emile Cléron à Victor Le Morhier. As-tu déjà vu plus bel ouvrage?

— Tu l'as gagné hier soir? devina Victor.

Il soupesa l'arme et admira la crosse d'argent où un orfèvre avait ciselé la tête d'un lion. Et si c'était Chahinian?

Emile Cléron reprit le pistolet, le coinça dans sa ceinture, content de lui. Il se pencha à la fenêtre et respira à pleins poumons. Il sourit; l'air était doux et chaud comme le ventre d'une fille, une brise chassait les émanations qui montaient de la cour fermée et le soleil gorgeait de lumière les ruelles, même les plus étroites. Il avait amassé la veille la plus forte somme de toute sa carrière de grec et la baronne de Jocary lui avait fait comprendre qu'elle admirait ses divers talents. Enfin, il allait rendre à Victor les peaux que Simon Perrot avait volées à son oncle. Il serait alors libéré de sa dette envers lui.

— Regarde, Victor. Sous ce drap. Allez, soulève-le!

Victor obéit à son ami et poussa une exclamation de surprise.

— Mais ce sont les pelleteries de mon oncle!

— Eh, oui! J'aurais bien aimé que tu les lui rendes avant sa mort, mais je ne les ai vues qu'après, bien après.

— Mon pauvre oncle...

Victor regarda les peaux en songeant qu'elles avaient peut-être causé l'attaque qui avait emporté Octave Beaumont. Il se sentait coupable d'avoir pardonné trop tard à son oncle. Il avait ruminé sa colère moins d'une semaine, mais quand il s'était présenté pour expliquer à Octave Beaumont qu'il soupçonnait Simon Perrot du vol des pelleteries, sa tante priait pour l'âme du défunt. Elle s'était jetée dans les bras de son neveu en pleurant de soulagement : Dieu l'avait exaucée, il était revenu rue des Vieilles-Etuves-Saint-Honoré! Victor s'occuperait de l'enterrement. Et du commerce. Sinon, on lui prendrait tout : un rival de la rue des Menestriers était venu lui offrir de racheter sa marchandise alors que le cadavre de son mari était encore chaud! Et le lendemain, c'était un chapelier de la rive gauche! Victor avait objecté qu'il ne connaissait rien au commerce, encore moins à la chapellerie, mais sa tante l'avait tant supplié qu'il avait accepté de l'aider jusqu'à ce qu'elle trouve une autre solution. Il avait renoncé à son départ pour Dieppe avec tristesse, mais pouvait-il abandonner sa parente sans décevoir irrémédiablement le capitaine Le Morhier?

Il se promenait souvent le long de la Seine et constatait que le printemps entraînait la reprise du commerce maritime ; comme il enviait les marins! Il se serait engagé volontiers sur la plus petite pinasse, la moindre bélandre. Au lieu de cela, il essayait de démêler les affaires de son oncle et en perdait le sommeil ; Octave Beaumont avait peut-être une vitrine où les chapeaux étaient impeccablement placés, mais un fouillis indescriptible régnait dans ses tiroirs. Chercher des titres de propriété, un contrat de vente ou d'achat représentait des heures de recherches. Victor avait tremblé à l'idée que le testament ait été adiré, mais il l'avait retrouvé au fond d'un bahut. Ah! S'il pouvait convaincre sa tante de tout vendre et de rentrer à Nantes. Pourquoi Dieu avait-il permis qu'Octave Beaumont périsse si hâtivement?

— D'où viennent les pelleteries? dit Victor en caressant une peau de castor.

— Je les ai rachetées à la baronne. Une à une. Ça m'a pris quasiment deux mois.

— Mais pourquoi n'as-tu rien dit?

Emile Cléron expliqua à son ami qu'il ne pouvait reprendre les peaux chez Armande de Jocary sans la payer en retour ; Simon lui avait laissé ces pelleteries en cadeau, sans lui dire d'où elles venaient. La baronne ne devait pas être lésée : elle avait acheté ces peaux à Simon pour qu'il disparaisse à jamais.

— Pour être juste, je devais les lui racheter. Il n'y avait pas de raison qu'elle soit privée d'un bénéfice parce que la marchandise avait été volée chez ton oncle. Elle avait besoin de cet argent. Tenir salon est très onéreux et elle a subi quelques revers après le départ de Michelle Perrot chez le marquis de Saint-Onge.

— Mais ta baronne n'est pas sotte ! Elle savait bien que Simon les avait volées ! Elle était complice de recel !

Emile Cléron grimaça ; il n'aimait pas le ton outragé qu'employait Victor.

— L'important est que tu aies retrouvé tes peaux, non ? Ton oncle était mort quand la baronne me les a montrées. Je n'aurais rien pu empêcher. Si je t'en avais parlé plus tôt, tu aurais voulu les lui reprendre.

— C'était le bien de mon oncle ! Et le mien !

— Mais si la baronne n'avait pas eu confiance en moi, tu n'aurais jamais revu tes pelleteries ! Je ne pouvais tout de même pas la trahir !

Victor fixa longuement son ami et soupira : il savait qu'Emile était un filou. Pouvait-il espérer qu'il dénonce la baronne ?

— Je te remercie et te rembourserai dès que je le pourrai.

Emile Cléron devint tout rouge et dit d'une voix tremblante que Victor était un sot ou un méchant pour humilier ainsi un ami ; il lui donnait ces peaux. Il n'avait pas voulu nuire à la baronne. Ni à Victor. Cette solution lui paraissait la seule équitable pour tous les deux.

— Mais pas pour toi, protesta Victor, gêné. Tu as déboursé...

— Tu m'as sauvé la vie l'an dernier.

Victor serra son ami dans ses bras, ému de sa générosité.

— Je pourrais t'en vouloir de m'avoir caché longtemps ce secret, mais ma tante sera si heureuse. Elle vendra ces peaux dès aujourd'hui pour acheter de nouveaux tissus chez M. Brissac. Les chapeaux de feutre épais ne sont plus de saison. Il faut que sa boutique soit bien approvisionnée si elle veut conserver sa pratique.

— Elle refuse toujours de vendre ?

— Elle est plus têtue que jamais ! Elle me rappelle Marie !

Emile Cléron leva les yeux au ciel ; il y avait bien huit jours qu'il n'avait entendu parler de Marie et il s'était mis à espérer que Victor aurait succombé aux charmes d'une Parisienne. Elles étaient si jolies en ce début d'avril ! La clémence du temps exacerbait leur coquetterie ; elles portaient avec une grâce joyeuse, presque puérile, des robes de damas, de crêpe, de gourgoureau et des rubans brodés, des écharpes d'armoisin et de gaze, des dentelles aux motifs exotiques. Elles avaient au fond des yeux, au coin des lèvres, des désirs d'amour et de bijoux, de promenades en forêt et de dîners d'apparat, de jeux et de taquineries, d'été avant l'été. De la soubrette à la comtesse, de la lingère à la bourgeoise, elles embellissaient Paris. Même si Emile Cléron n'était pas allé plus loin que Chantilly, il était persuadé qu'aucune femme au monde n'égalait la Parisienne.

La Nantaise Marie LaFlamme devait être pourtant une beauté dépareillée... Et Simon Perrot un fort bel homme pour qu'une femme le préfère à Victor et que la baronne l'ait mis dans son lit.

— A quoi ressemble Simon? demanda Emile en emballant les pelleteries pour les apporter à Louise Beaumont.

Victor sursauta comme si Emile l'avait piqué avec une des grosses aiguilles qu'Octave Beaumont utilisait naguère pour coudre la feutrine.

— Pourquoi veux-tu le savoir?

— Je me demande ce qu'il avait pour plaire à la baronne. Sais-tu qu'elle soutient qu'il est toujours à Paris?

Victor cessa de respirer, attendant la suite.

— La baronne l'a vu place de Grève. Et l'a aperçu rue de Montmorency. Et rue du Roi-de-Sicile.

— C'est à côté de chez elle!

Emile hocha la tête, pensif.

— Elle m'a dit que Simon détroussait des passants depuis qu'il n'était plus geôlier au Grand Châtelet. Qu'il n'irait jamais décharger les gabares sur les rives de la Seine, qu'il ne serait ni porteur d'eau, ni marchand ambulant, ni apprenti boucher même s'il avait un goût pour le sang. Elle ne me l'a pas avoué, mais je pense qu'elle a peur de lui. Crois-tu qu'il s'attaquerait à elle?

— Non, Simon aura voulu l'effrayer par plaisir.

Victor donna un coup de poing dans le ballot de fourrures en disant qu'il ferait payer ses outrages à Simon.

— Je lui ferais avaler les poils de ces bêtes, si je le pouvais!

Il souleva le ballot, qu'il cala sur son dos tandis qu'Emile lui ouvrait la porte, le devançait pour le guider dans l'escalier mal éclairé.

— Je t'accompagne! On se prêtera cette charge d'âne!

— C'est inutile, retrouvons-nous plutôt rue du Pas-de-la-Mule pour souper. Merci, mon ami, je n'oublierai pas.

Victor s'éloigna d'un pas vif malgré sa charge ; il était impatient de voir la joie de Louise Beaumont.

Emile, lui, traîna autour du Palais où l'on faisait parfois de bonnes affaires jusqu'à ce que le soleil embrase le pont des Tuileries. Du Pont-Neuf, Emile Cléron pouvait voir les sinistres tours du Grand Châtelet, et il devinait les meurtrières, les lourdes portes, les barreaux aux fenêtres, si serrés qu'ils empêchaient la lumière de pénétrer dans les geôles ; il lui sembla que ce n'était pas le soleil mais le sang de tous les prisonniers qui rougissait les murs de pierre. Il tenta de repousser cette image en tournant son regard vers l'église Saint-Germain-l'Auxerrois, mais il se demanda alors à quoi pensaient les prisonniers qui entendaient carillonner ces célèbres cloches. Songeaient-ils que c'était le glas qui sonnerait bientôt pour eux ? Il frissonna, reboutonna son pourpoint et décida d'aller chasser ces idées noires devant une chope de clairet. S'il commençait à imaginer les pires choses, il valait mieux quitter le métier !

Hésitant entre la taverne du *Lion d'or* et celle de *La Croix de Lorraine*, Emile Cléron tira un sou : pile, il irait à la première, face, à la seconde. En se dirigeant vers la Maison de Ville, il empêcha une vieille femme d'être piétinée par un troupeau de bœufs qu'on amenait aux abreuvoirs de la Seine. La malheureuse, à demi sourde, n'avait pas entendu les bêtes s'approcher tandis qu'elle regardait alternativement les tours de Notre-Dame et un languier qui faisait bêler un mouton. Elle remercia cent fois Cléron, après s'être plainte qu'il y ait autant de bêtes à la ville qu'à la campagne.

— Quand ce n'est pas les cochons qui vous troussent la jupe, c'est les ânes qui croquent les rubans d'un chapeau ou les chevaux qui hennissent si fort qu'il vous feraient périr de saisissement ! Savez-vous qu'il y en a plus de dix mille à Paris ?

Le jeune homme hocha la tête, amusé par la verve de la vieille dame, qui lui confia qu'elle avait toujours vécu à Paris. Mais cette ville était de plus en plus sale et le bruit vous écorchait les oreilles d'une façon barbare.

— Vous alliez traverser la Seine ? s'enquit Emile.

— Point du tout, je rentrais chez moi, rue Simon-le-Franc.

— Nous sommes voisins ! s'écria Emile. Je peux vous raccompagner, si vous le désirez.

L'aïeule acquiesça avec un sourire taquin.

— Vous devez avoir l'habitude d'avoir des jeunesses à votre bras, ça vous changera !

Tout en trottinant vers la rue Beaubourg, elle expliqua à Emile Cléron qu'elle lui donnerait un petit présent, s'il voulait bien l'attendre en bas de chez elle. Il refusa, mais elle insista pour le remercier ; après lui avoir fait promettre de ne pas quitter le devant de sa porte, elle disparut cinq minutes. Elle revint avec un miroir gravé.

— Tenez, je n'ai plus d'agrément à me regarder... Vous le donnerez à votre amie.

Emile Cléron s'extasiait encore quand la vieille femme referma sa porte ; il examina le miroir dans tous les sens, surpris de sa bonne fortune. L'objet, bien qu'ancien, était en très bon état et il en tirerait assurément un prix élevé. Il monta en sifflotant l'escalier qui menait à son logis et s'allongea pour faire un petit somme, sage précaution pour garder sa lucidité toute la soirée. Lorsqu'il s'éveilla, il décida qu'il offrirait plutôt le miroir à la baronne.

Le serein mouillait maintenant les lanternes nouvellement installées pour décourager les attentats nocturnes et Cléron couvrit le miroir de son mouchoir pour le préserver de l'humidité. Il marchait lentement, goûtant le parfum de la nuit ; il se rappelait les paroles de la vieille et savait qu'elle avait raison : Paris puait. La Seine qui charriait tant d'immondices, les égouts, les trous punais, les excréments de tous les animaux dégageaient des odeurs nauséabondes, mais Emile Cléron ne les sentait pas. Il respirait les fumets des rôtisseries, les fragrances d'iris de Florence ou de violette qui flottaient dans l'air bien après que les femmes étaient rentrées chez elles, et surtout, surtout ! il s'enivrait du parfum d'aventure qu'exhalait la nuit. Les ténèbres embaumaient le mystère, et rien ne ravissait autant Emile que cette impression troublante que tout peut arriver.

Il chantonnait en passant la porte de *La Fosse aux lions* : Victor était déjà attablé.

— Ma tante était si heureuse ! Je ne l'avais pas vue sourire depuis la mort de mon oncle. Elle a même accepté l'invitation de M. Joubert à dîner demain.

— Joubert ? Qui tient *Le Soulier d'or* ? Il lui fera peut-être des prix sur ses savonnettes.

Emile Cléron commanda une pinte de bière et montra le miroir à Victor.

— Penses-tu que la baronne va l'aimer?

Victor Le Morhier eut un petit rire moqueur.

— Par Morgane, je finirai par croire que tu es amoureux!

Emile rougit et se força à rire, mais il avoua à Victor qu'il estimait réellement la baronne.

— Avec elle, j'ai le sentiment que je pourrais faire de grandes choses!

— Ne me conte pas tes projets! dit tout de suite Victor en cognant son verre contre celui d'Emile. Mais bonne chance!

Ils burent lentement, savourant l'amertume de la bière, puis ils commandèrent leur souper : Victor tint absolument à payer l'accommodage des viandes, Emile offrit du bourgogne. Ils étaient peut-être un peu lourds en quittant le cabaret, mais l'air du dehors les revigora : en tournant rue Vieille-du-Temple, Emile Cléron croqua une pastille de girofle pour masquer son haleine trouble.

— Je n'ai plus de raison d'aller chez Mme de Jocary, fit Victor. Michelle est maintenant chez le marquis de Saint-Onge.

— Tu peux bien m'accompagner pour cette fois.

— Serais-tu timide?

Emile Cléron grogna une réponse et commença à siffler pour se donner une contenance. Il allait frapper à la porte d'Armande de Jocary quand celle-ci s'ouvrit : la servante sortit dans la rue, tremblante, désignant la fenêtre du premier étage.

— Ils vont se tuer! C'est sûr! Au sec...

Emile Cléron lui mit la main sur la bouche et la ramena à la maison en lui disant qu'il n'y avait plus rien à craindre. Tandis que Victor s'élançait dans l'escalier, suivi d'Emile, ils entendirent la baronne hurler. Au moment où ils poussaient la porte de sa chambre, ils virent un homme sortir par la fenêtre, sauter sur la muraille du jardin voisin, manquer de perdre l'équilibre, se rétablir et rouler dans la rue pour ne plus bouger.

— Je vais le rattraper! dit Victor en retraversant la pièce. Je crois qu'il s'est blessé en tombant.

Il eut juste le temps de voir le serviteur qui gisait au sol et d'entendre la baronne de Jocary crier que c'était Simon Perrot qui fuyait.

Victor descendit les marches quatre à quatre ; il déboula dans la rue pour voir une silhouette s'enfuir vers la place Baudet. Il courut derrière ; Simon ne s'était pas blessé en tombant. Il avait seulement été un peu secoué. Victor ragea, mesurant la distance qui le séparait de son ennemi, redoutant de le voir s'échapper une fois de plus.

Simon entraîna Victor vers la Maison de Ville, puis se dirigea vers le Pont-Neuf. Voyant que l'écart s'amenuisait entre Victor et lui, il s'engagea sur le pont, malgré sa crainte d'y rencontrer quelque sicaire. Il n'avait pas fait une toise qu'un homme bondit d'un encorbellement et l'assaillit par-derrière, le tenant à la gorge tandis qu'un deuxième et un troisième le délestaient des bijoux qu'il venait de prendre à la baronne. Il sentit la lame d'un couteau s'enfoncer dans sa chair. Il était trop épuisé par sa course pour se débattre quand les hommes le jetèrent à la Seine.

Victor, qui s'était arrêté en entendant crier Simon, le vit tomber à l'eau. Il se précipita sur la rive, mais la rivière avait déjà emporté Simon Perrot.

La crainte d'être attaqué à son tour poussa Victor à revenir vers la Maison de Ville, mais il serait resté longtemps à méditer sur le cercueil marin de Simon Perrot. Il était furieux d'avoir été privé de l'affrontement : tout s'était passé trop vite. La mort de son ennemi ne le réjouissait même pas ; Simon lui avait encore échappé. Son cœur battait douloureusement quand il repassa par la place de Grève, et il le comprimait toujours de sa main gauche quand il arriva chez la baronne. Il raconta ce qu'il avait vu. Armande de Jocary gémit, mais Emile Cléron comprit qu'elle pleurait la perte de ses bijoux.

— Que s'est-il passé ici ? demanda Victor.

— C'est Jacquot ! Simon l'a assommé ! Je rentrais pour me reposer quand j'ai entendu des cris...

— Etes-vous certaine que c'était Simon Perrot ? demanda Victor. Je ne l'ai pas bien vu.

— Moi si, dit la baronne en ricanant.

Elle ouvrit sa main et lui tendit une médaille.

— Je l'avais donnée à Simon Perrot. Il l'a perdue en se battant. Son crime est signé ! Ah ! J'aurais voulu le tuer de mes propres mains !

— Moi aussi, murmura Victor, d'un ton las. Moi aussi.

Chapitre 25.

Depuis le 15 avril, Marie descendait presque tous les jours au quai de Champlain pour voir les glaces du fleuve s'entrechoquer. Elle avait l'impression que le Saint-Laurent muait, que sa peau de givre était devenue trop étroite, qu'il allait jaillir de son lit et engloutir la soixantaine de maisons de la basse-ville. Elle le comparait à une créature fabuleuse, indomptable, qui ruait chaque jour davantage ; elle s'imaginait que l'écume qui montait du fleuve sortait des naseaux d'un dragon qui aurait grandi au fond du Saint-Laurent durant les longs mois d'hiver. Elle éprouvait une curieuse jubilation à entendre le fracas des glaces, elle aurait aimé être au cœur de ce tumulte et qu'il soit encore plus fort. Le *fleuve qui marche* se libérait et elle l'enviait. Elle attendait le retour de Guillaume avec une impatience inquiète, ne sachant plus comment agir avec Boissy.

Marie avait été très discrète sur «l'accident» qui lui était arrivé en face de chez Sébastien Liénard. Quand Michel Dupuis et Marcel Toussaint lui avaient reparlé de l'événement, elle avait soutenu que son souvenir était vague, qu'elle n'était plus du tout certaine d'avoir entendu un coup de feu. D'ailleurs, aucun Indien n'avait attaqué Québec, comme l'avait prédit Germain Picot. Alors, pourquoi s'en faire ? Elle avait touché ses gages sans dire un mot à Boissy même s'il avait coupé de moitié la somme qu'il lui allouait depuis l'Epiphanie, et elle n'avait pas réclamé de nouvelles pelleteries. Tout ce qu'elle désirait maintenant, c'était demeurer chez Boissy jusqu'à l'arrivée de Guillaume ou d'un vaisseau. Elle pourrait peut-être s'engager chez un nouveau maître en attendant qu'on lui accorde le droit de délivrer les femmes ?

Elle méditait sur les chances de modifier sa situation quand un rire tonitruant la fit sursauter ; elle se retourna en espérant que ses vœux étaient exaucés, que Guillaume était de retour. Oui ! C'était lui ! Merci, mon Dieu ! Il avait maigri mais son sourire était toujours moqueur. Elle cria « Guillaume ! » en lui sautant au cou.

— Tiens, tiens, vous seriez-vous languie de moi ?

— Toujours aussi fier de vous, Guillaume ?

— J'essaie d'être aussi modeste que vous, ma chère...

Ils éclatèrent de rire, heureux de se retrouver tels qu'ils s'étaient quittés à l'automne. Guillaume avait craint d'être embarrassé de revoir Marie, après une si longue séparation, mais il était maintenant rassuré. L'aisance avec laquelle elle se pendait à son bras montrait qu'elle ressentait la même joie que lui. Durant ses longs mois d'absence, il avait souvent pensé à Marie ; il avait pourtant revu plusieurs fois Klalis durant l'hiver et il n'avait jamais ressenti auprès d'une femme un tel plaisir, une telle communion. Quand il faisait l'amour avec l'Iroquoise, il avait le sentiment de mourir pour mieux renaître. La jeune femme le vidait de sa lassitude pour lui insuffler une force magique. Il lui avait demandé une fois si l'épais breuvage qu'il buvait parfois avec elle avant leur union n'avait pas quelques propriétés secrètes. Klalis avait beaucoup ri, puis elle avait embrassé passionnément son amant pour lui démontrer que ses talents n'avaient aucunement besoin d'être soutenus par une drogue. Guillaume avait fini par comprendre que la joie et l'enthousiasme que manifestait Klalis lors de leurs étreintes étaient les plus puissants aphrodisiaques ; l'Iroquoise lui signifiait son désir avec tant de naturel que le coureur des bois était persuadé que la liberté dont jouissaient les jeunes Indiennes en faisait des adultes heureuses, douées d'une sensualité prodigue. Guillaume admirait déjà la générosité qui était le trait de caractère déterminant des Indiens, mais aucune femme ne s'était donnée à lui comme Klalis, l'honorant d'une confiance absolue.

— Vous êtes moins bavard qu'avant, dit Marie en tirant Guillaume par la manche.

Elle pinça la peau de daim entre ses doigts.

— Elle est très souple.

— On l'a travaillée juste pour moi.

Marie sourit, puis soupira.

— Je vous envie. Votre... amie... où vit-elle?

— Chez les Agniers. Elle était auparavant du clan de l'Ours, mais ces Hurons ont préféré se joindre aux Iroquois quand ceux-ci les ont poursuivis jusqu'à l'île d'Orléans.

— C'est donc vrai que les vainqueurs adoptent les vaincus? Qu'on ne torture pas tous les survivants d'un combat?

Guillaume regarda le fleuve un moment avant de répondre que la petite vérole, la rougeole et les guerres avaient décimé tant d'Indiens qu'on offrait volontiers aux captifs d'être adoptés par ceux qu'ils combattaient. On torturait quelques prisonniers, moins pour être cruels que pour éviter de paraître trop doux au regard de l'ennemi qui se serait peut-être empressé d'agir d'une façon encore plus barbare.

— Ceux qui sont torturés font l'admiration de leurs bourreaux, qui mangent ensuite leur cœur en signe d'estime pour le courage du défunt.

— Le cœur? fit Marie sans montrer la moindre émotion.

— Oui, mais ils...

Marie interrompit Guillaume Laviolette pour lui dire que son père lui avait confié que son aïeul avait été obligé de manger de la chair humaine quand il s'était échoué. Guillaume regarda le fleuve hérissé de glaces.

— Naviguer est aussi périlleux que trapper. J'ai hâte que vous ayez des nouvelles de Victor Le Morhier. Je me demande s'il est bien rentré.

— Ne commencez pas, vous aussi! Tous ont essayé de me décourager en me contant que vous ne rentreriez jamais à Québec, mais j'ai refusé de les entendre. Victor reviendra, il me l'a promis. Parlez-moi plutôt de votre course! Avez-vous rapporté autant de pelleteries que vous le souhaitiez?

Guillaume dit qu'il était fort satisfait de son périple, mais comme Marie semblait perplexe, il s'étonna.

— Vous n'êtes pas heureuse que j'aie réussi? J'ai même une belle peau de loup pour vous.

Marie regarda autour d'elle; des marchands allaient et venaient mais aucun ne semblait lui porter attention. Elle se décida à parler.

— Moi aussi, j'ai des pelleteries pour vous, chuchota-t-elle.

Guillaume lissa sa grosse barbe, intrigué ; il dit à Marie qu'elle pouvait parler plus fort, que le vacarme venant du Saint-Laurent empêcherait quiconque d'entendre ses confidences.

— Moquez-vous ! Si vous saviez ce que j'ai vécu en votre absence !

Elle lui expliqua ce qu'elle avait découvert chez Boissy, ce qu'elle avait exigé pour son silence et combien son chantage avait déplu.

— Il a voulu me tuer. J'ai sans cesse l'impression d'être épiée. Je veux vous vendre maintenant les peaux qu'il m'a cédées et fuir la rue Saint-Louis.

— Pour aller où ? Pourquoi avez-vous quitté les Hospitalières ? Et choisi de vivre chez Boissy ? Vous saviez fort bien que je n'aime pas cet homme. Et notre ami Victor non plus !

Marie avait bien envie de révéler pourquoi elle n'était pas restée à l'Hôtel-Dieu, mais elle avait promis au chevalier de ne jamais parler des coupelles ; elle ne mentirait pas en invoquant la question financière.

— Je veux vivre avec ma fille. Et je ne gagnais pas assez au couvent pour espérer m'établir un jour.

Guillaume n'avait pas oublié comme Marie était déterminée, mais il n'avait pas cru, à l'automne, que tous les moyens lui sembleraient bons pour parvenir à ses fins. Même faire chanter Boissy !

— Voulez-vous voir mes peaux avant d'aller au magasin ?

— Pourquoi ne les avez-vous pas vendues vous-même ? Vous n'aviez qu'à prétendre que des malades vous avaient ainsi payé vos services.

— C'est ce que j'ai fait croire à Lison. Mais on ne m'aurait pas crue au magasin où j'ai soigné tous les employés au moins une fois. Ils savent bien qu'on me donne du poulet et des fèves, du sucre ou du pain mais rarement des fourrures. Je ne voulais pas d'ennuis.

— Moi non plus. Boissy verra ses pelleteries au magasin et il saura aussitôt que vous me les avez cédées. Il pensera aussi que vous m'avez tout conté de son trafic et je ne serai pas plus en sûreté que vous.

Des larmes piquèrent les yeux de Marie : elle avait pensé tout l'hiver que Guillaume achèterait ses fourrures et que ses soucis seraient terminés à son arrivée, mais voilà que cet homme qu'elle croyait téméraire avait peur de Nicolas de Boissy ! Comment pouvait-elle s'être à ce point trompée ? Elle se détourna de lui lorsqu'il lui toucha le bras.

— Allons, Marie ! Je ne vous serais d'aucune utilité si Boissy me tuait... Songez-y donc. Vous voulez me jeter dans la gueule du loup, mais qu'en retireriez-vous ? Je ne sais pas tout ce qui s'est passé en France, mais je crois comprendre que vous avez autant de goût pour les situations périlleuses que de talent pour les soins. Je vais tout de même voir vos pelleteries. Je les apporterai à Ville-Marie ou aux Trois-Rivières ; Boissy n'ira pas là-bas.

Marie, oublieuse de ses prières, protesta vivement.

— Vous n'allez pas repartir ?

Guillaume prit le menton de Marie entre deux doigts.

— Vous seriez triste ? C'est donc vrai que vous êtes éprise de moi ? dit-il d'un ton taquin.

— On vous l'a déjà rapporté ? Je n'avais pas le choix. On voulait me trouver un galant.

— Et vous n'en voulez pas ? Même s'il s'agissait de Victor Le Morhier ?

Marie fronça les sourcils ; Victor avait-il raconté à Guillaume qu'ils s'étaient embrassés ?

— C'est un ami d'enfance, bredouilla-t-elle. Quand pourrais-je vous montrer mes peaux ? Vous vous y connaissez si bien, personne ne peut m'aider mieux que vous.

Guillaume ricana et lui dit que ce n'était pas la peine d'essayer de le pateliner ; avait-elle oublié qu'il détestait les flatteurs ?

— Je vais aller me rincer le gosier chez Boisdon. Retournez chez votre maître.

— Je vous verrai près du moulin de Denys de La Trinité, après le dîner. Je dirai que je visite un malade. Et ne buvez pas trop ! Vous avez la réputation d'avoir un avaloire formidable. Je me souviens que vous aimiez bien la goutte à l'Hôtel-Dieu. Cela dit, attendez-vous à entendre parler de Robert Hache.

— Robert Hache ?

— C'est un Algonquin qui avait été arrêté pour avoir abusé d'une femme et qui s'est enfui.

— Il a agressé cette pauvre Rose Rolland, c'est ça ?

— C'est ce qu'on vous a dit ? s'emporta Marie. Il était enfermé quand c'est arrivé. C'est un des nôtres qui a violé Rose !

— Quoi ? Elle a subi...

Marie baissa les yeux, furieuse d'avoir trop parlé ; elle raconta la scène du viol à Guillaume après lui avoir fait jurer de se taire. Il admit que le silence était peut-être la meilleure manière pour Rose d'oublier le drame. Marie réagit aussitôt : oublier pareille humiliation ? Aucune femme n'y parviendrait. Jamais ! Mais il s'agissait d'éviter à la victime le déshonneur d'être bafouée par son fiancé.

— Ils doivent se marier en mai.

— Qui l'a attaquée ? Elle le sait ?

Marie soupira ; non, Rose n'avait pas vu son agresseur, ce qui permettait à plus d'un de clamer que c'était un Indien qui l'avait battue.

Marie se rappela qu'elle avait promis à Rose de l'accompagner chez les Ursulines où cette dernière allait deux fois par semaine pour apprendre à lire. La dernière fois qu'elle était montée au couvent, elle avait cru qu'on la guettait encore dans le cimetière. Elle avait dit à Marie qu'elle cesserait d'étudier ; Marie s'était proposée comme garde du corps. Elle savait quels efforts Rose s'imposait quotidiennement pour passer par la côte de la Montagne. Il fallait qu'elle continue. Mais Rose n'allait tout de même pas se rendre jusqu'à la côte du Palais pour monter à l'Hôtel-Dieu, traverser les terrains de Guillemette Couillard et des Jésuites pour se rendre au monastère de mère Marie Guyart !

Quand Marie se présenta chez Eléonore de Grandmaison qu'elle ne s'habituait pas à appeler Mme de La Tesserie, celle-ci lui apprit que Rose était alitée et la réclamait depuis une heure.

— Elle lavait des chemises quand elle est tombée, d'un seul coup, le nez dans l'eau. J'étais là, heureusement ! C'est assurément ce coup qu'elle a reçu qui n'est pas guéri.

Le ton d'Eléonore de Grandmaison, plein de sollicitude, toucha Marie. Dans son malheur, Rose avait eu la chance d'être au service d'une femme charitable et prudente ; elle avait un regard interrogateur en parlant du coup de bâton, mais elle n'avait rien ajouté car son mari aurait pu entendre leur conversation. Elle se contenta de guider Marie à la cuisine, où Rose avait son lit.

Dès qu'elles furent seules, Rose éclata en sanglots en suppliant Marie de la secourir. Elle était si bouleversée qu'elle en tremblait.

— Je ne peux pas avoir cet enfant, Marie, je ne peux pas! Denis Malescot est un homme droit qui attend que nous soyons mariés devant l'Eglise pour...

Marie faillit rétorquer que le fiancé était peut-être honnête, mais il aurait pu se rappeler l'époque pas si lointaine où il était persécuté par cette Eglise dont il respectait maintenant les commandements avec tant de rigueur. Elle se contenta de promettre à Rose qu'elle essaierait de lui trouver une potion abortive.

Elle rentra rue Saint-Louis en déplorant que sa première intervention de sage-femme à Québec soit un avortement. Cependant, malgré le danger que cela représentait pour Rose et pour elle, bien que cet acte soit contraire à sa vocation de guérisseuse, elle ne pouvait abandonner Rose à sa détresse. Elle attendit que Lison soit sortie pour consulter le livre que lui avait légué Anne LaFlamme. Elles n'avaient jamais parlé ensemble d'avortement ; toutefois, si sa mère avait noté les noms des plantes destinées à cet usage, c'est qu'elle ne devait pas le réprouver complètement. Marie lut chaque page avec attention ; la seule plante abortive mentionnée par Anne n'existait pas à Québec. Comment aider Rose ? Mme Couillard n'avait-elle pas dit que les Indiennes subissaient moins que les Françaises de grossesses non désirées ? Elle devait voir Mani. Afin d'éviter qu'on ne jase sur sa visite au fort des Hurons, elle s'arrangerait pour y accompagner Guillaume ; les commères s'intéresseraient moins au motif qui poussait Marie à visiter Mani qu'au fait qu'elle s'affichait avec le coureur de bois.

Marie s'acquitta rapidement de ses tâches domestiques et attendit le carillon de l'angélus avec impatience ; elle avait roulé les huit peaux de castor que lui avait remises Boissy et les avait mises dans sa besace. Guillaume lui offrirait un peu moins qu'un commis du magasin, mais il fallait bien qu'il ait avantage à lui rendre service.

Guillaume était déjà arrivé au moulin quand Marie le rejoignit. Elle tirait les pelleteries de son sac quand il lui proposa d'aller plutôt dans une arrière-cour où personne ne les verrait.

— On m'a déjà salué cinq fois depuis que je suis ici. Ce moulin est bien fréquenté.

Marie suivit Guillaume mais lui fit remarquer qu'il verrait mal les pelleteries.

— Je vais les flatter, dit-il en riant. J'en saurai autant.

Marie frissonna ; la manière dont Guillaume avait dit qu'il flatterait les fourrures l'avait remuée. Durant un instant, elle s'était demandé comment il caressait, quel effet elle ressentirait s'il posait ses mains sur elle, là, maintenant. Elle ouvrit sa besace pour cacher son trouble mais une des peaux tomba au sol. Elle secoua la boue qui collait aux poils de la pelleterie avant de la tendre à Guillaume. Il tâta longuement la peau, hésitant à dire la vérité à Marie. C'est elle qui le pressa d'une voix enthousiaste.

— Alors ? Vous les voulez ?

— Ce n'est pas du castor gras.

— Mais la fourrure est bien fournie.

Guillaume expliqua à Marie que les Européens qui achetaient le castor n'avaient que faire de la longueur des poils ; ils les rasaient, se débarrassaient de la peau et ne conservaient que les couches intérieures du poil qui servaient à la fabrication du feutre. Le castor gras était plus recherché parce qu'il avait été porté par les Indiens. Ceux-ci plaçaient le côté fourrure contre leur peau, l'usaient, l'huilaient pour l'assouplir et finissaient par le dépouiller de ses poils ; la couche de fond recherchée par les chapeliers français se détachait alors aisément de la peau.

— Ça veut dire que mes peaux valent un peu moins cher...

— Il y a aussi le fait que le prix du castor a baissé, sec ou gras. Il vaut le quart de ce qu'il valait sous Dubois Davaugour.

— C'est la faute du nouveau Gouverneur ! maugréa Marie qui commençait à deviner que Guillaume ne la paierait pas aussi bien qu'elle l'espérait.

— Je ne sais pas ; la demande est moins forte. Et les Indiens veulent être mieux payés.

— Moi aussi, fit Marie. Boissy m'a dit que je pourrais en tirer dix livres.

— Il y a combien de peaux ? Sept ? Huit ?

— Huit. Ça ferait quatre-vingts livres.

Guillaume regarda Marie avec stupéfaction, puis secoua la tête, navré.

— Boissy vous a dit que vous en tireriez dix livres chacune ? Il vous a menti. Je peux vous payer deux livres par peau. Pas davantage. Et je n'y gagne rien.

Marie serra les dents, arracha la pelleterie des mains de Guillaume et la jeta à terre pour la piétiner. Comme elle aurait aimé infliger ce traitement à Nicolas de Boissy ! Il l'avait roulée et elle ne pouvait même pas le dénoncer.

— Vous aurez votre revanche, Marie, je vous l'assure.

Marie tenta de retenir ses larmes, mais elle était anéantie en découvrant que Boissy s'était moqué d'elle durant tout l'hiver et qu'elle n'aurait pas l'argent nécessaire pour ouvrir une apothicairerie, même petite. Guillaume la serra contre lui et lui tapota les épaules jusqu'à ce que les sanglots s'espacent.

— Il ne faut pas vous mettre dans cet état. Quittez Boissy et vous verrez ensuite comment vous pourrez vous venger.

— Pour aller où ?

— Vous pourriez payer une pension à Emeline Blanchard. Vous seriez près de votre fille.

— Mais trop loin de la ville pour qu'un malade m'envoie quérir. Et que deviendrions-nous quand j'aurais dépensé tous mes gages ?

Guillaume reconnut que la situation demandait réflexion. Il promit de chercher une solution tout en se demandant pourquoi il prenait en charge les soucis de Marie. Il lui donna huit livres pour les peaux ; il lui verserait le reste rapidement. Il devait passer avant au magasin.

Marie renifla un bon coup et pria Guillaume de l'accompagner au fort huron. Ils revinrent sur leurs pas, traversèrent le terrain de la Fabrique et furent arrêtés vingt fois par des colons qui les saluaient ; Marie fut quelque peu rassérénée d'être reconnue par chacun devant Guillaume et un sourire flottait sur ses lèvres quand ils se présentèrent au fort indien. La fête qu'on fit à Guillaume Laviolette ne laissait aucun doute quant à l'affection qu'on lui vouait. Le coureur, qui paraissait enchanté, tira de ses poches un collier destiné à l'aïeule du village ; il y eut des exclamations admiratives car le collier comptait bien plus de perles foncées que de blanches. La vieille femme, dont Guillaume avait toujours écouté les avis, le remercia gravement et l'invita à la rejoindre dans sa maison-longue : elle aussi avait un présent pour lui. Marie profita de l'animation provoquée par le retour de Guillaume pour parler à Mani. Celle-ci comprit ce que Marie lui demandait, mais elle lui rappela que les prêtres condamnaient l'avortement. Elle était baptisée et ne pouvait lui fournir la plante.

— Mais il faut secourir Rose !

Mani hésita, puis apprit à Marie qu'elle faisait déjà usage de la plante abortive pour traiter des maladies de peau. C'est tout ce qu'elle acceptait de lui dire. Marie mit du temps à deviner qu'il s'agissait du sang-de-dragon.

— Il me reste encore quelques racines! En infusion?

— Ton amie s'endormira. Quand elle verra le jour se lever, le mauvais souvenir l'aura quittée.

Marie regarda Mani droit dans les yeux en l'assurant de la reconnaissance de Rose.

— Et de la mienne. Peut-être pourrais-je un jour te secourir?

Mani haussa les épaules; les Blancs avaient cette manie de vouloir remettre ce qu'on leur donnait, et quand ils apportaient un présent, ils s'attendaient qu'on leur rende la pareille. La plupart étaient possessifs. Mani avait souvent vu des femmes se chamailler au marché pour un poisson et des hommes se battre pour conserver un couteau. Mani trouvait les Blancs puérils. Seul Guillaume échappait à cette règle. Et peut-être son ami, ce beau marin qu'elle n'avait jamais revu.

Elle se demanda si Marie le connaissait. Elle n'y avait jamais pensé avant, mais maintenant qu'elle voyait la jeune femme avec Guillaume, elle se rappelait qu'il lui avait dit que Victor était arrivé sur l'*Alouette*.

— Tu étais bien sur ce vaisseau; tu dois avoir vu un homme avec une barbe dorée. C'était un ami de Guillaume, mais il est reparti avant que les arbres rougissent.

— Victor? Victor Le Morhier?

Mani hocha la tête, oui, c'était comme ça qu'Antoine Souci l'avait nommé.

— Il va revenir?

Marie fut soucieuse; si Mani s'imaginait qu'elle allait prendre le cœur de Victor, elle serait déçue. Victor reviendrait en Nouvelle-France pour lui remettre le trésor, rien de plus. Il repartirait ensuite sur les mers. C'était son métier, sa vie. Il l'avait assez souvent répété. Durant un instant, Marie se demanda quelle place occuperait Michelle Perrot dans l'existence d'un marin.

— Il passera un jour par ici. Mais il ne restera pas. Il aime trop naviguer. Il n'est heureux que sur le pont d'un vaisseau.

Marie se remémora le baiser qu'elle avait échangé avec Victor; il avait eu un regard béat qu'elle ne lui avait jamais vu avant, même sur l'*Alouette*. Que lui arrivait-il donc aujourd'hui pour qu'elle ait toutes ces curieuses pensées?

Elle ferait mieux d'aller voir Rose. Elle attendit que Guillaume ressorte de la cabane de l'aïeule, mais finit par s'impatienter et laissa un message pour lui à Mani. Elle était vexée de ne jamais avoir été invitée à pénétrer dans une de ces étranges maisons qui avaient bien quinze toises de longueur et le tiers en largeur. Elle voyait les poteaux courbés, recouverts d'écorce, et se demandait à chaque fois comment était l'intérieur. Où dormaient les Hurons? S'installaient-ils dans un coin pour manger ou changeaient-ils d'endroit au gré de leur fantaisie? M. Chahinian lui avait dit que les femmes mangeaient assises par terre en Espagne, mais elle ne l'avait pas cru. Maintenant qu'elle avait vu des Indiens agir ainsi, elle pensait que l'orfèvre avait dit vrai.

Aurait-elle l'occasion de le lui avouer? Le chevalier ne semblait guère confiant quant au sort qu'avait subi l'orfèvre, même s'il répétait qu'il le verrait bientôt en France et lui apprendrait que Marie avait la coupelle d'or. Si elle gardait cet objet, ce n'était pas uniquement parce qu'elle considérait que la coupelle gravée d'un soleil avait une grande valeur. Elle avait simplement appris à se méfier des gens. Elle avait beau estimer le chevalier, rien ne lui prouvait qu'il lui disait la vérité au sujet de Guy Chahinian. Il en savait long sur lui, certes, mais était-il vraiment son ami? Peut-être le fait de posséder les deux coupelles lui permettrait-il de le supplanter à la tête de cette fameuse Confrérie de Lumière? Sans se l'avouer, Marie se sentait de plus en plus coupable, à chaque fois que du Puissac en parlait, du destin de Guy Chahinian. A Paris, elle n'avait pu intervenir pour l'aider sans nuire à Simon, mais elle n'entendait pas le trahir une deuxième fois. C'était elle qui lui remettrait la seconde coupelle, à moins que du Puissac ne lui fournisse une preuve de l'amitié qu'il vouait à Chahinian.

Chapitre 26.

Marie passait devant le fort Saint-Louis quand deux soldats en sortirent. L'un battit énergiquement son gros tambour bleu, le second déroula lentement un parchemin. Il attendit que les habitants qui s'étaient approchés se taisent et il lut d'une voix tonitruante qu'en ce jour du 26 avril 1664, le Conseil souverain, afin de prévenir les risques d'incendie, exigeait des citoyens qu'ils nettoient les rues de la paille et du fumier qu'ils y jetaient trop volontiers.

— Bientôt, ils nous interdiront d'avoir du fourrage dans nos maisons, maugréa Sébastien Liénard.

— Et des bestiaux! dit Denis Malescot.

Les citadins se plaignirent de la nouvelle ordonnance, discutèrent des anciennes, déclarèrent que Saffray de Mézy ne valait pas mieux que Dubois Davaugour, qu'il ne leur demandait jamais leur accord avant de faire voter une loi, puis parlèrent de la pêche quasi miraculeuse de Toussaint et Girouard. Ils rentrèrent chez eux tandis que les soldats descendaient à la basse-ville pour répéter l'édit. Marie, rêveuse, les regarda s'éloigner en pensant à Simon. S'il venait la rejoindre au Québec, il porterait un uniforme semblable aux leurs.

Rue Saint-Louis, Lison s'empressa de sortir afin de savoir ce que signifiaient ces roulements de tambour. Marie la renseigna, ajoutant que cette loi permettrait aussi de diminuer les risques d'épidémie durant l'été.

— Et les risques de famine ? Il faut bien qu'on mange ! protesta Lison. On devra tout acheter aux colons des alentours de Québec si on ne peut pas garder de bestiaux !

— Mais personne ne l'a encore interdit.

— Tu verras ! Enfin... Monsieur va souper chez M. d'Alleret ; j'irai chez mon frère. Mais en attendant, on se met en besogne : j'ai reçu des petits poissons, il faut les vider et les saler.

Marie s'assit devant quatre douzaines d'éperlans et, pensant à Boissy, leur arracha les entrailles à petits coups secs, rageurs. Pourrait-elle un jour lui faire payer son affront ? Et comment contiendrait-elle son envie de lui cracher au visage quand elle le servirait ? Elle regarda le tas de déchets en soupirant ; combien de poissons viderait-elle encore avant de pouvoir quitter la rue Saint-Louis ?

Elle évita de regarder Nicolas de Boissy quand il rentra pour se changer avant d'aller souper chez son complice et demeura dans la cuisine quand il redescendit de sa chambre. Moins elle le verrait, mieux ça vaudrait ! Lison, elle, semblait multiplier les occasions de se trouver en présence de son maître ; Marie avait trouvé fort opportun qu'elle décide de la remplacer pour servir à table. Elle préférait récurer dix chaudrons plutôt que subir les sourires narquois de Nicolas de Boissy.

Après le départ de Lison et de son maître, Marie enveloppa les racines de sang-de-dragon dans son mouchoir, attrapa son manteau qu'elle boutonna de travers et se rendit chez Eléonore de Grandmaison pour voir Rose. Juste avant, elle s'arrêta au cabaret où elle espérait trouver Guillaume ; il y eut des rires étouffés quand Marie fit signe à Guillaume de la suivre à l'extérieur du cabaret. A sa grande surprise, il lui reprocha d'être venue.

— Vous manquez de bon sens. Vous ne cessez de répéter que vous voulez être sage-femme. Croyez-vous qu'on vous approuvera de courir un homme à l'auberge ? Vous perdez la tête ! Vous jouez votre réputation pour quelques livres. Je vous croyais plus sensée ! Rentrez chez vous, je vous verrai demain midi. N'ayez crainte, je vous paierai ce que je vous dois encore.

Guillaume Laviolette salua sèchement Marie et poussa la porte du cabaret ; il n'aimait pas se conduire ainsi mais elle ne lui avait pas laissé le choix. Guillaume rit des plaisanteries des clients du cabaret même s'il était troublé par l'attitude de Marie. Et si elle voulait vraiment l'épouser comme on le lui serina toute la soirée ?

Avait-elle menti en disant qu'elle avait parlé de lui pour éviter d'avoir des soupirants ?

Ça, non ! Il lui avait acheté ses maudites peaux, mais il ne lui passerait pas la bague au doigt. Ni à elle ni à aucune autre. Jamais. Il aurait pourtant juré, lorsqu'il l'avait retrouvée au quai de Champlain, qu'elle n'était pas attirée par lui. Elle s'était jetée dans ses bras avec le naturel d'une sœur, d'une vieille amie.

— Tu as bien de la chance, fit Michel Dupuis. C'est la plus belle fille du pays !

— Et point sotte ! renchérit Horace Bontemps. Sans elle, je boiterais peut-être. Aubergiste ! Un pichet de marennes à la santé de Marie LaFlamme.

Guillaume répéta vainement qu'il n'y avait aucun projet entre Marie et lui. On lui lançait des clins d'œil, on lui donnait des coups de coude, Dupuis lui paya un pot après Le Duc et Malescot l'imita ensuite. On lui fit conter sa course, on lui demanda s'il avait vu Robert Hache chez les Algonquins, on voulut savoir si les Indiennes étaient aussi chaudes que bien des coureurs le prétendaient et comment il pensait s'habituer à une vie de colon.

Quand il quitta le cabaret, Guillaume était décidé à partir dès le lendemain pour Trois-Rivières. Il expliquerait à Marie que son attitude envers lui pouvait avoir des conséquences insoupçonnées s'il restait à Québec.

Marie n'était pas chez Boissy quand Guillaume s'y présenta dans la matinée. Lison lui apprit qu'elle avait quitté la maison une heure plus tôt pour voir Mme de Grandmaison et que M. de Boissy était mécontent de son absence.

— Puisqu'elle vous écoute, dites donc à votre amie de montrer plus de respect envers son maître, dit Lison. Monsieur, qui a été si patient, est bien mal récompensé.

Fuyant les doléances de la domestique, Guillaume Laviolette descendit chez Eléonore de Grandmaison. En regardant le fleuve du haut de la côte de la Montagne, il regretta de quitter Québec si rapidement. Mais comment agir autrement ? S'il restait, on attendrait de lui qu'il courtise Marie LaFlamme. S'il l'évitait, on plaindrait autant Marie qu'on la critiquerait et leur amitié serait irrémédiablement gâchée. S'éloigner quelques semaines lui semblait une bonne solution ; on aurait oublié l'incident quand il reviendrait. L'arrivée des navires tant attendus aurait assurément distrait les esprits.

Eléonore de Grandmaison accueillit chaleureusement le coureur de bois mais il lui trouva un air si angoissé qu'il l'interrogea.

— C'est Rose. Marie est auprès d'elle. Je l'ai trouvée si pâle ce matin que j'ai fait quérir notre chère guérisseuse.

Guillaume ne posa aucune question, au grand soulagement de Mme de Grandmaison. Même si Marie lui avait dit que Rose souffrait simplement de dévoiements, elle ne pouvait s'empêcher de croire que Rose avait voulu mourir. C'était un péché mortel mais sa jeune servante ne méritait pas d'être punie après toutes ces souffrances. Marie avait promis qu'elle la sauverait ; il fallait lui faire confiance sans chercher à en savoir davantage.

Guillaume tendit dix livres à son hôtesse en la priant de les donner à Marie.

— Je dois repartir pour Trois-Rivières et Ville-Marie. Vous lui direz que je serai de retour avant l'été.

— Attendez ! Je vais aller l'avertir !

— Non, c'est inutile, dit vivement Guillaume qui était heureux d'échapper à une explication avec Marie.

Il sortit avant qu'Eléonore de Grandmaison ait eu le temps de réagir. Elle songea que les relations entre Marie et le coureur de bois étaient étranges, puis elle retourna à la cuisine pour voir si Rose reprenait vie.

Marie rassura Eléonore de Grandmaison ; Rose devrait simplement se reposer quelques jours. Si elle était sauvée, pourquoi Marie semblait-elle découragée ? Eléonore de Grandmaison lui offrit du vin de cenelle. Quand Marie passa près de la fenêtre, son hôtesse fut frappée par la maturité qu'elle avait acquise depuis son arrivée à Québec ; sa beauté s'en trouvait accrue. L'œil était plus grave, la bouche moins capricieuse, les attitudes moins enfantines. Mme de Grandmaison se demanda si elle n'ajouterait pas foi aux ragots concernant Marie et Guillaume ; l'homme qui avait vaincu les loups avait peut-être pris la fuite devant la Renarde... Elle laissa Marie siroter tranquillement sa boisson avant de lui transmettre le message de Guillaume Laviolette.

— Il est parti ? dit Marie bêtement. Mais il m'avait dit...

— Il a promis de revenir avant l'été.

Marie regarda son hôtesse avec un effarement qui émut cette dernière. Quand, pour la réconforter, Eléonore de Grandmaison lui répéta que Guillaume serait de retour à la fin de mai,

Marie la repoussa en disant qu'elle devait revoir sa malade avant de quitter la rue Saint-Pierre.

Tandis qu'elle regardait Rose dormir, Marie s'efforçait de se calmer : elle trouverait une solution à ses traças sans l'aide de quiconque ! Et elle garderait les dix-huit livres de Guillaume pour les lui jeter à la figure dès son retour. Comment avait-il pu s'enfuir ainsi ? Etait-il assez sot pour croire qu'elle voulait l'épouser ? Elle lui parlerait de Simon Perrot, tiens ! Elle lui dirait qu'il ne passait pas sa vie à errer dans les bois, qu'il était mousquetaire du Roi et viendrait la chercher en Nouvelle-France. Oui, monsieur Laviolette ! Elle n'avait besoin de personne ! Sa colère fit place à la pitié quand Rose gémit. Celle-ci avait vomi mais n'avait pas perdu de sang ; la racine abortive n'avait pas fait son effet. Rose était toujours enceinte ; elle devait maintenant le lui apprendre. Lui apprendre aussi qu'elle ne tenterait rien d'autre.

Rose écouta Marie sans manifester d'étonnement. Elle toucha son visage, sa tache de vin.

— Je n'ai jamais eu de chance. Je me suis imaginé que ce serait autrement dans un pays nouveau, mais quand le Malin t'a marquée...

Marie frémit ; Rose s'exprimait de la même manière que la Boiteuse. Elle revit Anne LaFlamme qui tentait de la défendre alors qu'on la battait à mort. Elle se souvenait de sa misérable dépouille exposée sur la place publique et des Nantais qui venaient regarder les restes de la sorcière. Rose croyait-elle être possédée ? Marie lui dit d'une voix indignée que le Diable n'était pas celui qui l'avait affublée d'une tache, mais celui qui l'avait violée.

— Peu importe qui c'est, je ne pourrai rester, murmura Rose. Je devrai rentrer en France. On ne garde pas ici les filles de mauvaise vie... Là-bas, je raconterai que je suis veuve, que mon mari a été tué par les Sauvages.

— Ah, non ! Pas toi ! Tu sais très bien que ce n'est pas un Indien qui t'a attaquée !

— Mais personne ne le croit...

Marie quitta Rose avec le sentiment que la vie n'était qu'injustice et qu'elle n'y changerait rien si les plantes même la trahissaient. Elle faillit jeter les racines de sang-de-dragon qui lui restaient, mais elle se souvint qu'elles lui étaient bien utiles comme vomitif. En remontant la côte de la Montagne, elle s'arrêta au cimetière, retourna à l'endroit précis où elle avait découvert Rose et y resta un long moment, espérant qu'un détail surgirait dans sa mémoire et lui permettrait de deviner qui était le criminel. Le bouton ne lui avait pas été d'une grande utilité. Elle renonça en entendant sonner midi ; Lison et Fouquet allaient encore se plaindre de son absence. Comme elle avait hâte que les vaisseaux mouillent dans le port de Québec ! Il y aurait bien quelqu'un pour apprécier ses talents !

Elle songea que Rose s'embarquerait probablement sur ce navire pour rentrer à Paris. «C'est de là que je viens, avait-elle dit. J'y travaillerai encore ; il y a toujours de l'emploi pour une femme du monde.»

Marie avait failli lui demander si elle n'avait pas vendu ses charmes à un soldat nommé Perrot puis elle s'était ravisée : pourquoi Simon aurait-il payé une femme alors qu'il pouvait tout obtenir avec un sourire ? Elle avait promis à Rose de garder le secret sur son passé, mais Rose n'avait pas semblé l'entendre ; elle regardait son ventre et se disait que l'enfant qu'elle portait n'aurait pas une vie plus gaie que la sienne. Elle serait bien obligée de l'abandonner pour travailler...

*
* *

— Marie ! Venez vite ! cria Agathe Souci. Chez Eléonore de Grandmaison. C'est encore Rose ! Elle est bien pis que la dernière fois !

Marie qui écoutait une élève des Ursulines lui donner des nouvelles de sœur Sainte-Blandine, laissa tomber son panier de morues et courut vers la place publique.

— Il y a du sang partout ! glapit Agathe Souci. Elle va mourir, pour sûr. C'est ce qu'elle voulait !

Marie poussa la porte d'Eléonore de Grandmaison sans frapper et se rua dans la cuisine. Rose gisait sur le sol dans une mare de sang, mais elle n'avait aucune blessure apparente ; elle n'avait pas tenté de se tuer. Elle avait fait une fausse couche. La nature réussissait où la tisane abortive avait échoué quinze jours plus tôt. Marie prit les linges que lui tendait Eléonore de Grandmaison ; cette dernière était l'image même de l'anxiété.

— Elle était grosse, c'est ça? Que va-t-elle devenir maintenant? Pauvre fille!

Marie épongea le sang, pressée de savoir si l'hémorragie continuait. Elle fut soulagée de constater que le sang qui barbouillait le ventre de Rose était déjà froid. Marie appuya un linge entre les cuisses de Rose.

— Ne bouge pas, garde tes jambes serrées. Il te faut une pessaire.

Se félicitant de toujours avoir sa besace avec elle, Marie tira un sachet de la longueur d'un doigt. Elle souhaita que les poudres et les graines qu'il contenait fassent leur office et empêchent le sang de couler de nouveau.

Mme de Grandmaison se pencha près de Rose et lui tendit un flacon d'eau-de-vie. Rose avala une longue gorgée qui trahissait l'habitude qu'elle avait prise à Paris de boire pour se donner le courage d'aborder le client, puis elle referma les yeux, presque soulagée : tout était terminé maintenant, chacun saurait qu'on avait abusé d'elle et qu'elle avait porté l'enfant d'un criminel. Elle sentit que Marie lui écartait les jambes et poussait délicatement un morceau de tissu dans son sexe, mais elle garda les yeux clos.

Marie lava Rose, la changea de chemise et l'allongea sur sa couche tandis que Mme de Grandmaison allait chercher une couverture supplémentaire; la malade grelottait, épuisée.

Eléonore de Grandmaison expliqua à Marie qu'elle voulait bien aider Rose mais Agathe Souci était chez elle quand Rose s'était effondrée en se tenant le ventre.

— C'est fini pour elle, dit Marie, les larmes aux yeux. Chacun saura qu'elle était grosse, mais personne ne croira que c'est Denis Malescot qui... La plupart diront que c'est un Indien qui l'a violée. D'autres prétendront que Rose était une femme trop chaude.

— Mais c'est faux! Je connais Rose. C'est une brave fille. Elle ne court pas les hommes! On aura abusé d'elle après l'avoir assommée!

Marie regarda par la fenêtre ouverte le petit attroupement qui s'était formé autour d'Agathe Souci. La journée s'annonçait pourtant si belle! Le printemps était enfin arrivé. La neige fondait à vue d'œil et, même si les rues étaient aussi boueuses et sales qu'à Paris, on respirait à pleins poumons l'air pur du fleuve. L'écorce des arbres était plus claire, luisante, les branches s'ourlaient d'un vert tendre qui attirait les corneilles. Elles croassaient d'aise et les poules leur répondaient en caquetant avant de s'échapper chez un voisin. Les chiens les ramenaient alors en jappant joyeusement, puis tachaient les jupes des habitantes en s'ébrouant. Des enfants riaient, applaudissaient mais leurs mères ne les grondaient pas, trop contentes de sortir sans capuche et sans manteau. Le soleil avait la force de la jeunesse, il irradiait avec insolence, mais n'avait-il pas triomphé des ténèbres hivernales ? Québec s'épanouissait sous les caresses de ses rayons ; pourquoi avait-il fallu que Rose porte en elle les plus mauvais souvenirs de l'hiver ? Dieu faisait bien mal les choses : la femme de Boulet était stérile et s'en désolait, celle de Picot était morte sans enfants, tandis que Rose avait été engrossée par un monstre, un jour de gel, dans un cimetière.

Un monstre. Pas un Indien. Marie faillit parler du bouton. Mais si Eléonore de Grandmaison la croyait, qui d'autre à Québec ajouterait foi à cette histoire ? Rose n'avait pas vu son agresseur. On dirait qu'elle avait trouvé le bouton sur place et tout inventé. Rien ne prouvait, hormis sa parole, qu'elle l'avait arraché à son violeur.

— Ah ! fit Mme de Grandmaison, Agathe Souci se détache du groupe... Elle vient aux nouvelles ! Que vais-je lui dire ?

— Que vous gardez Rose à votre service. Car vous la garderez, n'est-ce pas ? Les bigotes s'étoufferont mais les femmes de cœur vous approuveront.

Eléonore de Grandmaison se recueillit un instant sous le crucifix qui couronnait la porte et sortit avec beaucoup de dignité. Marie la suivit, dévisageant les habitants un à un, cherchant désespérément à deviner si l'homme qui avait attaqué Rose se trouvait parmi la foule. On la questionna, elle répondit que Mme de Grandmaison avait tout dit.

— Rose s'est trouvée mal, mais elle va mieux.

— Elle a péché, dit quelqu'un. Et a été punie.

Marie reconnut la voix de Paul Fouquet ; elle s'emporta.

— Elle n'a pas péché ; c'est celui qui l'a forcée qui mérite un châtiment.

— Ah ! Elle a donc été souillée ! triompha Fouquet.

— Je ne l'ai pas touchée, protesta Denis Malescot en s'avançant, blême, vers Marie LaFlamme. C'est donc vrai ce qu'on m'a dit ? Rose a... Je la respectais, je vous le jure !

— On vous croit, Denis Malescot, dit Eléonore de Grandmaison. Rose veut vous voir.

— Pas moi! Je ne veux plus lui parler!

Marie allait rétorquer, quand des cris venant de la rue Notre-Dame l'alertèrent. Toutes les têtes se tournèrent vers Lison qui accourait, sans fichu, sans même une écharpe, si bouleversée qu'elle ne put dire un mot avant un long moment. Elle finit par bredouiller « De... de Boissy, arr... arrêté » puis se mit à pleurer.

Le cœur battant, Marie eut l'impression que tous les colons la regardaient, lisaient en elle, devinaient qu'elle avait fait chanter Boissy. Elle aurait voulu interroger Lison mais aucun son ne franchit ses lèvres. Fouquet s'en chargea.

— Que nous contes-tu là? Monsieur a été arrêté? Il s'est encore battu en duel, c'est ça?

Lison secoua la tête : non, il avait été appréhendé juste après M. d'Alleret. L'officier avait dit que celui-ci l'avait dénoncé comme complice dans un trafic d'eau-de-vie.

— Je le savais! clama Antoine Souci. Tout cet argent qu'il avait alors qu'il perdait au jeu!

Des rumeurs indignées s'élevèrent dans la foule; bien des colons avaient envie de châtier eux-mêmes les gentilshommes. Après avoir supporté durant des mois leur arrogance et leur oisiveté, on leur disait que d'Alleret et Boissy mettaient de surcroît leur vie en péril? Ils vendaient de l'alcool aux Sauvages, les attiraient, les enivraient sans se soucier des conséquences?

— C'est un Sauvage saoulé par Boissy et d'Alleret qui a attaqué Rose! déclara Horace Bontemps.

— Et qui a scalpé et égorgé Suzanne Dion. Et Madeleine Faucher.

— Où sont-ils? demanda Bontemps à Lison.

— Au fort Saint-Louis.

— Tu n'as rien vu de ce trafic? dit-il, soupçonneux.

Lison gémit qu'elle n'était qu'une pauvre cuisinière qui obéissait à son maître et qu'elle n'avait jamais aperçu de Sauvages rue Saint-Louis.

— Et toi, Fouquet? fit Michel Dupuis. Tu n'as rien deviné?

— Non. Notre maître devait faire son trafic les soirs où il nous donnait congé. Il nous forçait quasiment à sortir; il nous donnait de l'argent pour qu'on s'amuse. N'est-ce pas, Marie?

Tous les regards se tournèrent vers la jeune femme, qui confirma les dires de Paul Fouquet.

— Boissy nous payait bien.

— Facile! ironisa Souci. Avec tout l'argent que lui rapportait son trafic! Allons au fort! Je veux le voir menotté!

Le cordonnier, qui avait souvent perdu aux dés avec Nicolas de Boissy ou d'Alleret, sautillait d'excitation; tous ceux qui avaient été humiliés à un moment ou l'autre par les gentilshommes ne tardèrent pas à l'imiter. Fouquet déclara qu'il avait été abusé par Boissy et voulait le lui faire payer; il prit la tête de la colonne qui s'était spontanément formée et ordonna d'un ton martial qu'on se dirige vers le fort pour voir les scélérats.

Malgré sa crainte qu'on ne découvre la vérité à son sujet, Marie suivit la foule. Elle devrait faire face à Boissy tôt ou tard; autant le rencontrer maintenant, alors qu'il était sous le choc de son arrestation. Allait-il parler d'elle?

Plus elle s'approchait du fort, moins elle tremblait; elle comprenait qu'il n'avait aucune preuve contre elle. Aucune! Elle avait vendu ses fourrures au coureur! Merci, Guillaume! Quant à l'argent des gages, elle soutiendrait que Victor Le Morhier le lui avait donné avant de s'embarquer. Personne ne pourrait prouver le contraire.

Seulement, si elle ne suivait pas Boissy en prison pour chantage, il lui restait le même problème à régler : où aller?

Tout était calme au fort Saint-Louis. A la grande déception de Souci, les soldats qui gardaient le fort refusèrent de commenter l'arrestation des gentilshommes. Fouquet fit signe à Marie et à Lison de le suivre et il s'avança vers un des gardes.

— C'est notre maître. Peut-on retourner chez lui? Doit-on prendre nos affaires?

Lison pleurait à chaudes larmes, déçue d'avoir cru en l'amitié de Nicolas de Boissy; il n'avait pas songé une minute à l'humiliation à laquelle il allait l'exposer du fait d'être arrêté. Qui voudrait d'une cuisinière qui a travaillé chez un criminel?

— Qu'est-ce qu'on va devenir? se lamenta-t-elle en martelant la poitrine du soldat.

Il la repoussa mais dit à son collègue d'aller prévenir les autorités. Devait-on arrêter aussi les domestiques du baron de Boissy?

Chapitre 27.

L'arrivée du *Noir-d'Hollande*, ce 25 mai 1664, relégua la double arrestation des gentilshommes et la fausse couche de Rose à l'arrière-plan de l'actualité. La semaine précédente, le procureur du Roi avait déclaré que les trafiquants seraient condamnés à de longues peines d'emprisonnement, ce qui avait suscité la colère de bien des colons. On avait arquebusé deux hommes, trois ans auparavant, pour le même délit, pourquoi la justice se faisait-elle plus clémente pour Boissy et d'Alleret ? Certains disaient qu'ils seraient renvoyés en France pour y purger leur peine. Antoine Souci prétendait qu'ils seraient incarcérés à la Bastille, où ils pourraient recevoir parents et amis et même avoir des domestiques. Il avait incité Marie et Fouquet à témoigner contre leur maître, mais ceux-ci avaient refusé de se mêler davantage à l'affaire. Les membres du Conseil souverain qui avaient entendu leurs dépositions les avaient trouvées étrangement succintes ; ils avaient cru que les domestiques du baron de Boissy se taisaient par crainte qu'on ne leur ôte les gages qu'il leur avait versés. Il en avait d'ailleurs été question puisque cet argent provenait du trafic d'eau-de-vie. Mais Mgr de Laval avait fait remarquer qu'agir ainsi serait considérer Fouquet, Lison et Marie comme des complices. Ce dont on n'avait aucune preuve. Il avait su que Marie voyait souvent ce libre penseur de du Puissac mais mère Catherine de Saint-Augustin et mère Marie de l'Incarnation avaient dit d'elle le plus grand bien ; il avait renoncé à l'interroger plus longuement. Peut-être en savait-elle plus qu'elle ne

l'avait avoué, elle avait dû entendre son maître parler avec d'Alleret, mais elle n'avait pas vendu d'eau-de-vie aux Sauvages et
n'avait touché aucun argent. On lui avait dit cependant qu'on
la tiendrait peut-être coupable, ainsi que Fouquet et Lison,
d'avoir soupçonné Boissy de gestes illégaux et de ne pas avoir
exigé une enquête à son sujet. Marie avait rétorqué qu'elle avait
demandé plusieurs fois une audience auprès du Conseil souverain et qu'on la lui avait toujours refusée.

— Vous vouliez nous parler d'une boutique, avait protesté un
des conseillers.

— Oui, mais je vous aurais fait part de mes soupçons alors.
Je ne pouvais pas dire au soldat qui garde la porte que je voulais vous voir pour dénoncer mon maître. Si on l'avait su et que
je me sois trompée, j'aurais été renvoyée.

Les membres du Conseil souverain avaient flairé une entour-
loupe, mais ils avaient déjà assez à faire avec Boissy et d'Alleret
sans s'intéresser davantage aux serviteurs.

Ils se réjouissaient autant que les colons de la distraction causée par l'arrivée du vaisseau le *Noir-d'Hollande*. Parti de Dieppe,
ce bateau transportait cinquante hommes, une femme, six brebis, quarante haches et dix barriques d'eau-de-vie. Jeanne Mance
et le sieur André, de Montréal, étaient à son bord. Marie, soulagée que le vaisseau ne soit pas venu de Nantes, bouscula bien
du monde sans réussir à apercevoir cette femme dont sœur
Sainte-Blandine lui avait parlé avec admiration. Dépitée, elle
s'approcha de la rade pour scruter le *Noir-d'Hollande*; il était
aussi massif que l'*Alouette* mais sa quille était plus longue et la
surface de sa voilure plus importante. Il devait être aisé à manœuvrer. Marie repensa au capitaine Dufour, qui n'admettait pas
qu'on critique son *Alouette* et qui pourtant blasphémait contre
sa lenteur à bouger. Elle éprouvait un sentiment de sûreté teinté
de mélancolie en regardant le vaisseau; le *Noir-d'Hollande*
n'amenait pas seulement de nouveaux colons et quelques animaux, il apportait l'odeur de Dieppe, un mélange d'iode, de bois
mouillé et de calfat, il ressuscitait l'image du port, le va-et-vient
des regrattiers, des marins, des avitailleurs, des inspecteurs, les
journées de chargement des canons, les nuits d'ivresse et
d'embauche forcée, les claquements de sabots des marchandes
de poisson : «merlan, tout le temps», «morue des Terres-Neuves»,
les cris des mouettes qui harcelaient les pêcheurs et les rires des

femmes qui aguichaient les matelots. Marie secoua cette nostalgie qui menaçait de lui gâcher sa journée et rejoignit les nouveaux arrivants ; ils étaient en bien meilleure forme qu'elle ne s'y attendait car le trajet de mer s'était effectué plus rapidement que prévu. Elle fut quelque peu contrariée que personne n'ait besoin de ses services, mais sourit à chacun et vit le désir s'allumer dans les yeux de plusieurs hommes. Un, en particulier, qui se décida à l'aborder.

— Seriez-vous Marie LaFlamme ?

La jeune femme hocha la tête.

— Le capitaine a une lettre pour vous. C'est Victor Le Morhier qui me l'a remise à Paris en apprenant que je m'embarquais à Dieppe.

— Quoi ? ! Où est le capitaine ? Vous avez vu Victor ! Quand ? Il va bien ?

Alphonse Rousseau posa une main sur l'épaule de Marie pour la calmer, mais elle continua à trépigner.

— Je veux voir le capitaine ! Il a une lettre pour moi.

— Il se prépare à recevoir la bénédiction de Mgr de Laval. Prétendrais-tu le voir avant notre évêque ?

Marie haussa les épaules, boudeuse, mais se dirigea vers le cortège qui entourait François de Montmorency-Laval. Il avait revêtu des habits d'apparat pour accueillir le premier navire de l'année à mouiller dans les eaux de Québec et la cérémonie s'éternisa. Heureusement qu'il n'y avait pas plus d'une cinquantaine de colons, car l'évêque prit la peine de les bénir un à un !

— Quand as-tu vu Victor ? dit Marie au matelot.

— Juste avant de partir pour Dieppe. Je... j'aime assez jouer. J'ai rencontré ton Victor à *La Croix de Lorraine* ; il était avec un nommé Cléron qui m'a tout pris. Il ne me restait que ma chemise ! Quand je me suis plaint que je partais pour Dieppe sans même un manteau, Victor s'est entendu avec son Cléron pour effacer une partie de ma dette à la condition que je t'apporte sa lettre.

— Pourquoi l'as-tu confiée au capitaine ? s'énerva Marie.

— Victor me l'a demandé, par respect pour le capitaine.

Marie soupira ; Victor serait donc toujours aussi sérieux ?

— Que faisait-il à Paris ? Pourquoi n'est-il pas venu avec toi ?

Le matelot haussa les épaules.

— Il ne m'a pas conté sa vie ! Mais j'ai compris qu'il restait à Paris à cause de sa tante. Ça ne lui plaît pas... Il m'enviait de partir ! Il disait qu'il était prêt à sauter dans une des gabares qu'on voit sur la Seine ! N'importe laquelle !

Pater noster, qui es in caelis, sanctificetur nomen tuum ad veniat regnum tuum... quelle voix ! Mgr de Laval avait obtenu le silence dès les premiers mots de la prière ; chacun s'était docilement agenouillé pour écouter l'évêque même si les abords du quai de Champlain étaient humides de la pluie qui était tombée la veille. Tant pis pour les jupes et les pantalons ; personne n'avait envie de se distinguer en demeurant debout. Marie fut une des premières à s'exécuter ; plus vite on aurait récité la prière, plus vite elle réclamerait sa lettre au capitaine.

Amen. Enfin !

Marie vit Jeanne Mance et le capitaine échanger quelques mots avec l'évêque mais elle ne l'intéressait plus autant. Aurait-elle enfin des nouvelles de Simon ? Voilà un an, presque jour pour jour, qu'elle l'avait vu, cachée dans un recoin de l'apothicairerie. Pensait-il à elle comme elle pensait à lui ? Avait-il compris l'erreur qu'il avait commise d'épouser une femme qu'il connaissait à peine ? Acceptait-il de venir la rejoindre en Nouvelle-France ?

Marie dut attendre que le capitaine ait donné ses ordres à l'équipage, parlé aux membres du Conseil souverain, aux recruteurs et aux marchands des engagés qui quittaient le *Noir-d'Hollande*, conversé avec les notables de Québec. Parmi eux, M. de La Tesserie, accompagné de son épouse. Marie ne balança guère, Eléonore de Grandmaison allait l'introduire immédiatement auprès du capitaine.

Mme de Grandmaison consentit à aider Marie ; celle-ci reçut la précieuse lettre sans remarquer l'étonnement des gens alentour. On croyait Marie promise à Guillaume Laviolette mais elle n'aurait pas arraché la missive des mains du capitaine comme elle l'avait fait si elle n'avait pas attendu des nouvelles d'un galant. Il avait fallu que le capitaine la retienne par le poignet pour lui remettre la petite bourse et le tabac pour Guillaume que Victor avait joints à son envoi. Mme de Grandmaison se souvint du Nantais et s'en informa :

— C'est de M. Le Morhier ?

Marie hocha la tête avec enthousiasme, remercia et s'enfuit vers la fontaine Champlain pour prendre connaissance de la lettre à l'écart de la foule. Ses mains tremblaient tellement qu'elle faillit la déchirer.

Chère Marie,

J'espère que tu es en bonne forme car il te faudra bien du courage pour accepter la mauvaise nouvelle dont j'ai le triste devoir de t'informer : j'ai revu Simon Perrot. Pour la dernière fois. Il a péri dans la Seine où venaient de le précipiter des bandits qui ont voulu le détrousser alors qu'il traversait le Pont-Neuf. Tout s'est passé si vite ! Sa mort a été brève. S'il avait vécu, il aurait été condamné pour avoir assommé le serviteur de la baronne de Jocary et le vol des bijoux de son ancienne maîtresse. Le sort qu'on réserve aux criminels n'est guère enviable ; on l'aurait enfermé au Châtelet. La Seine lui a évité la honte.

J'étais auparavant à Nantes où Geoffroy de Saint-Arnaud multiplie les offres de récompense pour quiconque peut le renseigner à ton sujet. Sois sans crainte, aucun marin ne s'est présenté chez lui pour l'entretenir du trésor. Je n'oublie pas la promesse que je t'ai faite. J'espère m'embarquer bientôt pour la Nouvelle-France. Je te serais reconnaissant de dire mille choses de ma part à Guillaume Laviolette. Je parle souvent de lui, de toi et de Noémie à mon ami Emile Cléron. Je reste à Paris, étant chargé des affaires de ma tante.

Je suis bien triste de te causer du chagrin mais les sourires de ma filleule et l'amitié de Guillaume te secourront dans ta détresse.

Mes pensées t'accompagnent.

Ton ami Victor

*
* *

La cathédrale de Québec avait été décorée avec un soin particulier pour la fête de la Saint-Jean, les Ursulines avaient patiemment tressé les centaines de fleurs cueillies par des élèves méritoires. L'été était jeune et elles avaient montré beaucoup d'opiniâtreté à varier les espèces, refusant de se contenter de marguerites ; elles avaient rapporté au couvent des myosotis bleus, blancs et roses, les dernières branches de muguet, de la pervenche, des pommes de pin, des branches de cèdre, des fougères qui imitaient parfaitement la crosse de Mgr de Laval. Sœur Sainte-Blandine avait félicité chaudement les élèves et permis aux plus âgées d'aider les sœurs à confectionner les ornements floraux. L'évêque serait content! Il verrait un signe de bonne volonté de la part des religieuses et renoncerait peut-être à vouloir changer leur règle. Interdire à mère Marie de l'Incarnation de chanter serait trop cruel! C'était sa manière d'oublier ses soucis, et Dieu sait qu'elle en avait! Sœur Sainte-Blandine voulait aussi honorer Jeanne Mance, qui n'était pas encore repartie pour Ville-Marie. Elle compatissait aux difficultés de la Champenoise qui avait du mal à obtenir des fonds pour faire venir des religieuses à l'Hôtel-Dieu de Ville-Marie. Elle avait hâte de la rencontrer après la grand-messe car mère Marie lui avait souvent répété que Mlle Mance était extrêmement courageuse. Ville-Marie était la cible des attaques iroquoises depuis sa fondation, mais Jeanne Mance n'avait jamais manifesté le désir d'abandonner. Sœur Sainte-Blandine espérait aussi qu'elle se soit bien entendue avec Marie LaFlamme; celle-ci avait peut-être soigné ce poignet qui la faisait souffrir depuis des années? Et peut-être que le récit des aventures de la fondation de Ville-Marie distrayait Marie de son chagrin...

Quand Rose Rolland l'avait trouvée effondrée, près de la fontaine, elle avait caché la lettre dans son corsage avant d'aller chercher du secours; Rose ne savait pas encore bien lire mais elle avait reconnu le mot «mort» et deviné que son amie avait appris des nouvelles qui l'avaient violemment secouée. Elle avait déchiré les marges de la lettre en mille miettes sur le corsage de Marie afin qu'on ne cherche pas la lettre de celle-ci. Tout le monde l'avait vue recevoir la missive des mains du capitaine; chacun se demanderait quelles terribles nouvelles avaient pu terrasser une femme aussi forte que Marie LaFlamme. Mme Couillard et son gendre avaient accouru les premiers; ils avaient relevé Marie et l'avaient portée sur un des bancs qui encerclaient la fontaine. Rose avait trempé son tablier et lui avait mouillé la figure, mais Marie l'avait dévisagée comme si elle ne la reconnaissait pas. Elle n'avait pas dit un mot. Une heure plus tard, Guillemette Couillard et Eléonore de Grandmaison avaient décidé de l'emmener à l'Hôtel-Dieu; le fait de se trouver dans un cadre familier, entourée des religieuses qu'elle aimait, l'aiderait peut-être à recouvrer la raison.

Marie était restée prostrée deux jours. Mère Catherine de Saint-Augustin avait tenté de la faire parler mais Marie, l'œil hagard, se tournait vers le mur pour éviter de répondre. C'est Rose qui avait eu la meilleure idée pour faire sortir Marie de sa torpeur : lui amener Noémie. Germain Picot avait proposé d'accompagner Rose pour aller chercher l'enfant et Alphonse Rousseau s'était aussitôt joint à eux, au grand soulagement de Rose : depuis qu'on l'avait violée, elle refusait de se trouver seule en présence d'un homme, car elle ne pouvait s'empêcher de penser que c'était peut-être son agresseur. M. Picot avait objecté qu'Une Patte s'épuiserait à faire un si long trajet, mais celui-ci avait soutenu qu'il ne se souvenait même pas du temps où il avait ses deux pieds et qu'il n'avait jamais de cors à son membre de bois.

Rose avait trouvé Alphonse Rousseau bien brave ; il lui avait affirmé que c'était plutôt elle qui était courageuse d'affronter les regards outrés des habitants et de continuer à vivre comme s'il ne lui était rien arrivé. Avait-elle toujours l'intention de repartir sur le *Noir-d'Hollande ?* Oui, car si elle gardait le front haut, croiser chaque jour Denis Malescot au quai de Québec était une pénible épreuve. En même temps, elle savait que Marie avait raison lorsqu'elle lui avait dit qu'elle n'aurait pas été longtemps heureuse avec lui.

C'était après qu'elle eut mis Noémie dans les bras de Marie, à la fin du jour, que Rose s'était aperçue qu'Alphonse Rousseau avait souvent regardé sa tache de vin au lieu de détourner hypocritement les yeux.

Marie avait passé sa deuxième nuit à l'Hôtel-Dieu en serrant Noémie contre son cœur ; elle n'avait pas dormi, mais à l'aube elle se sentait pourtant apaisée. Elle était infiniment triste de la mort de Simon, une mort qui ravivait celle de sa mère ; Anne LaFlamme lui manquait cruellement. Elle aurait tant voulu qu'elle la console de la disparition de Simon... Pourquoi avait-il choisi de s'enfuir par le Pont-Neuf ? Il savait bien qu'il y a toujours des sicaires qui guettent les imprudents ! Pourquoi avait-il volé des bijoux ? Pourquoi avait-il refusé d'apprendre à nager avec Pierre LaFlamme ? Pourquoi était-il allé à Paris ? Pourquoi l'avait-elle perdu ? Par moments elle devait se bâillonner pour ne pas hurler à mort, à d'autres moments elle pensait qu'elle était devenue muette sous le choc. Nanette n'était pas là pour prendre soin d'elle quand elle s'éveillait.

Mais la petite Noémie lui souriait.

Est-ce parce que l'enfant avait compris l'immense douleur de sa mère qu'elle avait prononcé son premier mot le lendemain de son arrivée à l'hôpital ? Marie avait consenti à se lever pour la promener dans le jardin de l'Hôtel-Dieu. Noémie avançait prudemment entre les rangs de terre fraîchement bêchés, mais elle avait trébuché et s'était tournée vers Marie en criant «ma... maman». Durant cet instant, Marie avait oublié Simon, oublié son amour d'enfance pour son amour d'enfant.

Aux curieux, Marie raconta que son cousin était mort, mais après avoir remercié Rose d'avoir caché sa lettre, elle lui dit la vérité sur Simon Perrot. Les deux femmes prirent l'habitude de se voir chaque jour, Marie jouissant de plus de liberté depuis que Nicolas de Boissy avait été arrêté. Il retournerait en France sur le *Noir-d'Hollande* comme l'avait deviné Antoine Souci ; des officiers avaient déjà vidé la maison de la rue Saint-Louis de ses effets personnels. Après avoir fouillé ceux de Marie, Fouquet et Lison, on avait décrété que rien ne permettait d'imaginer une complicité entre le maître et ses serviteurs, tout au plus une fidélité suspecte. De la part de Lison, surtout, qui avait reconnu avoir reçu un mouchoir et une coiffe de dentelle. Marie se serait beaucoup amusée de la déconfiture de la cuisinière si elle n'avait été anxieuse sur son propre sort ; où vivrait-elle ? De quoi ?

L'arrivée du navire lui avait apporté d'horribles nouvelles, mais elle avait résolu une partie de ses ennuis : on allait loger Jeanne Mance chez Boissy pendant toute la durée de son séjour. Et d'après ce qu'elle avait confié à Eléonore de Grandmaison, elle n'avait pas l'intention de repartir pour Ville-Marie tant qu'elle n'aurait pas obtenu justice auprès du Conseil souverain. Elle se plaignait du commis Pierre Fillye, embauché par les marchands de Rouen pour diriger l'expédition du *Noir-d'Hollande*. Il avait exigé soixante livres en argent de France pour chaque tonneau de marchandises transporté. Conditions que Mlle Mance avait été forcée d'accepter puisque aucun autre navire ne partait pour Québec.

C'était Eléonore de Grandmaison qui avait plaidé la cause de Marie auprès de Mlle Mance quand elle avait quitté l'Hôtel-Dieu avec Noémie. Elle n'avait pas eu besoin d'insister pour convaincre Jeanne Mance de prendre Marie à son service. La Champenoise avait entendu parler de ses talents de guérisseuse, de ses connaissances en botanique et en anatomie, et elle était tentée de comparer les méthodes qu'on appliquait à l'hôpital qu'elle avait fondé à celles de Marie. Si elle n'avait pas su que Marie avait quitté l'Hôtel-Dieu parce qu'elle n'y gagnait pas assez, elle aurait essayé de la persuader de la suivre à Ville-Marie. Il y avait bien plus d'hommes blessés qu'à Québec ! Et Marie ne semblait pas s'émouvoir facilement ; c'était de femmes de sa trempe qu'elle avait besoin à l'Hôtel-Dieu de Ville-Marie.

— Venez-vous avec nous ? demanda Marie à Mlle Mance tandis que Rose l'attendait sur le pas de la porte, intimidée.

— Mme Couillard doit venir me rejoindre ici ; elle me fait l'honneur de me céder son banc. Mais partez maintenant et restez donc un peu au soleil. Vous êtes bien pâle à côté de votre fille qui a le plus joli teint que j'aie vu dans toute ma vie.

Marie sourit, nullement dupe de l'aimable ruse de Mlle Mance ; celle-ci savait bien que rien ne plaisait autant à Marie que d'entendre vanter les charmes de sa fille. Et Marie savait qu'elle le savait. Comme ces marques d'attention étaient réconfortantes ! Mlle Mance l'avait encore consolée, la nuit précédente, quand elle s'était éveillée en larmes. Heureusement qu'elle et Rose la soutenaient. Marie espérait maintenant que Rose renoncerait à quitter Québec. Ce serait peut-être plus aisé qu'elle ne l'avait d'abord cru...

Rose Rolland parlait de moins en moins de son départ et de plus en plus d'Alphonse Rousseau. En marchant vers l'église, elle suppliait Marie de lui narrer encore une fois comment Alphonse avait été recueilli par le chevalier ; ce récit, si noir fût-il, avait immensément plu à Rose. Une Patte avait connu la Cour des Miracles, comme elle. Et il y serait encore s'il n'avait rencontré Julien du Puissac. Elle pourrait bientôt lui raconter sa vie, confesser qu'elle avait été une femme du monde, qu'on l'avait marquée au fer rouge et que ce lys au-dessus des reins était la seule fleur qu'elle ait jamais reçue.

Malgré la présence de l'évêque, les habitants de Québec poussèrent des cris d'admiration en voyant la profusion de fleurs sur l'autel, la balustrade, le rebord des fenêtres ; Marie regretta que sœur Sainte-Blandine n'entende pas les colons louer son talent artistique et elle se promit de demander à Mlle Mance de lui répéter les compliments. Elle baissa la tête, après avoir détaillé les ornements multicolores, refoula ses larmes : elle s'était imaginé un instant qu'on pourrait mettre autant de fleurs à la table de son banquet de noces.

Elle ne parvenait pas à croire que Simon était mort.

Et s'il ne s'était pas noyé? S'il avait échoué plus loin sur les rives de la Seine et que Victor ne l'ait pas vu?

Il aurait été condamné à la prison. Pourquoi, mais pourquoi avait-il volé? C'était indigne de lui. C'était indigne d'elle. Marie récita le Pater noster en songeant à son propre père; là-haut, peut-être s'entretenait-il d'elle avec Simon. Entendaient-ils la musique qui emplissait l'église de Québec? Louis Jolliet touchait l'orgue avec beaucoup de talent et le Te Deum rasséréna un peu Marie. Quand elle sortit, elle était décidée à oublier le passé pour sa petite Noémie. A l'occasion de sa première Saint-Jean en Nouvelle-France, la petite verrait danser sa mère.

Marie ne pouvait pas deviner que Guillaume Laviolette serait le premier à la faire rire.

Chapitre 28.

Marie était fourbue; elle avait dansé comme jamais elle ne l'avait fait dans sa vie. Désireuse de s'étourdir, de s'amuser coûte que coûte, déterminée à offrir un visage souriant à Noémie, elle avait sauté autour du feu de joie de la Saint-Jean avec un entrain qui avait réjoui les témoins. Marie LaFlamme ressemblait enfin à la femme qu'ils avaient connue; ceux qui étaient arrivés sur le *Noir-d'Hollande* s'étaient étonnés d'un changement aussi radical, mais ils s'étaient empressés comme les autres auprès d'elle. Eléonore de Grandmaison, Guillemette Couillard, Rose Rolland et Jeanne Mance avaient toutefois remarqué que c'est à Guillaume Laviolette que Marie souriait le plus souvent.

— J'ai encore mal aux pieds, confia Marie à Rose le lendemain de la fête alors qu'elle revenait de la boulangerie. Pourtant, j'ai l'habitude de marcher!

— Tu as dansé plus que nous toutes réunies! Et si près du feu! J'avais peur que ta jupe s'enflamme!

Marie eut un sourire étrange et dit qu'elle était heureuse qu'on n'ait pas brûlé de chat, comme on le faisait en France.

— Moi aussi, soupira Rose. Ça m'écœurait de voir ces pauvres minous suspendus au bout d'un bâton piqué dans le feu! Place de Grève, ils étaient bien une douzaine dans une grande poche; on devinait les coups dans le sac, on entendait les miaulements, puis la toile se déchirait et les pauvres bêtes étaient précipitées dans le feu.

— Quel jeu cruel! Noémie n'aura pas vu cela et c'est tant mieux! Tiens, voilà Guillaume Laviolette.

— Je te laisse... Pense à ce que je t'ai dit. Tu as tout de même remarqué qu'il te tutoie depuis la fête?

Le coureur de bois s'avançait nonchalamment vers Marie; il lui offrit de porter son panier. Elle le lui tendit et lui demanda s'il était content du tabac que lui avait envoyé Victor.

— Il paraît que le pétun vient du Brésil. Pourquoi l'envoie-t-on en Europe au lieu de l'acheminer directement ici?

— Pour gagner davantage. Victor ne vient donc pas cet été?

— Je ne le pense pas. Sa lettre était... courte. Il ne m'a même pas parlé de son mariage avec Michelle Perrot.

— Il ne m'avait pas dit qu'il avait une promise.

— Depuis toujours! Michelle est si douce, Victor l'estime énormément. Elle est flûtiste. Et au moins aussi douée que Louis Jolliet ou François Dangé.

— Victor ne t'a pas parlé de la peste?

Marie dévisagea Guillaume avec inquiétude.

— Le peste? Où? A Paris?

— Non. Pas encore... Mais l'écrivain et le pilote du *Noir-d'Hollande* ont dit à Germain Picot, avant de retourner à Gaspé, que la mort noire a fait bien des victimes en Hollande. On en parlait discrètement à Dieppe avant qu'ils embarquent.

— Victor est à Paris, fit Marie, soulagée.

— Pourquoi? Il voulait naviguer!

Marie expliqua qu'il devait s'occuper des affaires de sa tante, puis suggéra qu'il désirait rester auprès de Michelle. Un roulement de tambour venant du port l'interrompit.

— Un nouveau décret, dit Guillaume d'un ton amusé. Allons voir ce que le Conseil souverain a inventé.

L'officier repartait déjà avec son tambour mais Germain Picot rapporta assez fidèlement ses paroles.

— On n'a pas le droit de laisser des planches dans le port plus de deux jours! Défense aussi de jeter des pierres en face des magasins ou sur la place publique.

— Je les approuve, fit Marie.

Pour celle qui combattait l'insalubrité, un quai propre était une bonne garantie contre les maladies. Elle espéra que les rumeurs de peste en Europe étaient fausses.

— Avez-vous invité notre ami Laviolette à notre petite fête ?
dit Germain Picot.

— J'allais le faire. Veux-tu venir à l'anniversaire de Noémie
dans une huitaine de jours ? C'est autant pour célébrer cette première année en Nouvelle-France... Si tu n'es pas reparti, nous
serions heureux de te compter parmi nous.

Guillaume Laviolette se retint de taquiner Marie sur sa rancune ; elle ne lui avait pas pardonné son départ précipité même
si elle l'avait remercié d'avoir acheté ses peaux. Il ne savait pas
à quel point la nouvelle de la mort de Simon l'avait affectée et
combien elle lui en avait voulu de ne pas être là pour la soutenir. Elle était ravie qu'il soit de retour mais elle était trop orgueil-
leuse pour l'admettre. Guillaume, qui le devinait, se demandait
si leurs rapports redeviendraient ce qu'ils étaient avant qu'il aille
à Trois-Rivières. Il l'espérait ; ces dernières semaines, il avait compris qu'il aimait voir Marie. Elle était si différente des autres Françaises qu'il avait connues ; il appréciait surtout son insatiable
curiosité. Elle s'intéressait autant aux plantes qu'à la manière de
tresser les lanières de cuir des raquettes, à la pêche au saumon,
à la chasse à l'ours, au prix de l'or en France, à religion des
Indiens ou au tonnage d'un vaisseau. Guillaume souhaitait aussi
ardemment qu'elle trouve une lotion pour calmer les piqûres
d'insectes ; elle y travaillait depuis le début de l'été, diablement
incommodée par les maringouins quand elle allait cueillir des
herbes en forêt ou au bord de l'eau. Elle avait beau se protéger
les bras, le cou, porter des bas et une coiffe serrée malgré la chaleur, les maudits insectes parvenaient à leurs fins. Un soir, elle
avait oublié de couvrir d'un voile le ber de Noémie et avait été
effarée de voir que les maringouins s'attaquaient même aux petits
enfants. Déclarant la guerre aux insectes, elle avait déjà interrogé Mani sur la façon dont les Indiens se protégeaient contre
eux. Les réponses de la Huronne ne l'avaient satisfaite qu'à demi ;
elle cherchait toujours. Elle lui avait aussi parlé de son envie de
faire une potion qui guérirait les gros buveurs. Oui, Marie
LaFlamme était dépareillée ; Guillaume Laviolette ne s'ennuyait
jamais en sa compagnie.

— Je serai ravi d'aller chez vous, monsieur Picot.

— On ne fêtera pas à la basse-ville mais sur le bord de la rivière.
Emeline tient à tout préparer là-bas ; c'est aussi la fête aux Blanchard. Leur première année chez moi.

Marie assura Germain Picot qu'Emeline et René Blanchard lui étaient reconnaissants de les avoir si bien accueillis.

— J'irai vous chercher pour vous accompagner chez les Blanchard.

Marie refusa.

— Je partirai très tôt le matin ; Noémie sera si heureuse de retrouver Jean-Jean ! Et sa nourrice !

— Comme vous voulez...

Il regarda la chevelure de Marie ; au soleil de midi, elle brillait, brûlante comme le fer d'une hache. Mais à l'aube, elle devait glisser entre les mains, encore fraîche de la nuit.

Guillaume observait Germain Picot du coin de l'œil ; il ne l'aimait pas. Il ne l'avait jamais aimé. Il ne trouvait aucune raison à cette antipathie et en était un peu gêné : tous les habitants de Québec semblaient apprécier Picot et louaient sa générosité envers les Blanchard. N'eût été Marie, il ne serait pas allé chez lui. Picot sentit qu'on l'observait ; il sourit si soudainement à Guillaume que ce dernier fut persuadé qu'il lui cachait quelque chose.

Mais quoi ?

Et s'il passait par-dessus son malaise pour essayer d'en savoir plus ? Il invita Picot à chopiner avec lui chez Boisdon. Il voulait savoir pourquoi Picot regardait Marie avec tant d'intensité. Ils se séparèrent de cette dernière rue Saint-Louis, alors qu'elle allait retrouver M. du Puissac. Guillaume aurait aimé se joindre à elle car il goûtait l'esprit du chevalier, mais sachant Marie en sûreté, il se dirigea vers le cabaret. Germain Picot regarda Marie pousser la porte de la maison du chevalier et ne put retenir un long soupir.

— Je sais que le chevalier est un honnête homme. Mais Marie fait jaser car elle le voit souvent sous son toit. Sans jamais être accompagnée.

— Rose y va parfois, m'a dit Marie.

— Marie devrait pourtant comprendre qu'elle ne doit pas visiter ainsi ces hommes !

— Elle va bien soigner des colons chez eux.

— Ce n'est pas la même chose.

Guillaume Laviolette se demandait en quoi l'attitude de Marie troublait Germain Picot quand celui-ci lui dit que Marie devrait se marier.

— Marie ?

— Elle vit ici depuis un an et n'a toujours pas de galant. Les femmes qui viennent à Québec s'y marient toutes, sauf les religieuses. Marie a bien parlé de vous...

Avec un sourire contraint, Guillaume assura Picot que Marie plaisantait.

— Nous nous sommes vus peut-être cinq ou six fois !

— Elle ne vous plaît pas ?

Guillaume haussa les épaules et pressa le pas, embarrassé par les questions de Germain Picot. C'était pourtant lui qui devait l'interroger. A la brasserie, il commanda du cidre d'un ton enjoué. Avec le même air de gaieté, il demanda à Picot s'il envisageait de faire sa cour à Marie LaFlamme.

Picot rougit et protesta mollement : Marie était trop jeune. Mais il est vrai qu'il était très attaché à sa petite Noémie et qu'il admirait Marie de si bien soigner les gens. Il avait pensé à lui offrir de recevoir ses malades dans sa maison de la basse-ville. Hélas, elle ne pouvait pas venir ainsi habiter chez lui, ce n'était pas décent. Où irait-elle cependant quand Mlle Mance retournerait à Ville-Marie ?

— C'est pour bientôt, paraît-il. Je m'inquiète pour Marie mais je n'ose pas lui parler. Lui dire que je pourrais l'aider...

Guillaume n'en croyait pas ses oreilles ; Picot le priait à demi-mot d'intercéder pour lui auprès de Marie. Le coureur de bois était partagé entre le rire et la colère ; Picot était ridicule de croire que le fait de posséder une maison dans la basse-ville soit suffisant pour amener la jeune femme à l'épouser. S'était-il vu pour songer un instant qu'elle s'accommoderait d'un vieillard ? Elle avait déjà subi Saint-Arnaud ; si elle se remariait un jour, ce serait avec un homme qui lui plaisait. Mais il lui faudrait d'abord apprendre la mort de l'armateur...

*
* *

Julien du Puissac tendit une coupe de fraises à Marie ; elles étaient bien rouges, bien juteuses, sucrées et plus fermes qu'en France. Marie en cueillait souvent en allant choisir ses plantes. Dans les bois, elle se gavait des plus petites, de la grosseur d'un pois ; leur parfum subtil l'enchantait. Toutefois, elle n'aurait pas eu la patience, comme Émeline, d'en cueillir de pleins paniers pour faire des confitures.

— Vous savez que Jeanne Mance quittera Québec sous peu, dit Julien du Puissac. Que comptez-vous faire ?

Marie oublia de goûter la fraise qu'elle était en train de manger ; elle ne savait pas où aller, ni ce qu'elle ferait. Elle voulait soigner les malades, mais il fallait bien qu'elle habite quelque part. Le chevalier voulait-il la réinviter à s'installer chez lui ?

— Je retourne en France à la fin de l'été, Marie. Si Chahinian vous a protégée, je me dois de le faire aussi. Vous devriez vous marier.

Marie faillit cracher sa fraise ; elle, épouser le chevalier ?

Julien du Puissac s'esclaffa : il ne s'agissait pas de lui mais d'un homme qui l'aimait bien et ferait un bon époux.

— Mais je ne veux épouser personne.

— Pas même M. Laviolette ?

Marie prit une autre fraise pour se donner une contenance. Elle n'avait pas envie de se marier, ayant perdu Simon à peine un mois plus tôt ; en dépit de ses efforts pour être plus joyeuse, elle était lasse de s'inquiéter de son avenir. Le soir, les mêmes questions l'empêchaient de s'endormir rapidement malgré une journée bien remplie : où vivrait-elle le mois prochain ? Pourrait-elle garder Noémie chez de nouveaux maîtres ? La laisserait-on exercer son métier de guérisseuse ? L'agréerait-on un jour comme sage-femme ?

Rose lui avait confié qu'Alphonse Rousseau avait demandé sa main ; elle avait accepté. Elle n'avait plus de motif de retourner en France maintenant qu'un homme lui rendait sa dignité et s'offrait de la protéger. Elle avait conseillé à Marie de l'imiter.

Marie ne pouvait pas lui dire qu'elle était mariée à Geoffroy de Saint-Arnaud. Ni à elle ni au chevalier. Seul Guillaume savait cette partie de son histoire ; il rirait bien quand il apprendrait qu'on songeait à les marier.

— Guillaume Laviolette n'est pas assez souvent à Québec, fit du Puissac. Cela déplaît au Gouverneur ; il revient de la course chargé comme un mulet et son exemple décourage les colons. Ils pourraient avoir envie d'arrêter de défricher et de construire pour partir à l'aventure. Vous, vous êtes toujours ici, mais vous ne sauriez être matrone sans être mariée. Mgr de Laval n'aime pas trop votre liberté de mouvements.

— Mais je ne peux pas me marier ! répéta Marie.

— Guillaume ne vous retiendrait pas de force chez vous. Il vous permettrait d'aller et venir comme bon vous semble ; peu d'hommes comprendraient aussi bien que lui votre besoin d'indépendance. Et peu de femmes accepteraient de vivre seules la moitié de l'année. Soyez un peu sensée, pour une fois, et réfléchissez à cette idée. L'évêque unira deux couples en juillet, dont Rose et Alphonse. Vous devriez vous marier en même temps qu'eux.

— C'est dans deux semaines !

— C'est le temps qu'on laissera bientôt aux célibataires pour trouver un mari après leur arrivée en Nouvelle-France. Vous êtes ici pour fonder une colonie, ne l'oubliez pas.

— Il n'y avait qu'une femme sur le *Noir-d'Hollande !* Ce n'est tout de même pas de ma faute !

— Mais c'est de votre faute si vous êtes à Québec ; c'est vous qui vous êtes embarquée clandestinement sur l'*Alouette*. Vous devez accepter les règles de la colonie.

— Vous-même n'êtes pas remarié !

Le chevalier faillit rétorquer qu'il laissait la chance à d'autres ; il y avait déjà si peu de femmes... Mais il se ravisa.

— C'est pourquoi je dois repartir pour la France. On m'a fait comprendre qu'après l'affaire de Boissy et d'Alleret, un gentilhomme oisif comme moi gênait. Je n'ai manifesté aucune intention de fonder une famille, ni d'acheter de la terre ou de faire du commerce. Je doterai pourtant Alphonse d'un bon terrain, mais il est vrai que n'ai jamais eu l'idée de vivre ici définitivement. On n'aime pas mes propos, ni vos visites chez moi. Jeanne Mance vous a défendue au souper de la Saint-Jean mais c'est une amie de M. de Maisonneuve que Saffray de Mézy déteste... Vous n'avez guère d'appuis en ce pays.

— Et tous ceux que j'ai soignés ?

— Ils n'auront pas envie d'être excommuniés pour avoir fait appel à vos services. Vous êtes si douée qu'on s'interroge sur vos talents.

Marie devina qu'il allait parler d'enchantement, de magie, de sorcellerie.

— C'est que vous ne faites rien comme tout le monde, Marie. Si vous vous mariez, tout rentrera dans l'ordre. Sinon, vous serez bientôt mise au ban de la société. Le fait de vivre sous le même toit que Boissy n'a pas arrangé vos affaires.

Marie quitta le chevalier avec un sentiment de totale confusion ; elle ne savait pas comment réagir à ses propos car elle ignorait elle-même ce qu'elle éprouvait depuis la mort de Simon. Elle avait toujours cru qu'elle le retrouverait et qu'ils vivraient ensemble. Maintenant que son rêve s'était évanoui, elle ne savait pas si elle désirait retourner en France ? Pourquoi ? Pour qui ? Elle n'avait plus de famille. Alors ? Elle devait rester en Nouvelle-France où l'on avait besoin d'elle, où l'on admirait ses talents. Mais où elle ne serait plus en sûreté si on pensait qu'elle les tenait du Diable.

Epouser Guillaume ? Etre bigame ? Si on l'apprenait ?

Elle décida d'en parler au coureur aussitôt qu'elle le verrait. Elle lui répéterait les propos du chevalier, mais elle ajouterait qu'elle ne voulait pas se marier. Qu'il n'aille pas s'imaginer qu'elle se jetait à ses pieds ! Elle berça longuement Noémie après avoir préparé le souper de Mlle Mance qui lui parla de Ville-Marie.

C'était devenu un rituel ; chaque soir, après la prière, Marie réclamait une autre histoire. Jeanne Mance s'exécutait avec plaisir, l'entretenant de la Compagnie du Saint-Sacrement, de M. de La Dauversière, de M. Olier, de Marguerite Bourgeoys. Et ce cher Chomedey de Maisonneuve qui n'avait pas reçu le moindre encouragement des autorités de Québec, le Gouverneur d'alors, M. de Montmagny, n'ayant montré qu'hostilité envers l'entreprise des Montréalistes. Jeanne Mance parlait aussi de son Hôtel-Dieu, des sanglantes embuscades des Iroquois, de la générosité de Mme de Bullion, de sa récente mission concernant la substitution à la Société Notre-Dame de Montréal de la Compagnie des prêtres de Saint-Sulpice, à qui appartiendrait désormais l'île de Montréal. Jeanne Mance se pliait ensuite à un autre rituel ; Marie lui enveloppait le poignet dans des feuilles de rhubarbe où elle avait écrasé de l'herbe-aux-chats. Elle espérait ainsi que le membre retrouverait une certaine force musculaire. C'est tout ce qu'elle pouvait faire pour soulager Mlle Mance de cette fracture dont elle s'était mal remise. Jeanne Mance soutenait que ce traitement valait mieux que celui du bailleul champenois qui avait pourtant une main sûre pour renouer les membres.

— Et si je suivais Mlle Mance quand elle repartira ? demanda Marie à Guillaume quand elle le vit sur la place publique, le surlendemain.

Elle espérait avoir l'air naturel en lui rapportant les paroles du chevalier, mais la situation était des plus embarrassantes et Guillaume fixait obstinément le Saint-Laurent.

— Ville-Marie? Il est périlleux d'y vivre...

— Mais je ne peux retourner en France sans craindre Geoffroy de Saint-Arnaud.

— Tu pourrais habiter Paris; cette ville est immense. Il ne t'y retrouverait pas.

— Et j'y vivrais comment? Ici, on me respecte pour mes dons.

Guillaume Laviolette dit à Marie que Germain Picot voulait bien l'épouser.

Elle écarquilla les yeux, puis éclata d'un rire qui la libérait de sa gêne.

— C'est parfait : un monstre à Nantes et un vieillard à Québec. Vive le mariage!

— Mais que feras-tu?

Marie avoua qu'elle devenait folle à force de se poser cette question.

— Tu trouverais aisément un autre homme que Picot; chaque colon serait flatté de t'épouser.

— Mais je n'ai pas plus envie de défricher la terre que toi! Renoncerais-tu à ta liberté?

— Elle me coûtera de plus en plus cher... J'ai entendu dire que les célibataires seraient lourdement taxés. On veut nous interdire la course!

— Quels idiots! Si vous n'existiez pas pour parler aux Indiens, les missionnaires auraient bien plus de travail à faire pour parvenir jusqu'à eux. Vous avez moins envie de changer les Indiens que de les comprendre. Comment faire de bons marchés sans connaître celui avec qui on traite? Ce qu'il désire, ce qu'il est prêt à donner?

Guillaume eut un sifflement admiratif.

— Je vois que tu ne penses pas qu'au mariage...

Marie dit qu'elle avait parlé d'épousailles parce que tout le monde lui cassait les oreilles avec cela depuis des jours, mais elle ne voulait pas se marier.

— Même pas avec moi? murmura Guillaume.

Marie le dévisagea. Il lui souriait mais son regard était grave; la jeune femme comprit qu'il était sérieux, pour une fois. Elle pensa à Simon. Puis à Noémie. A elle. A Anne LaFlamme.

— Je suis toujours mariée avec Geoffroy de Saint-Arnaud. Et toi... avec cette Iroquoise.

Guillaume Laviolette expliqua à Marie que personne ne savait qu'elle avait été obligée d'épouser Saint-Arnaud. Elle ne serait pas la première bigame. Combien avaient *oublié* une épouse en France ? C'était dans leur intérêt à tous deux de se marier. Ils conserveraient ainsi cette liberté qui leur était si chère.

— Sinon, tôt ou tard, nous serons obligés de nous unir à quelqu'un qui nous ennuiera. Je t'avoue que ce n'est jamais le cas avec toi. Nous sommes de bons amis, pourquoi ne pas nous rendre mutuellement service ?

— Mais je ne t'aime pas ! s'écria Marie.

— Me détestes-tu ?

— Non.

— Alors, ça ira. Je ne serai pas là assez longtemps ni assez souvent pour que ma présence te pèse. Je partirai avant la fin de l'été et ne reviendrai qu'au printemps. Qu'en penses-tu ?

Marie réussit à dire à Guillaume qu'elle lui donnerait une réponse à l'anniversaire de Noémie, puis fit signe à Rose et Alphonse de s'approcher : d'où venait l'*Aigle-blanc-de-Flessingue* qui avait attiré tant de monde au port depuis midi ? Sachant maintenant que les navires provenaient de La Rochelle, de Dieppe, de Saint-Malo et très rarement de Nantes, Marie s'inquiétait moins d'être reconnue par un compatriote et jouissait du spectacle émouvant et drôle du débarquement.

— Il vient de Dieppe avec le capitaine Legagneur, envoyé par les marchands de Rouen.

— Les passagers n'ont pas l'air d'avoir trop souffert du trajet de mer, remarqua Marie.

— J'espère qu'on nous a envoyé les marchandises demandées, fit Alphonse Rousseau. Et le Conseil n'a pas à s'en faire, les barriques ne traîneront pas deux jours sur le quai ! Il y en aura bien une pour la noce...

Rose sourit à Alphonse, rayonnante. Elle était presque jolie, malgré sa tache de vin, tant ses yeux noirs brillaient de fierté. Elle portait trop souvent la jupe de drap et la coiffe de dentelle réservée aux grands jours, mais elle était si heureuse de plaire à un homme ! Denis Malescot avait été gentil avec elle, jusqu'à son agression, mais ils n'avaient jamais ri ensemble. Et elle ne lui aurait jamais conté son passé. Une Patte, lui, savait tout de la Cour des Miracles. A cause de sa tache de vin, on ne l'avait pas mutilée quand elle était enfant, mais elle avait dû se prostituer si vite ! Il lui avait même dit que sa fausse couche prouvait qu'elle pouvait encore porter, qu'il fallait y voir un bon signe dans tout son malheur.

Rose regarda le navire sur lequel elle serait probablement rentrée en France et se signa : le destin l'avait bien accablée, mais il la comblait en ce 29 juin 1664. Dans dix-huit jours, elle serait mariée à Alphonse Rousseau. Elle se tourna vers Marie, lui prit la main pour l'entraîner à l'écart.

— Alors ? Que t'a dit Guillaume Laviolette ?

— On a parlé de Victor.

Rose se rembrunit.

— Pourquoi me mens-tu ?

— Je... je m'excuse. Mais je ne pensais pas qu'il voudrait m'épouser.

— Mais tu es la plus belle ! Tu n'as pas vu comme il te regarde ?

— Je ne sais pas ce que je vais faire.

— Tu n'as pas le choix. Il n'y a pas une personne de qualité qui soit descendue de l'*Aigle-blanc-de-Flessingue* ; personne chez qui tu pourrais t'engager. Mais avec les nouveaux colons, des familles se formeront ; as-tu envie ou non de délivrer leurs femmes ? Simon est mort, Marie. Après... que j'ai été attaquée... tu n'as pas cessé de répéter qu'il ne fallait pas que le passé me dévore, ruine mon avenir. Suis donc tes propres conseils !

Marie répéta qu'elle donnerait sa réponse à l'anniversaire de Noémie et s'en fut à la boulangerie. Elle dut attendre un long moment avant d'être servie ; les femmes des colons, hospitalières, avaient invité spontanément les nouveaux arrivants à partager leur repas. On réclamait de la farine, du blé, du froment pour le pain et les crêpes, on se bousculait joyeusement, on commentait l'arrivée du capitaine Legagneur que les plus anciennes habitantes connaissaient. Marie remonta la côte de la Montagne, goûtant la paix au fur et à mesure qu'elle s'éloignait du port.

Il lui fallait du calme pour réfléchir.

Chapitre 29.

La rosée mouillait les foins d'un parfum sucré qui rappelait les framboises. Marie décida de s'arrêter près des fourrés qui délimitaient la terre de Nicolas Bonhomme pour cueillir quelques fruits. Elle était épuisée; Noémie était de plus en plus lourde! C'était un signe de bonne santé. En déposant sa fille sur une grosse roche, Marie poussa un soupir de soulagement. Elle s'assit à côté de l'enfant emmaillotée et lui raconta qu'elle accepterait d'épouser Guillaume Laviolette; c'était ce qui pouvait leur arriver de mieux à toutes deux.

— Tu grandiras à Québec, on ne dira pas de ta mère qu'elle est une sorcière, ni de toi non plus. Je ferai chercher par le chevalier le nom de ta vraie famille, même si je ne te rendrai jamais à elle.

Marie sourit aux gazouillis de Noémie. Elle se levait pour aller cueillir des fruits quand des craquements attirèrent son attention. Elle cacha Noémie derrière elle. Des glissements, maintenant, provenant des fourrés. Etait-ce un loup? Un Indien?

C'était un pêcheur.

— Ah! s'exclama Marie, vous m'avez fait peur, monsieur Picot! J'étais prête à me battre pour défendre ma fille. Je croyais que vous étiez encore en ville. Il est bien tôt pour aller pêcher!

Germain Picot hocha la tête en souriant sans jamais cesser de regarder la chevelure de Marie. La longue marche avait fait tomber son bonnet. Il pendait sur ses épaules, découvrant ces cheveux cuivrés qui distinguaient Marie des autres femmes de la

colonie. Germain Picot n'avait jamais tué de rousses, il en tremblait d'émotion, mais sa voix était ferme quand il répondit à Marie.

— Eh, oui! Nous aurions pu faire la route ensemble. Je me
suis décidé à partir tôt car nous serons nombreux à la fête; il
me faudra pêcher plus d'un poisson! Vous devriez me suivre
au bord de la rivière pour vous rafraîchir!

Marie approuva; elle aurait plus d'énergie pour la fin de son
trajet. Germain Picot lui offrit de porter Noémie — Marie refusa,
Noémie n'était pas si pesante — et lui fit galamment signe de
passer devant lui. La jeune femme se dirigea vers la rivière en
chantant quand Picot l'arrêta à la première mesure.

— Ça fait fuir les poissons! A cette heure, ils viennent à la surface de l'eau. Ils nous entendent!

Marie s'étonna, mais elle se tut; elle poursuivit son chemin
en prenant bien garde de trébucher sur une pierre ou une racine.
Autant elle courait sans craindre de tomber quand elle était seule,
autant elle voyait mille embûches quand elle tenait Noémie contre elle. Elle serait si malheureuse de chuter! Elle touchait la grève
quand un nouveau bruit la fit s'immobiliser. Elle entendit avec
soulagement qu'on l'appelait. Elle se retourna et vit Germain
Picot ramasser sa perche et se tourner lui aussi vers les fourrés.
Il semblait si anxieux que Marie essaya de le rassurer.

— C'est un des nôtres puisqu'on a crié mon nom! Ecoutez,
on m'appelle encore... Eh! Oh! Par ici. Je crois que c'est
Guillaume!

Le coureur de bois les rejoignit en deux enjambées et s'efforça
de masquer sa déception en voyant Germain Picot. Celui-ci ne
semblait pas plus heureux de le voir apparaître. Peut-être avait-
il également suivi Marie pour se déclarer? Ils se dévisagèrent.
Marie rompit le silence en déclarant qu'elle allait profiter de la
présence de Guillaume pour se rendre chez les Blanchard; il
l'aiderait à porter Noémie.

— Nous vous laissons pêcher en paix, monsieur Picot.
N'oubliez pas que j'ai bon appétit!

Marie retournait sur ses pas quand Guillaume lui proposa de
prendre sa fille, disant qu'il devrait s'habituer à elle. Marie le
regarda sans baisser les yeux, sans rougir et admit que ce n'était
pas une méchante idée.

Ils parlèrent ensuite du trafic d'eau-de-vie, de la baisse considérable du prix du castor, du départ de Jeanne Mance, des

nouveaux arrivants de l'*Aigle-blanc-de-Flessingue*, de la maison que Guillaume voulait louer au bout de la rue Sault-au-Matelot. Ils échangeaient ces propos avec un naturel retrouvé ; Marie songea qu'ils auraient dû régler plus tôt cette histoire de mariage puisque cela lui permettait de discuter avec Guillaume comme autrefois. Elle évita de penser à ce qui la travaillait le soir, avant de s'endormir ; Guillaume envisageait-il d'user de tous les droits d'un époux ou la considérait-il vraiment comme une associée ? Il avait parlé de leur union comme d'un marché, mais...

Emeline et René Blanchard accueillirent la nouvelle avec des cris de joie ; Marie et Noémie trouvaient enfin un foyer ; ce n'était pas une vie que de changer de maison à chaque saison ! René Blanchard offrit du vin de cenelles même s'il était un peu tôt, et tandis que les hommes s'affairaient à couper un quart de bœuf, les femmes s'activaient près de l'âtre. Emeline avait préparé une soupe de fèves et de racines qui embaumait toute la maison ; Marie ne put résister à l'envie d'y goûter, mais elle fit preuve de trop de presse et se brûla la langue. Alors qu'elle gémissait, Emeline se moquait d'elle.

— Tu es pis que ta fille qui est si goulue ! Qu'elle a forci depuis deux semaines ! Elle mange encore plus que mon Jean-Jean !

Marie était contente des compliments de la nourrice. Les premiers temps, elle avait eu si peur de ne pas savoir s'occuper de Noémie qu'elle avait failli la ramener à Emeline. C'était la nécessité de prouver aux habitantes qu'elle savait y faire avec les enfants qui l'en avait empêchée.

— C'est étrange, confia-t-elle à Emeline. Noémie naissait il y a un an sur l'*Alouette*, mais j'ai l'impression qu'elle est de mon sang tant nous nous ressemblons. Plus elle grandit, plus c'est vrai. Les femmes des colons me le disent toutes au marché. Mlle Mance était bien surprise que j'aie adopté la petite.

— Donne-moi donc ces œufs et va chercher la baratte, plutôt que de vanter ta fille ! Elle est la plus belle, c'est vrai, mais ce n'est pas une raison pour nous mettre en retard. M. Picot va arriver tantôt avec les invités et il n'y aura rien sur la table.

— Mais Germain Picot va arriver avant ! Avec tes poissons.

— Mes poissons ?

— Je l'ai croisé sur le bord de la rivière ; il allait pêcher pour nous rapporter des truites à midi. Tu l'ignorais ?

Emeline haussa les épaules.

— Il l'aura dit à René qui aura oublié de me le répéter. Mon homme était si excité aujourd'hui ! On lui a commandé au magasin une dizaine de couvercles en fer car cette marchandise manquait à bord de l'*Aigle-blanc*. C'est une chance ! Avec ce que tu m'as donné pour Noémie, nos économies durant toute cette année et les travaux de forge de René, on nous concédera bientôt une terre. En attendant de pouvoir acheter notre maison... Et l'atelier de René ne sera pas près de la cuisine, crois-moi !

Emeline ne se plaignait jamais, mais les coups de marteau, les grincements des métaux, les chocs sourds lui agaçaient souvent les oreilles. Elle s'étonnait encore que les enfants puissent s'endormir dans un tel vacarme. Elle hésita, puis confia à Marie que son époux serait encore plus énervé s'il savait qu'elle portait de nouveau.

— C'est moi qui te délivrerai ! s'écria Marie. J'en aurai le droit !

Emeline ne voulut pas contrarier Marie mais elle avait accouché les fois précédentes sans l'aide de quiconque ; elle la manderait pourtant pour lui faire plaisir.

— N'en parle pas encore ! Et surtout pas devant Agathe Souci. Pauvre elle, on dirait qu'elle ne peut pas les mener à terme.

Emeline et Marie causaient gaiement, malgré la gravité de certains propos ; elles étaient complices, heureuses de préparer les réjouissances de ce jour de fête. Pour Marie, cette année s'était écoulée bien différemment de ce qu'elle avait imaginé quand elle était encore sur l'*Alouette* : l'adoption de Noémie, son travail à l'Hôtel-Dieu, la rencontre du chevalier, et la mort de Simon surtout, l'avaient précipitée dans le monde des adultes. Les rêves n'avaient plus droit de cité. Si elle pensait encore à son trésor, elle avait compris que Victor Le Morhier ne viendrait pas à Québec dans les prochaines semaines. Elle apprenait la patience.

Des exclamations joyeuses avertirent Emeline et Marie que les premiers invités arrivaient. Les Souci, Horace Bontemps, Rose Rolland et Alphonse Rousseau félicitaient Germain Picot de sa pêche : il avait pris dix belles truites depuis que Marie et Guillaume l'avaient quitté. Rose annonça qu'elle se chargerait de les faire cuire. Alphonse Rousseau tira des bouteilles de chauché d'une grande besace en précisant que c'était un don du chevalier.

René Blanchard, un peu gris, s'empressa d'y goûter ; il décréta qu'il était un peu clair mais point piquant.

— Ce n'est pas le vin punais qu'on nous servait sur l'*Alouette*, mes amis ! Buvons !

Ils burent, puis sortirent la table de la maison pour manger sous le soleil de midi. Ils chantèrent après dîner, jouèrent aux dés et dansèrent un peu au son de la flûte d'Alphonse Rousseau. La journée était belle. Le vin avait alangui les femmes et Marie regardait Guillaume avec une tendre curiosité ; il surprit son regard et lui pressa la main sous la grande table.

Elle ne la retira pas, trop émue pour réagir. Trop étonnée de sentir la main d'un homme caresser ses doigts, sa paume, son poignet. Personne n'avait pressé aussi longtemps sa main. Noémie la sauva de cette situation en geignant.

— Je vais la changer, Emeline. Ne bouge pas !

Marie emmena sa fille dans la maison pour échapper au vertige que la caresse de Guillaume avait fait naître en elle ; le vin, le soleil qu'elle s'entêtait à défier sans chapeau, participaient à cet étourdissement. Elle posa Noémie par terre et plongea ses mains dans le seau d'eau, puis s'humecta le front, les tempes avant de rattraper sa fille qui rampait vers le fond de la pièce. En se penchant pour la prendre sous les bras, elle aperçut un petit objet brillant dans un coin. Elle s'approcha, et ramassa un bouton.

Un bouton semblable à celui que Rose avait arraché au vêtement de son agresseur.

Marie sentit ses jambes mollir et se précipita vers le seau ; elle devait garder ses esprits clairs ! Celui qui avait violé Rose était venu dans cette maison. Il était peut-être assis à la table, en train de regarder la femme qu'il avait failli égorger. Elle réfléchit quelques instants. Elle appellerait Guillaume ; c'était le seul homme dont elle était assurée de l'innocence. Il était à mille lieues de Québec quand Rose avait été attaquée. Elle allait le héler quand Paul poussa la porte de la maison ; il venait voir Noémie. Marie, qui trouvait touchante l'affection que le fils aîné des Blanchard avait pour sa fille, ne voulait pas rabrouer l'enfant, mais elle tenait à être seule pour parler à Guillaume. Elle demanda à Paul de revenir un peu plus tard, en lui disant qu'il devait comprendre puisqu'il était un grand garçon. L'enfant la regardait sans dire un mot, les yeux agrandis de peur. Qu'avait-elle dit de si horrible ?

Marie flatta la tête de l'enfant pour l'apaiser mais celui-ci tenta alors de lui arracher le bouton qu'elle tenait dans ses mains. Et s'il connaissait sa provenance? Ce n'était tout de même pas René Blanchard qui...

— Tu ne seras pas puni, mon mignon, dit Marie d'une voix câline. Ta maman m'écoutera, c'est jour de fête! Et tu es un grand maintenant, tu as six ans. Cesse de pleurer. Ce n'est pas grave si tu as pris ce bouton.

— Je voulais juste le mettre au bout de ma ligne pour pêcher. Ça brille, les poissons viennent quand ça brille. M. Picot l'a dit. Puis je l'ai perdu. Ma maman ne sait pas que je l'avais, mais si M. Picot le sait, il va me battre. Je ne veux pas! Donne-moi le bouton! Je vais lui rendre!

Marie dut blêmir car l'enfant se remit à pleurer, apeuré.

Elle se ressaisit pour lui dire que ce serait un secret entre elle et lui.

— Je l'ai pris un soir quand M. Picot a ôté son manteau d'hiver. C'était facile, il pendait au bout du fil. M. Picot s'en est aperçu juste avant de sortir. Maman a cherché partout. Mais je l'avais mis dans une cachette secrète. Comme dans l'histoire que tu m'as contée.

Marie remercia intérieurement sa mère de lui avoir appris tous les contes de Perrault; l'envie d'un enfant de posséder son trésor rendrait justice à Rose. Elle fit jurer à Paul de ne rien révéler. Elle lui emprunta le bouton en lui promettant de lui en donner trois dans quelques jours. Et M. Picot ne le mettrait pas en prison avec les bandits.

— Trois?

L'enfant oubliait sa crainte d'être puni.

— Sortons maintenant avec Noémie, mais pas un mot de notre secret! Les secrets, c'est magique... il faut les respecter, sinon l'ogre viendra te manger le bout du nez!

Paul loucha et toucha son nez en disant qu'il ne voulait pas. Marie lui prit la main pour aller rejoindre les autres. Germain Picot? Avait-elle rêvé? Elle tâta le bouton, au fond de sa poche. Qu'il lui tardait de le comparer à l'autre qu'elle gardait avec la coupelle d'or. Germain Picot! Il était si gentil! Paul devait se tromper. Ou elle. Non, elle avait regardé cent fois le maudit bouton, espérant qu'il livrerait son secret. Germain Picot! Pourquoi avait-il fait cela? Il était respecté de tous. Il était serviable. Que diraient les Blanchard ? Où iraient-ils si M. Picot était arrêté ? Que deviendrait Rose ? Que ferait Alphonse ? Heureusement que le soleil déclinait car Marie n'aurait pu attendre longtemps pour tout raconter à Guillaume. Elle évita de regarder Germain Picot jusqu'à leur départ, partagée entre la rage et la gêne. Et si un autre homme avait des boutons semblables à Québec et qu'elle ne l'ait jamais remarqué ? C'était possible ; se souvenait-elle de tous les manteaux qu'elle avait vus durant l'hiver ? Germain Picot embrassa Noémie pour lui dire adieu et Marie ne put s'empêcher, après, de lui essuyer la joue. Elle traîna derrière le groupe afin de se trouver seule avec son fiancé, assurée des plaisanteries grivoises que les autres feraient à leur sujet. S'ils savaient ! Si Rose savait !

Guillaume ne comprit pas tout de suite de quoi elle parlait tant elle s'exprimait par énigmes. Il pensait discuter mariage ; elle répondait boutons et Germain Picot. Elle finit par se faire entendre et la réaction de Guillaume la troubla ; il se rapprocha d'elle et la prit sous son bras en signe de protection. Il se tut jusqu'à ce que les premières maisons de la haute-ville se dessinent devant eux dans le soleil couchant.

— Demande à voir ton lièvre chez le chevalier ; Rose et Alphonse seront avec nous, mais les Souci et Horace Bontemps rentreront chez eux. Il faut que Rose voie le bouton.

— Et qu'Alphonse demande justice. Rose aura trop peur d'affronter Picot.

— Es-tu certaine de ce que l'enfant t'a dit ? Sa parole ne vaudra pas grand-chose pour les membres du Conseil souverain. S'il avait tout inventé par crainte d'être puni ?

— Et le bouton ? C'est le même !

Guillaume Laviolette soupira ; il redoutait d'être influencé par son antipathie pour Germain Picot. C'est pourquoi il tentait de trouver des failles dans le récit de Marie. Il allait lui dire que ces boutons étaient peut-être répandus quand il se souvint que, toute la journée, il avait eu l'impression qu'il avait vu quelque chose d'important mais le souvenir fuyait, aussi vague qu'un songe. Il savait maintenant ! A l'aube, au moment où il avait retrouvé Marie, Germain Picot était derrière elle et il avait repris sa perche quand il avait vu apparaître Guillaume, alors qu'il aurait dû l'avoir en main puisqu'il allait pêcher. Pourquoi l'avait-il déposée ? Il n'avait pas aidé Marie à descendre sur le bord de la rivière, il la suivait... Alors ? Il demanda à Marie d'essayer de se rappeler la scène. Son ton était si anxieux que Marie, sans chercher à comprendre, raconta ce qu'elle avait vu. Oh, elle avait d'abord entendu un bruit, puis s'était retournée. Germain Picot était juste derrière elle. Puis Guillaume était arrivé. Elle s'était dirigée vers lui, en même temps que Picot. Oui, il avait repris sa perche. L'avait-elle entendue tomber par terre ? Non.

— C'est qu'il doit l'avoir déposée très doucement. Afin que tu ne l'entendes pas.

— Mais pourquoi ?

A l'instant où elle formulait sa question, elle devinait ce que suggérait Guillaume. Seigneur Dieu ! Elle... il voulait la... Elle pressa contre elle Noémie, qui gémit. Marie demanda à s'asseoir. Guillaume lui prit la petite mais refusa de s'arrêter.

— Il faut aller au plus vite chez le chevalier. C'est lui qui devrait parler au Conseil souverain. Ils l'écouteront avec plus de respect.

— Ou Mme de Grandmaison ; Rose est toujours sa servante.

— Laisse Alphonse Rousseau aider sa fiancée. Ce sera bien pour tous les deux.

Marie hocha la tête, songeant qu'elle aussi avait la chance de pouvoir compter sur le coureur de bois. Elle avait raison de l'épouser. Elle serra son bras avec force. Il lui sourit avant de héler leurs compagnons de voyage. Il leur dit que Marie voulait voir son lièvre avant de rentrer. Il la taquina en disant qu'elle était aussi enfant que Noémie ; le stratagème réussit.

— Rue Saint-Louis, on sera à l'abri des frappe-d'abord, fit Alphonse Rousseau. Je n'ai jamais vu autant de maringouins ! Et Monsieur sera bien content qu'on lui conte notre journée !

« Je n'en suis pas aussi certain », songea Guillaume Laviolette. Une accusation pour viol allait bouleverser la colonie. On se souvenait encore qu'Abraham Martin avait été accusé du même crime quinze ans plus tôt !

Chapitre 30.

— Il faut aplester, les gars! Maintenant! cria le capitaine Legagneur.

Marie regarda les hommes d'équipage déplier les voiles avec anxiété; elle savait que le capitaine redoutait que le vent ne frise la voilure au lieu de l'emplir. Elle ferma les yeux, récitant une prière muette; il fallait profiter de la marée, pourvu que le vent n'ait point l'envie de barbeyer. Elle ouvrit un œil et fut soulagée; le petit et le grand hunier, le perroquet de misaine, celui d'artimon et la grand-voile se tendaient fièrement. La foule venue assister au départ du vaisseau applaudit; plusieurs personnes lancèrent leur chapeau de paille en l'air, et on cria d'excitation et d'effroi au coup de partance. Certains se dirigèrent vers la brasserie en disant qu'elle était vraiment bien située, tout à côté; d'autres restèrent pour regarder le vaisseau. Marie dit à Eléonore de Grandmaison que le temps avait passé trop vite depuis son mariage. Il y avait eu les élections et Claude Charron avait été nommé syndic, comme l'avait prédit Guillaume, qui avait également prévu que les habitants de Québec se rebelleraient contre ce choix car ils craindraient que Charron, commerçant, ne permette à ses collègues d'appliquer des tarifs sur les marchandises qui les défavoriseraient. Il y eut, les 12, 14 et 21 août, la vente à Mgr de Laval des terres que Charles Aubert de La Chesnaye possédait à l'île d'Orléans et à Beaupré, dont une partie avait été achetée quelques mois plus tôt aux Hospitalières; il y eut une corvée et le sauvetage de Michel Dupuis qui avait manqué se noyer dans la rivière. Et maintenant, ce vaisseau qui s'en allait avant les froids.

— Cette impression de fin d'été m'attriste, confia Marie à Mme de Grandmaison.

— Vous n'êtes pas la seule... Regardez Alphonse Rousseau ! Je ne l'ai jamais vu si sombre.

L'homme ne participait pas à l'allégresse générale ; ce n'était pas le temps des moissons qui le chagrinait mais la présence de Julien du Puissac à bord de l'*Aigle-blanc-de-Flessingue*. C'était la première fois que le chevalier et son serviteur étaient séparés en vingt ans. Alphonse avait pleuré ; si son maître ne lui avait pas demandé de rester à Québec, il serait peut-être reparti pour la France, même s'il estimait Rose un peu plus chaque jour. Le chevalier lui avait pourtant répété qu'il n'était pas exclu qu'il revienne avec Guy Chahinian même si Marie avait fini par entendre raison et renoncer à lui remettre personnellement la coupelle d'or. Qu'il lui ait offert une broche appartenant à sa défunte femme pour son mariage l'avait bouleversée ; Marie s'était présentée chez lui le lendemain de son mariage avec Guillaume pour lui rendre la coupelle d'or en le priant de dire à Guy Chahinian combien elle regrettait de ne pas la lui donner elle-même.

— Il serait content de vous, avait dit le chevalier. Je lui narrerai votre exploit.

Marie avait rougi ; c'était le hasard qui avait bien fait les choses.

— C'était important pour Rose, avait dit du Puissac. Et pour toutes les autres femmes de la colonie. Après les aveux de Germain Picot, vous allez mieux respirer.

— Tout le monde n'est pas satisfait... Ceux qui voulaient mettre la faute sur un Indien sont déçus. Il faut dire que Germain Picot avait tout fait pour qu'on croie que c'était un Iroquois qui avait égorgé Madeleine et Suzanne. Il aurait tué et scalpé Rose s'il en avait eu le temps. Mais en plein cœur de la ville !

— Heureusement que Paul lui avait pris son bouton la veille ; il aura pensé que les fils étaient usés pour perdre deux boutons en deux jours.

— Vous savez, quand je me suis promenée avec lui le long de la rivière, j'ai cru un instant qu'il avait tout deviné.

— Vous aviez très peur ?

Marie avait secoué la tête.

— Non, Guillaume nous suivait. Si, tout de même un peu. Mais peut-être moins qu'au moment où j'ai découvert la vérité.

Trois semaines auparavant, Marie avait tremblé en expliquant à Rose, à Alphonse et au chevalier ce qu'elle avait appris grâce au petit Paul. Elle n'avait pu s'empêcher de penser que Germain Picot avait voulu la tuer le matin même. Puis la rage avait chassé la peur ; elle avait voulu se venger. Rose, elle, aurait préféré tout oublier. Marie lui avait fait comprendre que d'autres femmes subiraient le même sort qu'elle si elle ne consentait pas à témoigner devant le Conseil souverain, et elle s'était résignée. C'était alors que Guillaume et le chevalier avaient déclaré que cette preuve était bien mince ; on les traiterait probablement d'hystériques. Rose, avec sa réputation perdue, et Marie, qui se faisait remarquer depuis son arrivée, ne seraient guère écoutées face à un homme estimé depuis des années par ses concitoyens. Allons donc, on jetterait les boutons, on rejetterait leur cause.

Marie s'était mise en colère ; elle ne voulait pas baisser les bras si vite ! Elle trouverait un moyen, coûte que coûte. Guillaume, qui savait qu'elle n'abandonnerait pas, lui avait proposé de tendre un piège à Germain Picot.

— Nous devons le prendre sur le fait. Les membres du Conseil souverain ne pourront rejeter cette preuve. Ni mon témoignage.

Rose avait vainement essayé de dissuader Marie de suivre le plan conçu par Guillaume et, le surlendemain de cette conversation, Marie passait chez Germain Picot pour lui demander s'il avait un message pour les Blanchard.

— J'ai promis à Emeline de lui montrer à se servir des plantes qui poussent autour de votre maison. Saviez-vous que l'aunée soigne bien la toux ?

Germain Picot s'était écrié ; quelle coïncidence, il allait voir René Blanchard. Ils feraient route ensemble. Marie avait proposé, comme il faisait très chaud, de longer la rivière. A l'anniversaire de Noémie, elle avait eu bien besoin de s'asperger pour continuer son chemin. Bah, on n'avait qu'à se rendre jusqu'à la côte du Palais, puis descendre vers la Saint-Charles. Tout en marchant, Marie avait parlé de son futur mariage avec Guillaume, qui aurait bien voulu l'accompagner aujourd'hui mais qui avait promis aux Hospitalières d'aider à une corvée. Ensuite, il avait été question de blé et de pommes de terre, de la brebis de Boulet qui allait agneler, du chien de Souci qui avait mangé la poule du Duc, de Dupuis qui devait payer dix livres d'amende pour avoir traité Fournier de cornard, de la pluie et du beau temps. Ils avaient marché d'un bon pas et avaient bientôt aperçu la rivière. Il n'y avait aucune embarcation, s'était réjoui Picot ; personne en vue ni devant ni derrière. Il avait proposé à Marie de s'arrêter un moment.

— Pas maintenant, avait-elle dit en s'efforçant d'être enjouée. Je ne m'arrête jamais avant le bosquet. Là où on s'est vus l'autre matin. Sinon, je n'ai plus le courage de continuer.

Tandis qu'elle espérait qu'il accepterait, Picot s'était dit que les bosquets étaient encore plus sûrs ; tous les colons étaient aux champs ou à la grande corvée à cette heure, ils ne rencontreraient pas un chat. Plus tard, il s'était rappelé que Marie avait tressailli quand il avait trébuché et s'était agrippé à elle, mais à ce moment, il n'avait senti que la chair douce et chaude de son avant-bras. Il avait hâté le pas. Marie n'avait pas protesté, pressée d'en finir.

Mais au niveau des bosquets, elle n'avait toujours pas entendu le cri du mainate. Elle avait traîné un peu derrière Germain Picot en vidant le sable de ses sabots, mais il s'était retourné et avait fait signe de garder le silence. Il avait désigné un point imaginaire sur la rivière en chuchotant qu'il avait vu quelque chose. Marie s'était avancée d'un pas, devinant sa ruse, et elle avait alors perçu le cri convenu. A peine avait-elle fait mine de se pencher que Picot avait brandi son couteau. Au même moment, il avait poussé un hurlement de douleur en sentant son bras tordu vers l'arrière. Il avait essayé d'échapper à Guillaume, mais personne n'avait une poigne aussi solide que le coureur de bois. L'instant d'après, Marie avait tendu à son fiancé la lanière de cuir qui lui servait de ceinture et Guillaume lui avait attaché les mains dans le dos et l'avait jeté au sol en le sommant d'avouer.

Il avait tout dit : Madeleine, Suzanne, Rose et une métisse, dont il ignorait le nom. Il avait tué en France, avant d'épouser sa femme. Puis ils étaient venus à Québec. Il le jurait, il n'avait touché personne tant que sa femme avait vécu. Mais après sa mort, ça l'avait repris. En emmenant le prisonnier au fort Saint-Louis, Guillaume lui avait dit qu'ils se reverraient bientôt devant le Conseil souverain.

Le chevalier du Puissac avait fait remarquer à Marie qu'il était heureux que tous les veufs ne réagissent pas comme Picot. Tout en parlant avec la jeune femme, il polissait la coupelle d'or avec un linge de soie. Il était si soulagé d'avoir réussi à récupérer les deux coupelles que la nouvelle du suicide de Germain Picot ne l'avait guère ému. Marie, elle, était toujours enragée : ce mons tre aussi pleutre que sanguinaire avait échappé à la honte, au procès en se pendant dans sa cellule.

« Il est mort, avait dit Guillaume, c'est tout ce qui compte. » Ah, non ! C'était trop facile ! Si elle n'avait craint le jugement de Jeanne Mance, Marie aurait tout cassé rue Saint-Louis. C'était d'ailleurs Mlle Mance qui avait réussi à la calmer.

— Qu'est-ce qu'elle vous a dit pour vous ramener à la raison ? avait demandé Julien du Puissac. Vous étiez si furieuse en apprenant la penderie de Picot que je crois bien que mon ami Alphonse a eu peur de vous. Et Rose aussi.

— C'est pourtant elle qui a été violentée ! s'était exclamée Marie.

— Ne vous excitez pas de nouveau, avait dit aussitôt le chevalier.

Marie s'était tue, jouant nerveusement avec les franges de son fauteuil : Jeanne Mance avait raison, elle n'aurait pas aimé assister à l'exécution de Picot, elle n'y serait pas allée, elle était faite pour sauver des vies. Mais... elle supportait mal que le monstre n'ait pas demandé publiquement pardon à Rose Rolland.

— Dites-vous que Rose aurait probablement refusé, avait répliqué le chevalier. C'est une femme si discrète.

— Dont l'histoire est connue de tous ! J'aurais voulu qu'elle obtienne réparation !

— Elle l'a eue en partie avec la maison de la basse-ville.

Le soir de son incarcération, Germain Picot avait demandé à voir Jean Duquet, à qui il avait exprimé ses dernières volontés. Le jeune notaire avait cru que son client faisait allusion à son exécution et non à son suicide quand il avait parlé de sa mort. Il l'avait écouté sagement, avait consigné les dernières dispositions du condamné et l'avait quitté en lui disant qu'il recommanderait son âme à Dieu. La générosité de Picot n'excusait pas ses crimes, mais il avait manifesté son repentir d'une façon non négligeable.

— Il a partagé ses biens entre les fils de Madeleine et le mari de Suzanne Dion, fit Marie. Il a donné sa maison de la basse-ville à Rose, mais cela ne ressuscite pas les mortes ! Je suis la seule à qui profite la disparition de Picot.

— Réjouissez-vous donc, au lieu de vous lamenter ! Vous avez confondu Picot, il est mort, il vous a laissé sa maison de la rivière, les Blanchard vous la louent, ce qui vous permettra d'avoir enfin votre boutique, que voulez-vous de plus ? Rose est soulagée que le criminel ait disparu, mais elle essaie plutôt d'oublier cette triste histoire. Vous devriez l'imiter...

Marie avait reconnu que le chevalier avait raison. Puis elle n'avait pu se retenir de le taquiner.

— Maintenant que vous avez votre fameuse coupelle, il n'y a rien d'autre qui compte pour vous !

— Marie !

— Je vous laisse avec elle... et Janvier. Je croyais qu'Alphonse l'emmènerait avec lui à la basse-ville.

— Il me le laisse jusqu'à mon départ.

— Vous êtes vraiment décidé ?

Julien du Puissac avait hoché la tête.

— C'est mon devoir. Je dois retrouver Guy Chahinian.

Marie avait été morose en quittant le chevalier et Guillaume avait eu bien du mal à la dérider quand elle l'avait retrouvé. Il avait fait mine d'être jaloux du chevalier car elle n'avait pas montré tant de tristesse quand il était parti à la course l'automne précédent.

— Toi, c'était différent ! Je savais que tu reviendrais ! Je ne reverrai jamais M. du Puissac. C'est ce que je ressens...

Guillaume n'avait pas insisté ; sa femme devait être fatiguée après ces semaines si chargées en émotions : la capture de Picot, sa mort, le mariage de Rose et enfin le leur. Il lui avait proposé d'aller faire du canot ; elle avait d'abord refréné son enthousiasme, mais avait poussé des cris d'excitation quand il l'avait aidée à s'agenouiller dans la fragile embarcation. Très vite, elle avait voulu pagayer ; malgré ses craintes, Guillaume avait accepté de lui prêter la rame. Croyant le rassurer, elle avait affirmé qu'elle nageait très bien. Il avait avoué qu'il se noierait si le canot versait. Elle avait promis de lui enseigner à nager. Marie avait eu tant de plaisir à se promener en canot sur la rivière Saint-Charles qu'il n'y avait eu que la faim pour la ramener à Québec. Elle avait dit à Guillaume que cette journée était inoubliable et, le soir, au lit, elle s'était montrée très accueillante.

*
* *

— Que les canots sont petits à côté d'un vaisseau, dit Marie en s'approchant de Rose et d'Alphonse Rousseau.

Rose regarda Marie avec résignation ; son mari ne sourirait pas avant longtemps. Il n'avait pas détourné une fois les yeux de l'*Aigle-blanc-de-Flessingue* et Rose redoutait quasiment qu'il ne se jette à l'eau pour nager jusqu'à son maître. Le vaisseau ayant pris le large, les habitants de Québec étaient tous rentrés chez eux pour dîner, mais Alphonse Rousseau semblait s'être changé en statue et Rose commençait à désespérer de le voir bouger.

— Le chevalier m'a bien dit qu'il reviendrait, dit Marie en posant Noémie par terre.

— Si tu ne lui avais pas donné les coupelles, il serait resté ! dit Alphonse Rousseau en pointant un doigt accusateur vers Marie LaFlamme.

— Mais tu voulais que je lui rende la coupelle ! protesta Marie.

— Quelle coupelle ? demanda Rose avec curiosité.

Alphonse et Marie se regardèrent furtivement ; ils avaient pourtant promis de ne pas parler des objets sacrés ! Le chevalier venait à peine de s'embarquer qu'ils le trahissaient. Marie, habituée à mentir, inventa rapidement une fable.

— C'est une coupelle que j'ai trouvée dans une boutique de curiosités, à Paris. Je l'ai montrée au chevalier par hasard. Il a reconnu une coupelle qui avait été volée chez sa sœur et a tenu à la lui rendre.

Rose grimaça ; la prenaient-ils pour une sotte ?

— Monsieur serait retourné en France pour une petite coupelle de rien du tout ? Dites-moi donc la vérité.

Marie, embarrassée, se pencha vers sa fille, tandis qu'Alphonse mentait à son tour ; la coupelle était le symbole d'une société secrète, les Fils de la Paix, qui voulait détrôner le Roi. Sa possession permettrait à Julien du Puissac de réunir des partisans.

— Il est fou ! s'exclama Rose. Que reproche-t-il au Roi ?

Marie adressa un clin d'œil à Alphonse ; elle venait de prendre une belle leçon de menterie ; la demi-vérité, plus aisée à imaginer, était aussi plus aisée à croire. Alphonse fit jurer à Rose de ne jamais parler des opinions politiques de son maître. Elle donna sa parole à la condition qu'Alphonse promette de ne pas se mêler d'imiter le chevalier. Elle se dit qu'elle était arrivée juste à temps dans sa vie pour lui éviter l'irréparable ! S'il avait suivi du Puissac, il aurait fini par être arrêté et exécuté pour crime de lèse-majesté ! Le chevalier serait roué ou écartelé s'il persistait dans cette voie. Non, les nobles avaient le cou tranché, mais ce n'était tout de même pas un sort enviable. Rose prit Alphonse par le bras et le tira vers la place publique, malgré les protestations de son époux. Marie les invita à dîner, mais Alphonse n'avait pas faim.

— Il faut bien manger ! dit Marie en serrant sa fille contre elle. Regarde Noémie, elle me dévorera le bras si je ne rentre pas maintenant !

— Tu verras si tu as de l'appétit quand Guillaume repartira pour la course.

Marie se mordit les lèvres ; elle évitait de penser à ce jour maudit et détestait qu'on le lui rappelle. Guillaume l'avait prévenue avant de l'épouser ; jamais il ne renoncerait à courir le bois. Il était pareil à Victor avec la mer. Elle le comprenait. Elle se souvenait si bien d'Anne LaFlamme qui encourageait son mari à s'embarquer en étouffant ses sanglots. Marie ne pleurerait pas, elle. Après tout, elle n'était pas amoureuse de Guillaume Laviolette ; elle l'estimait, elle aimait discuter avec lui, elle aimait qu'il la fasse rire et elle croyait qu'elle en viendrait à goûter ses caresses. Mais elle n'était pas bouleversée par lui comme elle l'avait été pour Simon. Non, si elle redoutait le départ de Guillaume, c'est qu'elle s'était habituée à vivre avec un homme ; ce qu'elle appréciait le plus dans la vie conjugale était le sentiment de sûreté. Elle n'avait jamais, comme Lison, regardé sous le lit ou dans une armoire pour voir s'il y avait un rôdeur, mais elle conservait toujours un stylet près d'elle. Peut-être les horribles histoires qu'on racontait au sujet des Iroquois avaient-elles fini par la rendre nerveuse ; c'était Germain Picot qui avait scalpé les femmes après les avoir violées, il était mort, Marie le savait bien mais entre le moment où il avait disparu et son mariage, la jeune femme ne s'était pas endormie une fois avant l'aube, craignant de voir une main brandir un tomahawk, briser l'épais papier de la fenêtre et lui fendre le crâne. Elle était honteuse de ses pensées qui allaient à l'encontre de ses discours pacifiques envers les Indiens, mais elle ne pouvait vaincre sa peur. Elle avait accepté très vite de dormir avec Guillaume car sa présence l'apaisait.

Ayant envie de le retrouver, elle quitta Rose et Alphonse promptement. Elle pressa le pas jusqu'au bout de la rue Sault-au-Matelot, ballottant sa fille sans ménagement. La petite riait

aux éclats. Marie se demanda si elle avait bien fait de confier
au chevalier la broche que lui avait remise Julie LaFlandres avant
de mourir en accouchant de Noémie. Marie avait gardé la chevalière qui portait les mêmes armoiries que la broche et avait
raconté à Julien du Puissac que Julie LaFlandres était de noble
extraction. Elle avait épousé un artisan alors qu'elle était condamnée au cloître par son père et avait fui la France pour sauver son époux d'une condamnation pour rapt. Lui aussi était
mort sur l'*Alouette*. Mais Marie s'interrogeait sur la vraie famille
de Noémie. Tout en étant déterminée à garder sa fille auprès
d'elle, elle voulait savoir qui était son aïeul ; Noémie ne pourrait jamais prétendre à un héritage car le père de Julie LaFlandres l'avait reniée, mais en apprendre davantage sur ses ancê-
tres ne pouvait lui nuire. Elle lui dirait ce que le chevalier aurait
découvert — s'il réussissait cette mission — quand elle aurait
quinze ans. L'âge où Julie LaFlandres avait eu toutes les dents
arrachées sur ordre de son père qui craignait que ses charmes
n'attirent Satan. Pauvre et triste Julie qui avait enfanté une fille
si gaie ! Même Guillaume, qui avait craint que l'enfant ne le gêne,
avait subi sa séduction ; la petite ne pleurait presque jamais et
faisait preuve d'autant de charme que d'invention. Marie se souvint alors que Guillaume lui avait promis une surprise. Elle courut jusqu'au logis que la veuve Grouvel avait consenti à leur
louer.

Dès qu'elle eut poussé la porte, une créature sombre se précipita sur elle en jappant avec entrain.

— Il s'appelle Mkazawi, ce qui veut tout simplement dire
« noir » chez les Abénakis. Il est très doux et t'obéira en tout.
Mais si on t'attaquait, ou si on s'en prenait à Noémie, il saurait
vous défendre.

Sa frayeur passée, Marie fut flattée que Guillaume se soucie
de sa protection et le remercia tendrement. Noémie, elle, avait
déjà encerclé le cou du gros chien qui la reniflait et la léchait.

Personne ne pouvait alors deviner que l'amitié de l'enfant et
de cet animal aussi haut qu'un petit veau serait si fabuleuse qu'elle
toucherait à la légende.

Chapitre 31.

Marie refusa d'assister à l'enterrement d'Abraham Martin. Elle était trop occupée par la cueillette des plantes et des herbes ; elle devait en ramasser le plus possible pour faire des réserves. C'était ce qu'elle avait dit à Guillaume et c'était vrai. Mais le fait était que la mélancolie la submergeait déjà trop souvent ; un enterrement ne chasserait assurément pas sa peine. Elle multiplia ses activités au fur et à mesure que le départ de Guillaume approchait mais ces distractions ne repoussèrent en rien l'échéance, et le 15 septembre 1664, Marie LaFlamme pleurait en cachette le départ de son mari.

Guillaume Laviolette fut également étonné, une semaine après avoir quitté Québec, d'avoir un souvenir et un désir aussi vifs de sa femme. Il s'ennuyait de ses rires et de ses colères, de ses incessantes questions et de sa sensualité naissante. Il pensait bien plus souvent à elle qu'il n'osait se l'avouer, puis il rencontra Pierre-Esprit Radisson et Médard Chouart des Groseilliers. Ceux-ci le taquinèrent beaucoup sur son mariage et sa manière de parler de Marie à propos de tout. Qu'il s'agisse de chasse, de pêche, de prises, de vente d'alcool, d'achats de peaux, il avait une anecdote à raconter au sujet de la Renarde. Il affirmait qu'il serait heureux de revoir Klalis et qu'il avait épousé Marie par affaires, mais nul n'était dupe ; cette Nantaise avait ensorcelé le grand Laviolette. Bah, il se calmerait et se réhabituerait vite à sa liberté. Déjà, depuis deux jours, il parlait plus de trafic que de femmes. Il voulait tout savoir des expéditions qui se préparaient.

— Dites-moi donc comment sont ces messieurs de la Nouvelle-Hollande.

— Ou ceux de la Nouvelle-Angleterre, murmura Radisson. La Nouvelle-Amsterdam tombera bientôt aux mains des Anglais. C'est avec les vainqueurs que nous traiterons.

— Nous avons déjà parlé à quelques-uns d'entre eux et nous comprenons, dit Médard Chouart. Ils ne nous tromperont pas comme Voyer d'Argenson.

Guillaume, qui partageait l'indignation des coureurs, les plaignit de tout cœur.

— Vous avez sauvé la colonie, il y a quatre ans, quand vous êtes rentrés avec deux cent mille livres de pelleteries. Je me demande encore comment le Gouverneur a pu manquer à sa parole. Il vous avait promis que vous ne paieriez que le dixième des fourrures que vous rameniez pour votre propre compte et il a exigé le quart! Quel sens de l'honneur, quel bel exemple pour les colons...

— Il a perdu à ce petit jeu, dit Radisson avec une lueur vengeresse dans l'œil. Nous ne ferons plus d'affaires avec les Français.

— Nous avons rapporté autant de pelleteries que tu l'as dit, Laviolette, mais nous avons aussi découvert Grand-Portage, la meilleure route pour les canots qui vont vers l'ouest, et nous ne nous arrêterons pas en si bon chemin. Nos alliés savent qu'il faut explorer cette grande baie, au nord. Et nous le ferons! Les Français regretteront de nous avoir trahis!

— Ils le regrettent déjà. Avec la baisse du prix du castor, il faut envoyer en France d'autres fourrures, et de belles... La colonie aurait besoin de vous, mais j'ai conté à Marie LaFlamme comment on vous a traités. Rien n'est pis que la trahison! Rien!

Radisson découpa une cuisse de lièvre qui avait grillé au-dessus d'un feu de bois et sourit à Laviolette.

— Ne t'en fais pas, ça ne nous coupe pas l'appétit!

Guillaume tassa les pierres autour des braises et prit une part de viande qu'il faillit laisser échapper tellement elle était brûlante. On avait pourtant enlevé la bête du feu depuis dix bonnes minutes! Il se lécha le bout des doigts avant de mordre dans la viande à belles dents. Le gibier était légèrement calciné et manquait de sel, mais cette grillade partagée avec Chouart et Radisson était une des meilleures qu'il ait jamais mangées! Elle recelait un parfum d'aventure qu'aucun des plats mijotés par Marie ne pouvait avoir. Elle avait un goût de forêts, de lacs, de portages, d'amitié virile, de liberté et de découvertes. De peur, aussi. La peur faisait partie du plaisir de la course. Elle était saine ; elle tempérait les entreprises trop téméraires. Pousser vers le nord, pousser vers l'ouest, encore et toujours plus, c'était le sort, la joie, la fierté des coureurs, mais se risquer bêtement sur un lac qui dégelait pour raccourcir un trajet, c'était idiot. Guillaume Laviolette était réputé pour son bon sens et Chouart et Radisson étaient toujours contents de le rencontrer. Cette fois, il leur rapportait plus de nouvelles qu'à l'accoutumée ; il s'était passé tant de choses à Québec au cours de l'année. Le départ de Davaugour, la dissolution de la Compagnie des Cent-Associés, la fondation de la Compagnie des Indes occidentales, l'arrivée de Mézy, celles du *Noir-d'Hollande* et de l'*Aigle-blanc-de-Flessingue*.

— On attend d'autres vaisseaux ? demanda Radisson. On m'avait dit que le Roi enverrait des soldats.

— C'est ce que prétend le Gouverneur, confirma Guillaume. Mais l'hiver arrivera sans qu'aucun autre navire ne mouille au quai de Champlain.

*
* *

Pour une fois, Guillaume Laviolette se trompait. Le 25 septembre, le surlendemain du départ du bateau de Charles Le Moyne, le *Dragon-d'Or* arrivait au port de Québec.

On abandonna gaiement les travaux des champs pour accueillir les nouveaux arrivants. Il était plus amusant de se presser au quai que de presser des gerbes de blé. Ou former des abatis, égrener le maïs ou le tresser à la façon indienne.

— Ou semer le blé d'automne ! dit Marie à Rose Rolland. Est-on seulement certain qu'il poussera au printemps ?

— Ne sois pas sotte et cesse de geindre ; nous aurons bientôt fini.

Rose était tellement patiente qu'elle énervait Marie. Elle ne se plaignait jamais, participait joyeusement aux corvées, qu'il s'agisse de trier les pois, couper le blé — elle était la plus rapide de tous à la faucille —, de lier les gerbes ou les suspendre.

— Ce n'est même pas ta terre ! dit Marie.

— Quand nous en aurons une, les voisins viendront m'aider.
On ne peut pas survivre autrement! Tu le sais aussi bien que
moi. Qu'as-tu donc aujourd'hui? Rien ne trouve grâce à tes yeux!

Rose tapota le bras de Marie ; elle s'ennuyait de Guillaume, c'était
ça? Marie lui confia aussi que Noémie avait pleuré toute la nuit.

— Une dent! C'est à chaque fois la même chose. Regarde-la,
ses joues sont en feu et elle est prête à mordre n'importe quoi!
Heureusement que Mkazawi est un bon chien car elle lui a tiré
les oreilles vingt fois depuis qu'elle est réveillée.

Marie mesurait de quels trésors de patience Emeline avait fait
preuve et elle le lui dirait sitôt qu'elle la reverrait. Elle était contente de pouvoir lui rendre service à son tour en lui louant la
maison dont elle avait hérité. Elle la leur vendrait un jour, assurément, car elle préférait habiter à la ville. Etre près du magasin
pour tout voir, tout entendre. Arriverait-elle à temps pour
accueillir les passagers du bateau?

Marie gagna le port à grands pas, mais quand elle reconnut
Ernest Nadeau parmi les nouveaux venus, elle pensa qu'elle avait
accouru vers le malheur, que sœur Sainte-Blandine avait enfin
raison et que son impatience était punie. En même temps, elle
espérait que Nadeau ne l'ait pas vue. L'instant d'après, elle savait
que l'écrivain public ne l'avait pas oubliée. Il avait eu un mouvement de stupeur, de recul, comme s'il avait vu une revenante,
puis il avait éclaté de rire.

Ainsi, Marie LaFlamme était en Nouvelle-France? Il était fatigué et se réjouissait de rester à terre quelques jours avant de
rembarquer, mais il lui tardait presque de repartir tant il avait
hâte de voir la tête que ferait Geoffroy de Saint-Arnaud en apprenant que sa tendre épouse vivait à Québec. L'importance de la
récompense promise par l'armateur à quiconque retrouverait
Marie LaFlamme expliquait l'impatience d'Ernest Nadeau à
remonter à bord. Il fit à Marie un signe de la main, que les colons
crurent aimable, il leur expliqua d'ailleurs qu'il était un vieil ami
de Marie LaFlamme et on lui apprit alors qu'elle s'appelait maintenant Marie Laviolette. Ernest Nadeau se fit conter le mariage
avant de s'approcher de Marie, l'air si satisfait qu'elle eut envie
de le gifler. Elle se contint car elle devait plutôt user de son
charme pour amadouer l'écrivain public.

— C'est donc ici que vous vous cachez? dit Ernest Nadeau
sans ménagement. Et cet enfant? Il est à vous?

Marie hocha la tête et attira l'écrivain vers la fontaine Champlain ; inutile qu'on entende ce que l'homme lui dirait. Il lui parlerait d'adultère, de bigamie, de vol, de meurtre. Elle le supplierait de ne pas renseigner Saint-Arnaud lorsqu'il retournerait à Nantes. Il lui demanderait pourquoi il lui rendrait un tel service. Il prétendrait qu'il se ferait ainsi son complice et ne pouvait courir un tel risque.

Il dit tout cela, en effet, et plus encore. Il parla de la vie de Marie en Nouvelle-France, qui semblait bien établie... Mais que penserait-on d'elle si on savait de quels crimes elle s'était rendue coupable ? Ernest Nadeau devait peut-être mettre les habitants de Québec en garde contre une sorcière ?

— Mais je ne suis pas une sorcière ! Vous le savez !

— Ce n'est pas ce qu'on croit à Nantes ! Telle mère, telle fille... On plaint ton mari d'avoir été si mal récompensé de sa générosité envers toi. J'espère que M. Laviolette sera moins déçu. Geoffroy de Saint-Arnaud n'aimerait pas, cependant, apprendre que tu as déjà un époux. Et ce dernier que tu as tué ta nourrice.

Marie s'étouffa d'indignation.

— Je n'ai pas tué Nanette ! Ce sont les hommes de l'armateur qui l'ont assassinée !

— Ce n'est pas ce qu'on croit. Si tu reviens à Nantes, tu y seras condamnée comme ta mère. Bien des gens regrettent qu'on ne t'ait pas brûlée.

Il se pencha vers Noémie qui s'accrochait à la jupe de sa mère, hésitant encore à marcher jusqu'à la fontaine, et il lui pinça la joue sans que Marie ait le temps de réagir.

— Elle aussi doit être une sorcière... Vous pend-on ou vous brûle-t-on ici ?

— Que voulez-vous ?

Ernest Nadeau scruta Marie LaFlamme d'un œil lubrique, s'arrêtant longuement sur sa poitrine. Même si elle s'attendait à cette attitude honteuse, Marie souleva sa fille contre elle pour cacher ses seins.

— Je suis une femme mariée, chuchota-t-elle tout en sachant que cet argument allait amuser l'écrivain, mais il lui fallait plus de temps pour circonvenir le maître chanteur.

Nadeau s'esclaffa en effet et rétorqua qu'une femme qui est assez chaude pour deux l'est assurément pour trois. A moins que...

Marie écouta Nadeau attentivement. Il la désirait mais si elle tenait à rester fidèle à ses époux, il ne lutterait pas contre ce sentiment honorable... Il se contenterait de cinquante livres pour garder à Québec le silence sur son passé.

— Mais je n'ai pas cette somme !

— Ton mari peut payer s'il tient à ton honneur !

— Guillaume est allé à la course. Il ne reviendra pas avant le printemps.

Ernest Nadeau posa une main lourde sur l'épaule de Marie.

— Je suis surpris que ton époux ne t'ait point laissé d'argent avant de te quitter. C'est méchant ! Tu dois te sentir bien seule. Je crois que ma première proposition te plaira davantage. Et puisque tu n'as pas d'argent...

Marie contempla le Saint-Laurent ; l'image de toute cette eau, de toute cette pureté froide la lavait des regards bestiaux d'Ernest Nadeau. Ce n'était pas un si vil personnage qui l'obligerait à renoncer à Québec. Elle voulait continuer à marcher chaque jour le long du fleuve, rue Saint-Louis, rue Sault-au-Matelot, rue Sainte-Anne. Elle voulait encore écouter les discussions au magasin et les commérages sur la place publique. Elle voulait délivrer Emeline, elle espérait être bientôt aussi réputée que M. Gendron, elle souhaitait même que sa petite Noémie étudie chez les Ursulines. Et quand elle serait entrée en possession de son trésor, elle aurait une apothicairerie assez vaste pour y recevoir des malades. Plus tard, elle enseignerait la botanique et l'anatomie à sa fille ; Noémie serait guérisseuse, comme sa mère et sa grand-mère, mais elle ne serait jamais accusée de sorcellerie. Jamais !

— Je vous paierai, dit Marie à Ernest Nadeau.

— Demain ? Tu vois, je te comprends...

— Je vous remettrai quinze livres demain. Le tiers la semaine prochaine et le reste quand vous vous embarquerez. Qui me dit que vous ne vous empresseriez pas de parler après avoir été payé ?

— Je veux la totalité de la somme avant deux semaines ; j'ai l'intention d'acheter des peaux durant mon séjour à Québec. C'est toi qui seras ma banque ! Sinon, j'aurai peut-être le plaisir de te voir arrêtée pour divers crimes. Ah ! parler autant m'a donné soif ; pourquoi ne m'offrirais-tu pas une chope à la brasserie ?

Marie tira une pièce de la poche de sa jupe et la tendit à l'écrivain. Il mordit la pièce.

— Je vérifiais si elle était fausse. Il faut se méfier des sorciè-res..., dit-il en éclatant de rire.

Marie le regarda s'éloigner en se demandant pourquoi Nadeau n'était pas de ceux qui périssent dans les naufrages, pourquoi aucun pirate ne l'avait découpé en tronçons lors d'un abordage, pourquoi aucune épidémie ne l'avait atteint. Pourquoi Dieu était-il si injuste?

Guillaume! Que faisait-il si loin d'elle?

Contrairement à son habitude, Marie ne babilla pas avec sa fille lorsqu'elle rentra chez elle, elle n'avait qu'une nuit pour trouver une solution ou se résoudre à payer Nadeau. Elle fit man-ger Noémie, la coucha plus tôt qu'à l'accoutumée en priant que ses dents ne la fassent pas encore souffrir, et elle s'assit dans la chaise berçante que Guillaume lui avait offerte avant de par-tir. Elle s'y balança durant des heures, expliquant à Mkazawi qui était Nadeau et pourquoi elle avait tant envie de l'empoisonner. Le chien grognait parfois, lui donnant l'impression de l'écou-ter. A la fin de la soirée, Marie ne savait toujours pas comment elle agirait avec l'écrivain public. Dans la nuit, elle rêva qu'une baleine avait englouti le *Dragon-d'Or* et pleura de décourage-ment à son réveil; nulle créature fabuleuse ne la débarrasserait d'Ernest Nadeau. Il n'y avait même pas d'ours ou de loup à Qué-bec pour le dévorer. Elle se demandait si elle trouverait aussi infâme de se donner à Nadeau qu'à Saint-Arnaud quand Rose frappa à sa porte. Notant les traits tirés de Marie et le manque d'éclat de ses beaux yeux violets, elle devina que son amie avait de graves ennuis. Ce n'était pas Noémie qui la tourmentait à ce point et Marie LaFlamme avait une grande force physique.

— Je t'ai attendue au moulin...

— Je ne veux pas sortir d'ici.

— Pourquoi? Dis-moi qui t'a mise dans cet état? On dit sur la place que tu as retrouvé un Nantais. Il prétend que vous vous connaissez depuis toujours, qu'il a été écrivain sur le bateau du père de ton ami Victor Le Morhier. T'a-t-il apporté lui aussi une méchante lettre?

Marie commença par dire « pis qu'une lettre », puis elle se sou-vint de sa douleur lorsqu'elle avait appris la mort de Simon et murmura « aussi terrible ».

— Mais parle! Que t'a conté cet homme?

Marie prit les mains de Rose dans les siennes en lui faisant jurer le secret. Rose aurait pu se vexer de cette demande bien super-flue entre amies, mais elle sentait combien Marie était anxieuse et elle lui promit le silence. Elle l'écouta sans l'interrompre, fas-cinée par le récit de Marie. Si elle savait que Marie avait été vio-lée, elle ignorait que c'était par son mari et que ce Geoffroy de Saint-Arnaud était toujours vivant. Elle frémit quand Marie parla des accusations de sorcellerie, du simulacre de procès et de la condamnation de sa mère.

— Tu as assez souffert, dit-elle avec compassion. Nadeau n'a pas le droit de te nuire. Et tous les colons y perdraient... Tu seras agréée sous peu comme matrone ; Mlle Mance a si bien parlé pour toi auprès de Mgr de Laval. Il ne faut pas nous priver de tes soins. Ni de ton amitié.

Rose passa sa main dans les cheveux de Marie pour la rassu-rer. Au même moment, la voix basse d'Alphonse retentit ; il les hélait de la rue, trop timide pour entrer et interrompre une con-versation féminine, marié depuis trop peu de temps pour être aussi à l'aise avec sa femme que l'étaient René Blanchard ou Antoine Souci avec les leurs. D'avoir vécu vingt ans avec le che-valier ne l'aidait guère à savoir comment se comporter en pré-sence de Rose. Elle, heureusement, semblait plus naturelle et elle le guidait adroitement. Ils parlaient souvent de leur passage à la Cour des Miracles, soulagés de se libérer de ce mauvais sou-venir après l'avoir tu si longtemps.

— Rose ! Marie ! cria-t-il de nouveau en frappant à la porte, subitement inquiet.

Il estimait Marie LaFlamme, mais on devait admettre qu'elle attirait les ennuis. Il se décida à pousser la porte. Rose alla vers lui et le prit doucement par le bras. Savait-elle qu'il n'aimait rien tant que cette douce manière de se rapprocher de lui ? Il goû-tait Rose la nuit, il la désirait et il lui savait gré de n'avoir jamais été rebutée par son moignon ; mais quand elle glissait sa main fine sous son coude, il était prêt à la suivre jusqu'au bout du monde. Jusqu'au bout du monde ? Bah, ils y étaient déjà. Mais ni Rose ni Marie ne paraissaient contentes d'être en Nouvelle-France ce matin-là.

Marie permit à Rose de répéter ses confidences. La fureur d'Une Patte, à la fin du récit, la réconforta, la fit même sourire.

— Ce Nadeau va avaler ma jambe de bois !

— Si ça pouvait l'empêcher de parler...

— Tu vas lui donner de l'argent, dit Rose. Tu as ces quinze livres que tu lui as promises ?

— Oui, mais après...

— Je te prêterai ce qu'il te faut cet hiver, dit Alphonse. J'ai amassé mes gages durant des années.

Marie refusa tout net.

— Vous aurez besoin de cet argent.

— Nous avons aussi besoin de toi, dit Rose.

— Guillaume m'a fait jurer de veiller sur toi, ajouta Alphonse. Que dirait-il si, à son retour, il devait te visiter en prison ? Ou pis, s'il ne te retrouvait pas du tout ? Si on te renvoyait à Nantes, où te réclame l'armateur ? As-tu pensé à Noémie ? Qui s'en chargera ?

Marie baissa la tête, résignée.

A la fin du jour, elle aborda Ernest Nadeau tandis qu'il sortait du magasin avec une superbe peau de loup.

— N'est-elle pas belle ? dit-il en la déroulant devant elle. J'en ai réservé deux autres. Du vison et du loup-cervier. Je suis certain que tu approuveras mon choix !

Il regarda les ombres que le soleil déclinant étendait sur la place publique et dit en ricanant à Marie qu'il lui restait trois heures pour lui payer ses quinze premières livres. Elle sortit aussitôt un mouchoir de sa poche et le tendit à Ernest Nadeau.

— Gardez le mouchoir, je ne voudrais pas me salir les mains. Vous en aurez autant dans trois jours.

— Et le reste deux jours avant de rembarquer !

— Non, la veille de votre départ !

Nadeau haussa les épaules ; il avait obtenu ce qu'il désirait, et cela avait été si aisé qu'il songeait à demander davantage. Il savait toutefois que Marie ne pouvait pas détenir plus que les cinquante livres qu'il aurait bientôt. Il s'était renseigné sur elle, Guillaume n'était ni un noble ni un riche marchand, et ce n'était pas en soignant des colons qui se coupaient avec leur faucille ou des bourgeois qui souffraient de dévoiements que Marie s'était suffisamment enrichie pour satisfaire à ses désirs. Alors ? Que pouvait-elle lui offrir de plus ? Il ne renonçait pas à la posséder. Elle était diablement attirante mais surtout arrogante ; il l'humilierait avec joie. Cette façon, tantôt, de lui donner l'argent dans un mouchoir lui avait déplu. Elle devait apprendre le respect. Il entendait s'en charger avant son départ. Mais elle paierait d'abord. Il saurait bien l'entraîner dans un endroit discret la veille de l'embarquement ; il piquerait sa curiosité en prétendant qu'il avait des renseignements sur Geoffroy de Saint-Arnaud qui arrangeraient bien ses affaires à Nantes. Il la prendrait alors. De gré ou de force. Elle n'irait jamais se plaindre par la suite. Cette sorcière devait avoir appris à se taire depuis le procès qu'on avait fait à sa mère.

Chapitre 32.

Le temps était gris, le ciel lourd de pluie. On avait allumé plusieurs cierges tant pour éclairer l'église que pour invoquer la clémence divine. Il ne fallait pas qu'il pleuve avant la fin de la semaine ; il restait du blé, du vulpin, de l'avoine, du mil, de la paille à mettre en bottes ou à engranger à la fourchée. Peu de colons optaient pour les meulons ; avoir des tas de foin près des bâtiments invitait les Iroquois à y mettre le feu. Sans parler des chasseurs maladroits qui visent une perdrix et incendient une meule ! Quand le prêtre invita les fidèles à réciter le Pater noster, Emeline Blanchard joignit les mains avec une ferveur inaccoutumée ; elle trouvait son René bien fatigué et craignait qu'il ne se tue à la tâche. Elle souhaitait que les foins ne soient pas détrempés par la pluie, que le travail ne soit pas ralenti et que l'enfant qu'elle portait soit une fille. Elle s'était attachée à Noémie et elle espérait que son futur bébé lui ressemblerait. Elle regardait l'enfant, deux bancs devant elle, qui venait d'apercevoir Jean-Jean et Paul. Elle ne tarderait pas à vouloir les retrouver, car elle s'ennuyait dans cette église où elle n'avait pas le droit de grimper sur la balustrade, courir ni même crier.

Emeline regarda Marie, qui avait pris Noémie sur ses genoux vingt fois, l'avait remise par terre, avait tenté de la distraire avec son chapelet ; c'était la première fois qu'elle emmenait sa fille à l'office, mais la nourrice était prête à parier qu'elle ne la ramènerait pas de sitôt. Comme Marie avait l'air hâve. L'absence de Guillaume Laviolette devait la tracasser plus qu'elle ne l'avouait.

Elle n'avait même pas paru heureuse de retrouver un de ses compatriotes, ce M. Nadeau. La veille, Emeline lui avait offert d'inviter le Nantais à souper avec elle, mais Marie avait refusé catégoriquement : elle ne voulait pas faire une aussi longue route avec Noémie qui perçait ses dents. Elle dormait déjà si mal ! Ça devait être vrai à en juger par son teint. Il faudrait bien, pourtant, qu'elle se ressaisisse ; le coureur de bois ne reviendrait pas avant le début de l'été. Elle le savait avant de l'épouser. Curieux comme elle s'était décidée rapidement au mariage alors qu'elle n'en avait jamais parlé auparavant. Emeline avait eu une pensée pour Victor Le Morhier ; elle lui avait dit de rester s'il ne voulait pas que Marie en épouse un autre, mais il ne l'avait pas écoutée... Marie avait beau dire que Victor était promis depuis toujours à une certaine Michelle, Emeline se souvenait de leur conversation sur l'*Alouette*. Il y avait déjà plus d'un an ! Emeline trouvait que le temps passait plus vite en Nouvelle-France. Tiens, elle le dirait à Marie pour l'encourager !

Ite, missa est. Marie fut une des premières à sortir ; Noémie ne se serait pas tue une seconde de plus. Elle courut vers Mkazawi qui l'attendait sagement à la porte de l'église. Ils se roulèrent par terre au grand amusement des paroissiens qui auraient peut-être aimé les imiter tant ils avaient envie de se dégourdir les membres après l'office. Le sermon avait été encore plus long que d'habitude, le prêtre qui remplaçait Mgr de Laval n'ayant pas voulu décevoir ses ouailles. Mais, prières ou pas, le ciel était toujours aussi sale. Il pleuvrait avant la fin de l'après-midi.

Emeline amena Jean-Jean et Paul à Noémie et alla retrouver Marie pour la réconforter. Celle-ci était en compagnie de son ami nantais mais semblait si anxieuse qu'Emeline ne put se retenir de la questionner.

— As-tu reçu des mauvaises nouvelles de Nantes ? Tu es toute pâle.

— Je suis fatiguée, dit Marie. Je vais rentrer.

— Je vous accompagne, fit Ernest Nadeau. Je pourrais vous parler de M. de Saint-Arnaud.

— C'est inutile, Emeline et sa famille le feront comme ils le font à chaque dimanche.

Emeline hocha la tête ; Marie n'était pas aussi proche de Nadeau que celui-ci l'affirmait. Il paraissait rechercher sa compagnie mais il était maintenant clair pour la nourrice que la guérisseuse préférait l'éviter. Elle entra dans son jeu et prit le bras de Marie pour la mener vers les enfants qui jouaient avec le chien. Nadeau s'inclina en faisant un petit salut, non sans avoir dit à Marie que sa broche ornée de grenats était bien belle. La jeune femme porta promptement une main à son cou comme pour vérifier si le bijou retenait toujours son écharpe croisée.

Emeline attendit qu'Ernest Nadeau se soit éloigné pour interroger Marie.

— Tu ne l'aimes pas, c'est ça? Il dit pourtant que vous êtes de vieux amis.

— Il a travaillé pour le père de Victor Le Morhier. Il m'a courtisée, mais il me déplaît.

Marie se pencha vers Noémie qui tentait de faire manger de la terre au chien, elle la souleva dans ses bras, embrassa la figure maculée et remercia Emeline d'avoir menti pour elle.

— Je t'expliquerai plus tard, dit-elle simplement, et elle s'en fut chez elle.

Comment avait-elle pu être assez sotte pour oublier d'enlever de son écharpe la broche que le chevalier lui avait donnée? Elle avait pris l'habitude de mettre l'écharpe de ferrandine pour la grand-messe et l'avait drapée machinalement sur ses épaules avant de se rendre à l'église. Nadeau avait remarqué le bijou et n'avait pas attendu pour lui faire savoir qu'il le voulait. La dépouillerait-il de tout?

Dès le soir, Marie contait à Rose et Alphonse cette nouvelle exigence. Une Patte se fâcha tout rouge : non, jamais Marie ne se départirait d'un cadeau du chevalier. Ernest Nadeau était indigne de posséder une broche qui avait appartenu à Catherine du Puissac.

— Mais que puis-je faire? Il ne repart pas avant trois jours! Je dois déjà le payer demain. Il veut que je lui donne la broche le surlendemain. Il sait très bien que le capitaine retiendra l'équipage à bord la veille du départ. Il veut le bijou avant.

— Il l'aura. Tu vas le lui donner. Et je vais le lui reprendre. Les marins fêtent tous, le dernier soir où ils sont à terre. J'entraînerai Ernest Nadeau à la brasserie, puis je lui offrirai de l'eau-de-vie. Je l'assommerai et reprendrai ton bien.

— Il y a plus facile encore, dit Rose. Laissez-moi cinq minutes avec lui et je le détrousserai sans qu'il s'en aperçoive. On m'enviait mes talents de tire-laine, à la Cour...

— Non, refusa Alphonse Rousseau. S'il t'attaquait ? Tu as perdu l'habitude de voler. Je suivrai mon plan.

Marie approuva Alphonse ; il saurait se défendre si l'aventure tournait mal. Elle était plus optimiste en quittant ses amis ; Une Patte enivrerait l'écrivain et le dépouillerait. Avec un peu de chance, Ernest Nadeau n'aurait pas tout dépensé et Alphonse rapporterait quelques livres.

Le lendemain, quand elle remit trente-cinq livres au maître chanteur, elle le supplia de lui laisser sa broche, mais Nadeau fut inflexible ; il l'attendrait au bout de la rue Sault-au-Matelot, passé les trois épinettes bleues. Et elle avait tout intérêt à y être à l'heure dite, sinon il irait chez Boisdon où bien des clients l'écouteraient avec attention raconter ses démêlés avec la justice...

— J'ai appris qu'un certain Vuil avait été arquebusé pour sorcellerie, il y a trois ans.

— Il avait vendu de l'eau-de-vie aux Indiens.

— Ce n'est pas ce qu'on m'a dit... A demain.

Marie s'endormit bien après le couvre-feu ; l'idée de remettre sa broche à Ernest Nadeau la choquait profondément. Et si Alphonse ne réussissait pas à se trouver seul avec Nadeau ? Si ce dernier lui résistait ?

Après le dîner, Marie brûla deux cierges, puis elle confia Noémie et Mkazawi à Rose, à qui elle expliqua qu'elle préférait tenter de dénicher les dernières plantes de la saison au lieu d'attendre chez elle l'heure du rendez-vous. Elle rentra juste après l'angélus, satisfaite de sa cueillette, et se prépara à voir l'écrivain public. Elle pensa un moment à retourner chercher son chien, mais si Nadeau croyait que Mkazawi pouvait l'attaquer, il rebrousserait peut-être chemin. S'il renonçait à la broche, il irait tout conter chez Boisdon. Elle devait y aller seule. Elle mit un manteau chaud car elle avait eu plus tôt quelques frissons. Les jours avaient tant raccourci ; il faisait déjà sombre et le vent charriait une odeur d'hiver. On n'était pourtant qu'en octobre ! L'été avait été si bref. Une feuille écarlate se lova dans les cheveux de Marie tandis qu'elle se dirigeait au bout de la rue Sault-au-Matelot. Elle l'ôta délicatement ; elle était toujours émerveillée par les vifs coloris de l'automne. La feuille avait la couleur des escarboucles qui garnissaient la broche du chevalier. Marie se signa : « Permettez, Dieu tout-puissant, qu'Alphonse reprenne le bijou ! » L'idée que Nadeau possède la broche durant quelques heures lui répugnait, mais elle marchait d'un pas décidé vers les trois épinettes ; plus vite elle aurait donné le bijou, plus vite elle serait rentrée chez elle.

Elle atteignait les conifères quand elle entendit Nadeau la héler ; elle se retourna, vit qu'il n'était pas seul. Un homme se tenait à une toise de lui. Qu'est-ce que ça signifiait ? Marie pensa qu'ils allaient l'agresser, que Nadeau voulait toujours abuser d'elle. Elle commença à reculer, mais Nadeau poussa un cri sourd, tituba et s'écroula à ses pieds. Marie, stupéfaite, vit l'autre homme s'enfuir vers la falaise, mais elle n'eut pas le loisir de le poursuivre — qu'elle regrettait d'avoir laissé Mkazawi à Rose ! Nadeau s'accrochait au bas de sa jupe dans un dernier spasme et la forçait à s'agenouiller. Elle vit alors le poignard, fiché dans son dos. Elle tâta le pouls de Nadeau, porta une main à son cœur, les battements étaient faibles, si faibles. Elle se pencha sur la blessure et ragea parce qu'elle n'y voyait rien. Elle s'escrima à déchirer son vêtement même si elle doutait qu'il soit encore possible de sauver Nadeau. Elle entreprenait de retirer le couteau quand Antoine Souci, Paul Fouquet et Denis Malescot la découvrirent.

— Marie ! s'écria Souci. Qu'est-ce qu'il...

— Il est blessé, il va mourir ! Vite ! Il faut m'aider à le ramener.

Souci et Malescot firent mine de s'approcher, mais Fouquet les retint pour leur glisser à l'oreille qu'il valait mieux aller chercher un soldat en ville. Et s'ils étaient accusés de complicité ? Ils n'avaient pas encore de sang sur leurs vêtements, il fallait qu'on les voie ainsi. Qu'on ne s'imagine pas qu'ils avaient aidé Marie LaFlamme à tuer un étranger.

— Mais secourez-moi ! dit Marie d'une voix étranglée. Il vient de passer ! Qu'est-ce que vous attendez ?

Les trois hommes la regardaient sans bouger. Marie se dégagea en repoussant le corps de toutes ses forces ; il lui semblait subitement plus lourd. Nadeau retomba face contre terre. Marie fit un signe de croix sur sa tête puis se releva, tremblante, et essuya ses mains sur son manteau ensanglanté.

— Reste là avec le corps, fit Souci. On reviendra avec un soldat du guet.

Marie frissonna.

— Non, je ne reste pas seule avec ce cadavre. Je ne veux plus le voir. Je vous accompagne.

— Prends bien garde de nous tacher, dit aussitôt Fouquet.

Marie le fixa avec mépris ; on venait d'assassiner un homme sous ses yeux et Fouquet lui parlait de propreté. Elle s'écarta ostensiblement des hommes et marcha devant eux jusqu'à la place publique. On poussa de cris, des exclamations effarées en la voyant ; que lui était-il donc arrivé ?

— Marie ! s'écria Rose en courant vers elle.

— Non, je n'ai rien ! C'est Ernest Nadeau. Il vient de mourir. Il parlait avec moi, puis un homme lui a planté un couteau dans le dos et il s'est effondré à mes pieds. Je n'ai pas pu le secourir. Il est là-bas, près des trois épinettes.

— Viens chez nous, tu dois boire une goutte pour te remettre, décréta Rose. Et tu...

— Elle l'a tué ! hurla Fouquet. Elle tenait le poignard dans ses mains quand on est arrivés ! Je l'ai vu ! Et Souci et Malescot aussi ! Elle n'a pas appelé qu'on la secoure ! Personne ne l'a entendue crier ! Elle achevait tranquillement sa besogne quand on est passés par là.

Marie ferma les yeux ; quel était ce nouveau cauchemar ? Nadeau lui nuirait-il davantage mort que vivant ? On l'accusait d'un meurtre qu'elle n'avait même pas eu le plaisir de commettre ! L'écrivain public devait rire, aux enfers... Elle regarda, hébétée, les gens qui se pressaient autour d'elle. Ils montraient son tablier, son manteau, ses manches de chemise rougies de sang. Ses mains encore poisseuses. Après avoir crié, ils se taisaient. Et ce silence était pire que tout.

Alphonse Rousseau réagit le premier pour défendre Marie avec véhémence ; chacun savait qu'elle soignait les gens. Elle était réputée non pas pour tuer mais pour sauver. Combien d'entre eux avait-elle guéris ?

— Allez ! Que tous ceux qu'elle a soignés lèvent une main !

— Ne l'écoutez pas ! beugla Fouquet. Elle tenait le couteau. Regardez sa robe ! Nous l'avons vue ! Il faut l'amener au fort !

Alphonse ne réussit pas à empêcher la foule de se presser autour de Marie. Qui se souvint de son arrestation à Nantes, des mains du soldat, des femmes qui la pinçaient, des murs du cachot. Elle rugit et fendit la foule en courant ; non, on ne l'emprisonnerait pas une seconde fois.

Rose hurla derrière elle, mais Marie ne l'entendit pas. Elle n'entendait que son propre cri.

Chapitre 33.

Guy Chahinian s'évanouit quand Julien du Puissac pénétra dans sa cellule, mais au lieu de se précipiter pour relever l'orfèvre, le chevalier regarda d'un air indifférent le geôlier qui l'aspergea d'eau froide. Du Puissac demeura immobile jusqu'à ce qu'il n'entende plus les pas du gardien ; il s'accroupit alors à côté de son maître et essuya son visage émacié avec son mouchoir de batiste. Il avait mille questions à poser, mais il n'osait pas parler avant Guy Chahinian. Il sortit de sa besace la bouteille de layon ; trouvant la timbale du prisonnier, il y versa une bonne rasade et la lui tendit d'une main tremblante.

Chahinian but lentement, s'arrêtant après chaque gorgée ; savourait-il le goût sucré du vin ou était-il incapable désormais d'avaler plus vite ? Que lui avait-on fait ? Le chevalier regarda la jambe de Chahinian en se répétant qu'il était habitué à celle d'Alphonse. Mais s'habitue-t-on jamais à la laideur de la souffrance ? Le moignon de Chahinian n'était qu'une infâme boursouflure qui ne supporterait pas de sitôt qu'on y attache une jambe de bois. L'orfèvre aurait besoin encore longtemps de ses béquilles et la douleur devait le tenir éveillé bien souvent. Il avait l'air épuisé. Pourtant, quand Julien du Puissac lui montra les coupelles sacrées, il bondit sur sa jambe valide pour les regarder à la clarté du jour.

C'était bien elles ! Le soleil et la lune, l'or et l'argent, le chaud et le froid. Il embrassa les inscriptions en pleurant. En pleurant, il caressa les formes parfaites. Il ferma les yeux, ébloui. Il revit le Maître lui confier, avant de mourir, les coupelles dans une cave du faubourg Saint-Germain. Il se rappela la joie qui l'avait habité quand il avait commencé à déchiffrer les inscriptions, de même que la main crispée de Jules Pernelle quand il y avait caché les précieuses coupelles. Ainsi, Marie LaFlamme les avait trouvées ! Il rit doucement en séchant ses larmes et prit le bras que lui tendait du Puissac pour l'aider à s'allonger.

— Marie a toujours été si curieuse ! Si elle avait su que les dessins ciselés sur les coupelles recèlent un secret, elle ne vous les aurait jamais rendues !

Julien du Puissac approuva Guy Chahinian.

— C'est la femme la plus entêtée que je connaisse ! Il m'a fallu des mois pour la persuader de me confier les coupelles. Je souhaite bien du plaisir à son mari.

— Quoi ?

Le visage de Chahinian exprimait la stupéfaction.

— Marie a épousé un coureur de bois, Guillaume Laviolette. Juste avant mon départ. C'est d'ailleurs le cadeau que je lui ai offert pour ses noces qui m'a valu la deuxième coupelle. Figurez-vous qu'elle voulait vous la donner en main propre ! Elle se demandait si elle pouvait croire en notre amitié, si je n'essayais pas de m'approprier les coupelles pour vous supplanter auprès de nos Frères.

— Vous a-t-elle dit d'où lui venait cette crainte ?

Julien du Puissac secoua la tête négativement.

— Elle pensait à Jules Pernelle. Vous saviez qu'il avait péri, mais vous ignorez dans quelles circonstances.

Chahinian conta la fin de Pernelle, comment sa trahison avait causé sa mort.

— Et votre propre arrestation ! murmura le chevalier. Vous me dites que c'est Simon Perrot qui a tué Pernelle et vous a torturé ? Ce Simon que Marie a tant pleuré ?

— Elle sait donc qu'il est mort ?

— Elle a reçu une lettre de France à l'été. Elle a dit qu'elle pleurait un parent mais j'ai su la vérité. C'est pourquoi elle a accepté d'épouser Laviolette.

— Oh ! Comme Victor s'en voudra de lui avoir écrit !

L'orfèvre expliqua à son ami que Victor Le Morhier avait assisté à la mort de Perrot sans autre regret que de ne pas l'avoir combattu lui-même ; il était jaloux de Perrot car Marie l'aimait. Il lui avait écrit la mort de Perrot sans plaisir, car il savait que cette nouvelle la peinerait, mais non sans espoir : comprendrait-elle enfin combien il était attaché à elle?

— Elle en a toujours parlé comme d'un ami d'enfance. Promis à une certaine Michelle.

— Pauvre Victor ; il a de nouveau perdu Marie. C'est lâche, mais je suis content de ne pouvoir lui annoncer cette nouvelle. Au moment où nous nous parlons, il navigue je ne sais où.

Victor Le Morhier avait quitté Paris durant l'été, aussitôt que sa tante s'était décidée à vendre son commerce de chapeaux. Il l'avait accompagnée à Nantes où le capitaine leur avait fait une fête émouvante, puis il s'était enfin embarqué, comme il le souhaitait depuis des mois. Il s'était tellement langui du large! Les premiers jours, sur le *Rubis*, il s'était brûlé les yeux à force de contempler la mer. Il aimait son humeur changeante, ses embruns comme ses embellies, ses brasillements, ses harmonies de verts, de bleus, de gris. Il avait respiré à pleins poumons, fier de se débarrasser des relents parisiens. Il avait répété à son compagnon de branle qu'il se sentait en meilleure forme depuis qu'il était monté à bord. Malgré l'ouvrage, malgré la promiscuité, malgré la nourriture, malgré l'air anxieux du capitaine. Il avait bien essayé de lui parler mais ce dernier s'était enfermé dans sa cabine la plupart du temps. Redoutait-il vraiment les pirates? Victor Le Morhier ne croyait pas à un abordage, leur trajet jusqu'à Madère lui paraissant trop court pour envisager une telle éventualité. Depuis qu'il était allé en Nouvelle-France, les autres expéditions lui avait paru aisées. Il espérait s'embarquer dès son retour de Madère pour le cap de Bonne-Espérance ou Madagascar. On lui avait dit qu'il y avait en quantité sur cette grande île des émeraudes, des saphirs, des opales, des diamants. Il reviendrait ensuite à La Rochelle ou Rouen et offrirait aux marchands et aux avitailleurs d'investir dans le commerce des pelleteries. Il savait que le castor s'était considérablement dévalué ; il proposerait des peaux de loup, de vison, de renard, de chat sauvage. Il expliquerait que les habitants de Québec attendaient des tissus, des ustensiles, des épices, du vin.

On savait déjà tout ça, à La Rochelle, à Dieppe, à Saint-Malo ; on envoyait des navires chargés de marchandises depuis des années. Avec les engagés réglementaires. Victor, lui, proposerait de rapporter des peaux qu'il aurait achetées avec son argent pour les échanger ensuite contre les produits des marchands français. Ceux-ci n'auraient pas besoin d'investir à l'avance. Ils seraient séduits.

Pour cela, il fallait se rendre indispensable durant le trajet de mer et attirer l'attention du capitaine. Victor voulait davantage de responsabilités. Quand il retournerait en Nouvelle-France, Marie l'admirerait enfin. Et l'aimerait.

Guy Chahinian raconta à Julien du Puissac combien les Le Morhier avaient tenté d'adoucir sa captivité.

— J'ai de la peine pour Victor. Mais Martin Le Morhier ne sera pas mécontent que Marie soit mariée. Elle lui a causé trop d'ennuis.

— Ainsi qu'à vous... Savez-vous si vous resterez encore longtemps enfermé?

Guy Chahinian caressa les coupelles et répondit d'une voix infiniment douce qu'il était maintenant libéré.

— On me gardera peut-être ici durant des mois, des années. Qu'importe? Vous avez retrouvé les coupelles; j'aurai tout le temps, en captivité, de déchiffrer les inscriptions. Si ma santé me le permet...

Julien du Puissac tapa du poing sur la table.

— Vous ne pouvez rester ici! Je vais voir le marquis de Saint-Onge! C'est lui qui vous a fait quitter le Châtelet; il pourra peut-être vous faire quitter la Bastille.

L'orfèvre secoua la tête.

— J'en doute, mon ami. Et vous vous mettriez en péril si vous vouliez trop vous occuper de moi. Vous m'avez procuré le plus grand bonheur en me rendant ces coupelles. Ne dérangez pas le marquis. Revenez plutôt me voir dans une semaine : j'aurai recopié les inscriptions et je vous confierai les coupelles.

— A moi? s'exclama le chevalier.

— Il m'est impossible de les conserver ici. On peut venir me chercher à tout moment, même s'il semble qu'on m'ait oublié dans cette geôle. Avez-vous vu nos Frères?

— Pas encore. Je voulais d'abord vous rendre les coupelles. Je pourrai répéter que vous les déchiffrez présentement, malgré votre détention. Quant à moi, j'essaierai de retrouver François Merian; il est si doué! J'ai poursuivi mes recherches, à Québec, mais je n'ai pas les intuitions géniales de notre François.

— Où se cache-t-il ? Et sous quel nom ? Vous aurez besoin de courage. Et de patience.

Julien du Puissac prit congé de Guy Chahinian avec un curieux mélange de colère et de sérénité : il supportait mal de voir le Maître emprisonné, mais il éprouvait la satisfaction d'avoir accompli son devoir. Il n'oublierait jamais le regard de Chahinian quand il lui avait remis les coupelles. Son expression était alors passée de l'abattement le plus sombre au bonheur le plus pur.

Julien du Puissac songea à Marie et la remercia intérieurement ; c'était grâce à elle s'il avait pu procurer une telle joie à l'homme qu'il admirait le plus au monde. Puisqu'elle le lui avait demandé, il tenterait de savoir qui étaient les grands-parents de Noémie.

Il s'arrêta plusieurs fois pour regarder derrière lui la Bastille, tentant de deviner quelle meurtrière laissait entrer une faible lumière dans la cellule de Chahinian. Il n'avait même pas regardé ce que Chahinian pouvait voir du haut de l'étroite ouverture. Apercevait-il la Seine, ses barques, ses pinquets, l'île aux Vaches et l'île du Palais, Bicêtre et le clocher des Cordelières, ou devait-il se contenter d'une vue sur l'Arsenal, les champs en bordure de la ville ou le faubourg Saint-Antoine ?

Comment un homme de la qualité de Guy Chahinian pouvait-il se morfondre dans une prison à compter le nombre de charrettes qui passaient par la porte Saint-Antoine ? Quelle perte pour l'humanité ! Ses travaux sur la fabrication de la lumière auraient tant apporté aux hommes ! N'étaient-ils pas tous las, bourgeois ou artisans, artistes, manants, compagnons, ouvriers, de vivre dans des intérieurs enfumés par les bougies ? De s'arracher les yeux sur l'ouvrage, les jours de pluie, car il fallait économiser la chandelle ? Ne souhaitaient-ils pas tous jouir d'une lumière qui ne s'éteindrait qu'au moment où ils le désireraient ? Qui n'avait pas envie d'y voir clair en tout temps ? Même le Roi, qui aimait tant ce qui brille, applaudirait à cette découverte. Mais comment Chahinian y parviendrait-il à la Bastille ?

Le chevalier soupira, puis se rendit chez le baron de Sévigny. Celui-ci, ami de feu son père, avait une mémoire héraldique inouïe ; du Puissac lui montrerait les armoiries gravées sur la broche que lui avait remise Marie. Il était prêt à parier que M. de Sévigny lui dirait aussitôt, sans consulter ses notes, à quelle famille appartenait le blason. Le grand-père de Noémie était-il un homme qui s'était distingué à la guerre ou s'agissait-il d'un aristocrate ruiné ? Avait-il mené une vie exemplaire ou dissolue ? Qu'était-il devenu ? Et sa famille ? Noémie avait-elle des oncles et des tantes ?

En allant rue de Turenne, Julien du Puissac n'était pas assuré que cette idée de remuer le passé fût si bonne. Certains disaient qu'il valait mieux en savoir trop que pas assez, mais le chevalier se serait bien gardé de se prononcer sur cette affirmation...

Il regarda une dernière fois la prison avant de tourner rue du Pas-de-la-Mule. Il frissonna ; la Bastille était imposante pour qui avait vécu à Québec juste à côté du fort Saint-Louis. Personne n'avait envie d'être incarcéré dans ce fort de la Nouvelle-France, mais on ne devait pas être aussi effrayé dans ses cellules que dans celles de la Bastille ; deux Iroquois ne s'en étaient-ils pas échappés, quelques années plus tôt, malgré des portes de fer ? La sentinelle ne les avait jamais rattrapés car, comme le disait si justement mère Marie de l'Incarnation, « ces gens-là courent comme des cerfs ».

*
* *

Marie regardait le fleuve depuis plus d'une heure. Elle avait levé un coin de l'épais papier attaché aux grilles de sa fenêtre pour combattre le froid. Elle le replacerait ensuite, elle avait trop besoin de contempler le Saint-Laurent. Saurait-il encore l'apaiser ? Elle devait conserver son esprit clair pour échapper à une condamnation pour meurtre. Elle était emprisonnée depuis deux semaines mais il lui semblait qu'elle vivait au fort Saint-Louis depuis deux ans tant la séparation d'avec Noémie lui était douloureuse. Rose l'avait visitée, grâce à Alphonse qui avait grassement payé la sentinelle, pour lui dire que sa fille était en sûreté chez Emeline et qu'Alphonse et elle trouveraient des preuves de son innocence. Elle n'allait pas moisir longtemps en prison ! Cette accusation était injuste, tout le monde le savait.

Quelques personnes, cependant, avaient fait remarquer que Marie n'avait guère été aimable avec Ernest Nadeau durant son séjour en Nouvelle-France. On montrait plus de joie quand on retrouvait un compatriote. On ne l'évitait pas. Au contraire, on l'invitait. Pourquoi n'aimait-elle pas l'écrivain public ? Croyant aider Marie, Emeline avait conté qu'il s'était mal conduit avec elle dans le passé. Fouquet y avait vu aussitôt un motif pour tuer Nadeau. Elle s'était vengée de l'outrage ! Rose avait essayé vingt fois de voir les juges, supplié Mme de Grandmaison d'intervenir ; bien que celle-ci eût un certain pouvoir, elle ne pouvait pas faire libérer une femme soupçonnée de meurtre.

Marie avait raconté sa version des faits au Gouverneur, à l'évêque, au procureur général, au greffier et aux cinq autres membres du Conseil souverain. Certains l'avaient ensuite entendue en privé ; elle leur avait répété la même histoire. Elle avait ôté le poignard pour voir la profondeur de la blessure. Elle espérait sauver Ernest Nadeau. Elle s'était trouvée là parce que l'écrivain public lui avait donné rendez-vous à cet endroit. Marie se souvenait de la leçon d'Alphonse ; la demi-vérité...

Pourquoi Nadeau lui avait-il donné rendez-vous ? Parce qu'il avait des révélations à lui faire sur Geoffroy de Saint-Arnaud, l'homme le plus riche de Nantes. En quoi cet homme l'intéressait-il ? Il avait voulu épouser sa mère, Anne LaFlamme, qui était morte depuis. Elle n'avait rien de plus à dire, sinon qu'elle ne méritait pas d'être emprisonnée simplement parce qu'elle avait été trop curieuse. Elle n'avait pas tué Ernest Nadeau même si elle n'aimait pas ses manières. Oui, elle admettait qu'il avait voulu la courtiser à Nantes et qu'elle avait eu du mal à lui faire comprendre qu'elle ne serait jamais à lui. Mais si elle avait assassiné tous les hommes à qui elle avait refusé ses faveurs...

Parmi les neufs membres qui composaient le Conseil souverain, trois croyaient aux déclarations de Marie. Cinq hésitaient, alléguant qu'ils n'avaient ni la preuve qu'elle disait la vérité, ni celle qu'elle mentait, et un membre la tenait pour coupable. Il avait su qu'elle était venue clandestinement ; elle soignait, alors que c'était un travail d'homme, et elle avait été la servante de Nicolas de Boissy. Cette fille était capable de tout.

Marie avait vite compris quels étaient ses alliés au fort Saint-Louis mais elle ne comptait pas sur eux pour la sortir de prison. Seuls Alphonse et Rose pouvaient y parvenir.

L'écume du Saint-Laurent était de la même couleur que le ventre d'une tourterelle ; à force de regarder le fleuve, Marie devinait l'odeur d'automne qui montait de la rive, mariage douceâtre des feuilles portées par le vent et des algues charriées par les vagues. Quand elle serait libre, elle irait courir le long du fleuve pendant des heures et des jours.

Serait-il enneigé ? Glacé ?

Marie rêvait toutes les nuits que l'homme qui avait tué Ernest Nadeau se présentait à elle et enlevait son masque, mais le matin, quand elle reconnaissait les murs de sa cellule, elle pleurait de désespoir tellement elle se trouvait sotte de ne pas avoir couru derrière le criminel. De ne même pas avoir regardé attentivement son visage. Elle avait vu sa silhouette, derrière Nadeau. Elle avait eu peur. Elle n'avait pas osé l'examiner, elle n'avait songé qu'à fuir.

Rose et Alphonse voulaient l'aider, mais comment ? Marie était incapable de leur donner le moindre indice sur le mystérieux criminel. Cela navrait ses amis et les membres du Conseil souverain. Condamner Marie sans plus de preuves de sa culpabilité serait une erreur et mécontenterait la population qui avait adopté la guérisseuse. Cependant, on ne pouvait la garder indéfiniment en prison ! Il fallait se prononcer sur son cas. Et sur celui de cette Iroquoise qui avait volé une arme à un habitant de l'île d'Orléans et qu'on venait de leur amener.

Marie entendit des frottements derrière la porte de sa cellule ; venait-on encore la chercher pour la questionner ?

— Eh ! La Renarde ! Voilà de la compagnie ! Tu as toujours dit que tu aimais les Sauvages, alors j'ai pensé à toi, dit la sentinelle.

L'homme ouvrit la porte de la cellule, y poussa brutalement une femme indienne et se retira sans que Marie ait eu le temps de réagir à ses propos ironiques. Elle resta plantée au milieu de la pièce un bon moment, comme la nouvelle prisonnière. Elle finit par lui faire signe de s'asseoir sur la paillasse.

— Parles-tu notre langue ?

L'Iroquoise ne paraissait pas entendre ; aucun de ses traits ne bougeait, elle clignait à peine des yeux et respirait avec une lenteur incroyable. Marie l'observa sans s'en cacher ; la fille devait avoir le même âge qu'elle. Elle était plus petite, mais plus forte. Les cuisses, le ventre, les bras étaient ronds et musclés sous la longue tunique. Elle avait des tresses qui lui descendaient jusqu'aux fesses et Marie se demanda s'il lui arrivait de s'asseoir dessus par mégarde. Au bout d'un moment, elle alla chercher le quignon de pain qui lui restait et le tendit à l'Indienne. Celle-ci battit des cils, fronça les sourcils, mais ne fit aucun geste pour prendre le pain. Marie le déposa sur ses genoux et retourna à sa contemplation du Saint-Laurent.

Elle n'en apprit pas davantage sur l'Indienne ce soir-là ; elle s'endormit sans que l'Iroquoise ait bougé, mais le lendemain matin le quignon avait disparu. Marie décida alors qu'elle parlerait à l'Indienne même si celle-ci ne lui répondait pas ; après tout, elle avait toujours parlé à sa fille même si Noémie ne savait pas parler. On s'était bien moqué d'elle et de ses conversations avec son poupon, mais Marie était persuadée que Noémie avait été rassurée de l'entendre et qu'elle avait ensuite appris plus vite à parler car elle était habituée aux mots. Ah ! Pourquoi fallait-il qu'elle soit privée de sa fille ?

— J'ai une fille. Qui est haute comme ça, fit Marie en se touchant le ventre et en faisant mine de bercer un bébé. As-tu un enfant aussi ?

L'Iroquoise la dévisageait avec une lueur amusée.

— Mon mari — comment mimer Guillaume ? — est un ami des Indiens.

Marie montra la ceinture brodée qu'elle portait entre deux chemises. L'Indienne s'approcha et sourit ; c'était peut-être une Onneioute qui avait fait ce travail. Marie détacha la ceinture et la frotta sur son visage, l'embrassa pour montrer son estime pour l'ouvrage d'une Indienne. Puis elle voulut expliquer pourquoi elle était enfermée au fort Saint-Louis ; elle essaya d'imiter Nadeau tombant à ses pieds, puis elle, retirant un couteau, niant qu'il lui appartenait, emmenée au fort. Quand elle montra la porte de la cellule pour expliquer qu'on l'avait verrouillée derrière elle, l'Iroquoise ne put contenir plus longtemps son fou rire. Elle dit à Marie qu'elle n'avait jamais connu de criminelles aussi amusantes.

— Tu parles ma langue ? s'écria Marie, à la fois vexée et ravie.

— Je n'aime pas les Blancs. Ni les Robes noires. Elles sont la mort de mon peuple.

— Je sais, dit Marie en hochant la tête. Les Robes noires sont parfois habitées par de mauvais esprits. Elles ont tué ma mère.

— Quand les Robes noires et leurs amis sont venus dans notre maison-longue, tous mes frères sont morts.

La prisonnière faisait allusion aux épidémies de vérole et de grippe qui avaient décimé tant d'Indiens.

— Je ne suis pas malade, dit-elle pour rassurer l'Iroquoise. Je suis même guérisseuse. Sorcière... Qui t'a appris la langue des Blancs ?

— Un esclave, que nous avons gardé durant six lunes.

Marie n'osa pas demander quel sort avait ensuite subi le Français ; elle ne voulait pas manifester la moindre désapprobation envers les comportements indiens. Au moment où la jeune femme lui disait qu'un prisonnier lui avait appris le français, elle songeait qu'elle devrait profiter de son incarcération pour étudier la langue indienne avec la nouvelle captive. Accepterait-elle de la lui enseigner ?

L'Iroquoise parut étonnée de sa requête, mais Marie insista et l'Indienne lui fit répéter ses premiers mots ; terre, soleil, lune, mer. Marie aurait préféré apprendre le nom des plantes, mais elle se fit docile.

Quand le gardien vint chercher l'Indienne, il s'étonna qu'elles parlent ensemble.

— Eh ! La Sauvagesse parle français ! Il me semblait bien que je vous avais entendues !

Marie éclata de rire et jeta un regard exagérément méprisant à sa compagne de cellule.

— Mais non ! Ce que tu as entendu, c'est ce que je lui ai fait répéter depuis deux heures ! Elle ne sait rien à part soleil, terre, mer, lune. Elle est aussi stupide qu'une poule.

L'air déconfit du gardien réjouit Marie, mais elle n'en laissa rien paraître. Elle demanda pourquoi on avait arrêté l'Indienne.

— Elle a volé un fusil, à l'île.

— Vous allez la garder longtemps ?

L'homme haussa les épaules.

— Je ne sais pas. On pense que c'est une espionne.

— Une espionne ? s'esclaffa Marie. Tu crois que les Iroquois envoient leurs femmes pour nous épier ?

Le gardien fit signe à Marie de le suivre : on allait l'entendre de nouveau. Ils traversèrent de longs couloirs. Marie avait fait tant de fois ce trajet entre sa cellule et la pièce qu'on appelait pompeusement la salle d'audience qu'elle aurait pu se diriger les yeux clos. Dès qu'elle vit le procureur, elle s'emporta.

— Que voulez-vous que je vous dise de plus ? J'ai répété cent fois la même histoire, mais je ne la répéterai pas cent autres fois !

— Il ne sera pas question de ton affaire aujourd'hui. Nous voulons simplement savoir comment est la Sauvagesse qui partage ta cellule. La sentinelle dit que vous parlez ensemble.

Marie joua l'étonnement.

— Parler? Baragouiner, vous voulez dire. J'essaie de lui montrer notre langue. Les jours sont longs en prison. Je n'ai pas l'habitude d'être oisive. Mais je me demande si je ne perds pas mon temps à vouloir enseigner le français à une Indienne.

Un des conseillers quitta son fauteuil, contourna la grande table, où les membres étaient assis dans un ordre bien déterminé, et s'approcha de Marie. Il lui dit qu'on n'avait toujours pas de preuves de son innocence et que les trois témoins maintenaient leurs déclarations.

— Je ne pense pas que tu aies tué ce Nadeau. Mais les apparences sont contre toi. Tu resteras ici encore un moment. Le temps que nous trouvions qui a réellement assassiné l'écrivain public. Nous voulons t'aider, puisque nous nous activons à découvrir le coupable. Il faudrait que tu nous aides aussi...

— Je ne me souviens pas de son visage! Il était grand, c'est tout ce que je sais!

Le conseiller joua avec sa manchette, puis inspira profondément, avant de dire à Marie qu'elle était intelligente.

Marie se tendit; les flatteries n'annoncent jamais rien de bon. Elle ne fut pas trop surprise du «service» qu'on lui demandait: espionner l'espionne.

— Puisque tu as la bonne idée de lui enseigner notre langue, tu vas continuer. Et essayer de savoir quelles étaient les véritables intentions de cette Sauvagesse. Nous devons savoir si les Iroquois veulent attaquer Québec!

Marie se mordit les lèvres: si elle avait le temps d'enseigner le français à l'Iroquoise, c'est que sa libération n'était pas pour bientôt! A moins que les conseillers ne se doutent que l'Indienne et Marie puissent communiquer davantage qu'elle ne l'affirmait. Elle devrait se méfier de la sentinelle.

Marie demanda pourquoi on croyait à une prochaine attaque des Agniers mais n'eut pas de réponse satisfaisante. C'est elle, au contraire, qui pourrait fournir plus d'informations sur les projets des Iroquois. Elle dit qu'elle doutait que l'Indienne en parle. Elle accepta pourtant le marché qu'on lui proposait, tout en faisant remarquer à ses juges qu'elle n'obtiendrait pas des résultats avant quelques semaines. Est-ce que Rose Rolland pouvait lui amener Noémie tous les dimanches? Un conseiller trouva que c'était une excellente idée; la présence d'un enfant dans une cellule attendrirait peut-être l'Iroquoise. On connaissait la faiblesse ridicule des Sauvages pour leurs enfants; ils les embrassaient, leur parlaient, les caressaient et ne les punissaient jamais.

— Essaie de savoir si la Sauvagesse a elle-même des enfants. Et fais-lui comprendre qu'elle les retrouvera dès que nous saurons ce que nous voulons.

— Vous la libérerez quand elle vous aura parlé?

— Elle devrait payer l'amende pour vol, mais que pourrait-elle nous donner?

Chapitre 34.

Quand le gardien raccompagna Marie à sa cellule, il faisait presque nuit. Il lui attacha les mains avant de prendre une torche. Elle n'essaierait pas, comme un prisonnier l'avait déjà fait, de lui prendre la torche et d'enflammer sa barbe avant de fuir. Les couloirs étaient plongés dans l'obscurité et les ombres que projetait la flamme sur les murs firent frissonner Marie ; elles lui rappelaient trop sa première geôle, celle qu'elle avait partagée avec sa mère. Elle tremblait toujours quand le gardien lui délia les poignets. Il s'en aperçut et dit qu'il pourrait venir la retrouver plus tard, pour la rassurer. Marie cracha à ses pieds et lui tourna le dos. Elle demeura très droite, immobile, dans la même attitude que l'Iroquoise, la veille. Celle-ci ne fit aucun geste avant plusieurs minutes. Puis elle se leva, se glissa silencieusement à côté de Marie et appuya son oreille contre la porte de la cellule.

— Il est parti, chuchota-t-elle.

— Ils veulent que je t'apprenne à parler français, fit Marie en pouffant de rire.

— Et connaître pourquoi j'ai pris le « bâton qui crache du feu ».

Marie acquiesça. Elle se demandait comment elle ferait pour apprendre si les Iroquois avaient projeté d'attaquer Québec. L'Indienne lui retirerait sa confiance si Marie essayait de la faire parler. En même temps, si les Iroquois envisageaient vraiment de s'en prendre à Québec, Marie voulait le savoir pour défendre sa ville. Elle préféra parler de Noémie. L'Indienne lui dit qu'elle n'avait pas encore d'enfants. Mais elle les aimait et serait contente de voir sa fille.

Rose Rolland fut heureuse d'amener Noémie à Marie même si elle n'aimait pas que la petite pénètre dans un endroit aussi sordide qu'une prison. Elle se répétait que l'enfant oublierait très vite ce lieu, mais elle-même se souvenait d'une geôle où on l'avait enfermée avec sa mère quand elle était bébé. Elle ne se rappelait plus les circonstances, ni même ce qu'il leur était arrivé ensuite, à elle et à sa mère, mais elle avait encore l'impression de sentir le froid humide de la pierre contre sa joue. Et elle avait peur de l'obscurité depuis ce temps. Elle allait habiller Noémie de couleurs claires pour égayer cette visite en prison.

Dès qu'un soldat lui avait transmis le message d'un conseiller qui l'autorisait à se présenter le dimanche suivant avec Noémie au fort Saint-Louis, Rose avait tanné Alphonse pour qu'il aille chercher la petite chez les Blanchard.

— Mais tu ne verras pas Marie avant deux jours, avait-il fait observer.

— Et s'il y avait une tempête de neige ? Imagine la déception de Marie ! Elle est en prison depuis un mois. Sans Noémie !

Alphonse était allé chez les Blanchard l'après-midi même. Rose était restée à la basse-ville ; elle voulait profiter de l'absence de son mari pour inviter Nicolette Jasmin à la visiter. Depuis quelques semaines, Rose observait cette fille qui était arrivée sur le *Dragon-d'Or* ; elle ne souriait jamais. Elle parlait à peine et quand elle était invitée chez l'un ou chez l'autre, elle restait assise dans un coin et enroulait sans cesse une mèche de cheveux autour de son doigt. Les célibataires qui l'avaient trouvée jolie commençaient à s'interroger sur elle. Comment songer à l'épouser si elle ne disait pas un mot ? Certains avaient tenté de questionner son frère avec qui elle était venue de France, mais ce dernier, quoique moins taciturne, s'était renfrogné et avait marmonné que sa sœur avait toujours été timide.

Rose avait bien regardé Nicolette à la veillée des Souci, et quand Alphonse et elle étaient rentrés tranquillement, amusés par la première neige, elle avait dit à son mari que Nicolette craignait les hommes. Pourquoi était-elle venue en Nouvelle-France si elle ne voulait pas y prendre mari ?

Alphonse Rousseau avait dit à son épouse qu'elle voyait des mystères partout et qu'elle ferait mieux d'éclaircir la mort de

Nadeau avant de s'intéresser aux histoires sentimentales d'une inconnue. Pour aider Marie, il avait questionné tous les gens qui habitaient la rue Sault-au-Matelot. Tous, sans exception. Mais aucun n'avait vu ni entendu quoi que ce soit. C'était après l'angélus du soir, on avait soupé, on rangeait les ustensiles de cuisine, on couchait les enfants. On n'avait pas porté attention aux bruits de la rue. Nadeau était mort poignardé ; on ne lui avait pas tiré dessus ! Alphonse avait avoué son découragement à Rose ; il ne savait plus que faire pour trouver le coupable. Evidemment, si ce dernier avait eu une patte de bois, leurs recherches en auraient été facilitées...

— Ou une tache bien rouge, avait ajouté Rose. Marie l'aurait remarquée. Ah ! pourquoi n'a-t-elle pas prêté attention à cet homme ? Tout ce que je souhaite, c'est qu'il ne soit pas reparti sur le *Dragon-d'Or*. On n'aurait jamais dû permettre à ce vaisseau de reprendre la mer !

— Les gens sont persuadés que c'est Marie qui a tué Nadeau. Le capitaine du vaisseau le premier ! Il ne pouvait se permettre de retarder son départ ; c'est pourquoi il a raconté que Nadeau lui avait déjà parlé de Marie. Affirmé qu'elle détestait l'écrivain public... Allons, viens dormir. Nous ne trouverons pas le meurtrier cette nuit.

Mais Rose n'avait pas dormi ; elle ne cessait de penser à Marie et à Nicolette. Au matin, elle avait dit à son mari qu'elle ne l'accompagnerait pas chez les Blanchard. Si elle ne pouvait secourir Marie maintenant, peut-être pouvait-elle aider Nicolette ? Elle était si jeune ! Elle n'avait même pas quinze ans. Alphonse avait répondu qu'elle aurait dû être religieuse pour faire la charité, puis il était sorti. Rose n'avait pas tardé à l'imiter. Elle était allée trouver Nicolette, l'avait conviée à dîner et l'avait quittée avant que celle-ci n'ait le temps de refuser l'invitation. Rose avait préparé une soupe de pois, une friture d'éperlans, rôti un lièvre et cuit une tarte aux pommes.

— On mange mieux à Québec qu'à Paris, avait-elle dit à son invitée quelques heures plus tard. D'où venez-vous ?

— De Reims.

— Votre frère est charpentier, je crois ?

— Oui.

Par tous les saints ! Rose avait commencé à regretter d'avoir invité Nicolette, plus muette que jamais. Puis elle s'était souvenue que Marie avait attiré ses confidences en se dévoilant elle-même. Elle avait demandé à Nicolette si elle avait entendu parler de son histoire. Un peu, avait reconnu la Rémoise. Malgré sa répugnance à évoquer ces mauvais souvenirs, Rose avait parlé de son agression car elle avait vu qu'elle avait enfin capté l'attention de son invitée. Elle avait évoqué Germain Picot dont elle ne s'était jamais méfiée, sa fausse couche, l'abandon de Denis Malescot, la honte, la peur, le désespoir.

Nicolette avait tremblé en entendant son récit. Elle avait même versé quelques larmes.

— Si Marie LaFlamme n'avait pas été auprès de moi, je serais morte. Elle m'a soignée comme elle soigne tout le monde. C'est une fameuse guérisseuse.

— Marie LaFlamme ?

— Oui, vous savez, celle qui est emprisonnée au fort.

Nicolette avait poussé un petit cri et s'était aussitôt excusée ; elle s'était pincé un doigt en essayant de venir à bout d'une noix angleuse.

— Donnez-la-moi, je vous retirerai les morceaux sans peine.

Nicolette lui avait tendu la noix et, en effet, Rose n'avait eu aucun mal à extraire les morceaux du fruit. Nicolette avait croqué la noix avec du sel, puis elle s'était levée en disant que son frère s'inquiéterait de ne pas la voir revenir.

— Il s'occupe beaucoup de vous, avait noté Rose.

— Trop, avait laissé échapper Nicolette.

Elle avait baissé la tête et s'était drapée dans son châle en bredouillant des remerciements à son hôtesse. Elle ignorait que les femmes se recevaient ainsi. Est-ce que toutes ses voisines faisaient de même ?

— Je voulais vous parler, dit Rose avec un bon sourire. J'ai idée que tu n'es pas heureuse parmi nous.

Elle avait fait exprès de la tutoyer, pour créer plus d'intimité.

— Vous vous trompez, avait répondu trop rapidement Nicolette qui avait ensuite demandé si l'hiver était aussi âpre qu'on le disait.

— J'aime l'hiver, avait dit Rose. Il tue les miasmes, comme le dit si bien Marie LaFlamme.

Rose Rolland avait regardé Nicolette Jasmin s'éloigner en courant ; la fuyait-elle ou redoutait-elle à ce point de déplaire à son frère ? En la voyant trébucher, Rose avait été convaincue de l'avoir profondément troublée. Pourquoi ? Elle avait hâte d'en parler à Marie.

Le lendemain, Alphonse s'était presque fâché tant la bougeotte de Rose l'avait énervé ; sa femme n'était pas assise qu'elle se relevait, elle n'était pas sitôt debout qu'elle se rassoyait. Même Noémie en avait le tournis à force d'essayer de la suivre.

— Calme-toi, tu ne verras pas Marie avant la fin de l'aprèsmidi. Brode, couds, mais occupe-toi !

— Je ne suis pas du genre à rester accouvée au coin du feu ! avait rétorqué Rose.

Alphonse Rousseau avait soupiré ; il espérait autant que Rose que Marie serait libérée. Pour Marie, et pour sa femme qui ne parlait que de son amie et n'en dormait plus la nuit, il le savait, même si elle le niait.

Le soleil se coucha enfin. Alphonse n'attendit pas que Rose le houspille ; il mit son manteau, ses mocassins, sa tuque et prit Noémie tandis que sa femme emballait des galettes pour Marie. Le crépuscule donnait des reflets bleutés à la neige et Rose souhaita que Marie puisse les voir d'où elle était. Elle serra le bras d'Alphonse quand ils passèrent devant le cimetière, et elle repensa à Nicolette qui avait frissonné quand elle lui avait confié son viol. Devant le fort Saint-Louis, Alphonse l'embrassa tendrement en lui disant qu'il reviendrait la chercher dans une heure.

— Dis à Marie qu'on va la tirer de cette prison ! affirma-t-il avec fougue.

Rose hocha la tête ; c'est ce qu'elle dirait, bien sûr, même si elle n'avait pas de bonnes nouvelles à donner à Marie.

— Ma fille ! cria Marie en voyant Noémie.

Elle la dévora de baisers. Elle enfouit son nez dans le cou de la petite, embrassa ses cils, ses cheveux et n'interrompit ses effusions qu'au moment où elle sentit la main de Rose sur son épaule. Elle l'embrassa en la remerciant de lui avoir amené Noémie, puis elle vit le regard interrogateur de Rose en direction de l'Indienne.

Marie lui présenta sa compagne de détention ; elle eut du mal à prononcer son nom, Senojisobagwa. Cette dernière avait expliqué que sa mère abénakise l'avait ainsi nommée parce qu'elle était née sur la côte maritime. Marie se contentait de dire Sena quand elle s'adressait à elle. Rose apprit que c'était l'Iroquoise qui avait volé dix fusils à l'île d'Orléans et jeta un coup d'œil anxieux à Marie.

— Tu sais qu'elle a volé dix fusils? Et qu'elle voulait mettre le feu à la maison des Gilbert? Pourquoi est-elle dans la même cellule que toi?

— Parce qu'on l'y a mise.

— J'ai pris un fusil. Un, dit Sena en levant l'index.

— Elle m'enseigne sa langue, fit Marie d'un ton ravi. Pour que je ne perde pas mon temps ici! As-tu des nouvelles?

Rose songea que Marie faisait bien peu de cas du fait d'être enfermée avec une Iroquoise; oubliait-elle que cette tribu était ennemie des Hurons de Québec?

— Alors? Que sais-tu de plus sur le criminel?

— Rien, avoua Rose. Rien de précis. Mais j'ai rencontré une jeune personne qui m'intrigue énormément...

Elle conta sa rencontre avec Nicolette tandis que Sena jouait avec Noémie; la petite semblait fascinée par les lourdes boucles qui ornaient ses oreilles. Elle les regarda un long moment, puis s'enhardit à les toucher; Sena eut juste le temps de l'arrêter avant qu'elle ne lui en arrache une. Pour la distraire, elle lui chatouilla le cou avec le bout d'une de ses tresses.

Marie regarda sa fille avec tendresse; qu'il était bon de l'entendre rire! Comment pourrait-elle supporter d'être encore longtemps séparée d'elle?

— Marie? Tu m'écoutes?

— Oui. Il faut que tu revoies cette Nicolette. Ton histoire l'a émue; peut-être a-t-elle subi pareil outrage? J'aimerais bien lui parler. Comment est-elle?

— Rousse, comme toi. Mais silencieuse...

— Rousse, avec le visage et les bras tachés de son? Je lui ai parlé le lendemain de son arrivée, à la boulangerie. Je ne peux pas me tromper; il n'y a pas dix femmes aux cheveux roux à Québec! Je lui ai expliqué que j'étais guérisseuse.

— Elle prétend qu'elle ne te connaît pas. Quand je reviendrai, la semaine prochaine, j'en saurai plus. Je te le jure!

— Chère Rose!

Marie reprit sa fille dans ses bras; qu'elle était douce, qu'elle était jolie!

— Elle a une autre dent?

— Depuis trois jours. Emeline dit qu'elle n'a pas pleuré autant

qu'à l'accoutumée. Je crois bien que Mkazawi la distrait de sa
douleur. Dès qu'il l'entend geindre, il court vers elle pour la
lécher. Je n'ai jamais vu un tel animal.

Le geôlier frappa à la porte ; l'heure de la visite était écoulée.
La gorge serrée, Marie embrassa sa fille en lui promettant qu'elles
seraient bientôt réunies. Sena détacha sa boucle d'oreille et la
tendit à l'enfant. Puis regardant Rose, elle lui dit de prendre garde
que Noémie ne perce les oreilles de Mkazawi. Rose hocha la tête.

— Je dirai que tu n'as volé qu'un fusil.

Le geôlier ouvrit la porte à cet instant. Marie étreignit Rose,
embrassa Noémie une dernière fois et sursauta quand la lourde
porte se referma.

— Ta fille est si belle !

Marie remercia Sena de son cadeau et commençait à lui dire
qu'elle lui donnerait un jour un souvenir d'elle quand l'Iroquoise
l'arrêta.

— Tu veux parler la langue de mon peuple. Et son cœur ?

Marie fronça les sourcils : que voulait dire cette phrase sibyl-
line ? Sena lui expliqua qu'un don était gratuit. Les Indiens ne
comptaient pas les cadeaux qu'ils offraient ; le rôle du chef de
la tribu était d'être généreux.

— Celui qui a le moins est souvent le chef.

D'abord, Marie ne comprit pas ; le chef était celui qui portait
les ornements les plus pauvres ? Qui se dépouillait pour les donner à ses frères ? Oui, parce que le sage savait que la vie se régé-
nère dans le mouvement ; on ne doit pas garder les énergies mais
les partager. L'égoïsme est stérile. Marie apprit aussi que l'être
humain est sacré, que chaque manifestation de la vie est respectable, mais elle eut de la difficulté à comprendre pourquoi. Sena
lui parla du Cercle sacré de la vie et du Grand Mystère. C'est
le Grand Mystère qui magnifie l'être puisqu'il a décidé de lui
donner vie.

— Une sorte d'enfant du Grand Mystère ? demanda Marie.

Sena fronça les sourcils : qu'il était malaisé d'expliquer ces
croyances à une Blanche. Elle aurait voulu lui dire que chaque
homme doit être digne du Grand Mystère et que celui-ci aide
chacun tout au long de sa vie. Elle ajouta seulement que chaque homme a sa propre vision du Grand Mystère.

Marie se demanda un instant si elle imaginait Dieu différemment de Rose, ou d'Emeline ; et si elles étaient bénies par lui.

Pas souvent, fut-elle tentée de dire. Le Dieu dont on leur parlait en chaire était sévère, exigeant et si inquiet du péché. Sena lui semblait avoir une vision plus harmonieuse du maître de leur univers. Ou de l'univers du maître ? Qui était aussi le leur ?

Elle écouta Sena avec attention, puis elle lui dit qu'elle n'avait pas l'âme en paix face à son Dieu. Sena dit que la paix était précieuse et fragile.

Plus tard, avant de s'endormir, Marie demanda à sa compagne si elle pensait que la paix avec les Iroquois durerait encore un moment. Sena lui répondit qu'elle n'en savait rien. Elle eut un petit rire.

— Tu diras aux hommes qui vivent dans ce fort que les femmes ne décident pas.

— C'est faux, dit Marie. Les Indiennes ont bien plus de pouvoir que les Françaises ! On vous écoute, on vous respecte. En France, on a fait des procès à des animaux, mais on les a refusés à des femmes. Nous n'avons pas d'âme, nous n'existons pas. C'est mieux à Québec, car il y a peu de femmes, on doit peupler la colonie et plusieurs veuves sont bien établies. Mais Guillaume m'a dit que les Indiennes ont un statut enviable au sein d'une tribu. Est-ce vrai que vous arrangez les mariages ? Qu'on vous donne les prisonniers, qu'un homme doit faire un présent pour vous épouser ? Nous, on doit payer pour être mariées ! La dot !

— Où est ton mari ? Tu l'as payé très cher ?

— Non, je n'ai pas payé. Il est parti à la course depuis plusieurs lunes. Il est très fort et très grand. Il s'est déjà battu contre des loups.

Sena se redressa sur un coude.

— Des loups ?

— Oui. Les Abénakis l'appellent Sasagi Molsem.

— Sasagi ? Tu connais le géant ?

Marie hocha la tête avec fierté ; au ton de la voix de Sena, elle comprenait qu'on devait estimer son époux dans la tribu de la jeune Indienne. Celle-ci raconta que Sasagi avait été un captif courageux. Il avait travaillé du lever au coucher du soleil sans jamais se plaindre et n'avait pas crié sous la torture.

Marie déglutit ; la torture ? C'était donc ça ? Les marques sur son torse et ses bras ?

— Il avait dit que c'étaient des loups.

— Les loups aussi l'ont mordu. Et ils l'admirent.

Sena ajouta que c'était sa propre mère qui l'avait eu comme esclave durant six lunes pour remplacer le fils qu'elle avait perdu dans une guerre.

— Il était comme un frère.

Marie s'indigna : les Blancs ne torturaient pas leurs frères !

— Jamais ?

Marie ne put l'affirmer ; bien des femmes et des hommes avaient désigné leurs mères, leurs sœurs, leurs fils en brûlant au bûcher. Dénoncés, ils trahissaient à leur tour.

Quand elle voulut répondre à Sena, cette dernière s'était roulée en boule et ronflait doucement. Marie l'imita très vite.

Elle rêva du chiffre sacré des Indiens : les quatre directions, les quatre races, les quatre âges, les quatre saisons, les quatre temps du jour, les quatre couleurs. Elle vit quatre loups se jeter sur Guillaume ; le ciel en foudroya un, le deuxième fut englouti par la terre, le troisième emporté par les eaux, le quatrième anéanti par une boule de feu. Ensuite, Guillaume lui tendit un trèfle à quatre feuilles.

Chapitre 35.

Rose fit brûler un pain pour la première fois de sa vie : elle était obsédée par Nicolette Jasmin. Elle ouvrit la porte pour évacuer la fumée et resta dehors pour rassurer ses voisins ; non, ce n'était pas un incendie, oui, elle devrait se couvrir si elle restait encore longtemps sur le pas de sa porte. Il faisait si froid pour le début de l'Avent ! Rose approuva et se décida à rentrer même si elle n'avait pas remarqué que la température avait chuté. Elle n'osait pas donner de faux espoirs à Marie, mais elle était persuadée que Nicolette savait quelque chose à propos d'Ernest Nadeau. Le tout était de la décider à parler. Marie ne pouvait pas croupir en prison encore longtemps ! Elle se montrait toujours brave quand Rose la visitait, mais elle était pâle et amaigrie et avait une vilaine toux. C'était déchirant de lui amener Noémie pour la lui reprendre une heure plus tard.

Si Rose avait déjà déploré que Marie partage sa cellule avec une Iroquoise, elle s'en était ensuite réjouie : l'étude de la langue et des mœurs de Sena semblait distraire Marie de son triste sort. Elle devait être pourtant désespérée car elle n'osait même plus demander à Rose si son affaire avançait. Et maintenant, Sena allait être libérée. Grâce à Marie, qui avait convaincu les membres du Conseil souverain que les femmes indiennes n'étaient pas consultées dans les décisions politiques et que Sena ignorait s'il y aurait guerre ou non. On l'avait crue car on imaginait mal un officier, un comte ou un roi demander conseil à une femme avant de prendre les armes. La guerre était virile. Marie avait ajouté que Sena n'était pas très intelligente ; elle apprenait si lentement ! Tiens, le fusil qu'elle avait volé, elle n'aurait même pas su s'en servir. Il valait mieux la libérer ; c'était son incarcération qui provoquerait une attaque iroquoise. Ses frères voudraient l'aider à s'échapper de prison. Devait-on risquer un incendie au fort, la mort des sentinelles, celle des habitants qui serviraient à assouvir la vengeance des Agniers, tout cela pour un fusil ? Fusil qu'avait récupéré son propriétaire ? Pourquoi ne pas la libérer discrètement, lui donner une paire de raquettes et la chasser de Québec ? Avec un peu de chance, elle périrait de froid en voulant aller retrouver les siens.

Si on s'était étonné de la cruauté de Marie, on avait approuvé pourtant ses suggestions. Les membres du Conseil souverain ne pouvaient pas savoir que l'Iroquoise serait cachée chez les Hurons pour être ultérieurement échangée contre une captive des Agniers. Marie avait pensé à cette solution à force de discuter de la société indienne avec Sena. Elle avait dit à Rose de parler à Mani, qui avait parlé aux siens. On avait accepté l'idée de Marie. Sena devait quitter le fort au premier quartier de la lune. Elle chausserait ses raquettes et irait encore plus loin qu'à Sillery. Là, un Huron l'attendrait. Ils reviendraient ensemble durant la nuit au fort indien.

Rose brassa la soupe aux choux en se disant que Marie se sentirait bien seule lorsqu'elle s'éveillerait le lendemain matin dans sa cellule. Nicolette frappa à sa porte ; son frère vomissait depuis le matin. Que devait-elle faire ? L'emmener à l'Hôtel-Dieu ? Il avait peine à respirer et ressentait une grande douleur dans le côté, il ne pouvait même plus se lever. Il allait mourir !

— Demande à M. Madry !

— Il est allé à Beaupré régler ses affaires.

— Il y a d'autres barbiers. Ah ! si Marie n'était pas au fort, elle saurait guérir ton frère.

Nicolette Jasmin se signa.

— Allons la chercher !

— Mais elle est prisonnière.

— Je la sauverai si elle peut sauver mon frère.

Rose sentit son cœur battre à tout rompre ; elle avait raison, Nicolette connaissait Ernest Nadeau. Celle-ci ne prit même pas la peine de s'asseoir pour tout conter à Rose. A toute vitesse, elle dit que Nadeau avait abusé d'elle sur le *Dragon-d'Or* ; il lui avait promis le mariage dès leur arrivée à Québec. Il avait dit qu'il resterait avec elle. Puis, en descendant à terre, il avait refusé d'honorer sa parole et annoncé qu'il rentrait seul en France.

— Tu l'as tué?

— Je n'ai pu faire autrement.

— Mais Marie a vu un homme s'enfuir!

— Quoi de plus facile que de se travestir? J'ai pris une culotte de mon frère, son vieux manteau et j'ai caché mes cheveux sous un bonnet. Allons maintenant au fort; je prendrai la place de Marie pour qu'elle sorte au plus vite! Qu'elle secoure Louis.

Rose avait envie de battre Nicolette pour avoir laissé Marie moisir en prison, mais le temps n'était pas à la vengeance et elle s'habilla promptement. Elle gravit si rapidement la côte de la Montagne qu'elle ne pensa même pas au viol quand elle dépassa le cimetière. Elle pensait à Marie qui serait bientôt libre!

*
* *

— Je n'aurais pas pu le sauver, affirma Marie à Nicolette, après la messe de minuit. Mais toi, tu m'as sauvée.

Nicolette secoua la tête.

— Après t'avoir envoyée au fort? Je ne me le pardonnerai jamais. Et je n'aurais pas dû écouter mon frère quand il m'a dit d'attendre avant d'aller quérir un chirurgien.

— Il voulait expier son péché, il me l'a dit.

Louis Jasmin était mort juste après que Marie l'eut examiné. Elle n'avait été libérée qu'au matin, une fois que le procureur avait entendu Nicolette. Marie n'avait rien pu faire d'autre que d'éponger le front du malade et de prier pour lui en se jurant qu'elle vaincrait un jour la pleurésie. Il s'était confessé au prêtre en présence de Marie : c'était lui qui avait tué Ernest Nadeau parce qu'il avait déshonoré sa sœur. S'il avait laissé accuser Marie à sa place, c'est qu'il ne pouvait tout révéler sans qu'on sache que l'écrivain public avait abusé de la crédulité de Nicolette. Il pensait qu'elle n'aurait pas trouvé à se marier à Québec si on avait su la vérité. Il espérait que sa confession ne serait pas divulguée. Le père Lalemant avait décidé de mentir, bien qu'il lui en coûtât, car trop d'innocents allaient souffrir s'il n'inventait pas une fable pour calmer les esprits. Il rapporta à Mgr de Laval que

Louis Jasmin avait assassiné Ernest Nadeau pour une triste histoire de pain. L'écrivain public avait accusé Jasmin d'avoir volé
le biscuit et Jasmin avait été battu au moyen de cordes par tout
l'équipage alors qu'il était innocent. C'est Nadeau qui avait mangé
le biscuit à sa place et s'était trouvé un bouc émissaire.

— Ne pense plus à Nadeau! chuchota Marie à Nicolette. Ni
à ton pauvre frère. Viens plutôt au réveillon. C'est jour de paix,
il faut oublier.

— Rose n'a pas oublié, elle.

Marie tapota le bras de Nicolette, lui expliqua que Rose était
le genre de femme qui pouvait tout subir, mais elle ne supportait pas qu'on blesse ses amis.

— Elle comprend le silence de Louis. Elle s'est tue quand elle
a été violentée. Mais personne n'allait en prison...

— Comment peux-tu me parler? gémit Nicolette en s'effaçant
devant les fidèles qui se pressaient à la sortie de l'église.

— Parce que je n'ai pas envie d'être fâchée toute ma vie. Cela
ne me servirait à rien... J'ai beaucoup appris avec Sena. Beaucoup plus que je ne le croyais. Allez, dépêche-toi! Je ne te le
pardonnerai pas s'il ne reste plus de pruneaux de Tours quand
nous arriverons chez les Rousseau!

— Des pruneaux de Tours?

— Oui, mademoiselle, dit Marie en faisant une révérence.
Comme les Jésuites! Les sœurs leur en ont donné un plein barillet pour Noël. Et au Nouvel An, je parie qu'ils auront des écorces de citron! Mais nous, nous ne mangerons pas moins bien
ce soir. Emeline et Rose ont préparé des perdrix aux pommes,
des tartes aux œufs, du porc au girofle, et des poissons et des
friandises!

*
* *

Victor Le Morhier suçait un petit os; le faisan qu'on lui avait
servi à *L'Auberge du Mouton noir* était succulent. Aussi bon que
celui que Myriam Le Morhier avait cuit pour Noël. Il se lécha
les doigts, commanda de nouveau du vin au cabaretier qui lui
proposa un biscuit à la cannelle et aux pistaches. Victor n'avait
plus faim. Bah! autant en profiter avant de rembarquer! Ce n'était
pas sur le *Grand-Faucon* qu'il ferait bombance. Mais il ne

s'en plaignait pas; le dernier trajet de mer avait été aussi rentable qu'atroce. Croiser des pirates était inévitable dans la vie d'un marin, mais Victor était encore secoué par cet épouvantable baptême; il n'avait jamais vu pareil carnage, il n'avait jamais imaginé une telle barbarie. On avait éventré, on avait coupé des têtes, des bras, des jambes dans une fureur qui n'avait pas été étrangère à la double ration de rhum distribuée avant l'abordage. Victor s'était battu courageusement; durant l'affrontement, il n'avait pas cessé de feindre et de pourfendre et de tirer et de tirer encore. Il avait vu sans émotion les corps tomber à côté de lui. Il n'avait senti ni l'odeur du sang ni celle de la poudre des balles ou du canon. Il n'avait pas entendu les cris. Il n'avait même pas vu la mer où on avait tenté de le précipiter par trois fois. Il avait sauvé son capitaine sans même s'en rendre compte. Il n'avait pensé qu'à survivre.

Après, il n'avait même pas été capable de vomir.

Après, les officiers l'avait honoré devant tous les survivants.

Après, le capitaine avait partagé le butin.

Victor s'était alors demandé s'il accepterait de revivre pareille folie pour quelques pierres. Puis il avait pensé à Marie. Elle aurait son trésor.

— Vous êtes bien songeur, mon ami, dit Alexandre de Tracy de Prouville, en tendant un plat de chou à Victor.

— Je vous envie de partir pour la Nouvelle-France.

— Suivez-nous. Je connais votre valeur. Votre capitaine m'a parlé de vous. Je serais fier de vous avoir à notre bord. Nous quittons La Rochelle demain. Nous devrions être à Québec au début de mai.

Victor remercia le marquis de Tracy de son offre, mais il ne pouvait l'accepter; il s'était engagé à se rendre à Londres.

— Londres? Avez-vous entendu parler de la peste?

Victor Le Morhier montra sa joue, traversée d'une balafre.

— J'ai survécu aux pirates.

— Mais la mort noire...

— Il n'y a pas tant de victimes. Et je n'y resterai qu'une semaine.

Tracy de Prouville soupira; ce jeune homme était bien entêté. Mais pouvait-il le lui reprocher? Lui aussi avait souvent fait preuve d'opiniâtreté dans sa carrière. Et il continuerait en

Nouvelle-France s'il voulait réussir la mission qu'on lui avait confiée. Après le repas, il but de l'eau-de-vie de prune en écoutant Victor lui parler de Québec, puis il lui souhaita la meilleure des chances.

— Je vous promets de remettre moi-même la lettre destinée à Marie LaFlamme. Et de faire appel à elle si je suis mal en point. Je n'oublierai pas non plus de parler avec votre coureur de bois. Peut-être pourra-t-il m'aider dans ma tâche ?

Le marquis de Tracy salua chaleureusement le Nantais, puis il quitta l'auberge. Il fallait se préparer à appareiller.

A l'aube, Victor le Morhier assista au départ du vaisseau en priant pour que le trajet de mer soit moins long que celui de l'*Alouette*. Il se rappelait les derniers jours du périple, où ils avaient eu si faim, si soif... Il se souvenait de la mort de Julie et Luc LaFlandres, de la naissance de Noémie.

Peut-être aurait-il dû partir avec M. de Tracy ? Il le regrettait déjà. Il aurait vu Marie. Enfin, elle lirait sa lettre et comprendrait à quels dangers il s'exposait pour lui plaire.

*

* *

Les prières de Victor Le Morhier ne furent pas entendues. Le marquis de Tracy arriva à Québec avec quatre compagnies d'infanterie le 30 juin 1665. Des centaines de personnes se pressaient sur le quai de Champlain pour les accueillir, criant, hurlant, trépignant d'impatience.

Guillaume Laviolette s'amusait de toute cette animation car il s'ennuyait déjà d'être à Québec au bout de cinq semaines. Heureusement, Marie était là. Il l'avait retrouvée avec un plaisir non dissimulé. Il disait à qui voulait l'entendre qu'il avait découvert la perle rare ; Marie n'avait formulé aucune plainte sur la longueur de son absence et l'avait au contraire questionné sur sa course. Elle voulait tout savoir et il avait conté maintes fois son voyage. Elle le lui faisait répéter quand ils avaient des invités pour souper et elle souriait tendrement quand il embellissait un peu ses histoires.

Marie pressait le bras de Guillaume tout en surveillant Noémie du coin de l'œil. Elle regardait les soldats descendre du vaisseau en les comptant. Trente, trente et un, trente-deux...

C'est alors qu'elle le reconnut.
Elle se mordit la lèvre jusqu'au sang. Il n'était pas mort!
Marie cria «Simon!» et s'évanouit.

Aubin Imprimeur
LIGUGÉ, POITIERS

Reproduit et achevé d'imprimer en mars 1996
N° d'édition 96030 / N° d'impression L 50572
Dépôt légal avril 1996
Imprimé en France

ISBN 2-73820-888-6

33-5888-4